After
Goodbye
애프터
굿바이

DAHYANG ROMANCE STORY

이다림 장편 소설

After
Goodbye
애프더
굿바이

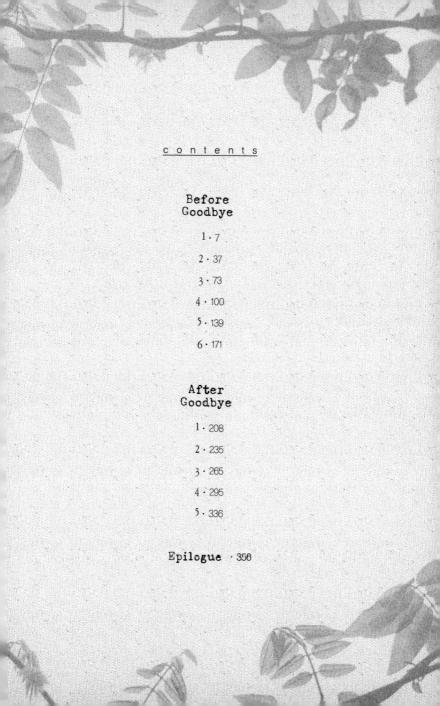

contents

Before
Goodbye

After
Goodbye

Epilogue · 356

Before
Goodbye

1

2011年 4月

　바람이 좋은 날이었다. 아니, 정확히 말하면 바람이 지나가는
자리에 남는 소리가 참 좋은 날. 인희는 노트북을 두드리던 손을
멈추고 소파에 몸을 깊게 묻은 채 잠시 눈을 감았다. 하나의 감각
을 차단하면 나머지 감각이 그만큼 더욱 예민해진다. 그녀는 느리
게 호흡을 가다듬었다. 귓가에 울리는 심장박동이 흐릿해지자 파
도와 닮은 소리가 멀어졌다 가까워지기를 반복했다. 겨우내 꽁꽁
얼어 있던 가지에서 막 돋은 여린 잎이 저들끼리 몸을 부대끼며
만들어 내는 소리. 인희의 입가에 엷은 미소가 감돌았다.

　"어? 서 작가?"

　그녀가 초록의 연주에 흠뻑 빠져들 무렵, 걸걸한 음성이 평화로

운 시간을 무참히 부수며 끼어들었다. 굳이 눈을 떠 확인하지 않아도 불청객의 정체를 파악하기란 그리 어렵지 않다. 끝에 '님' 자를 붙이지 않고 자유롭게 그녀를 호칭하는 사람 중에 이다지도 심한 탁성을 가진 사람은 딱 한 사람뿐이었으니까.

"설마 자고 있었던 거야?"

인희는 당연한 듯 묻지도 않고 맞은편 자리에 털썩 엉덩이부터 붙이고 보는 봉석주 감독을 무심히 눈으로 좇았다.

"네. 좀 피곤해서요."

삐죽삐죽 아무렇게나 자란 수염을 뜯어보던 인희가 뭔가의 존재를 느끼고 왼편으로 고개를 틀었다. 내내 그녀가 봐 주기를 기다렸다는 양, 그녀의 시선이 닿자마자 새카만 눈이 퍽 매력적인 사내가 꾸벅 허리를 굽힌다.

"안녕하세요."

몸을 수그림에 따라 아무것도 바르지 않은 머리카락이 앞으로 쏟아졌다. 초봄의 햇살이 닿자 그것은 일견 파랗게까지 보일 정도였다. 몸을 펴 그녀와 시선을 마주한 그가 씩 웃었다. 하얗고 가지런한 치아며, 여드름 따위는 모르고 자란 것 같은 결 좋은 피부가 선비처럼 깨끗한 인상을 주었다.

"처음 뵙겠습니다. 박정호입니다."

그가 손바닥을 제 바지에 문지르며 머뭇거렸다. 악수를 청하고 싶은데 망설이는 듯한 눈치였다. 인희는 설명을 요구하듯 봉 감독을 쳐다보았다.

"아, 신인 배우. 이번 단막극 같이 찍고 있어."

상당히 불친절한 소개를 남긴 봉 감독이 이내 눈을 빛내며 나이프를 집어 들었다. 주인의 허락도 구하지 않고 베이글에 크림치즈를 발라 먹는 불혹의 사내는 곧 두 볼이 터질세라 빵조각을 욱여넣었다. 인희는 제 점심이 고작 몇 초 만에 공중분해되는 것을 보며 고개를 내저었다. 한숨을 흘리며 반쯤 몸을 일으켜 우두커니 서 있는 남자에게 손을 내밀었다.

"서인희예요. 반가워요. 벌 서는 것도 아니고, 여기 앉아요. 뭐 좀 마실래요?"

남자, 기실 소년이라는 단어가 더 어울릴 것 같은 그, 박정호가 눈에 띄게 기쁜 기색을 하고 덥석 그녀의 손을 맞잡았다. 인희는 마디가 불거진, 그러면서도 가늘고 긴 손가락이 제 손을 소중히 감싸 쥐는 것을 바라보았다.

순간 실소를 터뜨릴 뻔했다. 그녀가 냉철히 분석하기로, 방송가에서 서인희란 사람이 갖는 존재감이란 이제 갓 코흘리개 딱지를 뗀 초짜 작가, 딱 그만큼이었다. 그녀가 쓴 무수한 극본 중 3개 정도가 단막극으로 방송을 탔고 그중 2개는 예상 외로 꽤 반응이 좋았다. 시청률은 크게 두드러지지 않았어도 뒤늦게 입소문이 나 다시보기 부분에서 국장의 인정을 받을 만한 성과를 거두었다고 들었다. 그 덕분에 미니시리즈 하나를 계약 검토 중에 있지만, 그거야 언제 엎어질지 모르는 일이고.

그런 저에게 이 남자, 지나치게 반색을 한다. 만나 뵙게 되어 영광이라는, 그런 식상한 인사말이 음성화되지 않았을 뿐, 태도 하나하나가 그러하다. 뭐, 배우라고 했으니 연기일 수도 있겠다.

연기로 이렇게까지 진심 어린 표정을 지을 수 있는 거라면 감히 짐작컨대 대성할 재목이었다.

"제가 사 올게요. 커피, 다 드신 것 같은데 새로 사 올까요?"

인희가 포스스 웃으며 고개를 가로저었다.

"앉아 있어요. 이 아저씨가 사 줄 거예요."

"아저씨라니? 나 아직 만으로는 서른여덟밖에 안 먹었어!"

"아아, 아니에요. 제가 사고 싶어서 모시고 온 건데요. 감독님, 어떤 거 드세요?"

분개하듯 자리를 떨치고 일어서는 봉 감독을 만류하고 그가 부지런히 몸을 일으켰다. 사시사철 '남자는 캐러멜 마키아토'를 고집하던 봉 감독이 예상을 뒤엎고 아메리카노를 시키자 인희가 고개를 갸우뚱했다. 정호가 계산대로 걸어가는 뒷모습을 물끄러미 보던 석주가 쯧, 혀를 찼다.

"그새 취향이 바뀌셨어요?"

"응?"

"마키아토요. 하루에 서너 잔도 드시더니."

"아아. 아메리카노가 싸잖아."

어깨를 으쓱인 석주는 다 먹어 버린 베이글이 아쉬운 듯 빈 접시를 내려다보며 입맛을 다셨다.

"저 친구 집안 형편이 좀 어려워. 아, 그런데도 맨날 얻어먹기만 해서 죄송하다고 자꾸 이리로 끌고 오는 통에 버틸 수가 있어야지."

"그새 배우 사랑이 극진해지셨네, 우리 봉 감독님."

"뭐, 쟤는…… 애가 착하니까."

"신인 땐 누구나 다 착한 거죠."

인희가 우스갯소리를 하자 석주가 그도 그렇다는 듯 킬킬 웃었다. 카운터에서 쟁반을 받아 든 정호가 조심스레 걸음을 옮겨 다가오고 있었다.

"그래도 쟤 좀 유별나게 착해."

석주가 일어나 쟁반을 건네받았다. 고맙습니다. 티 없이 웃는 말간 얼굴과 잘 어울리는 근사한 목소리였다. 부드럽게 곡선을 그리는 눈매를 관찰하던 인희는 다른 부분에 비해 살짝 어두운 색의 눈꼬리와 내리뜰 때에만 나타나는 쌍꺼풀이 참 예쁘다고 생각하였다.

"여기. 작가님 거요."

미처 시선을 갈무리하기도 전에 정호가 인희에게로 고개를 돌리자 그녀는 내심 당황하여 헛기침을 흘렸다. 나쁜 생각을 하던 것도 아닌데 어쩐지 볼에 열기가 몰렸다. 흠흠. 목을 가다듬은 인희의 손이 조심스럽게 잔을 건네받았다. 밤색 액체가 훈김을 밀어 올리며 찰랑였다.

"잔이 비어 있길래. 드시던 거랑 같은 거, 맞죠?"

"맞아요. 핫초코. 눈썰미가 좋네요."

인희의 칭찬에 정호가 의뭉스레 눈을 빛냈다. 쑥스러운 손으로 뒤통수를 긁적이던 그가 또박거리는 발음으로 대답했다.

"여기서 아르바이트했었어요. 3개월 전까지만 해도요. 가끔 오실 때마다 핫초코 주문하셨던 거 안 잊었거든요."

눈빛이 지나치게 진지하였다. 어떤 반응이 적절할지 몰라서 잠깐 뜸을 들이던 인희는 아무리 노력해도 이 말간 얼굴이 기억에 없다는 것에 낙담하고 말았다. 메뉴를 고르고 값을 치르고, 주문한 것을 받아 오고. 그 일련의 행위를 하는 데에 굳이 종업원의 얼굴을 확인할 필요는 없으니까.

인희는 자신의 무심함을 탓하며 흐리게 미소 지었다.

"몰랐어요. 미안해요."

"아니에요. 저는 계산보단 주로 음료 제조하는 쪽이라, 직접 얼굴 뵐 기회가 많지 않았으니까…… 당연해요."

"우와. 제조요? 아쉽다. 이렇게 잘생긴 아르바이트생이 만들어 준 건 줄 알았으면 좀 더 아껴 마셨을 텐데."

괜찮다면서 속상해하는 게 보여서 인희가 부러 농담을 섞었다. 인희를 주춤 물러나게 할 정도로 또렷이 직시해 오던 정호의 눈동자가 아래로 또르르 굴렀다. 잘생겼단 말을 셀 수도 없이 많이 들었을 것 같은 남자는 놀랍게도 이러한 칭찬을 처음 받아 본 사람처럼 계면쩍어하고 있었다. 살짝 붉어진 듯한 남자의 귓불을 발견하고 인희는 입술을 지그시 깨물어야 했다. 그렇지 않으면 웃음이 새어 버릴 것 같았다.

"말씀만 하시면 언제든 만들어 드릴게요."

떨어뜨렸던 시선을 들어 다시금, 당혹스러울 정도로 빤히 인희의 눈을 들여다보며 그가 말했다. 어떠한 선서처럼 사뭇 비장하기까지 하였다. 그 곧고 흔들림 없는 음성에 인희는 순간 되받아칠 말을 찾지 못했다. 바람이 나무를 희롱하고 잎이 술렁거리며 또다시 쏴아아, 파도를 만들었다. 그 소요 속의 짧은 고요를 끊어 낸 것은 석주였다.

"내가 그랬지? 이 녀석, 유별나게 착하다고."

왜 그랬을까. 인희는 순간 어깨를 움찔거릴 정도로 놀라고 말았다. 석주가 있다는 걸 그야말로 완전히 잊고 있던 사람처럼.

인희는 어렵사리 정호에게 묶여 있던 시선을 돌렸다. 그럼에도 옆얼굴에 꽂히는 그 눈길이 너무나 선명하였다. 목이 깔깔해 핫초코를 살짝 머금어 입을 축이고는 고개를 끄덕여 봉 감독의 말에 동조하는 제스처를 보였다.

버릇처럼 입꼬리를 길게 늘였다. 어색하게 떨리는 입가에 미소는 오래 머물지 못했다.

⁂

인희가 정호를 두 번째로 만난 건 카페에서의 짧은 첫 만남이 있었던 날로부터 채 일주일도 지나지 않았을 때였다. 한 드라마 제작사의 사무실이 위치한 빌딩 회전문에서, 인희를 발견한 정호가 큰 소리로 그녀를 불렀다. 동종업계에 종사하는 두 사람이 이런 장소에서 마주친 게 크게 놀랄 만한 일도 아닌데, 그는 마치 지구 반대편에서 그녀를 만난 듯 우연이란 단어에 유난히 힘을 실었다.

"이런 데서 우연히 뵙네요, 작가님."

"그러게요. 잘 지냈어요?"

"네. 작가님도 잘 지내셨죠? 아, 드라마 계약하신다는 곳이 여기예요?"

"어떻게 알았어요? 그렇지 않아도 방금 막, 계약하고 나오는 길인데."

인희는 겸연쩍은 얼굴로 옆구리에 끼우고 있던 흙색 봉투를 팔랑거리며 들어 올렸다. 자리에서 튀어오를 것처럼 깜짝 놀란 정호가 손뼉을 마주치며 희색을 감추지 못했다.

"축하드려요, 작가님!"

"고마워요. 어쩌다 보니 정호 씨한테 제일 먼저 축하를 받네."

어차피 달리 축하해 줄 사람도 없긴 하지만.

인희는 뇌리를 긁고 지나가는 누군가의 얼굴을 애써 무시하며 조금은 사무적인 투로 물었다.

"근데 정호 씨는 무슨 일로…… 윤 엔터랑 작업하는 거 있어요?"

"아니요. 저는 여기 8층에, 기획사에 볼 일이 있어서 들렀어요."

"여기 8층요? 8층에 기획사가 있었나……."

인희가 의아한 듯 물었다. 정호는 그녀가 자신에게 관심을 보여주는 것이 기꺼운 듯 격하게 고개를 끄덕였다.

"사실 개업한 지 얼마 안 됐어요. 소속 연예인도 저 포함해 둘이고요. 근데 그마저도 제가 선배예요."

그렇게 즐겁게 얘기할 만한 게 못 되는 것 같은데.

인희는 하고 싶은 말을 속으로만 읊었다. 첫 만남 때 스물셋이라고 소개를 받았음에도 불구하고 도무지 그 나이가 믿기지 않는다. 게다가 어울리지 않게도 군필. 인희는 새삼스러운 눈길로 정호를 찬찬히 살폈다. 천진한 소년의 모습에 없던 모성애도 자극당할 판이다. 싱글거리는 얼굴을 보다가 인희는 충동적으로 묻고 말았다.

"원래 그렇게 잘 웃어요?"

"네?"

"아니. 그러니까 내 말은……."

놀란 듯 굳어 버린 표정을 보고 뒤늦게 아차, 싶다. 시비조로 들렸을까? 어쩐지 초조해져서 다급히 덧붙였다.

"웃는 게, 되게 예뻐서요."

"아……."

"음, 보기 좋아요. 뭐랄까, 나도 모르게 따라 웃게 되는 것 같아서."

일순 조금 멍해졌던 동공이 그녀가 변명에 살을 덧붙일수록 반짝반짝 빛을 냈다. 인희는 제 눈으로 목격하면서도 그 변화가 신기하였다. 배우는 표정으로 말을 한다더니 그게 바로 이런 거구나, 상황에 맞지 않는 감상이 줄줄이 꼬리를 무는데…….

"그럼 더 많이 웃어야겠네요."

더욱 진해진 미소를 건 입술이 또박또박 대꾸했다. 그녀의 말을 어떻게 해석하면 이런 결과가 나오는지 모르겠지만, 인희는 썩 나쁘지 않은 기분으로 정호를 마주 보았다.

"제가 웃으면 작가님도 따라 웃게 된다고 하셨죠."

그런데, 그게 왜?

"작가님도 예뻐요. 웃으실 때."

세상에.

이건 명백한 작업 멘트다. 다른 누군가가 이런 식으로 말을 걸어왔다면 팔에 소름이 돋았을지도 모르겠다. 하지만 이다지도 담백한 목소리라니. 홍채와 동공의 구별이 어려울 정도로 온통 까만 눈은 순한 강아지 같아서 인희는 결국 웃음을 터뜨리고 말았다. 잠깐이라도 혹시 하는 의문을 품으며 경계하려 했던 스스로에 어처구니가 없었다. 주제 파악하자, 서인희. 몇 번이나 되새김질하고서야 간신히 웃음을 멈추고 정호를 볼 수 있었다.

"고마워요. 아, 볼일 보러 왔을 텐데 어서 들어가 봐요. 난 나가는 중이었어요."

뭔가 하고 싶은 말이 있는 것처럼 윗입술을 달싹거리는 정호를 향해 인희가 짧게 손을 들어 보였다. 인희는 상대의 맑은 두 눈에 깃든 것이 아쉬움 비슷한 감정이라는 걸 깨달았지만 곧 제 착각으로 치부해 버렸다.

"그럼…… 다음에 또 봐요."

식상하고 따분한 인사. 그 다음이 언제일지 기약 없는 헤어짐. 이전에는 아무렇지 않았던 인사치레가 어쩐지 지금은 껄끄러워 마음이 편치 않았다. 기다려도 건물 안으로 들어설 기미가 없는 정호를 두고 결국 인희가 먼저 등을 돌렸다. 쥐색의 트렌치코트가 바람에 물결처럼 길게 나부꼈다. 막 점심시간을 맞은 회사원들이 제각각의 사원증을 목에 걸고 거리로 쏟아져 나오자 인희의 가느다란 실루엣은 얼마 지나지 않아 인파에 가려졌다. 또각또각. 규칙적으로 바닥을 찍어 누르던 하이힐 소리가 멎은 건 그때였다. 낯선 사람들 사이에 완전히 섞였다는 생각이 들었을 때.

인희는 느리고 조심스럽게 뒤를 돌아보았다.

한 무더기가 되어 분주하게 스쳐 지나가는 사람들 사이에서 인희의 눈이 잠깐 누군가를 찾는 듯 맴돌았다. 은회색 빌딩은 간신히 시야에 들어올 정도로 이미 멀어져 있었다. 그녀는 눈을 가늘게 뜨고 제가 서 있던 자리를 바라보았다. 흰색 와이셔츠를 입고 마주 서서 담배를 피우는 남자들. 신경질적인 표정으로 통화를 하는 여자. 같은 모양의 유니폼을 입고 얼음이 든 커피를 들고 종종거리며 걷는 한 무리의 사람들.

그 사이에, 박정호는 없었다.

당연한 일이었다. 그래서 인희는 은근한 섭섭함을 느끼는 스스로에게 소스라치게 놀랐다. 저도 모르게 힘이 들어간 손에 계약서가 든 봉투 모서리가 무참히 구겨졌다. 인상을 구기며 돌아서는 몸짓에는 약간의 짜증까지 배어 있었다.

"다행이다."

다시 앞으로 내딛지 못한 하이힐이 잠시 휘청거렸다. 무릎을 짚은 채 숨을 가다듬는 그 아이, 정호가 비스듬히 고개를 틀어 그녀를 보며 눈을 휘었다.

"여기 셰신 술 모르고, 찾느라 저기 길 건너편까지 뛰어갔다 왔더니……."

"……."

"숨이 좀 차서."

허리를 쭉 편 그가 뻐근한 듯 옆구리를 누르며 멋쩍은 듯 웃었다. 인희는 땀에 젖은 정호의 이마를 물끄러미 바라보았다. 그러곤 고개를 흔들어 숙이며 쏟아진 머리카락 사이로 보조개 팬 얼굴을 가렸다. 핸드백을 열어 손수건을 건네주는 인희의 얼굴은 적어도 겉으로 보기엔 철저히 예사로웠다.

"닦아요."

"네?"

"땀."

인희가 손가락을 들어 얼굴을 가리키자 정호는 그제야 젖은 이마를 깨달은 듯 아, 하고 탄식을 내뱉었다. 꽤 썰렁한 바람이 부는 봄날이었다. 그래서 이렇게 땀을 흘릴 정도라면, 정호가 말하는 길 건너편이 적어도 가까운 곳은 아니겠구나 짐작했다. 그리하라 시킨 것도 아닌데 미안해졌다. 손수건을 보고도 받아 들 생각을 하지 못하고 멍청히 서 있는 정호에게 인희가 농을 섞었다.

"땀이요. 닦을 줄 몰라요? 내가 닦아 줄까요?"

끔뻑끔뻑. 머루 같은 눈동자가 눈꺼풀에 가렸다 드러나길 몇 차례 반복하는 동안 남자는 말이 없었다. 손사래를 치며 사양하거나, 혹은 덥석 손수건을 받아 들거나. 둘 중 하나. 침묵이 어색해질 무렵 정호는 그녀가 만들어 놓은 선택지에 없는 행동을 했다.

"네."

"네?"

"닦아 주세요."

황당해서 되물을 수밖에 없는 대답이었다. 어떻게 해야 할지 몰라 주춤거리는 인희와 그 앞에 허리를 굽혀 눈높이를 맞춘 정호의 시선이 하나로 얽혔다. 부드러운 손수건의 감촉에 진저리가 쳐졌다. 불편한 자세로 올올히 버틴 채 기다리는 모습에 인희는 슬그머니 손을 들어 올렸다. 놓칠 것 같은 정사각의 직물을 세게 움켜쥐고 결 고운 피부 위를 톡톡 두드렸다. 까만 머리카락이 그녀의 손등을 간질나게 건드렸다.

가까이한 남자에게서는 좋은 냄새가 났다.

칼칼한 스킨 향도, 자극적인 향수 냄새도 아닌 편안한 냄새. 흔한 듯하면서도 흔하지 않아, 딱히 꼬집어 묘사할 수 없는 희미한 체향. 그것을 느끼자마자 인희는 대충 땀을 닦아 내던 손을 멈추고 뒤로 물러섰다.

"세탁해서 드릴게요."

쉽게 떨쳐지지 않는 잔향을 되새기는 인희의 손에서 정호가 손수건을 가져갔다. 조심스럽게 갈무리해 안주머니에 넣는 그의 움직임이 흥미롭다. 확대해석이라는 걸 알지만, 저렇게 귀하게 다뤄지는 제 물건을 보니 인희는 저가 마치 그리 소중한 사람이 된 것 같아 가슴이 벅찼다. 겨우 두 번 만났을 뿐인 사람이 제게 이런 마음이 들게 하다니.

인희는 미지의 생물을 보는 듯한 눈으로 상대를 관찰하고, 정호는 그 사실을 까맣게 모른 채 외투의 단추를 꼼꼼히 채운 후 가슴 언저리를 쓱쓱 손바닥으로 매만졌다. 조금 전에 집어넣은 손수건이 어디 도망갔을 리도 없는데, 마치 그것이 제자리에 없을까 염려하는 사람처럼.

"작가님, 점심 전이시죠?"

듣기 좋은 발음과 울림으로 정호가 물었다. 인희는 그의 손끝을 주시하던 것을 멈추고 작게 고개를 끄덕였다.

"네, 아직."

"그럼 저랑 같이 드세요. 계약 축하하는 의미로 맛있는 거 사 드릴게요."

이 아이와 내가 그런 이유로 같이 식사를 할 만큼, 친근한 사이 던가?

뾰족하게 가시 돋친 마음은 그렇게 외쳤다. 기실, 서인희는 그렇게 사교적인 사람이 아니었다. 교복을 입던 시절엔 한두 명쯤 친구라는 존재가 있었던 것 같긴 한데 이젠 연락조차 되지 않고, 아버지가 돌아가시고 나선 딱히 가족이라 부를 만한 사람도 없었다. 아니, 아버지란 인간은 살아 있을 때에도 그녀에게 가족이라는 안락한 의지처가 되어 주기엔 부적합한 치였다. 한 핏줄. 그 단어가 너무나 끔찍스러웠던 시절엔 피를 몽땅 뽑아 다른 새 피로 전부 갈아 버리는 상상을 수없이 했다.

그러나 그런 인희에게도 한때 가족이 있었다. 아주 절실히, 가족이고픈 사람이.

느닷없이 찾아온 망령 같은 기억에 시야가 뿌옇게 가라앉았다. 인산인해의 거리가 순식간에 적요해졌다. 인희는 이러한 기현상이 무엇을 뜻하는지 잘 알았다. 떠올리기 싫은 광경이 그녀의 의지와는 상관없이 재생되는 고통스러운 시간이 다시 찾아오려는 것이다.

"작가님?"

백주대낮에 혼자만의 악몽에 끌려 들어가려는 그녀를 구해 준
건 정호였다. 인희는 좀처럼 초점이 돌아오지 않는 아득한 눈을
들어 그를 쳐다보았다. 말간 얼굴이 걱정에 사로잡혀 어두운 기색
이었다. 두 눈을 몇 번 슴벅거린 그녀는 곧 아무 문제없다는 듯 여
상하게 웃어 보였다.

"그럼 내가 살게요. 계약금 받아서, 부자 됐거든요."

잠시 그녀를 말없이 내려다보던 그가 느리게 고개를 끄덕였다.
두 사람은 곧 나란히 걸음을 옮겼다. 바쁘게 제 갈 길을 재우치던
사람들이 꼭 한번쯤은 그들을 돌아보았다. 인기 있는 맛집인지 어
느 식당 앞에 길게 줄을 서 있던 여자들이 정호를 가리키며 저들
끼리 호들갑을 떠는 것을 보고 인희는 무심결에 그에게 시선을 주
었다.

그리고 눈이, 마주쳤다.

내내 그녀를 내려다보던 남자는 들켜 버린 시선을 수습할 생각
을 하지 못했다. 인희와 함께 있으면 그녀를 보는 게 할 수 있는
유일한 일인 것처럼 천연하기 짝이 없는 태도. 덕분에 부끄러움은
온전히 인희의 몫이 되었다. 그녀가 황망히 눈앞의 식당을 가리켰
다. 별 이견 없이 선뜻 그곳으로 앞장서는 정호를 따라 인희도 좁
은 가게 안으로 들어섰다. 매콤한 냄새에 절로 침이 고였다. 인희
는 그제야 기껏 고른 곳이 떡볶이 집이라는 사실을 깨달았다.

"뭐 좋아해요?"

"전 가리는 거 없어요. 다 잘 먹어요. 작가님은요?"

"음, 그럼 골고루 시켜 볼까요?"

앉아서 물을 따르고 젓가락을 가지런히 놓는 정호의 손은 그 모양새만큼이나 정갈하여 보기 좋았다. 얼마 지나지 않아 투박하게 담아낸 떡볶이며 튀김, 순대가 차례차례 식탁을 채웠다. 혹시 이런 음식을 좋아하지 않으면 어떡하나, 계약금을 받았다고 크게 한턱 낼 것처럼 해 놓고 겨우 분식이라니 섭섭해하면 어쩌나 걱정했던 것이 무색하게 정호는 바삐 젓가락을 움직였다. 보는 것만으로도 포만감이 느껴질 만큼 맛있게 먹는 정호를 보며 인희는 전에 없는 허기를 느꼈다. 떡볶이를 하나 집어 베어 물자 금세 코끝이 알싸해졌다.

"엄청 맵네요. 정호 씬 매운 거 잘 먹……."

냉수를 벌컥벌컥 들이켜고 빈 컵을 테이블에 내려놓던 인희는 마주 앉은 정호의 얼굴을 보고 말을 끝맺지 못했다. 눈물이 그렁그렁 고인 채로 혓바닥을 내밀어 식히던 정호가 인희와 눈이 마주치자마자 나쁜 짓을 하다 걸린 아이처럼 화들짝 놀랐다. 입꼬리에 힘을 주어 끌어내리던 그녀는 끝내 참지 못하고 박장대소하고 말았다.

소박한 점심식사가 수더분한 대화로 채워진다. 신기하게도 인희는 겨우 두 번 만났을 뿐인 정호가 참 편안하였다. 언뜻 서늘하게 보이는 귀공자 같은 이목구비임에도 이토록 포근한 인상을 주는 것은 그 표정과 태도의 몫이 컸다.

단어 하나하나 놓치지 않고 귀 기울여 듣는 자세나 미지근한 농담에도 함박웃음을 짓는 것. 활짝 웃을 때 드러나는 치아와 그 입술의 선이 세필로 정교하게 그린 듯 유려했다. 높지도, 그렇다고 지나치게 낮지도 않은 목소리로 조곤조곤 하는 말에 흠뻑 취한 인희는 시간이 가는 것도 자각하지 못했다. 몇 테이블 없는 자그마한 식당에 한 무더기의 학생들이 우르르 몰려와 할 수 없이 일어나야 하는 순간에는 느닷없는 아쉬움까지 느껴져 내심 당황하였다.

"어, 내가 사려고 했는데."

핸드백을 챙긴 인희가 부랴부랴 계산대로 갔을 때에는 이미 정호가 값을 치른 후였다. 큰 액수는 아니었지만 어쩐지 거북했다. 그가 그녀보다 연하라는 건 차치한다 하더라도, 집안 형편이 좋지 않다는 봉 감독의 말과 아직 수입이 넉넉지 않은 신인이라는 점이 마음에 걸렸다. 인희의 미안한 얼굴을 본 그가 먼저 선수를 쳤다.

"다음번엔 더 맛있는 거 사 드릴게요, 작가님."

인희는 피식 웃었다. 아까 그녀의 인사처럼, 그의 '다음'이라는 말도 그저 인사치레에 불과한 것일까. 조금 씁쓸한 기분으로, 그러나 내색하지 않으며 인희가 대꾸했다.

"다음번엔 내가 사야죠. 다른 신인배우들은 막 사 달라고 조르던데. 정호 씨는 어째 그 반대네요."

"잘 보이고 싶으니까요."

"나한테요?"

"네."

점심시간이 끝난 빌딩숲은 다시금 한산함을 되찾았다. 바람도 멎은 거리에서 정호의 뜻밖의 대답은 인희에게 수많은 의문을 남겼다. 고개를 갸우뚱 기울인 그녀가 눈을 가늘게 뜨고 그를 흘겨보았다.

"로비하려는 거면 상대를 잘못 골랐는데. 나 아직 햇병아리 작가라고요."

"어…… 그런 의미가 아니라."

웃자고 던진 말에 어쩐지 정호는 어쩔 줄 모르고 말끝을 흐렸다. 너무 정곡을 찔렀나? 하지만 쩔쩔매는 모습이 어쩐지 사랑스럽다. 자꾸 놀려 주고 싶게끔 해서 너스레를 떨게 되는 것이다. 저처럼 재미없는 인사에게 이런 식의 충동을 불어넣다니. 인희는 그도 능력이라면 능력이다, 하고 속으로 중얼거리며 걸음을 옮겼다. 그런 그녀의 앞을 그가 서투르게 막아섰다.

"그게 아니에요, 작가님."

가라뜬 눈이 서서히 그녀를 향했다. 고인 물처럼 늘 담담하던 그것이 크게 일렁이고 있어 인희는 퍽 긴장하고 말았다. 손금 사이사이 미지근한 땀이 맺혔다.

"배우로서 잘 보이고 싶다는 말이 아니었어요."

그러면요?

의문은 곧 파문이 된다. 묻고 싶었지만 차마 그리하지 못한 것은, 두려워서였다. 기대한 대답이 아닐 것이 두렵고, 또한 기대한 대답일까 봐 두려웠다. 무엇도 할 수 없어 인희는 그저 조용히 눈맞춤을 피했다. 그럼에도 너무나 선명히 느껴지는 남자의 열띤 시선에 문득 현기증이 일었다. 봄볕이 너무 따가워서라고, 그렇게라도 핑계를 찾을 수 있어 다행한 날이었다.

※　　※　　※

인희는 심각한 얼굴로 모니터를 응시하고 있었다. 기사 내용을 드래그하는 손가락엔 미처 숨기지 못한 짜증이 배어 있다. 노트북을 소리 나게 덮어 버린 그녀는 회전의자에 몸을 묻고 눈을 감았다. 피식거리는 웃음이 연방 새어 나왔다.

[한진호, 드라마 〈환상통〉 출연 고사]

[연희정, 드라마 〈환상통〉 캐스팅 사실 무근]

[드라마 〈환상통〉 삐걱대는 출발]

스치듯 보았던 짤막한 헤드라인이 멋대로 머릿속을 부유한다. 예상하지 못한 것도 아니었다. 든든한 제작사를 두긴 했지만 그녀는 아직 실력이 제대로 검증되지 않은 작가였다. 세 편의 단막극이 성공했다고 해서, 스무 편짜리 미니시리즈 역시 성공할 거라는 보장은 없으니. 그런 데에서 기인한 걱정으로 출연 제의를 거절하는 거라면 참을 수 있었다. 하지만 그녀가 짐작하는 바, 주연급 배우들이 줄줄이 퇴짜를 놓는 것은 분명 다른 이유 때문일 것이다.

"그래. 실컷 떠들어라."

인희는 자신의 과거사가 방송가의 뒷말하기 좋아하는 이들의 입에 심심파적으로 오르내린다는 걸 익히 들어 알고 있었다. 아마 그래서겠지. 더러운 구설을 두른 여자와 함께 일하기 싫다는 그들의 입장을 이해하지 못하는 건 아니었다. 그저 안타까울밖에. 인희는 자신 있었다. 그녀의 첫 미니시리즈는 분명 성공할 것이다. 그런 시나리오를 가려낼 눈을 갖지 못한 치들과 동고동락할 마음, 그녀에게도 없었다.

그녀는 느긋하게 마음을 먹기로 했다. 윤 엔터에서는 10월 방영을 목표로 하고 있지만 상황이 여의치 않다면 내년 봄이 될 수도 있다고 귀띔해 주었다. 그동안 그녀는 대본을 더욱 견고하게 손보면 되는 것이다. 그나마 업계에서 알아주는 대형 제작사를 등에 업었다는 게 위안이 되었다.

회전의자를 뱅글뱅글 돌리던 그녀의 가라앉은 시선이 테이블 끄트머리에 놓인 액자에 닿았다. 늘 그렇듯 잔잔하게 웃는 남자가 반듯이 서 있다. 인희는 액자 유리를 손톱 끝으로 톡, 두들겼다.

"김태언. 나 당신이 슬슬 미워지려고 한다."

죽어서 말이 없는 남자는 살아서도 수다와는 너무나 멀리 있는 사람이었다. 수심이 깊은 얼굴로 한 개비, 두 개비, 연달아 담배를 태우는 그의 주변엔 늘 그녀가 뚫지 못하는 거대한 벽이 존재했다. 태언을 떠올릴 때면 늘 그래 왔듯, 인희는 습관처럼 담배를 찾아 물었다. 백조의 목처럼 가느다랗고 우아한 막대의 끝이 숨을 들이쉴 때마다 붉게 타들어 갔다.

초콜릿처럼 달지도, 술처럼 기분이 좋아지지도 않는다. 그저, 기도가 조금 따뜻해지는 정도. 인희는 아직도 태언이 이것을 그토록 좋아했던 이유를 알아내지 못했다. 그렇게 갑자기 죽어 버릴 줄 알았다면 진작 물어볼걸, 하고 때때로 후회하곤 하지만…… 사실 시간을 돌린다 하더라도 마찬가지일 것이다. 담배를 피울 때

초점 없이 흐려지던 눈동자가 찾아 헤매는 것은 늘 인희가 아닌 다른 누군가였다. 다른 여자를 생각하며 피우는 담배의 의미를 물어볼 수 있을 정도로 용감한 여자가 못 되었다. 김태언의 아내였던 서인희는.

인희는 얼굴을 사납게 일그러뜨리며 재떨이에 꽁초를 비벼 껐다. 의자를 한번 빙 돌려 자리를 털고 일어난 그녀가 노트북을 챙겨 작업실을 나섰다. 태언의 흔적을 고스란히 간직한 작업실에서 그녀는 언제나 아무것도 하지 못하는 반편이었다. 그렇다면 오지 않으면 될 텐데. 아니, 그냥 처분해 버린다고 한들 누구도 뭐라 하지 못할 텐데. 인희는 그렇게 하지 못했다. 아직도 이곳에서 태언을 만나고 태언과 얘기를 한다.

그가 살아 있을 때 아니, 그가 이곳에서 차게 식은 시신으로 발견되었을 때와 거의 달라진 것이 없는 내부를 휘 훑어보고 현관을 잠갔다. 점차적으로 여길 들르는 횟수를 줄여 보려고 노력하고 있다. 그게 마음처럼 쉽지 않아 속이 쓰리지만.

역시 태언을 떠올리게 하는 그 카페는 작업실에서 불과 몇 미터 떨어지지 않은 곳에 있다. 늘 극과 극을 달리던 종잡을 수 없던 태언은 우습게도 이곳의 핫초코를 거의 중독 수준으로 좋아했다. 담배를 물고 있던 남자가 호호거리며 뜨거운 핫초코를 삼키는 부조화마저도 그 얼마나 그녀의 가슴을 두드렸었는지.

"어서 오세요. 주문하시겠어요?"

"핫초코 한 잔요."

기계적으로 카드를 내밀던 인희는 문득 고개를 들어 종업원의 얼굴을 바라보았다. 긴 머리를 양 갈래로 묶은 앳된 외모의 여종 업원이 그녀와 눈을 마주치고 친절하게 웃었다. 그 상냥한 미소 위에 인희는 무의식적으로 누군가의 모습을 덧칠해 보았다. 유니폼으로 보이는 체크무늬의 셔츠에 검은색 앞치마를 두른 그 아이, 박정호를.

"……아쉽네."

꽤 잘 어울렸을 것 같은데.

그때는 그랬다. 이곳에 올 때는 머리끝부터 발끝까지 온통 김태언으로 가득 차서…… 맹인처럼, 귀머거리처럼, 눈앞의 모든 것이, 부유하는 먼지마저도 전부 그 사람이었다.

"주문하신 핫초코 나왔습니다."

상념을 깨우는 소리에 인희는 굼뜨게 움직여 음료를 받아 왔다. 햇빛이 가장 잘 드는 자리에 앉아 늘어지게 광합성을 하며 부지런히 노트북을 두드렸다. 어깨가 조금 뻐근해서 고개를 좌우로 틀어 스트레칭을 하던 그때, 헥헥, 힘겹게 몰아쉬는 숨이 정수리 위로 쏟아졌다.

"정호 씨?"

안녕하세요. 목소리를 내는 것도 힘에 부친 것처럼 그가 입 모양으로만 인사를 전했다. 그대로 두면 과호흡으로 쓰러질 것 같아서 그녀는 손가락으로 냉큼 의자를 가리켰다. 기다렸다는 듯 맞은편에 털썩 앉아 냉수를 달게 마시는 정호에게 인희가 우스갯소리로 물었다.

"달리기가 취미예요?"

"취미요? 제 취미는 농구인데……."

숨을 고르며 진지하게 대답하는 그의 눈이 똘망똘망하다. 인희는 일부러 입술을 동그랗게 모았다. 다른 생각을 하려고 애썼지만 영문을 모르겠다는 정호와 시선이 부딪힌 순간, 웃음을 참아 내기란 불가능했다. 눈가에 눈물이 맺힐 정도로 숨 가쁘게 웃는 그녀를 보며 정호는 이유도 모른 채 따라서 입꼬리를 늘어뜨렸다.

얼마 만에 이렇게 웃어 본 것인지 모르겠다. 인희는 갈비뼈 부근이 당기는 것을 느끼고서야 간신히 웃음을 멈추고 정호를 보았다.

"정호 씨 되게 재밌는 거 알아요?"

"제가요?"

"네."

"그럴 리가요. 대표님께서 저더러 예능 프로그램 출연은 꿈도 꾸지 말라고 하시던데요. 재미없다고."

시무룩하게 풀 죽은 모습을 하는 그에겐 미안하지만 입안에 자꾸 공기가 찬다. 피식피식, 몰래 실소하던 인희는 뒤늦게 방향을 잃은 대화의 갈피를 잡았다.

"오늘은 무슨 급한 일이 있어서 뛰어 왔어요? 여기서 약속 있어요?"

"아니요. 없어요, 약속. 작가님 뵈러 왔어요."

"나를요? 내가 여기 있는 건 어떻게 알고……."

"윤혜가 알려 줬거든요. 저기, 여자애요."

인희는 정호가 가리키는 방향으로 시선을 옮겼다. 정호가 머리 위로 손을 흔들자 갈래머리의 여종업원이 마주 인사했다. 꽤 친밀해 보이는 사이에 인희가 지나가듯 물었다.

"전에 같이 일하던 사이인가 봐요."

"아니요. 같이 일하던 사이는 아닌데, 제가 친하게 지내자고 했어요. 안 지 한 일주일쯤 됐을 거예요."

"귀엽게 생겼네요. 정호 씨 저런 스타일 좋아하는구나."

뾰로통한 목소리를 들켰을까, 무심코 뱉어 놓고 눈치를 살피는 인희를 아는지 모르는지. 정호는 화들짝 놀라며 두 손을 가로저었다.

"아니요. 아닌데요, 제 스타일."

"부끄러워서 그런 거면 걱정 말아요. 안 놀릴게요."

"진짜 아니에요. 작가님 연락처를 몰라서 그런 건데⋯⋯."

"내 연락처요? 그게 저 학생이랑 무슨 상관이 있어요?"

"작가님이 여기 오시면 저한테 좀 알려 달라고 부탁했거든요, 윤혜한테."

미로에 갇힌 것 같은 느낌. 출구를 찾는 그녀에게 그는 갈수록 헷갈리는 힌트만 내어 주는 불친절한 조력자다. 뭔가 중요한 포인트를 놓치고 있다는 자각을 인희는 애써 무시했다. 무심결에 눈썹을 찡그렸더니, 그를 다른 의미로 해석했는지 휴대전화를 뒤지는 정호의 손가락이 다급했다.

"정말이에요. 보세요."

[꼭 알려 줘. 꼭.]

[알았어, 오빠. 그럼 나 진짜 밥 사 줌?]

[응.]

[아싸. 근데 그분한테 돈이라도 떼였어? 오면 경찰도 같이 부를까?]

[아니. 드릴 게 있어서 그래.]

[그게 뭔데?]

.

.

[나타났다, 오빠. 그분.]

괜찮다는데도 기어이 손에 쥐여 주고 문자를 다 읽게 했다. 터럭만큼의 오해도 받기 싫다는 듯 강경한 태도는 늘 유순하던 박정호와 어울리지 않았다. 인희는 어쩐지 이런 그가 싫지 않다. 그리고 그가 싫지 않다고 느끼는 스스로가 낯설다.

"보세요. 다 작가님 얘기인데."

"그러네. 그런데, 나한테 줄 게 있다는 건 뭐예요?"

"아, 이거요."

온화하게 풀린 날씨에 맞춰 그가 저번보다 훨씬 얇아진 재킷 안 주머니에서 눈에 익은 손수건을 꺼내 들었다. 인희의 눈이 동그래졌다. 대체 언제, 어떻게 만나질 줄 알고 챙겨 다닌 건지.

"근데, 오늘 못 드릴 것 같아요."

"어, 혹시 세탁을 못 해서 그런 거면 괜찮아요. 그냥 줘도."

"그런 게 아니라…… 여기 우느라 또 땀을 흘렸거든요. 오늘 완진 여름 같아요, 그죠?"

"아, 그런가?"

달리기로 흘린 땀은 이미 다 마르고도 남았을 시간. 그는 보송해진 얼굴에 굳이 손수건을 꾹 누르며 덧붙였다.

"다음에 드릴게요."

"다음, 언제요? 내가 또 이 카페에 오는 날에요?"

"아니요."

손수건을 꽉 쥐는 정호의 떨리는 손끝을 인희는 놓치지 않고 주시했다. 시선을 잠깐 내려 차갑게 식어 버린 핫초코를 응시하던 그가 다시 눈을 들었다. 단정한 입술 사이로 흘러나오는 음성은, 그 손끝만큼이나 단정치 못하다.

"연락처, 알려 주세요. 매번 여기 오시길 기다릴 수는 없으니까……."

더 모르는 척하는 건 힘들겠구나. 인희는 결국 체념하듯 한숨을 내뱉었다.

"정호 씨, 나한테 관심 있어요?"

이런 전개는 미처 준비하지 못했는지 그가 눈에 띄게 당황하는 것이 보였다. 숨은 쉬라고 말해 줘야 하나. 부푼 채로 멈추어 호흡을 잊어버린 정호의 가슴을 바라보며 인희는 진지하게 고민했다. 대답은 듣지 않아도 충분히 예상할 수 있었다. 다만 인희가 짐작할 수 없는 건 정호의 대답을 듣고 난 후 그녀 자신의 마음이었다.

"네."

하나의 음절에 담기기엔 너무나 깊은 울림이 사분사분 인희의 귓가로 내려앉았다. 머그를 감싼 두 손에 힘이 들어갔다. 깃털을, 부드럽고 가벼운 깃털을 잘못 삼킨 것처럼 명치가 간지러웠다. 인희는 미간을 좁힌 채 정호를 응시했다.

좋은 징조가 아니다, 이런 감각은.

"정호 씨, 나는……."

"작가님, 제가…… 제가 먼저 얘기해도 돼요?"

정호가 그답지 않게 인희의 말을 중간에 잘라 버렸다. 난처한 표정으로 입술을 깨물던 인희는 선수를 빼앗겼다. 그리고.

"좋아해요."

들어 버렸다.

음성은 떨릴지언정 눈빛만큼은 흔들림이 없다. 차분하게 갈망하는 눈빛 앞에서 인희는 무력해지는 자신을 느꼈다. 그저 청춘의 치기 어린 감정이라 웃어넘길 수 있으면 좋을 텐데 그럴 수 없게 만드는 시선이다.

"거짓말하고 싶지 않아요. 감춘다고 속아 주시지도 않겠지만."

"네. 그 정도로 눈치 없는 여자가 아니거든요."

"제가 너무 티를 냈나 봐요."

"아니라곤 못 하겠네요."

"참아지지가 않았거든요. 이렇게 빨리 들킬 생각은 아니었는데……. 그런데, 같이 있으면 아무 생각도 못 하겠어요. 그만큼 좋아요, 작가님이."

순수하다는 건 무모하다는 것과 일맥상통하는 말이 아닐까, 그 마음의 바닥까지 전부 드러내 보일 듯 숨김없는 고백은 그래서 더욱 안타까웠다. 끝내 받아들여지지 않을, 사장되어 목적지를 잃게 될 마음이라.

인희는 마른침을 삼키며 천천히 노트북을 닫고 그것을 가방에 집어넣었다. 정호에게 고문과도 같을 침묵을 인희는 오래 끌지 않았다.

"그러지 말아요, 정호 씨."

"작가님."

"나 좋아하지 말아요. 받아 줄 생각 없으니까."

"받아 달라는 뜻 아니에요. 저는, 그냥……."

"그냥."

정호의 말을 막으며 인희는 가방을 챙겨 자리에서 일어섰다. 앉은 채로 그녀를 올려다보는 그의 모습은 사춘기도 겪지 않은 어린아이 같았다. 금방이라도 울먹일 것처럼 젖은 눈이었다. 도무지 잔인해지기 힘든.

인희는 그 모습을 외면하듯 고개를 흔든다.

"그냥은 없어요."

"……."

"모든 애정은 보상을 바라거든요."

서인희가 김태언에게 그랬듯이.

부모와 자식 간에도 맹목적인 사랑 따위는 없다. 적어도 그녀가 겪은 세상은 그랬다.

"손수건은 받은 셈 칠게요. 잘 가요."

다음에 또 봐요. 무심결에 꼬리를 물고 나오려는 말을 삼켜 낸 인희는 빠르게 그 자리를 벗어났다. 따라 나오면 그때는 무슨 말로 단념시켜야 할까 걱정한 것이 무색하게도, 그는 그녀를 잡지 않았다. 횡단보도를 건넌 후 돌아본 카페 안에 그 자리 그대로 망부석처럼 굳어 있는 그를 확인했을 뿐이다.

다행스러운 일이야. 자위하는 한편 걱정이 되었다. 필요 이상으로 큰 상처를 준 것은 아닐지. 곱씹던 그녀는 곧 시리게 자조했다. 고작 두 번을 만난 여자에게 좋아한다고 해 보아야, 그것이 얼마나 대단한 감정일까 싶었다. 어쩌면 심각한 것은 자신뿐일지도 모른다고, 인희는 그렇게 머릿속에서 정호를 털어내 버렸다.

세 번째 만남이 끝이 났다. 그리고 아마도 이것이 마지막 만남이 되리라, 인희는 섣불리 그렇게 판단했다.

❋　　❋　　❋

그 일이 있은 후, 며칠이 지났다. 윤 엔터 쪽에서 주요 배역의 캐스팅이 잠정적으로 마무리되었음을 알려 왔다. 담당 팀장이 배우들의 프로필을 메일로 보내 주겠다며 전화를 끊었다. 토스트 끄트머리를 문 채로, 인희는 막 출력되어 온기조차 식지 않은 종이를 뒤적거렸다. 여자 주인공과, 남자주인공을 연기할 두 배우에 관한……

"……어?"

두 눈을 깜빡거려 본다. 그러나 몇 번을 확인해도 달라지는 것은 없었다. 무화과 잼을 아낌없이 발라 낸 토스트는 더 이상 아무 맛도 나지 않았다.

박정호.

새하얀 니트를 입고 천진하게 웃고 있는 얼굴은 분명 그였다. 도무지 믿기지 않아 사진 아래로 눈을 굴렸다. 박정호. 선명한 세 글자에 그녀는 물고 있던 빵 쪼가리를 식탁 위로 던졌다.

헛웃음이 터져 나왔다. 다시 확인한 사진 속 그의 미소는 처음 처럼 그리 선량해 보이지 않았다.

Before
Goodbye

2

"서 작가님 오셨어요? 접때 메일로 보내 드린 건 보셨죠? 아, 그리고 고우진 씨 쪽에서 길현 역 하겠다고 오전에 연락 왔어요. 내일 저녁 식사 같이하려고요. 이야, 주연 배우 캐스팅이 잘 풀리니까, 나머지는 그냥 척척이에요."

펜을 비녀 삼아 아무렇게나 머리를 틀어 올린 마흔 줄의 여자가 무지막지한 악력으로 인희를 회의실로 이끌었다. 넓지 않은 공간에 수많은 고뇌의 흔적이 여기저기 걸쳐 있다. 제작 2팀의 한수경 팀장이 자신의 수고에 대한 공치사를 기대하듯 부담스러운 눈길로 인희를 응시했다. 인희는 말 대신 오는 길에 사 온 케이크를 내밀었다. 지지러질 듯 비명을 지른 한 팀장이 제 밑의 직원들을 호출하는 동안, 인희는 배우들의 프로필 수십 장이 잡다하게 어질러져 있는 테이블 앞에 앉았다. 아무렇게나 섞여 있는 사진들 사이에서 유독 눈에 띄는 얼굴. 인희의 손가락이 그것을 골라냈다.

"정말 근사한 페이스 아니에요? 제가 이제 잘생긴 거에는 이골이 나서 어지간해선 감흥이 없는데, 박정호는 뭐랄까…… 좀 특별한 것 같아요. 분위기가."

"그러니까, 아주 확정이 된 건가요?"

"별 이견이 없는 이상은요. 장 감독님도, 대표님도 마음에 든다고 하시고. 최근에 개봉한 느와르 영화에서 꽤 비중 있는 조연을 하나 맡았는데, 그게 반응이 좋아서 요즘 여기저기서 러브콜이 쏟아진대요. 광고도 계약하고. 신인이지만 확실히 스타성은 있어요. 아, 혹시 작가님 마음에 안 차시는 건……"

"아니요, 그런 건 아니에요."

인희가 서둘러 고개를 내저었다. 애초에 캐스팅에 관해서는 전적으로 제작사의 결정에 따르겠다고 한 후였다. 처음부터 인희는 자신 때문에 출연 배우 섭외가 난항을 겪을 거라고 예견했었다. 그것만으로도 고될 제작진에게 까다로운 작가의 입맛까지 맞춰야 하는 부담까지 얹어 주고 싶지 않았다. 딱히 누군가가 연기해 주기를 정해 두고 쓴 극본도 아니었으니 이제 와서 말을 바꿔 가타부타하는 건 추접한 일이었다.

"물론, 정호가 아직 이렇다 할 출연작도 없고 경력도 짧지만…… 제 안목 한번 믿어 보세요, 작가님. 탁일준, 탁이준 역에 이보다 제격인 배우는 없을 거라고 장담해요. 분명 화제가 될 거예요. 특히 탁이준!"

한 팀장은 마치 꿈을 꾸는 소녀 같은 얼굴로 두 손을 포개었다.

〈환상통〉은 일란성쌍둥이인 탁일준과 탁이준 형제의 이야기였다. 당연히 처음부터 1인 2역을 염두하고 시나리오를 썼다. 그 연기력을 신뢰하기엔, 정호의 필모그래피는 너무나 심플하다. 인희는 조심스럽게 입술을 열었다.

"일준 역은, 그리 까다로운 연기를 요하는 것도 아니니 별로 걱정스럽지 않아요. 하지만 이준은, 미성숙하고 자기중심적인 캐릭터예요. 예은이 앞에선 순한 양이지만 목적을 위해선 뒤에서 끔찍한 짓도 서슴지 않는…… 조금 위험한 인물인데. 여기 이 박정호 씨는……."

"마스크가 너무 선하죠. 알아요. 저도 처음엔 그게 마음에 걸렸는데, 장 감독님이 그러시더라고요. 이준은 그럼에도 불구하고 안타깝고, 사랑할 수밖에 없는 캐릭터라고. 자칫 강한 인상의 배우를 썼다간 탁이준 역은 아예 악한이 되어 버릴 거예요. 두렵지만 연민할 수밖에 없는 인물. 그게 가능하려면 이준 역의 교활한 이중성을 중화시켜 줄 만한 천진한 이미지의 배우가 어울리지 않을까 싶어요."

수긍할 수밖에 없는 설명이었다. 사실 박정호의 그 고백만 없었더라면 인희는 아마 쌍수 들어 이 캐스팅을 환영했을 것이다. 그는 그녀가 머릿속에 그린 이미지와 정확히 일치하는 배우였다. 그녀의 시선이 아무렇게나 섞여 있는 정호의 사진을 향했다. 새하얀 터틀넥을 입고 활짝 웃는 모습과 흑백으로 처리된 그의 무표정한 얼굴은 마치 서로 다른 사람인 양 달랐다. 그럼에도 불구하고 그 간극이 조금도 어색하게 느껴지지 않는 신비한 매력이 박정호에겐 분명히 존재했다.

공은 공이고 사는 사. 그 정도도 구분하지 못해서 여러 사람 피곤하게 해서는 안 될 일이다. 고개를 끄덕인 인희가 결국 낮게 한숨을 흘렸다.

"네. 알겠어요. 한 팀장님 말씀을 들으니까 안심이 되네요."

"그럼요. 걱정 마세요. 몇 개 없긴 하지만 지금까지 출연한 작품들 모니터도 다 해 봤는데, 연기는 말할 것도 없어요."

한 팀장이 확신에 찬 어조로 강경하게 얘기했다. 결과적으로 저만 중심을 잘 잡으면 아무 문제없을 일, 인희는 껄끄러운 마음을 애써 잠재우고 이만 자리에서 일어섰다. 빌딩을 나와 버스정류장으로 걸어가는 내내 인희는 저 자신을 설득하는 일을 멈추지 않았다. 따지고 보면 작가와 배우가 만날 일이 무에 그리 많을까 싶었다.

인희는 피식 웃어 버렸다. 스물아홉과 스물셋. 여섯 살이나 어린 남자의 풋정이리라 가볍게 넘기자 했던 때는 언제고 곱씹고 곱씹는지. 이렇게 심각해질 필요조차 없는 일이야. 털어 내고 털어 내길 반복했다.

6시가 넘은 시간에도 제법 길어진 해에 눈이 부셨다. 버스를 기다리며 도로를 내다보는 그녀의 앞에 흰색 승용차가 멈춰 섰다.

"작가님! 차 안 가져오셨어요?"

"아, 여긴 올 때마다 차가 많아서 늘 막히더라고요. 퇴근하는 길이에요?"

"네. 그러지 말고 타세요, 작가님!"

손을 내저으며 사양하던 인희는 뒤이어 정류장으로 들어오던 버스가 경적을 울리는 바람에 서둘러 조수석에 몸을 실었다. 한 팀장이 경쾌한 하이톤의 목소리로 물었다.

"댁에 가시는 길이에요? 아니면 불금이니까, 약속 있으시려나?"

"아뇨, 집에 가려고요. 어, 저는 근처 아무 지하철역에나 세워주시면 돼요."

"그러지 마시고, 약속 없으시면 저랑 저녁 같이하세요. 네?"

"아니에요, 괜찮아요."

"아이. 제가 작가님이랑 좀 친해지고 싶어서 그래요. 근처에 진짜 괜찮은 참치집 있거든요. 혹시 회 안 드시는 건 아니죠?"

한 팀장은 애교가 많고 활달한 성격이었다. 같이 식사를 하자고 하는 걸 이미 몇 번 사양한 전적이 있어 이번에도 거절키가 어려웠다. 인희가 응하자 한 팀장이 신이 난 얼굴로 차를 돌렸다. 그녀가 말한 음식점은 제작사 빌딩에서 불과 몇 블록밖에 떨어지지 않은 곳이었다.

"작가님 먼저 들어가 계세요. 저 잠깐 볼일 좀."

종업원의 안내를 따라 걸음을 옮기던 한 팀장이 중간에 화장실로 샜다. 홀로 들어간 2평 남짓한 다다미방 한쪽 벽면엔 매화가 그려진 커다란 오죽선이 걸려 있다. 인희는 장식으로 달아 놓은 가짜 창문 아래이 철쭉 분새를 바라보았다. 다홍빛 꽃을 머리 가득 무겁게 이고 있는 모습이 화려하다.

드르륵.

"오셨⋯⋯."

문이 열리고 철쭉에서 눈을 떼고 뒤를 돌아본 인희의 동공이 크게 일렁였다. 어째서? 의문을 담은 그녀의 시선에 그가 말갛게 웃었다.

"어어, 정호 되게 빨리 왔네? 안 들어가고 서서 뭐해? 들어가, 들어가. 그나저나 뛰어왔니? 땀 흘리는 것 봐."

곧 한 팀장이 손의 물기를 털며 등장하였다. 인희는 엉거주춤 일어났다. 정호와 한 팀장이 마주 보고 앉자 잠깐 고민하던 그녀는 한 팀장의 옆에 조심스럽게 자리를 잡았다.

"정호 너, 서 작가님 처음 뵙지? 인사드려."

"어, 처음 아니에요, 팀장님. 그동안 잘 지내셨어요, 작가님?"

"아니야? 뭐야, 구면이야? 서 작가님, 정호랑 아는 사이였어요?"

관자놀이가 지끈거려 왔다. 망했다. 그냥 모른 척 초면인 양 인사해 줬으면 했는데.

"아, 제가⋯⋯."

"그냥 잠깐. 얼굴만 본 사이예요. 봉석주 감독 아시죠? 그분이랑 같이 우연히 커피 한 잔 했어요."

정호가 대답하려는 걸 인희가 냉큼 가로챘다. 한 팀장이 아아, 하는 추임새를 끝으로 흥미를 거두자 인희는 남몰래 가슴을 쓸어내렸다. 한 팀장이 메뉴판을 뒤적이는 동안 인희는 맞은편을 흘끗거렸다. 정호는 섭섭한 얼굴로 아랫입술을 비죽 내민 채 그녀를 노골적으로 바라보고 있었다. 인희는 불에 덴 것처럼 서둘러 시선을 피했다.

"그런데 어떻게 된 거예요? 정호 씨가 여기 왜……."

"아, 화장실에서 잠깐 통화하는데, 사무실에 있다기에 오라고
했어요. 뭐 장 감독님이랑, 주연배우들이랑, 저희 제작사 식구들
다 같이 제대로 자리 한번 만들겠지만. 그 전에 친해지면 더 좋고.
좋은 게 좋은 거 아니겠어요? 그쵸, 작가님?"

달리 뭐라 하겠는가. 한 팀장은 생글거리며 요리를 주문했고 인
희는 타는 속에 맹물만 연달아 들이켰다. 그것을 제멋대로 해석한
한 팀장이 맥주를 시켰다. 곤란한 얼굴로 손을 내젓는 인희를 향
해 한 팀장은 사람 좋게 웃었다.

"맥주인데요, 뭘. 한 잔만 하세요. 아, 원래 회에는 소주인데.
아니면 정종 한 병 시킬까요, 작가님?"

"아니요. 맥주로 해요. 제가 술을 잘 못 해서."

"아, 술 잘 못 하시는구나. 정호 너는? 하긴 너는 딱 봐도 한
잔 들어가면 헤롱거리게 생겼다."

"저 세 병까지는 괜찮아요."

"소주로? 에에, 의외다. 역시 어려서 그런가? 간이 싱싱해서."

한 팀장의 너스레에 정호가 배시시 웃었다. 꽤 친분이 두터워
보이는 두 사람의 모습을 인희가 호기심 어린 눈으로 구경하자 한
팀장이 뒤늦게 설명했다.

"저희끼린 벌써 누 번이나 미팅했거든요. 미팅 끝나고 같이 밥
도 먹고 그러다 보니 친해졌어요. 원래 알던 사이는 절대 아니에
요. 섭외는 정말 투명하게 이루어졌습니다, 작가님."

"어, 그런 생각 안 했어요, 팀장님."

"후후. 농담이에요, 농담. 어! 참치 왔다!"

참치 한 점에 소주 한 잔. 맥주 한 잔을 가지고 한 시간을 버티는 인희와는 다르게 한 팀장과 정호는 주거니 받거니 잔을 기울였다. 얼큰하게 취한 한 팀장이 테이블에 턱을 괴고 정호에게 말했다.

"정호야, 너 내가 빅뉴스 하나 알려 줄까?"

"빅뉴스요?"

"곧 너희 회사에도 정식으로 연락이 가겠지만…… 내가 너 기분 좋으라고 미리 터뜨린다, 까짓것!"

"네?"

"네가 됐어. 네가 주인공이야. 오늘 최종적으로 우리 서 작가님도 오케이하셨거든."

"정말…… 정말요?"

"응. 그러니까 너어, 우리 작가님한테 자알 해야 한다. 내가 오늘 작가님 겨우겨우 설득했어."

맙소사. 인희가 놀란 눈으로 한 팀장을 돌아보았다. 이렇게 말하면 제 입장이 뭐가 되느냔 말이다. 인희는 절규하고 싶은 심정이었다. 혀가 꼬여서 무슨 뜻인지 못 알아들었을지도 몰라. 한 줄기 희망을 붙들고 정호의 표정을 확인했으나 돌아온 것은 그의 어둡게 가라앉은 음성이었다.

"제가 경력도 짧고 많이 모자란 거 알아요. 작가님 작품에 누가 되지 않도록 정말 열심히 하겠습니다."

"아, 네. 저기, 오해는 하지 말아요. 정호 씨가 모자라다고 생각한 적은······."

"에이, 작가님도 말씀 편하게 하세요. 듣는 정호가 더 불편하겠어요."

테이블에 엎어지기 일보 직전의 상황에서도 한 팀장은 말하기를 멈추지 않았다. 난처해하는 인희에게 한 팀장이 팔짱을 끼며 아양을 떨었다. 둘이 친하게 지내세요, 네? 정호 정말 괜찮은 애예요. 주절주절 쏟아 내는 한 팀장의 주정에 정호가 말을 보탰다.

"괜찮아요. 말씀 낮추세요, 작가님."

"그래요, 작가님. 우리 서 작가님 정말 너어무 예의바르셔."

"알았어요. 알았어. 이제 그만 일어나요. 한 팀장님 너무 많이 드셨어요."

두 사람의 성화에 두 손 두 발 다 든 인희가 슬슬 자리를 정리하려는 때, 하필이면 주방장이란 남자가 찾아와 소주잔을 디밀었다. 참치 눈물을 섞은 술인데 여자 몸에 좋은 거라고 어찌나 강권하는지, 인희가 못 이기는 척 받아마시자 한 팀장은 신이 났다. 일찌감치 파장하려던 인희의 계획은 그렇게 묵살당했다. 가게 밖으로 나왔을 때는 어느덧 밤 열한 시가 훌쩍 넘은 시간이었다.

"우리 서 작가니임, 오늘 정말 재밌었어요! 앞으로도 저랑 자주 놀아 주세요, 네?"

"네, 네. 알겠어요. 저기, 정호 내가 좀 바래다 드려, 응?"

한결 짧아진 말끝이 어색했다. 그녀가 정호에게 존대를 하는 것에 이상하게 집착하는 한 팀장 때문에 결국 억지로 말을 놓게 된 것이다. 그녀의 부탁에 정호가 한 팀장의 팔 한쪽을 잡고 차로 이끌었다. 대리기사가 따뜻하게 데워 놓은 차 안에 몸을 구겨 넣으며 한 팀장은 따라 타려는 정호를 밀어내고 잽싸게 문을 닫았다.

"넌 어딜 따라 타? 작가님 댁에 모셔다 드려야지."

"저는 괜찮아요, 한 팀장님."

"제가 안 괜찮아요. 작가님같이 예쁜 분은 밤에 혼자 다니시면 큰일 난다니까요? 이 아줌마는 남편이 마중 나오기로 했으니까 걱정 붙들어 매세요, 아셨죠?"

"아니, 그래도……."

"박정호, 너! 우리 작가님 고이 모셔다 드려! 내가 내일 확인 전화 한다아!"

창밖으로 얼굴을 내밀고 손을 붕붕 흔드는 한 팀장을 태우고 차는 순식간에 멀어져 갔다. 인희는 황당한 얼굴로 차들이 빽빽이 찬 금요일 밤의 도로를 바라보았다.

5월. 봄이라지만 밤공기는 서늘하기 그지없다. 절로 움츠러드는 그녀의 어깨에 불현듯 훈기가 내려앉았다. 그녀의 작은 체구에는 턱없이 큰 남성용 재킷이 봄바람에 춤추듯 텅 빈 팔을 흔들어 댔다.

"괜찮아, 입어."

"입고 계세요. 밤에 쌀쌀해요."

"너는……."

"택시 잡을게요. 잠시만요."

역시, 삐진 거야.

중간에 말을 자르고 도로로 다가가는 정호의 모습을 바라보며 인희는 신음했다. 후. 심호흡을 하고 마음을 다잡은 그녀가 걸음을 옮겨 정호의 앞에 섰다.

"저기, 오해하지 마. 아까 한 팀장님이 하신 말씀은……."

"제가……."

"……."

"싫으세요?"

"아니야, 그런 거."

"그럼 제가 불편하세요?"

상처 입은 여린 짐승처럼 겁먹은 눈으로 그가 물었다. 역시 '아니'라고 하려던 입술이 그대로 다물렸다. 그녀는 거짓말에 있어서 꽤 유능한 편이었지만, 꼭 필요할 때가 아니면 대체적으론 모든 일에 솔직하게 응하는 타입이었다. 그리고 인희는 지금이야말로 반드시 솔직해야만 할 때라는 걸 직감하였다.

"그래. 아무래도, 좀 불편하네."

혹시라도 울어 버린다거나 하는 건 아니겠지. 노심초사 정호의 안색을 살피던 인희는 느닷없이 빙글거리는 미소를 발견하곤 갸우뚱 고개를 꺾었다. 얘가 보기와는 다르게 취했나?

"왜 웃어?"

"비긴 걸로 해요. 저도 작가님 불편하니까."

참, 듣기 좋지도 않은 밀을 산뜻하게도 한다.

인희는 자조하듯 웃었다. 불편하다는 건, 후회한다는 뜻이다. 그녀는 스스로가 머저리같이 느껴졌다. 탁이준 역에 정호가 유력

하단 소식을 들었을 때, 그 고백에 대한 거절을 받아들이지 못하고 엉뚱한 생각을 하고 있는 것은 아닌가 염려했던 것이 민망해졌다. 스물셋, 얼마나 어리고 철없는 나이인지…….

"심장도 너무 빨리 뛰고, 머리도 멍하고. 하고 싶은 말은 너무 많은데, 그중에 어떤 말을 해야 할지는 모르겠고. 그래요. 작가님이랑 같이 있으면."

"…….."

"누굴 좋아하는 거요. 되게 불편하고 어려운 일이네요."

자동차 라이트에 하얗게 빛나는 정결한 얼굴이 수줍게 웃었다. 부끄러우면 시선을 피할 만도 한데, 그는 온전히 그녀 하나만을 제 눈에 담았다. 금요일 밤의 소란을 무심히 가라앉히는 눈동자. 밤의 어둠 속에서도 인희는 그 눈에 어리는 제 모습을 볼 수 있었다. 아무 말도 하지 못한 채, 웃어야 할지 울어야 할지 택일하지 못하고 갈팡질팡하는 그 여자는.

"그래서 그 고백, 사과 안 할래요."

두근거렸다.

"작가님보다 제가 더 힘들고 아프니까요."

그리고 봄바람에는, 이전엔 미처 알아차리지 못했던 꽃내음이 났다.

❀　　❀　　❀

가장 큰 문제였던 캐스팅이 해결되고 나자 드라마 제작 진행 상황은 그야말로 순풍에 돛 단 듯하였다. 찍어 내는 드라마마다 동시간대 최고 시청률을 자랑하는 감독과, 국내 굴지의 대기업을 모회사로 둔 제작사 덕분일까. 초짜작가도 모자라, 남자주인공 역에 신인 배우를 기용했다는 파격에도 불구하고 〈환상통〉은 수많은 기업과 기관이 눈독 들이는 매력적인 투자처였다.

9월 말 편성이 확정되자마자, 연일 캐스팅에 관한 기사가 쏟아졌다. 스타 여배우와 이제 막 알음알음으로 대중에게 얼굴을 알리기 시작한 신인 배우의 조화에 대해 성급히 성패를 가늠하느라 기자들의 손은 바빴다. 그중 몇 번은 인희에 관한 이야기도 곁들여지곤 했다. 젊은 나이에 미망인이 된 작가. 그녀의 사망한 남편에 관한 이야기들.

인희는 그런 기사들에 철저히 모르쇠로 일관했다. 삼 년 전, 그녀의 나이 스물여섯에 태언을 잃으면서 이미 한차례 겪었던 홍역이었다. 어린 나이에 일찌감치 겪었던 불행한 일들로, 그녀는 어지간한 일에는 눈 하나 깜짝 않는 강심장이 되었다. 혹자는 철면피, 냉혈한이라고 평가하긴 했지만.

그런 그녀의 평상심이, 요즘 따라 유독 누군가의 앞에서 무용지물이 되고 만다.

"작가님!"

깜짝이야.

어깨를 움츠린 인희는 뒤를 놀아보기 전부터 반쯤은 얼굴을 찌푸린 상태였다.

"식사하셨어요? 저 배고픈데."

"가서 밥 먹어."

"작가님이 같이 먹어 주면요."

"그냥 굶든지."

휙. 냉정하게 몸을 돌려 걷던 그녀의 옆에 그가 따라붙었다. 모자도 없고, 마스크도 없다. 심지어 화보를 찍는 도중에 탈출이라도 한 건지 지나치게 꾸민 듯한 모습이었다. 왁스를 발라 위로 고정시킨 머리 하며, 코발트블루의 범상치 않은 슈트. 결국 인희는 신음하며 자리에 우뚝 섰다.

"사진 찍다 왔어?"

"우와, 어떻게 아세요? 잡지 촬영하다 왔어요."

옷차림을 보면 누구나 쉽게 추측할 수 있는 것인데, 그는 마냥 신기하고 좋은지 감탄을 아끼지 않는다. 그 유난스러운 반응을 모르는 척, 인희는 무뚝뚝한 음성을 꾸며 냈다.

"피곤하겠네. 가서 쉬지 뭐하러 여길 와."

"안 피곤해요. 하나도."

내가 피곤해, 내가.

인희는 앙다문 이로 복화술을 하듯 말을 삼켰다. 그러거나 말거나, 그녀를 보며 생긋생긋 웃는 그가 멋대로 인희의 품에서 노트북 가방을 빼앗아 들었다.

"안 바쁘니?"

"안 바쁜데요."

"왜?"

"오늘 스케줄은 다 끝났으니까요."

"그럼 집에 가야지, 대체 왜 자꾸 남의 아파트 앞을 기웃거리는데?"

"이거 들어 드리려고."

무슨 말도 안 되는 핑계를.

인희의 눈이 정호를 흘겨보았다. 점점 넉살만 늘어가는 그는 익숙한 듯 그런 눈빛을 받아 내었다. 남의 동네를 제집처럼 앞장서 활보하는 뒷모습에, 이제 막 여름의 열기를 담기 시작한 햇살이 쏟아졌다. 아마 가을용일 짙푸른 슈트가 그의 몸에 보기 좋게 꼭 맞았다. 조금은 현실감이 없는 모습이었다. 평소와 달리 이마를 드러낸 얼굴이 남성다운 윤곽을 고스란히 드러내었다. 왠지 기운이 빠져 좀처럼 빨리 걷지 못하는 인희를 돌아본 정호가 호기심 어린 목소리로 중얼거렸다.

"이렇게 무거운 걸 어떻게 이 작은 손으로 들고 다니지. 신기하다."

"또 헛소리한다. 나 여자치고 손 큰 편이거든?"

"아닌데. 엄청 작은데."

"그래. 작다, 작아."

"잡아 보고 싶은데, 화내실 거죠?"

이러니, 평정심을 유지하려야 도무지 그럴 수가 없는 것이다.

"작가님."

"왜."

"우리는 언제쯤 사귀게 되나요?"

또 시작이다, 또.

인희는 대꾸하기도 귀찮다는 듯 손을 내저었다.

그날이었다. 거나하게 취한 한 팀장을 먼저 보내고 졸지에 둘만 남게 되었던 날.

'작가님 말이 맞아요. 모든 애정은 보상을 바란다는 말.'

'응?'

'혼자서만 좋아하는 걸로는 이제 부족해졌거든요.'

정호가 처음으로 인희에게 연애를 말했던 날은 이미 한 달 전의 이야기였고,

'저랑, 연애 안 하실래요?'

그에 대한 거절 역시 같은 날에 이루어졌다.

'받아 줄 생각, 없다고 전에도 얘기한 걸로 아는데.'

그 이후로는 굳이 세어 보지 않았다. 이젠 뭐, 습관적 고백, 습관적 거절이라고 할 수 있겠다.

"제가 싫지 않다고 하셨잖아요."

"싫지 않다고 다 사귀면, 난 이미 여성판 의자왕이게."

"싫지 않은 남자가 그렇게나 많아요?"

"얘기의 요점은 그게……."

"저는 작가님이 저 말고 다른 남자는 다 싫어했으면 좋겠는데."

한없이 장난스럽다가도 또 갑자기 이렇듯 진중하게 굴면 인희는 어찌할 바를 모르고 당황하기 일쑤였다. 바둑돌처럼 까만 눈동자에서 황급히 시선을 돌리며 그녀는 툭 쏘아붙였다.

"싫어하는 사람이 그렇게 많으면 인생 피곤해서 못 살아. 너도 못 하는 걸 나한테 요구하지 마."

"저는 해요. 여기 오지 말라든지, 앞으로 보지 말자든지. 그런 것만 아니면 작가님이 원하는 건 다 할 수 있어요."

"너도 참…… 대체 나랑 연애 같은 게 왜 하고 싶다는 거야?"

"좋아하니까요."

조금의 머뭇거림도 없이 그렇게 말할 수 있는 용기가, 어쩌면 부러운 건지도 모른다고 인희는 생각했다. 태언의 아내로 살았던 3년 동안 단 한 번도 그에게 드러내지 못했던 마음이 이렇게 고인 물이 되어 썩은 내를 풍길 줄 알았더라면. 그녀도 이러한 무모함을 조금은 닮을 수 있었을까.

"거절하는 거, 힘들죠?"

입꼬리를 길게 늘이며 한 걸음 다가온 그가 조심스럽게 손을 내밀었다. 그의 손가락이 그녀의 손톱을 매만졌다. 손을 잡았다가 인희가 화를 낼까 봐 두렵지만, 그렇다고 마냥 보고만 있기에는 안타까울 정도로 닿고 싶은 사람이라서. 조개껍질 같은 작은 손톱을 그저 건드려 보는 것으로 족하는 그 마음.

"힘들게 해서 미안해요."

온전히 외면할 수 있으면 좋으련만.

"그런데, 미안한 김에 그냥 계속 미안할래요. 작가님이 받아 주실 때까지 계속 귀찮게 굴기로 정했어요, 나는."

"……."

"그러니까 너무 오래 버티지 말아요."

그가 웃으며 물러섰다. 저릿한 손가락을, 인희는 동그랗게 말아 손바닥 안에 감추었다. 그리고 생각했다.

오지 말라는 말, 보지 말자는 말. 단 한 번도 진정으로 상처 주지 못한 비겁함에 대해서.

※　　※　　※

— 작가님, 오늘 저녁 안 잊으셨죠? 절대 빠지시면 안 돼요. 대표님이 이따 5시까지 댁으로 차 보내 주라고 하셨으니까 타고 오시면 돼요.

"그러실 필요 없어요. 어딘 줄 알아요."

— 에이, 설마 못 찾아오실까 봐 그러는 거겠어요? 대표님 성의니까 거절하지 마세요. 아셨죠?

한 팀장의 음성은 단호했다. 인희는 이런 식으로 쓸데없이 신세를 지는 것을 질색하는 편이었지만, 한 팀장의 고집은 여간해선 꺾을 수 없다는 걸 인정한 지 오래였다. 웬 차를 보내 준다고 유난인지. 가능하기만 하다면 간절히 불참하고 싶은 자리라는 걸 꿈에도 모르고 베푸는 상대방의 배려에, 고맙다며 대꾸하는 목소리가 영 형편없었다.

대충 화장을 하고 옷도 수수하게 걸쳐 입었다. 참석은 하지만 오래 있을 생각은 없었다. 5시. 한 팀장이 말한 시간에 맞춰 아파트 입구로 내려가자 검은 세단에서 내린 기사가 꾸벅 인사했다. 인희는 기사가 차 문을 열기 전에 냉큼 제 손으로 문을 열었다. 벌써부터 마음이 가시방석이다.

한 30분쯤 지났을까. 태블릿을 두드리며 무료한 시간을 달래던 인희는 도착했다는 기사의 목소리에 뻣뻣하게 긴장한 몸을 풀었다. 조경에 공들인 정원에 여러 채의 한옥이 잘 조화된 한정식 집은 이미 도착한 사람들로 왁자지껄했다. 대부분이 모르는 사람들. 아는 얼굴을 찾는 것도 귀찮아서 인희는 끼리끼리 둘러앉아 이야기꽃을 피우는 사람들 사이에 아무렇게나 자리를 잡았다. 없는 듯 있다가 자리를 떠도 괜찮겠다는 판단이 들 때쯤 한 팀장을 찾아 얼굴도장이나 찍고 가야겠다는 심산이었다.

"서 작가님 오셨어요? 왜 여기 계세요, 계속 기다렸는데. 저쪽 테이블에 자리 마련해 뒀어요."

늘 그녀의 계획대로 되는 법이 없지만.

예리한 한 팀장의 시야에 포착된 인희가 막 들어 올렸던 젓가락을 슬그머니 내려놓으며 어색하게 웃었다. 한 팀장이 가리키는 테이블엔 낯익은 얼굴이 많았다. 물론 실제로 대면한 적이 있어서가 아니라, TV에서 종종 보아 왔던 사람들이다. 아, 박정호는 제외해야겠지.

"작가님! 여기요, 여기!"

제발. 제발. 제발을 외치는 인희의 바람을 무시하고 정호가 벌떡 일어나 손을 흔들었다. 어제도 보아 놓고 뭐가 저렇게 반가운지. 그 별스러운 태도에 슬그머니 두 뺨에 열이 올랐다. 팔을 잡아 끄는 한 팀장에게 양해를 구한 그녀는 화장실로 줄행랑을 쳤다.

거울로 확인한 얼굴은 그야말로 가관이었다. 이럴 줄 알았으면 화장을 좀 더 두껍게 할 걸 그랬다고 후회할 만큼.

차가운 물에 씻은 손으로 두 볼을 감쌌다. 겨우 진정이 되었다 싫어 화장실에서 나왔는데, 거머리가 또 거머리다운 짓을 하는 중이었다.

"작가님!"

복도 벽에 기대 발장난을 치고 있던 정호가 몸을 바로 세우며 달려왔다. 분리불안증 강아지를 둔 주인의 심정이 이러할까? 귀찮으면서도 마음이 쓰인다. 분명 성가신데, 세상에 존재하는 게 오로지 그녀 하나뿐이라는 듯 굴면 그 모습이 또 너무나 사랑스러운 것이다.

"먹다 말고 왜 나왔어?"

"저 안 먹고 있었어요. 작가님 오면 같이 먹으려고."

"뭐하러 그래. 아참, 그리고 너…… 보는 눈도 많은데 자꾸 친한 척 티 낼 거야?"

"안 돼요?"

"당연하지."

인희는 도무지 연유를 모르겠다는 듯 고개를 기울이는 정호를 쌩하니 지나쳐 걸음을 옮겼다. 역시 쪼르르 따라붙는 발걸음에 저도 모르게 입가에 웃음이 번졌다.

"왜 안 돼요? 뭘 잘못한 것도 아닌데."

"연예인이 연애하는 건 잘못이야. 아, 물론 우리가 연애를 하는 건 아니지만 너랑 나는…… 너랑 내 사이는 그냥 연애보다 더 위험하다고. 남들 스캔들 기사에 악플 달리는 거, 본 적 없어?"

"봤어요."

"그러니까 이제라도 제발 좀 조심해."

"……네. 알겠어요."

의외로 순순한 대답에 인희는 걸음을 멈추고 정호를 돌아보았다. 정호는 그답지 않게 심각한 얼굴이었다. 어려서 직진밖에 모르던 마음에 이제야 제동이 걸린 건지도 모르겠다. 그녀에게 이렇게 매달리는 게 얼마나 명청하고 위험한 짓인지는 계산기를 조금만 두드려 보아도 쉽게 알 수 있는 것이다. 정호의 이름 앞에 기자들은 걸핏하면 '샛별처럼 등장한'이라는 식상한 수식어를 갖다 붙였다. 그 샛별이 제대로 스타로 성장하기 위해서 가장 조심해야 하는 것 중의 하나가 스캔들이다. 가령 예를 들어, 그녀처럼 불명예스러운 추문을 단 여자와의 열애설 같은 것들.

"작가님이 저 때문에 모르는 사람들한테 그런 식으로 당하는 건 싫어요."

여기서 더 추락할 것도 없는 그녀를, 이 어린 남자는 세상에서 가장 소중하고 귀한 것을 다루듯 한다. 오로지 호의와 애정으로 충만한 눈이 부드럽게 휘어질 때면, 인희는 어김없이 찾아오는 불가사의한 떨림에 입술을 깨물어야 했다.

"아무도 모르게 할게요. 걱정 마세요."

걱정해야 할 건, 내가 아니라 너야.

목이 메어서, 인희는 아무 말도 하지 못한 채 돌아섰다. 뒤따르는 발걸음 소리가 없다. 그녀가 걷는 속도에 맞춰 자박자박 바닥을 누르던 소리. 몇 발짝 떼지 못하고 뒤를 보는 그녀에게 정호가 먼저 가라는 듯 손을 흔들었다. 인희는 피식 웃었다. 목표물을 잃은 남자가 그녀를 먼저 들여보내느라 하릴없이 복도를 서성이며 시간을 끄는 모습이 눈에 박혔다.

떠들썩한 소리가 아득하게 들릴 만큼 유난히 긴 복도였다. 혼자 왔던 때는 느끼지 못했던 고독에 몸서리치는 스스로에게, 인희는 자비 없는 비난을 퍼부었다.

"서 작가님, 맞죠?"

막 방으로 들어가려는 그녀를 누군가 뒤에서 불러 세웠다. 낯선 남자. 인희는 저도 모르게 경계심을 갑옷처럼 두른 채 필요 이상으로 가깝게 느껴지는 거리를 조금 벌렸다.

"누구시죠?"

훤칠한 키, 명품에 무지한 그녀도 한눈에 알아볼 수 있을 만큼 고급스러운 정장 차림. 이목구비 자체가 잘생겨서라기보다는, 자연스럽게 드러나는 자신감과 여유로움이 남자를 실제보다 더욱 준수해 보이게 했다.

누구지? 언뜻 어디선가 본 것 같다는 생각이 들었을 때, 그가 스스럼없이 악수를 청했다.

"윤도완입니다."

이름을 듣자 기억이 났다. 은근한 멸시 속에 살던 미운오리새끼 서인희를 단숨에 백조로 만들어 준 사람. 이 남자에 관한 잡지 인터뷰를 본 적이 있었다. 가난한 예술인들에 대한 지원을 아끼지 않는 이 시대 진정한 로맨티스트라고도 했고, 에베레스트 등반에 도전한 젊은 모험가라고도 했다. 안타깝게도 정상을 정복하는 것은 실패에 그쳤다고 했지만.

인희는 떠오르는 생각들을 한쪽으로 치워 놓은 채 뒤늦게 남자의 손을 마주 잡았다.

"처음 뵙겠습니다. 서인희예요."

"반갑습니다. 진작 뵀어야 했는데, 장기 출장이 잡히는 바람에 이제야 기회가 닿았네요."

그녀를 살피는 눈이 흥미를 담고 반짝거렸다.

"혹시, 한 팀장님께 얘기 들으셨습니까?"

"어떤 얘기를 말씀하시는지."

"제가 서 작가님의 열렬한 팬이라는 거요."

"아뇨, 그런 말씀 없으셨는데……."

말끝을 흐리는 인희를 향해 도완이 호쾌하게 웃었다.

"한 팀장님이 그러던데요. 저더러 성공한 팬이라고."

"네?"

"다른 제작사에 뺏길까 봐 마음고생 좀 했거든요."

"괜한 걱정을 하셨어요. 잘 봐 달라고 부탁드려야 하는 건 제 쪽인데요."

"하하. 모쪼록 잘 부탁드립니다. 그리고…… 자주 뵀으면 좋겠네요, 우리."

우리. 남자가 유독 힘을 싣는 그 단어에 인희의 고개가 살짝 기울었다. 도완의 몸에 가리어 있던 정호를 본 것은 그때였다.

인희는 순간 숨 쉬는 것도 잊은 채 정호를 바라보았다. 시선을 돌릴 수가 없다. 그냥 우두커니 서 있을 뿐인 그 아이에게서. 아무 것도 하지 않고, 아무 말도 하지 않고 그저 가만히 서서 그녀를 응시하고 있는 그 아이에게서.

"그만 들어가죠. 주인공이 이렇게 자리를 오래 비워서야 되겠습니까."

그런 인희의 팔과 등을 부드럽게 감싸며 도완이 그녀를 에스코트한다. 좀처럼 떨어지지 않는 발걸음을 옮기며 인희는 흘끗, 뒤를 돌아보았다.

앞머리에 가리어 흐릿하게 일렁이는 검은 두 눈이 그녀의 시선을 피해 달아났다. 마침내, 그녀는 자신이 그에게 상처를 입히고야 말았다는 사실을 깨달았다. 하지만 할 수 있는 것은 아무것도 없었다. 꽉 쥐어 파르르 떨리는 두 손을 잡아 주고 싶다는 생각을 했을 뿐. 단지 그뿐이었다.

✳   ✳   ✳

다이어리를 정리하던 인희의 미간이 움찔거린다. 일정을 적느라 열심히 움직이던 펜도 어느 순간 뚝 멈췄다. 곰곰이 생각에 잠긴 달력을 노려보는 그녀의 얼굴엔 누구든 오늘 나 건드리기만 해 봐라, 하는 신경질적인 기운이 도사리고 있었다.

딸깍. 딸깍. 딸깍. 펜 끄트머리를 엄지손가락으로 지분거렸다. 한 번 누르는 데 하루. 총 9일. 일주일하고도 이틀.

그 애가 보이지 않는다.

그날의 회식 이후, 인희는 더 이상 아파트 단지 입구를 어슬렁거리는 정호를 보지 못했다. 처음 사흘간은 홀가분했다. 차라리 잘됐지, 뭐. 골치 아픈 물건을 드디어 처분한 듯 상쾌한 마음까지 들었다. 시간이 더 지나자 이번엔 걱정이란 놈이 슬그머니 고개를 디밀었다. 화가 나서가 아니라, 혹시 무슨 일이라도 생겨서인 것은 아니겠지? 불안한 마음에 한 팀장에게 전화해 배우들의 안부를 묻기까지 했다. 아주 열심히 지내신단다. 촬영을 위해 승마와 검술을 배우기 시작했다고. 한 팀장과 통화를 마친 후 거울을 본 인희는 제 자신의 모습에 흠칫 놀랐다. 그토록 심술궂은 표정이라니.

이것이 세뇌의 효과인가. 익숙해진다는 건 이래서 무섭구나.

어째서 집으로 들어갈 때면 저도 모르게 긴장을 하고 마는지. 아파트 입구가 보일 때면 왜 주변을 두리번거리게 되는지. 바로 집으로 들어가지 못하고 그 앞을 뱅뱅 도는 이유는 무엇인지.

인희는 자신에게 이토록 복잡한 생각을 심어 주고 사라진 정호가 괘씸했다. 따지고 보면 그녀가 뭘 잘못한 것도 아니다. 대표라는 사람과 악수 한 번, 대화 조금 한 것이 이렇게까지 할 일인가. 그러나 그날 회식에서 내내 어두운 안색으로 간신히 미소를 짓던 그가 떠오르면 인희는 어쩐지 제가 아주 대역 죄인이 된 것만 같았다.

'다른 남자는 다 싫어했으면 좋겠어요.'

곁들어 머릿속을 맴도는 그 단호한 음성도 그녀를 우울하게 만드는 데 한몫했다. 인희는 자신이 이런 기분을 느껴야 하는 게 몹시 억울했다. 마치 다른 남자와 바람을 피우는 현장을 애인에게 들킨 것 같은 죄책감이랄까.

하지만 정확히 하자면 그 애랑 난 애인이니 뭐니, 그런 사이가 아니잖아? 바람? 고작 악수가지고 바람이라니. 비약이 너무 지나치잖아, 서인희.

그녀의 정신세계는 그렇게 조금씩 피폐해졌다. 9일이라는 감정 기복의 대장정 중에 카페를 찾은 그녀의 얼굴은 며칠 사이 살이 조금 빠진 듯도 하였다.

"손님, 주문하신 핫초코 나왔습니다."

다이어리 옆으로 머그잔이 놓였다. 줄곧 생각에 잠겨 있던 인희는 그제야 제 진동벨이 한참이나 울었다는 사실을 깨달았다.

"아, 죄송해요. 딴 생각을 하느라……."

"아니에요. 천천히 쉬다 가세요."

긴 머리를 양 갈래로 땋은 종업원이 쟁반을 품에 안은 채 상냥하게 웃었다.

'작가님이 여기 오면 저한테 좀 알려 달라고 부탁했어요, 윤혜한테.'

뒤돌아 총총거리며 카운터로 돌아가는 종업원의 모습을 보며 왜 하필 그 목소리가 떠오르는지. 볼펜을 쥔 인희의 손이 파르르 흔들렸다.

"……저기요!"

"네?"

종업원이 뒤돌아 그녀를 보았다. 미쳤지, 내가. 곧바로 찾아든 후회와 함께 입안에 마른침이 돌았다. 꿀꺽. 침 삼키는 소리가 유난히 컸다.

어쩌자고, 대체 뭘 어쩌자고 그랬을까.

한숨이 연거푸 포르르 새어 나온다. 터벅터벅. 집을 향해 걸으면서 인희는 휴대전화 전화번호부에 새로이 저장된 11개의 숫자를 하염없이 바라보았다. 한 실장에게 물어본다든지 하는 더 간단한 방법이 여럿 있었음에도 지금껏 잘 견뎌 온 것이 다 허사가 되었다.

갈래머리의 종업원에게서 어찌어찌 번호를 알아내긴 했으나 그래서 이제 어쩔 작정인지는 그녀 스스로도 몰랐다. 뭘 어떻게 해보겠다는 계획 자체가 애초에 없었으니까. 충동적인 일탈이었다. 지극히 서인희답지 않은.

"그냥 지울까."

그래. 차라리 그게 나을 것 같아. 이럴 것 같아서 굳이 모르는 채로 지내려고 했던 건데. 알면, 걸고 싶어지니까.

"……작가님."

그새 익숙해져 버린 목소리. 그 주인을 깨닫자마자 인희는 황급히 등 뒤로 휴대전화를 감추었다. 아파트 단지 내 벤치에 앉아 있던 그가 느릿하게 몸을 일으켰다. 인희는 마치 낯선 사람을 대면하듯 그를 위에서부터 천천히 뜯어보았다.

"뭐야, 그 모자랑 마스크는. 못 알아볼 뻔했잖아."

"저번에…… 작가님이 한 말이 신경 쓰여서요. 못 알아볼 뻔하셨다는 건, 성공했다는 뜻이죠?"

"내가 한 말?"

"조심하라고 하셨잖아요."

"아……. 그래도, 이런 날씨에 그렇게까지. 안 더워?"

"괜찮아요. 참을 만해요."

조곤조곤 대답하는 그의 목소리에서는 확실히 전과 같은 밝은 기운을 찾아볼 수가 없었다. 그녀가 아무리 귀찮은 기색으로 밀어내도 늘 씩씩하고 명랑하던 정호는 9일 사이 저 혼자 몇십 년의 세월을 살아 낸 것처럼 피로해 보였다. 그녀만 힘들었던 게 아닌 것이다. 경중을 따지자면 그의 마음고생이 그녀의 스트레스를 능가하고도 남을 것이다.

인희는 저도 모르게 입술을 잘근잘근 씹었다. 마스크. 그녀 자신이 씌운 것이나 다름없는 그 마스크 때문에 좀처럼 그의 표정을 알 수가 없으니 갑갑증이 일었다. 반가운데, 그 반가움을 마음껏 표현할 수 없는 것도 답답하다.

뭐라고 해야 할까. 그동안 왜 안 보였느냐고? 많이 바빴느냐고? 회식 날, 그 일 때문에 혹시…….

인희는 고개를 절레절레 흔들었다. 머릿속에 떠오르는 대사들 중 어느 것도 마음에 드는 것이 없다. 이래서야 어디 드라마 작가라고 할 수가 있나.

"너, 다, 다리 왜 그래?"

깁스를 한 왼쪽 다리를 발견한 것은 인희가 자신의 작가로서의 자질을 의심하던 바로 그때였다. 천천히 제 발끝을 내려다 본 정호가 열없이 대꾸했다.

"살짝 접질렸어요. 촬영에는 전혀 지장 없…….."

"촬영이 문제가 아니고, 살짝 접질렸는데 무슨 깁스까지 해? 부러지기라도 한 거야?"

"부러지면 아마 이렇게 못 걸을 걸요. 그냥 인대가 좀 다친 거예요. 걱정할 정도는 아니고요."

"그래도 이렇게 오래 서 있으면 안 좋을 것 같은데. 그러지 말고 어디 가서 앉자. 너 밥은 먹었어?"

인희의 물음에 정호가 멈칫했다. 바로 대답하지 못한 그가 약간의 머뭇거림 끝에 입을 열었다.

"안 먹었어요."

"먹은 거 같은데?"

"어…… 그게. 먹긴 먹었는데, 또 먹을 수 있어요."

거짓말을 하려면 티가 나지 않게 하든가, 아니면 들켰더라도 끝까지 우겨 보든가. 이러지도 저러지도 못하고 뭐 마려운 강아지처럼 끙끙대는데, 이상하게 그 모습이 밉지가 않다. 밉지 않은 정도를 넘어 사랑스럽기까지 하다.

"밥을 또 먹긴 그렇고."

시무룩. 밤에 보면 강도라고 오해받기 딱 좋을 것 같은 검은 마스크 위로 빼꼼 드러난 눈이 금세 풀이 죽어 색이 바랜다.

"차, 한잔하고 갈래?"

인희의 손가락이 아파트를 가리켰다. 그녀는 가로로 길고 예쁜 눈이 서서히 동그래지는 것을 즐거운 마음으로 바라보았다.

"아니면 근처 카페……."

"아니요!"

급하게 튀어나온 목소리는 어느새 평소의 그였다. 마음을 숨기는 데 한없이 서투르고, 좋아하는 사람 앞에선 어찌할 바를 모르는 스물셋 박정호.

"갈래요. 마실래요, 차. 카페 말고, 저기서요."

"내 집?"

"네. 작가님 집요."

"카페가 나을걸. 나, 커피 되게 못 타."

"제가 탈게요. 저 커피 진짜 맛있게 탈 수 있어요. 아시죠? 저
카페에서 일했던 거."

쿡쿡쿡.

결국 참았던 웃음이 터지고 말았다. 아아, 눈가에 맺히는 물기
를 털어 낸 그녀가 이내 손짓하였다.

"좋아. 들어가자."

남자는 신발도 벗지 않은 채 현관에 서서 신기한 듯 사방을 두
리번거렸다. 소파에 가방을 내려놓은 인희가 그 모습을 보고 실소
를 터뜨렸다.

"거기서 차 마시게?"

"네?"

"발 불편해 보여서 데리고 온 건데, 계속 서 있을 거면 쫓아낼
거야."

인희의 으름장을 듣자마자 정호가 냉큼 신발을 벗고 들어왔다.
어디 앉아야 할지 모르고 서성이는 그에게 소파를 가리킨 후 주방
으로 간 인희가 서랍장을 뒤적였다.

"뭐 마실래?"

"그냥 커피……."

"녹차 마셔. 녹차밖에 없거든."

인희가 티백을 든 채로 짓궂게 웃었다. 정호는 얼결에 고개를 끄덕였다. 전기포트에서 물이 보글보글 끓는 소리가 들렸다. 그녀가 차를 내오는 동안 정호는 얌전히 앉은 채로 집 안을 살폈다.

발코니와 거실을 분리하는 통 유리창이 살그머니 열려 있고, 그 사이로 들어오는 바람에 연한 하늘빛 커튼이 크게 부풀었다 가라앉기를 반복했다. 물을 준 지 오래지 않았는지 창가에 놓인 작은 화초는 잎이 젖어 있다. 흰색에 대한 강박이 있는 걸까 싶을 정도로 가구도, 벽지도, 심지어는 방문까지도 전부 화이트 톤. 그 흔한 액자 하나 없는 집에 그나마 온기를 느낄 수 있는 것은 몇 개의 화분뿐이었다.

"마셔."

"제가 타 드리기로 했는데."

"됐어. 티백에 물만 부으면 되는데, 뭘."

"그런데 정말 녹차만 있어요?"

"응?"

"핫초코가 박스째로 쌓여 있을 줄 알았거든요."

뒤늦게 정호가 하는 말의 의의를 깨달은 인희가 어색하게 표정을 굳혔다. 침묵이 그들을 덮었다. 정호는 인희의 표정이 마음에 걸리기는 했지만 제가 뱉은 말을 후회하지는 않았다. 내내 궁금했다. 그 남자, 그러니까 죽은 남편에게 매일같이 배달하던 그 음료를 입에 달고 사는 이유가.

"나 사실 단 거 별로 안 좋아해."

예상했던 대답이어서 별로 놀랍지 않았다. 인희는 김이 올라오는 뜨거운 물에 티백을 담갔다 뺐다 하는 어린아이의 장난 같은 행동을 반복하였다.

"그런데 왜 마시는 거예요?"

"그러게. 좋아하지도 않는 걸 왜 자꾸 마시게 되는지 모르겠네."

습관처럼 과거를 반추하는 까닭은, 그때를 후회하기 때문인지, 아니면 그때가 그립기 때문인지.

하긴, 이유 따위가 뭐가 중요할까. 후회한다고 해도 바로잡을 수 없고, 그립다고 해서 돌아갈 수도 없는데. 어깨를 으쓱이며 부질없는 우울함을 털어 낸 인희가 정호의 다리를 턱 끝으로 가리켰다.

"언제 다친 거야."

"그제요. 그냥 살짝 고정만 해 놓은 거예요. 심하게 움직이면 안 좋다고 해서. 금방 풀 거예요."

흐음. 그래서 한 팀장과 며칠 전에 통화했을 땐 별말이 없었구나. 인희가 고개를 주억거리며 차를 한 모금 들이켰다. 문득 잔을 조심히 받치고 있는 그의 두 손이 시선을 끈다. 가늘고 긴 우아한 손가락에, 조금은 거칠어 보이는 살결. 형편이 좋지 않다던 봉 감독의 음성이 되살아났다. 부잣집 도련님 같은 이목구비 어디에서도 생활고에 시달린 흔적 같은 것은 찾아보기 힘들었으나 손만은 그렇지 못했다. 악수할 때 느꼈던 굳은살의 감촉이 생생하였다.

"왜 그렇게 보세요?"

"응? 아, 아냐. 녹차 안 좋아해? 왜 안 마셔?"

둘러댈 말이 없어 처음 내갈 때와 수위가 거의 변하지 않은 찻잔을 핑계로 들었다. 정호가 느른히 웃었다.

"아껴 마시는 거예요. 다 비우면 쫓아낼까 봐."

하여간, 생각지도 못한 말로 허점을 찌른다. 가끔은 혼란스러웠다. 이런 숙맥 같은 면면이 과연 솔직함에서 비롯된 것인지, 아니면 치밀한 계산 끝에 나오는 것인지. 거의 매일을 지겹도록 찾아왔던 것은 언제고 9일간 감감무소식이었던 것도, 소위 말하는 밀고 당기기의 한 단계였던 것은 아닐까. 무심결에 떠오른 생각이 꽤 설득력 있다. 인희는 눈을 가늘게 떠 추궁하듯 정호를 바라보았다.

"그동안 왜 안 왔어?"

"네?"

"안 왔잖아. 그날 회식 이후로."

그녀가 이런 얘기를 꺼낼 거라고 미처 예상하지 못했는지 찻잔을 쥔 그의 손이 가늘게 흔들렸다. 차가 조금 흘러 넘쳤고 손가락 끝이 연한 풀색으로 젖었다.

"바빠서요."

"바빠서. 정말 그것뿐이야?"

정호는 살짝 어지럽혀진 찻잔 주변을 응시하며 고민에 잠긴 듯했다. 티슈를 뽑아 테이블 위를 꾹꾹 누르는 그녀의 손을 말끄러미 바라보던 그가 별안간 그 손을 쥔 건 인희를 무척 당황하게 했다.

"작가님한테 화낼 것 같아서 못 왔어요."

손을 빼려고 해도 그가 좀처럼 놓아주질 않았다.

"그냥 보고만 있어야 하는 게 화가 났어요. 제가 작가님에게 그 무엇도 아니라는 것도."

정호의 엄지가 손바닥 한가운데를 지그시 눌렀다. 식은땀이 난다.

"떼어 놓고 싶고, 내 뒤에 감추고 싶고. 이런 게 결국은 다."

"……."

"주제 넘는 생각인데."

잊고 있었던 아니, 무시하려고 노력했던 사실이 불현듯 그녀의 뇌리를 스쳤다.

"나를 남자로 볼 수는 없을까요."

박정호 역시 남자라는, 인지하지 않으려 해도 이렇게 순간순간 그녀의 마음을 뒤흔드는 남자라는 사실이.

잡힌 손이 끌어당겨지는 것을 감지한다. 몸이 그에게로 기우뚱 기울었다. 해거름의 발악과도 같은 붉음이 정호의 속눈썹 아래에 짙은 그늘을 만들었다. 살짝 내리뜬 그 눈이 머무르는 곳이 어디인지 깨달은 인희의 얼굴이 삽시간에 달아올랐다. 누구나 감탄해 마지않는 그의 수려한 코끝이 그녀의 것과 마주쳤다. 어느새 그의 손에서는 악력이 거의 느껴지지 않았다. 개와 늑대의 시간. 눈앞의 남자는 과연 내가 알던 개일까, 아니면 나를 해칠 늑대일까.

피하려면 피할 수 있었다. 벗어나고자 한다면 그럴 수 있었다. 하지만 인희는 그러지 않았다. 이 불확실한 떨림의 정체를 알고 싶었다.

그의 입술이 윗니에 살짝 깨물린 그녀의 아랫입술에 닿았다. 생각한 것보다 훨씬, 부드럽고 따뜻했다. 서두르지 않고, 초조해하지 않고 천천히. 그의 입술이 닿았다 떨어지기를 반복하였다. 지그시 비비고 서서히 머금었다. 그의 위아래 입술 사이에 그녀의 아랫입술이 먹혔다. 쪽 빨려 들어갔다가 놓아진다. 마치 유희와도 같은 입맞춤에 인희가 방심한 찰나, 그가 혀를 밀어 들어왔다. 단맛을 느끼는 혀의 끝 부분이 탐색하듯 서로 엉키었다. 다른 감각기관을 전부 상실하여 마치 입으로만 서로를 느낄 수 있는 것처럼 조심성 없는 입맞춤이 오래 이어졌다.

심장이 세차게 뛴다. 누군가 그녀의 심장을 축으로 삼고 널뛰기를 하는 것처럼 울컥울컥 조였다. 가까스로 인희에게서 떨어진 정호가 그녀의 손가락 사이사이 제 것을 끼워 감쌌다.

"남자로 봐 주세요."

이 순간, 압도당할 수밖에 없는 그 목소리. 원하는 바를 노골적으로 드러내어 그녀를 한낱 여자로 만들어 버리는 그 표정.

인희는 간신히 고개를 틀어 그의 시선을 따돌렸다. 키스만으로 흥분한 몸이 부초처럼 힘없이 늘어졌다.

"……그만 가."

"작가님."

"미안. 오늘은 그만 가 줘. 부탁이야."

인희가 가늘게 떨었다. 뭔가 할 말이 더 남은 듯하던 그가 천천히 몸을 일으켰다. 절대 풀리지 않을 것 같았던 깍지가 느슨해지더니 이윽고 그의 손이 떨어져 나갔다. 인희는 문이 열렸다 닫히고, 도어락의 전자음이 잠김을 알릴 때까지 움직이지 못했다.

참았던 숨이 한꺼번에 터져 나왔다. 반도 비우지 못하고 차갑게 식어 버린 정호의 찻잔만이 덩그러니 남았다.

Before
Goodbye

3

옷장을 열었다. 그 안엔 생기와는 거리가 먼 무채색의 옷들이 대부분이다. 인희는 손가락으로 옷걸이를 하나하나 뒤로 밀었다. 썩 마음에 드는 것이 없다. 꾸미는 것에 무관심한 편은 아니었지만, 어떻게 된 게 사고 보면 온통 검정색, 회색과 같은 것들이다. 인희는 고민 끝에 베이지색의 여름용 니트 탑을 꺼내 입었다. 그녀가 가진 것 중 그나마 덜 우중충한 색이다.

머리를 하나로 올려 묶고 7개의 앙증맞은 꽃잎이 피어 있는 귀걸이를 했다. 옅은 피부화장까지 마친 후 거울을 보았다. 조금 상기되어 있는 표정의 여자가 타인인 듯 어색하였다. 인희는 흘러내리는 잔머리를 귀 뒤로 넘기며 시계를 보았다.

대본 리딩은 오후의 일이었다. 그런데도 새벽부터 눈이 떠졌다. 이른 아침부터 부산을 떤 바람에 아직 시간은 11시. 시간이 더디

갈 리는 없으니, 그녀의 마음이 급한 것이다. 거울 속 여자의 얼굴이 멍해진다. 뭔가에 몰두하고 있지 않으면, 이렇듯 부지불식간에 이틀 전의 일이 떠오르곤 했다. 샌드위치처럼 포개어지던 입술. 그 낮 뜨거운 감촉이 되살아나는 것이다. 손끝으로 조심스럽게 아랫입술을 눌렀다. 팔딱거리는 맥이 느껴졌다.

가슴이 답답하다. 이 고요한 집에 혼자인 것이 못내 참을 수 없이 느껴져서 그녀는 가방을 어깨에 메고 무작정 집을 나섰다. 망령처럼 남자의 발자국 소리가 뒤따르는 듯해서 자꾸 뒤를 돌아보게 되었다.

그날의 입맞춤은 그녀가 내내 묵살해 왔던 떨림의 민낯을 낱낱이 까발려 주는 것이었다. 그녀는 그를 원했다. 눈을 맞추고, 손을 잡고, 입을 맞대는 그 모든 행위가 좋았다. 그 상대가 박정호라서 좋다는 것엔 의심의 여지가 없었다. 태언을 향한 외사랑, 그때에 느꼈던 심장의 지끈거림과는 다른 두근거림 속에서…….

입맞춤, 그 이상의 것을 하고 싶었다.

마냥 어리다고 생각했던, 아니 생각하려 했던 그가 온전히 남자의 눈을 하고 그녀를 볼 때 인희는 전율했다. 발가락이 곱아들었고 아랫배가 조여들었다. 그래서 밀어냈다. 멈춤은 돌이킬 수 있을 때라야 그 의미가 있는 것이라서.

어느새 녹음이 우거진 산책로를 천천히 걸으면서, 인희는 정호의 손을 잡지 말아야 할 이유를 곱씹었다. 단 한 번도 드러내 놓고 그와 얘기한 적은 없지만 정호 역시 모를 리가 없었다. 그녀가 방치하는 소문들을.

태언을 처음 만났던 것은 한 서점에서였다. 대한민국에서 가장 큰 서점. 그곳은 누군가에겐 신기한 것으로 가득 채워진 별천지이고, 또 누군가에겐 후덥지근한 난방만이 유일한 가치로 여겨지는 곳이기도 했다. 스무 살 인희에게는 그 서점이 노동의 장소였다. 그곳에서 인희는 하루 종일 퍼즐 맞추기를 했다. 누군가에게 납치되어 원래 있던 자리를 이탈한 책을 찾아 제집에 돌려보내 주는 작업을 하다 보면 스스로가 마치 정의의 사도처럼 느껴지고는 했다. 그런 그녀에게 한 남자가 딱 걸린 것이다.

'저, 고객님. 죄송하지만 그렇게 임의로 책을 진열하시면……'

'아, 미안해요. 사정이 있어서.'

아까부터 소설 신간 코너를 기웃거리는 남자의 차림새는 영 수상쩍었다. 군데군데 물이 빠진 짙은 풀색의 야상에 뒤꿈치에 닿는 부분이 보기 싫게 헤진 바지. 면도를 하다 만 것 같은 턱. 관찰하는 시선을 느끼고 그가 책을 하나 집어 들었다. 위장술처럼 주변의 서적을 전부 덮고 있는 바로 그 책이다.

'이거, 내가 썼거든요.'

그런데요? 하는 시선으로 바라보자 태언은 처연한 눈으로 저를 보았었다.

'내가 여기 5시간 있었는데, 그동안 관심 가진 사람이 딱 둘이야. 구상까지 합하면 거의 5년을 쓴 글인데.'

좀 딱하네.

위로를 해야 하는 타이밍인가 망설이는 그녀를 보고 갑자기 돌변한 그가 퍽 자랑스러운 미소를 입가에 걸었다.

'그래도 그 두 사람 다 계산하고 나갔으니까, 희망적인 거 맞죠?'

'네에…… 뭐, 그렇죠. 보통은 조금 읽어 보고 마음에 들지 않으면 구매까진 안 하니까요.'

나이스!

그날 태언의 외침에 화들짝 놀라 어깨를 움츠렸던 게 생각난다. 남루한 차림의 남자가 유쾌하게 웃을 때에는 그리도 당당해 보일 수가 없었다. 그리고 그는 자기가 썼다는 책을 하나 사서 그녀에게 내밀었다. 자기 소설은 분명 대박이 날 거라고 호언장담하며 첫 장에 사인을 휘갈겨서 주었다.

'선물. 나중에 나 뜨면 비싼 값에 팔아먹어요.'

그랬던 태언의 책이 얼마 지나지 않아 불티나게 팔리기 시작했다. 그 남자의 성공이 왜 그리 기뻤는지 모르겠다. 높게 쌓아 두었던 그의 책이 한 칸, 한 칸 줄어들수록 인희는 그것이 제 일인 양 뿌듯했다. 그 사람의 책이 '주목할 만한 신간' 코너에 진열되던 날, 소매로 표지 하나하나를 닦던 그 마음은 분명 첫사랑의 전조였다.

'잘 지냈어요?'

어느 날 불현듯 찾아온 태언이 모자를 들어 흔들며 다가왔다. 가난한 무명작가라 그런 줄 알았더니, 남자는 '뜨고' 나서도 여전히 추레한 모양새였다. 제멋대로 헝클어져 있는 머리를 손가락으로 빗어 넘기며 그가 그녀의 팔을 팔꿈치로 툭 쳤다.

'내가 선물한 사인본, 아직 무사해요?'

우물쭈물 고개를 끄덕였었다. 태언이 호탕하게 웃었다.

'나 오늘 33쇄 찍었어요. 내가 제일 좋아하는 숫자가 3이거든. 그래서 자축을 하려고 했는데 다들 바빠서 나랑은 못 놀아 주겠대요.'

'아……'

'아무튼, 그래서 말인데, 학생, 나랑 같이 밥 좀 먹어 줄래요? 혼자 먹는 거 지긋지긋하거든.'

멍하니 듣다가 '저 학생 아니거든요!' 하고 소리 질렀던 게 기억난다. 킬킬킬. 발끈하는 그녀를 두고 태언은 뭐가 그리 재밌는지 배를 잡고 웃었다.

그게 인연의 시작이었다. 인희에게 태언은 첫사랑이었고, 태언에게 인희는 가여운 소녀였다. 인희가 만취한 아버지에게 맞아 엄동설한에 맨발로 쫓겨났을 때, 월세로 낼 돈을 아버지가 훔쳐 가는 바람에 당장 갈 곳이 없어졌을 때, 악덕 업주가 월급을 주지 않고 버틸 때 짠, 하고 태언이 나타나면 거짓말처럼 모든 일이 해결되었다. 눈물을 꾹 참는 그녀의 머리를 마구 헝클어뜨리며 '으이그' 하고 놀리었다.

그렇게 3년을 보냈다. 아무리 도망쳐도 발목에 끈적하게 휘감기는 아버지라는 늪에서 인희는 조금씩 죽어 갔다. 폭력에는 내성이 생기지 않는다. 맞을 때마다 죽을 것처럼 아팠고, 한번은 정말 죽을 뻔하서 실신한 재 병원에 실려 갔다. 똑똑, 링거에서 떨어지는 수액 소리에 퉁퉁 부은 눈을 떴을 때 태언이 분노에 찬 얼굴로 말했다.

'인희야, 너 나랑 결혼할래?'

뛰었던 심장이 가라앉는 것은 순식간이었다. 자그마치 3년, 그의 호의가 그저 동정이고 연민임을 충분히 깨닫고도 남을 시간. 스물에서 스물셋이 되기까지, 숨기고 싶은 제 초라한 현실을 인희가 태언에게 모조리 들킬 동안, 그녀 역시 그에 대해 알아낸 것이 몇 가지 있었다. 그중 하나. 태언이 좋아하는 사람은,

'그분은 어떡하고요?'

그녀가 아니라는 것. 술에 취하면 습관처럼 찾는 이름. 부를 때마다 눈물짓게 하는 이름. 그게 전부 다른 여자의 이름이라는 것.

인희에게는 비극이었다. 그런 남자를 사랑하게 된 것은.

'결혼했어. 얼마 전에.'

'……네?'

'그래서 나도 하려고. 띠동갑 어린 신부랑 결혼한다고 신나게 자랑이나 해야지. 그러니까 얼음찜질 열심히 해. 이게 뭐야, 이게. 미모가 다 가리네.'

하지만, 날 사랑하지 않잖아요.

묻지 못했다. 이미 아픈 마음에 소금을 끼얹을 자신이 없어서. 멀뚱멀뚱 천장을 응시하는 그녀에게 태언이 비로소 웃음기를 지우고 말했다.

'도와줄게.'

'……'

'그러니까 인희 너도 날 좀 도와줄래.'

사랑하는 남자였다. 그에게 비록 여자는 될 수 없어도 필요한

사람이 될 수 있다면 그것으로 족할 만큼 어리석었다.

스물셋. 인희는 앳된 얼굴 위에 면사포를 내리고 태언의 손을 잡은 채 버진 로드를 걸었다. 태언으로부터 한 몫 단단히 챙긴 아버지는 영원히 딸의 인생에서 사라져 주겠다는 각서와 함께 종적을 감췄다. 폭력도, 생활고도 없는 삶. 꿈을 꿀 수 있는 여유가 생겼다. 극본이라는 것에 관심을 갖게 된 것도 한때 방송국 PD였던 태언의 영향이 컸다. 태언은 그녀를 물심양면으로 도왔다. 자살로 생을 마감하던 그 순간에도 그녀의 앞날을 걱정할 만큼.

태언이 죽은 후 그의 변호사로부터 전해 들은 내용의 요지는 간단했다. 방대한 액수의 유산 대부분이 미망인이 된 그녀의 몫이 되었다.

너도 날 도와줄래, 하고 묻던 태언은 도대체 그녀에게서 무엇을 얻어 가는 것인지. 가진 것이 아무것도 없는 그녀가 그에게 어떤 도움이 된다는 것인지. 결혼 생활 내내 인희를 괴롭혔던 궁금증은 그의 죽음과 함께 해소되었다.

싸늘한 주검 옆에, 자살이라는 것을 그 누구도 모르게 해 달라는 내용의 유서가 '인희야'로 시작하고 있었다. 인희는 떨리는 손으로 그것을 주워 들었다. 생을 포기하는 사람이 무슨 걱정이 그리도 많았을까. 헛웃음이 나왔다. 그는 젊은 작가의 자살에 몰릴 대중의 관심을 두려워했다. 그저 누군가의 호기심을 채우고자 제 살아온 속적이 낱낱이 파헤쳐질까 봐 염려하였다.

베스트셀러 작가 김태언의 아내라는 자격으로, 인희는 담담한 얼굴을 하고 기자들 앞에 공표했다. 심장마비로 인한 돌연사. 그

것이 남편의 사인이라고.

그리고 화살은, 예상하지 못한 방향으로 날았다. 수많은 억측이 그녀를 따라붙었다. 서른 중반 건장한 사내의 갑작스러운 죽음에 의문을 가진 사람들은 수십억대의 유산을 받은 그의 젊은 아내를 향해 의심의 눈초리를 보냈다. 드라마 작가로서의 이른 성공을 두고도 살아생전 태언의 비리가 있어 가능한 것이었다는 얘기가 나돌았다.

그러나 당시 인희를 가장 고통스럽게 한 것은 외부로부터의 공격이 아닌, 그녀 안의 고뇌였다. 생각해 보면 참 이기적인 남자다. 혼자 남겨질 그녀의 마음 따위, 끝끝내 모르는 척 떠났다. 실은 알고 있었을 텐데. 결국 그의 허무를 메꾸지 못했다는 죄책감에 평생을 살아야 할 그녀의 심정을.

그런데 그렇게 죽어 버렸다. 평생을 허무에 젖어 살았던 남자는 그렇게 여자에게 허무가 되었다. 그녀에게 태언은, 너무 아파서 사랑이 아니라 상처로 남은 사람이었다.

하여 인희는 선뜻 정호의 손을 잡을 수 없었다. 제 곪은 상처가 그 천진한 남자까지 상하게 할까 봐. 저를 향한 차갑고 날 선 시선이 그를 향할까 봐.

뒤숭숭한 마음이 가라앉을 때까지 걸음을 멈추지 않았다. 하지만 그렇게 걷고도 충분치 못해서, 방송국 앞에 도착하고 나서도 뒤를 돌아 도망가고 싶었다. 어떤 얼굴로 정호를 보아야 할지 아직 결정하지 못했다.

"서 작가님!"

차 문을 발로 툭 밀어 닫은 한 팀장이 인희를 불렀다. 품에 뭔가를 잔뜩 안고 있어 뚱뚱한 펭귄 같은 모양새였다. 인희가 서둘러 다가가 그 짐을 나눠 받았다.

"쿠키 좀 구워 왔어요. 뭘 먹어야 파이팅을 하죠. 아니, 근데 이 것들이 왜 아무도 안 나와? 짐 있다고 나오라니까, 우리 작가님 힘드시게."

한 팀장이 투덜거렸다. 괜찮다고 웃으며 방송국 보안 게이트를 통과하던 인희의 눈빛이 흔들린 것은 그때였다.

"안녕하세요, 작가님."

엘리베이터를 기다리며 서 있던 그가 그녀 쪽으로 몸을 돌렸다. 꾸벅 접히는 허리가 더없이 공손했다. 큰 부상이 아니었다는 말이 사실이었는지 다리를 감쌌던 깁스는 이틀 사이 사라져 있었다.

"어머, 박정호! 너 난 안 보이니? 섭섭하게스리."

"안 보이긴요. 뭘 그렇게 무겁게 들고 계세요. 주세요, 팀장님. 작가님도요."

"어어, 그거 혼자 들기 무거……운데?"

한 팀장의 염려가 무색하게 정호는 쇼핑백 두 개를 한 팔로 들고 다른 한 손으론 여유 있게 승강기 문을 잡아 주기까지 했다. 타세요. 부드러운 목소리와 함께 그가 눈짓하였다.

"이야, 역시 남자는 남자야. 그쵸, 작가님?"

한 팀장은 장성한 아들을 보듯 뿌듯한 얼굴이었다. 인희는 가까스로 웃으며 그녀의 말에 동의하였다. 그의 넓은 어깨가 새삼스럽다.

"여기 CCTV, 음성까지 녹화되진 않지?"

천장의 모서리를 흘긋거린 한 팀장이 은근한 목소리로 정호를
불렀다.

"정호야. 너 여자 친구 있어?"

"네?"

"사귀는 사람 말이야. 아무한테도 소문 안 낼게. 명색이 내가
이 드라마 제작팀장인데, 주연배우의 애인 유무 정도는 알고 있어
야 하지 않느냐, 이 말이지."

한 팀장이 횡설수설하는 사이 목표 층에 도착한 엘리베이터 문
이 활짝 열렸다. 내리기 전, 인희는 정호의 시선이 제게 머물렀다
떨어지는 것을 느꼈다. 차마 마주칠 용기가 없어 서둘러 그 좁은
공간을 벗어났다.

복도는 길고, 한 팀장의 추궁은 끈질겼다. 정호가 결국 고개를
저었다.

"여자 친구 없어요."

"왜에? 회사에서 못 만나게 해?"

"아니요. 그런 건 아니에요."

"근데 왜 애인이 없어. 한창 나이인 데다가 이렇게 좋은 꽃밭에
서 사는데. 내 주변에도 너 이번에 찍은 통신사 광고 보고 많이 묻
더라. 친하면 다리 좀 놔 달라고."

그가 열없이 웃었다. 분주히 움직이는 사람들의 바쁜 발걸음 소
리가 멀게만 들린다. 집중하지 않으려 해도 이 소란스러운 공간에

정호와 한 팀장의 목소리만 선명하였다.

"대시는 많이 받지? 너무 재고 따지지 말고 들이대는 여자 있음 한번 사귀어 봐. 젊은 거, 그거 한때다. 자고로 남자든 여자든 젊을 때 많이 만나 봐야 해."

"네에, 알겠습니다."

"성의 없이 대답하지 말고. 응? 그런 의미에서, 내가 누구 소개 좀 해 줄까? 내가 보증하는데 애가 진짜 착하고 싹싹해. 얼굴, 몸매는 말할 것도 없고. 걸그룹 플로리스 알지? 거기 메인 보컬인데 곧 드라마도 들어갈 거야. 나랑 언니 동생하면서 지내거든. 어때? 괜찮지. 응?"

귀를 틀어막을 수 있으면 얼마나 좋을까. 누구 아는 사람이라도 지나가면 얼마나 좋아. 화장실에 들른다고 할까.

인희의 머릿속이 빠르게 팽팽 돌았다. 복도 끝에 대본 리딩 장소인 회의실을 발견하고 그녀가 막 안도의 한숨을 내쉬던 찰나였다.

"작가님 생각은 어때요?"

그가 물었다. 정확히 그녀를 향해.

"만나 볼까요."

그림처럼 아름다운 남자가 바닥없이 깊은 호수 같은 눈으로 그녀를 응시했다. 눈을 깜빡이는 순간조차도 아쉬워서, 인희는 멍청히 서서 보기만 했다.

"애도 참, 그걸 왜 작가님한테 묻고 그래? 너 괜히 소개받기 싫으니까 작가님한테 구조요청 보내는 거지?"

한 팀장의 목소리가 사슬처럼 얽히는 시선의 결계를 뚫고 들어왔다.

"들켰다."

조금 전과 다른 사람인 양, 그가 혀를 빼물고 장난스럽게 대꾸했다.

"예쁘게 봐 주신 건 정말 감사한데. 저 소개 못 받아요, 팀장님."

"아니, 왜? 대체 왜?"

좀처럼 이해하지 못하겠다는 듯, 한 실장이 눈썹을 치켜 올린다.

"좋아하는 사람이 있어서요."

회의실 문 앞. 결승선을 코앞에 두고 인희는 더 이상 걸을 수가 없었다. 한 팀장이 문을 열고, 짐을 가득 안은 정호가 안으로 들어갔다. 열린 문틈으로 누구인지 캐묻는 끈질긴 한 팀장의 목소리가 새어 나왔다. 연기자? 가수? 모델? 입을 다물어 버린 정호에게 한 팀장이 조바심을 내며 직종을 나열했다.

만약 그가 말한 사람이 그녀라는 것을 알면, 한 팀장은 어떤 반응을 보일까.

복도 벽에 기댄 채로 인희는 생각해 내려 애썼다. 누군가, 정호와 자신을 축복해 줄 사람은 없을까. 단 한 사람이라도. 그저 단 한 사람.

머릿속이 백지가 되었다. 그 위로 태언의 얼굴이 칠해졌다. 그라면 축하해 줬을지도 모르겠다. 의지가지없는 딱한 소녀가 드디어 어른이 되었다고 놀리었겠지.

하지만 당신은 죽었으니까. 귀신은 사람으로 안 쳐 줘.

씁쓸한 미소는 곧 차가운 무표정이 되었다. 아무도 없어. 중얼거린 그녀가 회의실의 문을 민다.

※　　※　　※

욕실에서 나오는 그녀의 머리엔 흰 수건이 뱀처럼 똬리를 틀고 있었다. 훈기로 상기된 뺨이 붉었다. 인희는 상아색의 매니큐어를 들고 거실 소파에 앉았다. 리모컨을 찾아 TV를 틀자 쏴아, 요란하게 쏟아지는 빗소리 사이로 기상캐스터의 목소리가 섞여 들었다.

[현재 서울 경기 지역 갑자기 쏟아지는 소나기로 퇴근길 불편하신 분들 많으시죠. 당분간 우산 꾸준히 챙겨 다니시는 게 좋겠습니다. 내일도 대기불안정으로 시간당 20mm 내외의 강한 소나기가 내리는 곳이 많겠습니다. 기온은 어제와 비슷하겠지만…….]

건성으로 일기예보를 흘려듣던 인희의 시선이 발코니를 향했다. 빨래를 널면서 열어 두었던 창문으로 비가 들이치고 있었다. 수건으로 머리를 털며 일어섰다. 바닥은 이미 흥건히 젖어 있다. 서둘러 바깥 창문을 닫았다. 창밖은 굵은 빗줄기 때문에 물안개에 잠긴 듯 온통 희뿌옇게 보였다. 7층. 그 아래의 세상을 관조하듯 바라보던 인희의 눈동자에 이채가 스몄다.

"……설마."

아니야. 아닐 거야. 저 애가…… 설마.

심장에 거인이 사는 것처럼 쿵쾅쿵쾅 소란이 인다. 몇 번 눈을 깜빡거리던 인희가 몸을 돌렸다. 신발장 옆 우산을 잡아 빼는 손길이 조급하여 거칠었다.

24층에 멈춰 있던 엘리베이터가 층층마다 멈춰서 내려올 줄을 몰랐다. 그 기다림조차 견디지 못하고 계단을 뛰어 내려가며 간절히 바랐다. 아니어라. 아니어야 해. 제발, 거기 있지 마. 그게 정말 너라면, 네가 맞으면, 나는……

타닥타닥. 내딛는 걸음마다 사방으로 물방울이 튀었다. 얼마 뛰지도 않았는데 숨이 턱 끝까지 찼다. 빗줄기 사이로 덩그러니 앉아 있는 남자의 인영이 보였다. 박자를 헤아릴 수 없을 정도로 세차게 뛰는 심장은 차라리 멈춰 버린 것 같다.

인희가 우산을 기울였다. 이미 우산 따위 소용없을 만큼, 머리 끝부터 발끝까지 흠뻑 젖어 버린 정호가 느리게 고개를 들었다.

"너, 여기서, 여기서 대체……"

황망하여 말조차 제대로 맺을 수가 없다. 정호의 새파란 입술이, 그 끝에 걸리는 미소가 아프게 시야를 후볐다.

"자학하는 취미라도 있니? 지금 웃음이 나와?"

"……그러게요. 웃음이 나오네."

"미쳤구나, 정말."

"보니까 좋네요. 봤으니까, 됐어요."

어렴풋이 느꼈다. 이렇게 바보같이 기다린 날이 결코 오늘 하루만이 아님. 인희는 천천히 벤치에서 일어나는 정호를 아연한 얼굴로 바라보았다.

"머리, 비 맞아서 젖은 거 아니죠?"

"……샤워해서 그런 거야."

"들어가서 얼른 머리 말려요. 감기 걸리겠다."

"너는 지금…… 쫄딱 젖어서 그게 할 말이야?"

"저는 남자잖아요."

"감기가 여성 질환이니? 배우란 녀석이 몸을 이렇게 함부로……"

우두커니 서 있던 그가 갑자기 제 셔츠를 벗어 손에 말았다. 인희의 말이 뚝 끊겼다. 무릎을 접고 앉은 그가 그녀의 종아리에 튄 흙탕물을 제 옷으로 닦아 주었다.

"또 씻어야겠다. 미안해요. 괜히 나 때문에."

"……."

"얼른 들어가세요. 머리 꼭 말리고 자고요."

"……."

"갈게요."

당부 끝에 습관처럼 연거푸 웃는 남자. 허리를 굽혀 눈을 맞추고 인사를 한 그가 등을 돌렸다. 피부가 고스란히 비칠 정도로 젖어 버린 흰색 티셔츠. 그녀의 발목을 닦아 주던, 꼬깃꼬깃 아무렇게나 손에 들린 남색 체크무늬 셔츠. 그 모든 것이 여자를 흔들었다.

소나기에 파묻히는 정호의 뒷모습을 망연히 바라보다가 뒤늦게 그에게 달려갔다.

"우산, 가져가."

"괜찮아요. 작가님 써요."

"말 좀 들어, 제발."

"택시 탈게요. 그럼 되죠?"

아니. 안 돼. 되긴 뭐가 돼.

"들어가자, 그럼."

"……."

"옷도 좀 말리고, 몸도 녹이고. 그러고 가."

그가 물끄러미 내려다봤다. 투둑. 투둑툭. 우산을 때리는 소음 조차 순식간에 사라지게 만드는 검은 눈동자가 실망과 분노를 담고 그녀를 응시했다.

"나를 그렇게 믿어요?"

"……뭐?"

"아니면, 나 따위는 감히 그러지 못할 거라고 우습게 보는 거예요?"

그러지 못할 거라니. 대체 무엇을……

그가 미간을 좁힌 그녀의 뺨을 매만졌다. 그날과 같이 젖은 손가락. 어디선가 씁쓰레한 녹차향이 스미는 듯하였다.

"나, 작가님 집에 들어가면 나쁜 짓 할 거예요."

"……."

"생각해 봤는데. 나쁜 놈이라고 욕 듣는 게, 애 취급 받는 것보단 덜 비참할 것 같더라고요."

그가 그녀의 얼굴에서 손을 떼고 뒤로 물러섰다.

"그러니까 빨리 도망가는 게 좋을 걸요."

그가 코끝을 찡그리며 웃었다. 물빛으로 젖은 눈동자에 잔잔한 파동이 일었다. 고여 있는 그건 눈물이었다. 빗물이 아니라.

"10초 셀 거예요. 그동안 얼른 도망가요. 잡히면, 그땐 나도 몰라요. 내가 하고 싶은 대로 다 해 버릴 거야. 10초예요. 딱 10초."

10초. 눈물을 참을 수 있는 시간.

"10."

"……."

"9."

"……."

"8."

"들어가자."

인희가 정호의 손을 잡았다. 커다란 남자가 힘없이 그녀의 우산 아래로 끌려왔다.

"할래. 나쁜 짓."

한껏 발돋움을 해 그의 차가운 입술을 멋대로 훔쳤다.

"하고 싶어, 너랑. 그게 뭐든지."

우산이 발치에 떨어졌다. 같은 온도, 같은 냄새로 젖어 가는 것조차 좋았다. 좋고, 좋아서, 웃음이 나왔다. 미친 것처럼.

비에 젖은 몸은 금세 체온을 빼앗기기 시작했다. 7층으로 향하는 엘리베이터 안, 그 짧은 몇 초도 참지 못해서 정호는 인희를 끌어안고 입을 맞추었다.

"……CCTV 있어. 누가 탈지도 모르고……."

"그래서…… 안 돼요?"

그가 바짝 몸을 붙여 그녀를 벽으로 밀었다. 분명 서로 닿는 피부는 차갑다 못해 시리기까지 한데, 어째서 내뱉는 숨은 이렇게 뜨거운지. 인희는 정호의 옷깃을 그러쥐며 고개를 가로저었다.

"아니. 상관없어."

그 말을 기다렸다는 듯, 그가 곧장 고개를 틀어 입술을 내렸다. 거칠게 먹혔다. 작은 입안, 어느 한 곳도 그가 닿지 않는 곳이 없다. 헐떡대며 허리를 비틀었다. 7층입니다. 무뚝뚝한 기계음 뒤로 문이 열렸다. 정호가 그녀의 손을 끌어당겼다. 굳게 닫힌 현관문 앞에서 비밀번호를 눌러야 하는 상황이 오자, 마지막 갈등이 그녀를 찾아왔다.

이 문을 여는 순간, 돌이킬 수 없게 된다. 이 안에서 벌어질 일은, 실수라고, 해프닝이라고 가볍게 지워 버릴 수 있는 성질의 것이 아닐 것이다. 떨리는 자신의 손가락을 물끄러미 내려다보던 인희는 뒤에 선 정호를 돌아보았다. 그녀의 젖은 머리카락을 매만지고 있던 그가 눈이 마주치자 웃었다. 일견 부드럽게만 느껴지는 미소의 이면에 스민 열기를 보며 드는 생각은 오로지 하나였다.

이 남자가, 좋다. 갖고 싶다.

고민, 갈등. 걱정. 그런 것들이 그저 사치스러운 감정이라는 생각이 들 만큼.

인희의 손이 8개의 숫자를 차례차례 눌렀다. 띠리릭. 잠금이 풀리는 소리에 몸서리가 쳐졌다. 문고리를 향해 손을 뻗었으나 결국 쥔 것은 공기뿐이었다. 낭창한 몸이 남자의 너른 품에 가두어졌다.

그가 만지는 대로, 부딪혀 오는 대로 이리저리 흔들리면서 인희는 눈을 질끈 감았다. 집주인 대신 문을 연 그가 그녀를 거실로 이끌었다. 신발 두 켤레가 엎어지고 누운 채 현관에 나뒹굴었다. 그대로 소파에 눕혀질 것 같았다. 인희는 색색 힘겹게 숨을 내쉬며 애원하듯 정호를 바라보았다.

"우, 우선 씻고……."

"씻었잖아요."

"나 말고, 너. 감기 걸리니까, 샤워라도……."

"싫어요. 1초도, 떨어져 있고 싶지 않아요."

아. 인희가 입술을 벌린 채 멍하니 굳어 버렸다. 그 도톰한 입술을 위아래로 차례로 빨아들이며 맛본 그가 얼굴을 떼고 그녀의 덜 마른 머리카락을 쓸어 넘겼다. 빗장뼈를 매만지던 손이 어깨를 경유해 등줄기를 타고 미끄러져 내려갔다. 정호에게서 뚝뚝 떨어지는 물방울에 인희의 얇은 옷이 조금씩 젖어 들어갔다. 그 사늘한 액체가 몸에 닿을 때마다 촛농에 덴 듯 몸이 움찔거렸다. 그런 그녀를 알아챈 그가 이내 상의를 벗어 던진다. 소파 아래로 떨어지는 정호의 하얀 티셔츠를 곧 인희의 회색 티셔츠가 덮었다.

크지 않은 근육이 촘촘히 붙은 그의 몸은 마른 편이었다. 다만 골격 때문에 왜소함과는 거리가 멀어 보일 뿐. 습기로 부예진 유리창에 낙서를 하듯, 인희는 조심스럽게 정호의 쇄골과 가슴을 손가락으로 더듬어 내려갔다. 정호가 그 손을 붙잡아 입을 맞췄다. 간지러웠다. 인희가 짧게 웃음을 터뜨리며 눈을 들었다.

크게 숨을 들이마신 채로 멈추어 버렸다. 묶인 듯이, 마주친 시선을 피할 수가 없었다. 그는 지금까지 단 한 번도 보여 준 적 없는 눈으로 그녀를 물끄러미 내려다보며 느릿하게 손을 움직였다.

비는 여전히 거세게 창을 때린다. 엉성하게 닫은 탓에 빠끔히 열린 발코니 창이, 그 주변으로 흥건하게 고인 물이 어렴풋이 보였다. 닫아야 한다. 그런 생각을 할 여유가 없었다. 브래지어의 어깨끈이 내려가고 젖무덤이 희게 드러났다. 갑갑하게 느껴지던 속옷에서 벗어나자마자, 그가 그녀의 가슴을 제 손바닥 안에 다시 가두었다. 깨어지기 쉬운 유리를 다루듯이 신중하게 만지고, 주무르는 손길에 애가 탔다. 손을 어디다 둬야 할지 몰라 정호의 어깨와 머리카락을 쓰다듬었다. 손가락을 감는 부드러운 감촉에 몽글해진 마음이 방심한 찰나, 뜨거운 혀가 단단히 일어선 유두를 핥아 올렸다.

앗.

허리가 보이지 않는 낚싯줄에 걸린 것처럼 위로 당기어졌다. 파닥이는 인희의 몸을 누르며 올라온 그가 달래듯이 입을 맞췄다. 부드럽게 시작한 키스가 더없이 외설적이고 격렬하게 변하는 데에는 오랜 시간이 걸리지 않았다. 소나기 아니, 폭우를 닮은 입맞춤이었다. 산을 바꾸고 바다를 바꿈 직한 거친 폭우. 가슴을 터뜨릴 듯 쥐는 것도, 짧은 반바지를 엉덩이 아래로 끌어내리는 것도, 미처 인지할 새 없이 순식간에 몰아닥쳤다. 완전히 압도당하고 말았다. 작가님, 하고 부르며 해맑게 웃던 남자는 더 이상 떠오르지 않았다. 배신감이 들 정도로 돌변한 모습이 그녀를 소름 끼치는 전율 속으로 이끌었다.

눈앞이 붉게 물든다. 빨리. 그 말이 목 끝까지 차올랐다. 칭얼대듯 남자의 목을 끌어안았다. 그러나 그는 쉽게 그녀가 원하는 걸 줄 마음이 없는지 뜸을 들였다. 그의 몸에 앞서, 그의 손이 길을 트기 위해 아래를 더듬었다. 부끄러움에 하지 말라고 앙탈을 부리게 되었다. 몸을 뒤로 빼고 피하는 그녀의 골반 한쪽을 틀어쥔 그가 다물린 꽃잎 가운데를 가르며 더 은밀한 곳으로 손가락을 밀어 넣었다.

습지처럼 축축하고 끝이 보이지 않을 만큼 깊다. 탄력 있으면서도 쉬이 늘어나지 않을 것처럼 좁다. 서둘러 그 안을 자신으로 채우고 싶어서 정호는 몸이 달았다.

"그만……. 그만, 들어와."

아프도록 딱딱하게 곤두선 남성이 속옷에 눌려 답답하던 찰나, 인희의 말은 구원이었다. 더 맛보고, 더 어루만지고 싶은 마음과 당장 그녀를 꿰뚫어 버리고 싶은 마음이 공존했으나 선택받은 것은 후자였다. 습지를 빠져나오는 손가락 끝에 누에고치의 실처럼 투명한 액체가 길게 늘어졌다. 그것을 음모와 음순에 문질러 비볐다. 그를 기다리는 여성 안으로, 정호가 힘껏 자신을 묻었다.

"흑!"

인희가 단말마 비명을 내질렀다. 고통의 신음을 뱉은 것은 인희인데, 온통 빨갛게 변한 여자를 내려다보는 남자의 눈이 외려 울먹였다.

"왜……."

우는 거냐고. 뒷말을 듣지 않아도 알았다. 뺨을 타고 올라간 작은 손이 눈가를 적신 눈물을 더듬었다.

"너무, 좋아서요."

그가 웃었다. 흐느끼며 웃는 모습이 너무나 사랑스러워서 인희가 허둥지둥 그의 목을 끌어안았다. 맞닿은 가슴에서 같은 울림으로 심장이 뛰었다. 그것과 박자를 맞추어 그가 천천히 허리를 움직이기 시작했다. 자꾸만 다리가 미끄러졌다. 인희는 발목을 서로 교차해 걸어 그의 허리를 감쌌다. 가죽 시트가 흘러내린 땀에 젖어 코팅한 듯 번들거렸다. 찌꺽거리는 소리에 부끄러운 신음조차 묻혔다. 그는 작은 얼굴 어느 한곳에도 빈틈을 남겨 두지 않겠다는 듯 쉼 없이 입술을 모아 쪼았다. 희고 가는 목에는 깨물리고 빨리는 대로 붉은 흔적이 남았다.

치받는 힘이 점점 거세어지자 그 힘을 이기지 못한 인희가 자꾸만 밀려 올라갔다. 그녀의 머리가 팔걸이에 닿는 것을 발견한 그가 그녀의 등 밑으로 손을 집어넣어 인희를 일으켜 앉혔다. 그녀의 몸을 관통하는 남성이 더욱 선명히 느껴질 수밖에 없었다. 뜨겁고, 크고, 단단했다. 그것이 무자비하게 그녀의 안을 헤집었다. 난생처음 겪는 행위에 어떻게 움직여야 하는지 모르는 인희를 대신해 그가 본능적으로 그녀의 엉덩이를 쥐고 여체를 흔들었다. 격동하는 흥분으로 눈앞이 희부옇게 흐려진 순간, 끝이 덮쳤다.

"……사랑해요."

꿈결처럼 흩어지는 목소리. 붙잡아 손안에 가두고 싶을 만큼 듣기 좋은 말.

사랑받는다는 것은…… 이런 거였네요, 태언 씨.

인희는 울었다. 그 눈물마저 달게 마시어 주는 남자의 품에서 후회란 없었다.

인희는 입술을 깨문 채로 눈을 질끈 감고 있었다. 살짝 실눈을 떠 확인한 침실이 지나치게 밝다.

세상에, 얼마나 잔 거지? 언제 침대로 옮겨 온 거야? 앤 일어났으면 바로 갈 것이지 왜 여태 여기 있는 거야.

슬슬 얼굴로 열기가 몰렸다. 등 뒤에 그의 가슴이 바짝 달라붙어 있었다. 정호가 손을 움직일 때마다 인희는 아득함에 정신을 차릴 수가 없었다. 열기가 느껴지는 게 두 뺨만이 아닌 탓이다. 슬슬 사타구니도 데워지는 것 같은 기분이 들어 결국 자는 척을 포기해야 하는 지경에 이르렀다. 인희가 정호의 손을 툭 건드려 경고했다. 부푼 가슴을 반죽하듯 치대던 무례한 손이다.

"깼어요?"

"……으, 응."

그가 뒷목에 입술을 댄 채 물었다. 씻어야 하는데. 땀 냄새가 날지도 모르는데. 머릿속이 어지러운 생각들로 터질 것 같았다. 그런 여자의 마음을 아는지 모르는지 남자는 기어코 그녀를 돌려 얼굴을 마주했다. 정호가 인희의 머리카락을 쓸어 넘겨 주며 더없이 친절하고 상냥한 눈을 곱게 휜 채 그녀를 보았다. 그러곤 도저히 그렇게 하지 않고는 견디지 못하겠다는 듯 안달하며 이마에 입술을 꾹 눌렀다.

"아, 아침부터 뭐 하는 거야."

"그러게 누가 아침부터 이렇게 예뻤랬어요."

"그런 말 너무 대놓고 하지 마."

"예뻐서 예쁘다고 하는 게 왜요?"

"몰라. 너 나와, 씻을 거야."

그를 물리치고 일어서려던 인희의 몸이 기우뚱 기울었다. 그에게 팔이 잡힌 그녀가 침대에 다시 눕게 되는 건 순식간이었다. 인희는 제 위에 올라탄 정호를 당황하여 바라보았다. 그가 두 눈을 가늘게 뜨고 관찰하듯 그녀를 뜯어보았다. 인희는 뜨끔하여 시선을 허공으로 굴렸다.

"내 눈, 왜 피하지?"

하여튼, 귀신같은 놈.

인희는 목을 큼큼 가다듬고는 뻔뻔하게 되물었다.

"내가 언제?"

"계속. 지금도."

"아니. 그런 적 없는데."

"혹시 내가, 그걸, 잘 못했어요?"

인희는 순간 놀라서 그를 정면으로 직시하고 말았다. 정호가 퍽 불안한 기색으로 더듬더듬 말문을 열었다.

"별로였다거나, 아팠다거나……."

"뭐?"

"내가 처음이라 어떻게 해야 좋아하는지 잘 몰라서. 그런 거면 내가……."

그가 속상한 듯 아랫입술을 꾹 깨물었다. 웃음이 혀끝을 간질였다. 인희는 입꼬리를 아래로 끌어내린 채 채근하듯 물었다.

"그런 거면, 네가 뭐? 어떻게 할 건데?"

"……연습, 할게요."

"연습? 이걸 어떻게 연습해? 뭐 설마 다른 여자랑 해 보겠다는……."

"미쳤어요?"

그답지 않은 말투였다. 인희가 놀라 어버버거리는 사이 그가 변명하듯 빠르게 말을 이었다.

"당신이 좋아야 하는 건데, 연습을 해도 당신이랑 해야죠. 그러니까 솔직히 말해 줘요. 어떤 게 싫고, 어떤 게 좋았는지."

"……."

"나랑 눈도 안 마주치고, 화난 것처럼 이러지 말아요. 작가님이 이러면 나는 정말……."

"……."

"고칠게요. 네?"

인희가 한숨을 내쉬었다. 두 팔로 상체를 지탱하고 내려다보는 그의 목을 끌어당겨 짧게 입술을 비볐다.

"이 바보야."

그의 까만 눈이 포도알처럼 동그랗다. 어제 눈물이 고였던 그 눈동자 아래를 손끝으로 더듬어 보았다. 짙은 눈썹도, 날렵한 코도, 닳을까 아까워하면서도 만지기를 멈추지 못했다.

"좋았어. 겁이 날 만큼 좋았다구."

"……내가 싫어진 거, 아니었어요?"

"싫긴 누가 싫어져. 내가 변덕이 좀 심하긴 해도, 좋던 사람이 하루아침에 싫어지진 않거든? 너한테 내 이미지 그렇게 최악이야?"

고개를 세차게 젓는 그를 보며 결국 참았던 웃음을 터뜨렸다. 두 뺨이 사과처럼 붉어진 채로 인희는 수줍게 눈을 굴렸다.

"부끄러워서 그래, 부끄러워서! 이런 걸 꼭 말로 하게 만들어."

"아……."

"그러니까 비켜! 좀 씻자. 나한테 땀 냄새 나는 것 같단 말이야."

인희가 단단한 가슴을 밀며 슬금슬금 빠져나갈 구석을 찾았다. 그러나 그녀의 다리를 파고드는 무릎은 도무지 그녀를 보내 줄 생각이 없는 듯 보였다.

"땀 냄새 안 나요. 맛있는 냄새만 나."

"맛있는 냄새?"

"응. 서인희 냄새."

"까분다, 이게."

인희의 무뚝뚝한 핀잔에 귀뿌리에 입을 댄 그가 피식 웃었다. 그 낮은 숨소리에 보스스 소름이 돋았다.

"있잖아요, 나도 너무 좋았어요. 나도…… 겁이 날 만큼 좋았어요."

"……으응."

"어제, 내가 한 말 기억하죠?"

"어제……?"

목을 타고 어깨까지 점점이 붉은 꽃이 피었다. 까무룩 흐려지는 정신을 겨우 붙잡고 버티는 인희의 귓가에 어제보다 더욱 선명하고 또렷한 고백이 흐드러졌다.

"사랑해요."

눈을 깜빡이지도 못했다. 잠깐 눈꺼풀을 여닫는 그 순간마저도 안타까워서.

"겁이 날 만큼요."

그가 씩 웃었다. 사랑을 말하는 남자는 평소의 몇 배로 더 아름다웠다. 태양 같아 눈이 부셨다. 그럼에도 눈을 뗄 수가 없어서 차라리 눈이 멀어 버렸으면 좋겠다고, 인희는 생각하였다.

Before
Goodbye

4

"으악. 타, 탔어?"

우당탕, 청소기를 던지다시피 내려놓은 그녀가 부리나케 주방으로 달려들며 소리쳤다. 가스레인지의 밸브를 잠근 정호가 긍정의 대답을 실은 눈으로 안타까이 돌아보았다. 그 역시 빨래를 개다가 불길한 냄새에 달려온 참이었다.

"어떡해. 오늘은 토스트 말고 진짜 제대로 실력 좀 보여 주려고 했더니."

"그러게, 청소도 내가 한다니까요."

"네 말 들을 걸 그랬다. 으, 아까워. 어떡하지? 다른 걸 새로 하자니 딱히 쓸 만한 재료가 없는데. 그냥 시켜 먹을까?"

"그러지 말고 나가서 먹어요."

"나가서?"

인희가 눈을 휘둥그레 떴다. 냄비 바닥에는 정체불명의 내용물이 거무죽죽하게 졸아든 채 달라붙어 있었다. 그것을 개수대로 옮겨 물을 가득 부어 놓은 정호가 몸을 돌리곤 그녀를 끌어안았다. 그가 그녀의 허리 가운데, 움푹 패인 골을 따라 손을 미끄러뜨렸다. 순식간에 야릇해지는 분위기에 인희가 정호의 발을 꾹 밟았다.

"……나 배고프다니까."

"하고 먹으면 안 되나."

"안 돼."

"그럼 먹고 하는 건요?"

"그것도 안 돼. 어떻게 허구한 날 그 생각뿐인데?"

인희가 발끈하자 정호가 항복하듯 양손을 들어 올렸다. 혀를 빼물며 말갛게 웃는 그 모습이 실은 너무 사랑스럽지만, 인희는 겉으로는 냉정한 지배자의 얼굴을 한 채 정호를 보았다. 그런 그녀의 손가락 사이사이에 제 손가락을 밀어 넣으며 그가 졸랐다.

"나가요. 나가서 데이트한 적 없잖아요, 우리."

"내가 그러기 싫은 게 아니라…… 너, 이제 알아보는 사람이 꽤 많아서 안 돼."

"모자랑 마스크 쓸게요."

"이 날씨에 그게 더 수상하다니까? 그리고 밥은, 뭐 마스크에 구멍 뚫어서 머을래?"

불퉁한 표정을 짓는 정호의 입술 끝에 쪽 입을 맞추고 돌아선 인희가 소파에 앉아 배달음식 전단지를 뒤적거리기 시작했다. 하는 수 없이 그 옆에서 같이 고르는 시늉을 하던 정호가 별안간 그녀에게서 전단지를 모두 빼앗았다.

"생각해 보니까, 사람들이 알아보면 좀 어때서요?"

"어?"

"드라마 작가와 배우. 충분히 일 때문이라고 생각할 수도 있지 않나."

"둘 다 남자거나, 둘 다 여자면 그렇지. 근데 이성 간에는 어떻게든 의심을 받게 되어 있어. 안 돼. 절대 안 돼. 두 번 말하게 하지 마."

전단지가 다시 인희의 손으로 넘어갔다. 정호는 마치 주인의 관심을 바라는 강아지처럼 그녀가 무릎 위에 펼쳐 놓은 전단지 위에 제 머리를 뉘였다. 아래에서 빤히 올려다보는 그 맑은 눈동자에 화도 못 내고 그저 얼어붙어 버렸다. 그가 손을 들어 가슴께에서 구불거리는 인희의 머리카락을 매만졌다.

"앞에서 봐도 예쁘고, 옆에서 봐도 예쁘고, 밑에서 봐도 예쁜데."

만약 부끄러움을 담당하는 DNA가 따로 있다면 정호는 아마 태생적으로 그것이 결여된 채 자라지 않았을까 싶다. 아니, 아니지. 처음엔 작은 칭찬에도 어쩔 줄 모르던 때가 있었는데. 변했다, 변했어. 인희가 눈을 흘겨도 그는 마냥 좋다는 얼굴이었다.

"이렇게 예쁜 애인이랑 밖에서 밥 한 끼 못 먹는다는 건 너무 잔인해요."

"어떡하겠어. 네 직업이 그런 걸."

"그냥, 공개하면 어때요?"

"공개해? 뭘?"

바로 알아듣지 못하고 되물었다. 그가 말하는 공개가 설마 '그' 공개일 것이라곤 조금도 생각하지 못했기 때문이었다. 조용히 바라보는 시선에 인희의 얼굴이 점점 경악으로 물들었다.

"진심으로 하는 얘기 아니지?"

"아니길 바라요?"

"어. 당연히."

"그럼 진심 아닌 걸로 해요."

으싸, 하는 기합과 함께 그가 다시 몸을 일으켰을 때, 인희는 그의 눈에 반짝거리던 무언가가 사라져 버렸음을 발견했다.

"정호야."

"네."

"박정호, 나 봐 봐."

굳어 버린 인희를 대신해 전단지를 뒤적거리던 정호가 그녀에게로 느릿하게 고개를 틀었다.

"이건 네가 섭섭해할 문제가 아니야. 다 너를 위해서라고, 알겠어?"

"……네."

"그러니까, 너희 회사 사람들을 포함해서 아무한테도 말하지 마. 약속했었잖아."

"알겠어요."

순순히 대꾸한 정호가 커다란 손으로 인희의 두 뺨을 감쌌다. 그는 무언가를 찾듯이 그녀의 얼굴을 뒤졌다. 이마를, 관자놀이를,

미간을, 콧방울을, 눈꼬리를, 샅샅이 헤집었다.

"정말 많이 좋아해요."

그리고 그 어떤 전조도 없이 그렇게 고백했다. 그녀의 표정이 놀라움에서 수줍음으로 변하는 그 과정을 그는 사진을 찍듯이 뇌리에 담았다.

"……알아."

"아니요. 몰라요."

"……."

"제가 얼마나 작가님을 좋아하는지…… 작가님은 몰라요."

세상 모든 사람에게 알리고 싶다. 그리하여 다신 카메라 앞에 설 수 없게 된다 하여도 상관없었다. 애초에 그녀와 닿고 싶어 시작한 일이었다. 오로지 이 여자와 가까워지고 싶어서, 그래서 선택한 일이었다. 그녀가 의사였다면 그는 매일 자신의 다리를 부러뜨려서라도 여자를 보러 갔을 것이며, 그녀가 교도관이었다면 그는 기꺼이 범죄자가 되기를 자처했을 것이다. 같이 있으면 족하다. 태풍 속이라도, 용암이 폭발하는 화산 아래라도, 세계가 멸망하는 순간일지라도. 그녀와 서로 꼭 껴안고 있으면 그는 그곳을 낙원으로 삼을 수 있다.

하지만 그녀의 마음은 그의 것과 같은 크기가 아니다. 아니니까, 이럴 수 있는 거야. 정호의 얼굴이 어둡게 가라앉았다.

"너는 내가 왜 좋아?"

"당신이니까요."

"바보 같아."

"……."

"어리고. 맹목적이고. 순진해 빠진 데다. 툭하면 삐지기나 하고. 은근히 고집도 있고 말이야."

정호가 입술을 깨물었다. 인희는 아직도 그에게 얼굴을 잡힌 채로 천천히 그의 입술 선을 더듬었다. 그 나른한 손길에 고슴도치처럼 잔뜩 가시를 세웠던 마음 위로 깃털이 소복소복 쌓였다.

"그런데. 그래도. 좋아. 나도. 네가."

이런 당신이라서.

자꾸만, 자꾸만 부푼다. 더 팽창하면 배를 찢고 펑 터져 버릴 것 같은 마음이 끝을 모르고 탐욕스럽게 몸집을 불렸다. 정호는 참지 못하고 입술을 부딪혔다. 터져 버려도 좋다고. 살이 발기발기 조각나 버려도 그게 당신 때문이라면 참을 수 있다고. 그러니까, 당신도 나를 더, 더 많이 욕심내 달라고.

스스로도 인지하지 못하는 마음이 그랬다. 달콤한 독주와도 같았다. 말도 못하게 향긋해서 도저히 거부할 수 없는. 아무리 들이마셔도 완전한 도취란 불가능한 술이었다. 원하고 원해도 부족해서, 정호는 인희를 부둥켜안은 팔에 세게 힘을 주었다. 맞닿아 짓눌리는 갈비뼈는 아팠고, 숨이 막혔고, 그럼에도 불구하고 행복했다.

"나온다. 비켜 봐, 정호야. 너 나온단 말이야."

이번으로 4번째 돌려 보는 단막극이다. 정호를 처음 만나던 날 보았던 그 덥수룩한 수염의 봉석주 감독이 연출한 것이라곤 믿을 수 없을 만큼 극 전반에 따뜻한 색채감이 흘러넘쳤다. 그 속에서 정호는 곱슬곱슬한 파마머리에 얼굴엔 밴드를 붙인 철부지 고등학생을 연기하였다. 그의 얼굴이 앵글에 잡히면 인희는 숨 쉬는 것도 잊고 브라운관을 응시했다. 고등학생 주제에 퇴폐미라니. 얼굴이 곱상해서 그런가 반전의 매력이 있네. 그녀의 감상은 늘 한결같고도 새로웠다.

그녀가 영상에 심취해 있는 것이 못마땅한지 정호가 인희의 품을 파고들며 치근덕거렸다. 혀끝으로 목덜미를 할짝대는 그를 그녀는 성가신 기색으로 툭 밀어냈다. 정호의 입술이 댓발은 나왔다.

"평면 말고 입체에 그렇게 좀 열광해 봐요. 나 질투 나려고 해."

"어차피 다 너잖아."

"알아요. 그러니까 그나마 봐주는 거예요. 다른 남자였어 봐."

"다른 남자였으면? 뭐, 어쩌게?"

정호는 TV에서 눈을 떼지 않으며 건성으로 묻는 인희를 꼭 껴안았다. 작은 몸이 맞춤으로 제작한 것처럼 그의 품에 꼭 맞았다.

"……비밀. 작가님은 모르는 게 나아요."

알면, 당신은 나를 괴물 취급할지도 몰라.

"왜, 말해 봐."

보채는 그녀의 음성을 못 들은 척하며 정호는 인희의 어깨에 코를 박았다. 간지러워, 목을 움츠리는 여자에게 미안해진다. 그녀는 아팠을 텐데, 그녀에게는 생지옥 같은 일이었을 텐데. 그는 안도했었다. 천국을 손에 쥔 것처럼 기뻐했었다.

'그 여자 남편 죽었잖아.'

서인희, 당신이 혼자여서. 그게 나에게는 얼마나 다행한 일이었는지.

타인의 비극에 미소가 지어진 것은 태어나 처음이었다. 스스로가 파렴치하고 경멸스럽고 끔찍하게 느껴져 견딜 수 없으면서도 언제나 그 자기비판은 하나의 생각으로 귀결되었다. 그 어떤 추악함이라도 그로 인해 당신을 얻을 수 있으면, 당신이 날 사랑하게 만들 수 있으면 가치 있는 것이라고.

등 뒤의 남자가 어떤 생각을 하는지 모르는 채 인희가 들뜬 목소리로 말했다.

"정호야. 너 나중에 저 파마머리 또 하자."

"마음에 들어요?"

"응."

"그럼 이따 오후에 숍 갔다 올게요. 작가님이 좋다고 하면 나도 좋아요."

"당장 말고, 나중에 드라마 끝나고 쉴 때 하잔 소리지. 애가 하여튼 중간이 없어."

쯧쯧. 인희가 혀를 차며 정호의 손등을 탁 때렸다. 뒤에서 그녀를 끌어안은 채 은근슬쩍 가슴 주변을 매만지던 정호는 뭔가를 훔치다 걸린 사람처럼 뜨끔한 표정을 했다. 인희는 정호의 손이 다시 멋대로 움직이지 못하도록 그의 두 손을 꽉 쥐었다. 정호가 인희의 어깨에 턱을 기댄 채 그녀에게 잡힌 제 손을 물끄러미 내려다본다. TV에 빠진 그녀는 그저 성가신 물건을 붙잡고 있는 것이겠지만, 잡힌 쪽의 감상은 황홀에 가까운 것이었다. 정갈하게 손질된 작은 손톱을 매만지며 정호는 무심결에 속에 있던 말을 내뱉었다.

"먼저 손 잡아 준 거 처음이에요."

"응? 아닐걸? 손 자주 잡잖아."

"다 내가 잡는 거잖아요. 이렇게 잡아 준 건 오늘이 처음이야."

"어……. 그런가?"

극 속의 박정호에게 완벽하게 몰입한 인희는 대강 고개를 주억거릴 뿐이었다. 한 시간짜리 단막극은 이제 거의 끝나 가고 있다. 아쉬움에 입맛을 다시는 그녀에게 그가 지나가는 투로 물었다.

"그렇게 재미있어요?"

"재미보다는, 저기서 네가 너무 귀엽게 나와서."

"……귀엽다고요?"

"응."

몸이 핵 돌려졌다. 인희는 커다랗게 뜬 눈으로 정호를 마주했다. 노골적으로 찌푸린 얼굴을 보고서야 인희는 아차 싶었다. 좋아하는 여자에게서 귀엽다는 말을 듣고 즐거워할 남자는 드물 것이다. 하물며 그 여자보다 6살 어린 그의 나이를 생각하면 더더욱.

"내가 귀여워요?"

미묘한 불안감이 감도는 새카만 동공이 크게 확장되어 있었다. 까만 거울이 존재한다면 이런 것일까 싶을 정도로 형상을 선명히 담아내는 눈동자. 인희는 저도 모르게 정호의 눈자위를 손끝으로 더듬었다.

"내가 말한 '귀엽다' 라는 건, 그러니까……. 강아지나 아기 보면 그러잖아, 귀엽다고. 그건 사랑스럽다는 뜻이야."

"그래도 싫어요. 나는 당신한테 아기 같고 강아지 같은 남자는 되기 싫어요."

"그런 말은 아니지만…… 그럼 귀여운 걸 귀엽다고 하지 뭐라고 해?"

"내가 보기엔 작가님이 더 귀여운데요."

인희가 실소를 터뜨렸다. 얘가 단단히 서운한 모양이네. 어떻게 풀어 줄까 궁리하는 그녀를 두고 정호는 서인희가 귀여운 이유에 대해 하나하나 나열하기 시작했다.

"눈 빼고는 나보다 모든 게 다 작고, 이렇게 말랑말랑 연약하고, 그리고 아무것도 모르고."

"아무것도 몰라? 내가 뭘 모르는데?"

인희가 뒤룩뒤룩 눈을 굴렸다. 낭창한 몸이 뒤로 풀썩 쓰러진 건 순식간의 일이었다. 놀란 인희가 비명을 질렀다.

"……으악!"

"남자한테 귀엽단 말을 하면 어떤 사태가 벌어지는지."

아무튼 당해 낼 수가 없다. 어떠한 맥락으로 귀엽다는 말이 이렇게 덮치듯 시작되는 섹스의 이유가 될 수 있는지. 인희는 정호의 뇌구조가 일반인과 조금 다르지 않을까 진심으로 의심했다. 눈을 가늘게 뜨고 비난하듯 그를 흘겨보자 그가 그녀의 손을 끌어 제 중심에 가져다 대었다. 불룩 솟아 있는 앞섶은 눈으로 보기에도 대단했지만 촉감으로 확인하게 되자 더욱 거대하게 느껴졌다. 인희는 주춤거리며 손가락을 곱았다.

"이러면 안 귀엽죠?"

"아, 자, 잠깐……."

그가 혀를 날름 내밀어 귓바퀴를 핥았다. 으응, 하는 다듬어지지 않은 소리가 절로 나왔다. 섹스를 할 때 대담한 쪽은 늘 정호였다. 인희로서는 상당히 배신감이 느껴지는 부분이다. 이런 쪽으론 쭈뼛거리며 아무것도 못 할 줄 알았는데 나신의 그는 매번 감당하기 버거울 정도로 맹렬하게 그녀를 가졌다. 감추거나, 머뭇대는 것 없이. 섹스 자체에 완전히 도취되어 핥고 빨고 쥐고 비틀며 여체를 탐식해 나갔다. 굳은살로 단단한 손이 지나간 자리에는 어김없이 흔적이 남았다.

처음 정호와 몸을 섞은 뒤로 한 달가량이 지났다. 그는 스케줄이 없는 날엔 그녀의 집에서 여자의 옆에 껌처럼 달라붙어 지냈다. 일정 사이에 두세 시간 빈틈이 생길 때에 헐레벌떡 들이닥쳤다가 쫓기듯 돌아가는 일도 적지 않았다. 매니저가 관리하는 다이어리가 점점 빼곡해지는 것이 영 불만이라고 그가 한숨지을 때마다 인희는 꿀밤을 놓으며 훈계를 했다.

이 관계에 대해 말로써 정확히 정의를 내린 적도 없고 그럴 필요도 느낀 적이 없지만, 숨기지 않아도 된다는 전제하에, 만약 누군가로부터 그와의 사이를 질문 받게 된다면 할 말은 뻔하지 않을까 생각했다. 사귀는 사이. 6살이나 어린 주제에, 누나 소리에는 경기를 일으키는 건방지지만 사랑스러운 애인과 연애를 하고 있다고. 가끔은 그들 말고 한 사람쯤은 알아줬으면 하는 충동에 휩싸이곤 하였다. 당사자인 그와 그녀 말고는 누구도 모른 채 끝날 가능성이 높은 연애라는 것을 자각하는 순간이면 인희는 몹시도 외로워졌다. 이렇게 그가 그녀를 뜨겁게 채우고 있는 순간에도.

"다른 생각 하지 말아요."

그가 찌푸린 얼굴로 내려다보았다. 벌을 주듯 두어 번 난폭하게 허리를 튕겼다. 대낮에 커튼도 쳐 놓지 않은 거실은 정사를 벌이기엔 너무나 밝고 환했다. 햇빛을 받은 정호의 피부는 아이의 것처럼 새하얘서 어쩐지 금기를 범하는 것 같은 죄책감까지 들었다.

"완전히…… 으읏. 속은, 기분이야."

"속다니?"

그가 인희의 다리 두 쪽을 어깨에 걸며 물었다. 엉덩이가 소파에서 떨어지자 결합된 부위가 그녀의 시야를 여실히 파고들었다. 굵게 부풀어 오른 검붉은 살덩이가 그녀의 습지를 빠르게 드나들었다. 숨 가쁜 추격전을 보는 것 같은 긴장감에 손 마디마디로 축축한 땀이 배었다. 푹푹 그가 안을 찌르고 들어올 때마다 하얗게 부서지는 물보라가 음모에 덕지덕지 달라붙었다.

너무나 선정적인 광경에 현기증을 느끼며 인희는 시선을 들어 올렸다. 수도사를 연상케 하는 금욕적인 얼굴이 태연자약하다. 그저 얼굴만 떼어 놓고 본다면 검은 머리카락에 맺힌 땀은 봉사ㅏ ㅓ호활동 끝에 얻어진 것이라고 해도 믿을 수 있을 정도였다. 그 이질감에 소스라치는 인희의 몸을 그는 무작스럽게 집어삼켰다. 꽃잎에 가려진 도도록한 몽우리를 손끝으로 문지르며 함께 절정을 맞을 준비를 했다. 그가 근육을 단단하게 굳히며 거세게 밀려들자 인희 역시 날카로운 비명과 함께 무너졌다. 아랫배가 뜨끈하다. 그제야 그가 그대로 질에 사정했다는 것을 깨달았다. 인희가 매섭게 그의 등을 내려쳤다.

"아아. 아파요."

"내가 안에다 하지 말랬잖아."

"왜요?"

"임신이라도 되면 어떡할 거야."

"그런 걸 걱정하고 있었어요?"

"당연히 걱정해야지. 뭐야, 그 표정은? 뒤늦게 막 걱정이 돼?"

"아니, 그런 게 아니라……."

"지금은 약 먹고 있어. 그러니까 안심하세요, 박정호 군."

느른하게 그녀의 위에 엎어져 있던 그가 상체를 일으켰다. 또 무엇이 마음에 안 드는지 방금 막 사정한 남자답지 않게 먹구름이 잔뜩 낀 얼굴로 그녀를 보았다.

"약 먹어요? 무슨 약?"

"무슨 약이겠어. 피임약이지. 근데 너 되게 무겁거든? 그만 비켜 주시죠?"

그녀는 대수롭지 않게 대답하며 투덜대었다. 잠시 멈칫하던 남자가 그대로 여자를 안고 바닥에 깔린 카펫 위로 누웠다. 그가 움직일 때마다 저도 모르게 사타구니에 힘이 들어간다. 이제 반대로 그의 가슴 위에 엎드리게 된 그녀가 끄응, 신음했다. 인희는 다시 몸집을 키우는 그의 남성에 당황하며 엉덩이를 뒤로 뺐다. 그러나 그가 그녀의 골반을 쥐고 제게로 확 끌어당기는 바람에 시도는 수포로 돌아갔다.

"씻자, 이제."

"싫어요. 당신이 아침에 못 하게 해서 이러는 거니까 참아요."

"나 피곤하단 말이야."

"자요. 자장가 불러 줄까요?"

"이 상태로 어떻게 자. 이거, 빼기라도 해야 자지."

"이거? 이게 뭔데요?"

그에게 잡힌 엉덩이가 멋대로 비벼졌다. 뱅글뱅글, 그녀의 안에서 영역을 넓히며 사방을 쑤시는 그의 것은 어느새 완전히 제 기운을 회복한 모양이었다. 인희는 아랫입술을 질끈 물고 정호의 가슴을 소리 나게 찰싹 쳤다.

"놀리지 마. 진짜 얄미워."

"말해 봐요. 아까 그랬잖아, 속은 기분이라고. 무슨 소리예요, 그게?"

"상상도 못 했다고. 네가 이렇게 밝히는 남자인지."

"상상도 못 했다고요?"

"그래. 처음에는 너, 순진해 빠져서는 나랑 눈만 마주쳐도 얼굴이 빨개지고 그랬잖아."

"그걸 내가 순진해서라고 생각했구나."

정호가 몸을 일으켜 앉았다. 그에게 꿰뚫린 채로 그와 마주 보게 된 인희는 엉덩이 둔덕 사이로 미끄러지듯 길을 내며 들어오는 그의 손가락에 파르르 몸을 떨었다. 교접된 곳에 흐르는 애액을

손가락에 묻혀 온 그가 그 손으로 유두를 쥐어 비틀었다. 선홍빛
으로 단단하게 뭉친 돌기가 번들거렸다.

"진짜 아무것도 몰라. 이래서 귀엽다고 하는 거예요."

"너 자꾸 기어올…… 아웃."

그가 아이스크림을 먹듯 혀끝으로 젖가슴을 핥아 댔다. 눅눅하
게 젖어 있던 유두 역시 그의 입속으로 모습을 감췄다. 젖먹이처
럼 힘껏 빠는 힘에 허리가 꺾이고 아랫도리가 멋대로 움칠거렸다.
젖무덤 사이에서 얼굴을 들어 올린 그가 사악하게 씩 웃었다. 젖
은 입술이 어지러울 정도로 붉었다.

"얼굴이 빨개진 건."

"……"

"작가님을 볼 때마다…… 이런 상상을 했기 때문이에요."

"웃, 너……."

"남자는 똑같아요. 사랑하는 만큼, 갖고 싶어서 안달하는 거예
요."

그가 그녀의 몸을 들었다 내려놓기를 반복했다. 쿵쿵, 인희의
시야에 세상은 지진이라도 난 것처럼 흔들렸다. 그가 다시 수더분
한 소년의 얼굴을 하고 절박한 음성으로 매달렸다.

"그러니까 이런 나를 나쁘다고 생각하지 말아요."

고개를 사정없이 끄덕였다. 그저 그가 어떻게 해 주었으면 했
다. 무엇을 바라는지도 모르고 정호의 목을 끌어안고 그의 도움을
받아 허리를 움직였다. 극한의 열락에 사로잡혀 눈가에 눈물이 맺
혔다. 그 눈물을 핥아먹으며 그가 중얼거렸다. 사랑한다고. 사랑하

니까, 이러는 거라고. 폭발하는 쾌락에 그의 목소리까지 더해지자 정신을 차릴 수가 없다. 남자의 머리카락 사이에 손가락을 찔러 흩뜨리며 그녀가 그에게 입을 맞췄다. 그가 열렬히 응해 왔다. 혓바늘이 설 정도로 뜨겁게 비벼지는 혀. 끊임없이 밀고 들어오며 빈 곳을 가득 채우는 남성. 외로움은 그렇게 흔적 없이 휘발하였다.

장을 보던 중이었다. 떨어져 있는 걸 좀처럼 견디지 못하는 남자의 번호가 휴대전화 액정에 떴다. 인희는 입가에 느릿하게 번지는 미소를 손등으로 훔치며 전화를 받았다.

"이보세요. 우리 마지막으로 통화한 지 한 시간도 안 지난 것 같은데요."

— 한 시간밖에 안 지났어요? 다섯 시간쯤은 지난 줄 알았는데⋯⋯.

낭패감 젖은 목소리가 아직도 집에 가려면 멀었다며 투덜거렸다. 다 큰 남자가 응석을 부리면 징그러울 법도 한데, 어쩐지 그에게는 해당되지 않는 얘기였다.

"이렇게 내 휴대전화를 네가 독차지할 줄 알았으면 번호 안 알려 줄 걸 그랬어."

— 아아, 그런 사람이 윤혜한테⋯⋯.

"치사하게! 그건 잊기로 했잖아!"

한가롭게 카트를 밀던 사람들이 깜짝 놀라 그녀를 돌아보았다. 인희는 입술을 깨물며 서둘러 구석으로 자리를 옮겼다. 새빨개진 얼굴이 덥다.

번호를 알려 달라는 그의 요구에 아무 생각 없이 휴대전화 잠금을 풀어 준 것이 화근이었다. 이미 저장되어 있는 제 번호를 발견한 그가 물었다.

'한 팀장님께 받은 거예요?'

그냥 그렇다고 했으면 됐을걸. 놀라고 당황한 마음에 바로 대답하지 못하고 흐리멍덩하게 고개를 끄덕였더니 수상함을 감지한 정호가 본격적으로 추궁하기 시작했다. 아무튼, 쓸데없는 곳에 집요함을 보이는 남자다. 결국엔 그녀가 이실직고하게 만들었다. 이게 뭐 거짓말할 거리나 되나, 싶어 솔직하게 털어놨는데 이렇게 주구장창 놀림감이 될 줄은 몰랐다. 민망한 마음에 토라진 척하니 지분거리는 손과 함께 그랬다.

'그래도 언제나 내가 더 작가님한테 빠져 있어요. 그러니까 부끄러워하지 말아요.'

얼굴색 하나 변하지 않는 정호 때문에 오히려 머쓱해진 건 인희였다. 하지만 듣기 좋았다. 사랑한다고, 좋아한다고, 그 잦은 고백에 대고 어떻게 반응해야 할지 몰라 그저 핀잔밖에 돌려주지 않는 연인에게 늘 다정하게 속삭여 주는 목소리가.

그럴 때의, 그 유난스럽게 빛나는 눈동자가 떠오른 탓일 것이다. 이렇게 갑자기, 네가 보고 싶어진 이유는.

— 알았어요. 얘기 안 할게요. 그냥, 작가님이 당황하는 게 너무……

"저녁 먹지 말고 와. 오늘이야말로 진짜 맛있는 거 해 놓을 테니까."

잠깐의 공백조차, 이렇게 애틋할 만큼.

— 지금 가도 돼요? 갈래요, 지금.

"땡땡이는 사절이야."

— 치사하게.

그녀가 했던 말을 그대로 돌려주며 영리하게 토라져 버리는 남자를,

— 잔인하다, 정말.

어느 틈에 이렇게까지 좋아하게 되어 버린 걸까.

함께 밥을 먹었고, 언제나처럼 그에게 안겼다. 쏟아지는 잠을 유예하며 떨어져 있던 시간에 했던 자잘한 일들을 서로에게 보고했다. 아니, 정확히 말하면 그는 묻는 쪽이었고, 그녀는 대답하는 쪽이었다. 그녀에 관한 것이면 아주 사소한 것도 그냥 지나치지 못하는 정호의 물음에 인희는 모범생처럼 성실하게 답변했다.

'작가님 부모님은 어떤 분들이에요?' 호기심 짙은 음성에 잠깐 말문이 막혔지만 다행히 눈물 같은 것은 나오지 않았다.

"엄마는…… 도망갔어."

가만가만 뒤통수를 쓰다듬는 손에 가물거리는 눈을 뜨고 그렇게 말했다. 눈앞에 사과 조각 같은 남자의 울대가 꿀렁 움직였다. 인희가 그 위에 입술을 대고 말을 이었다.

"중학교 입학하고 얼마 안 지나서였는데, 학교 마치고 집에 가자마자 아버지가 뺨을 냅다 갈기면서 묻더라. 네 엄마 어디 숨겼

냐고. 뭐…… 실제론 온갖 쌍욕을 섞어 말해서 흉내 낼 수도 없어. 나, 안 해서 그렇지 아는 욕 진짜 많다? 다 아버지한테 배운 거."

"……욕해도 예쁠 거예요."

"고맙다. 태어나 들은 위로 중에 제일 신선했어."

인희가 키득거렸다. 어린 시절을 떠올릴 때면 늘 아버지에게 맞았던 곳이 욱신욱신 쑤시곤 했었는데, 이렇게 웃을 수 있다는 게 그저 신기하다. 토닥거리며 달래 주는 손길이 있어서일까, 아니면 진짜 이 말도 안 되는 위로 때문일까. 어느 쪽이든 박정호 때문이라는 건 같구나. 그런 인희의 생각을 읽은 것처럼 그가 더 힘껏 안아 주었다.

"나도 몇 번인가, 엄마처럼 도망가 버릴까 생각하긴 했는데…… 그렇게 못 했어. 아니, 안 했어. 나중에 엄마를 찾으면 증명해 보이고 싶었거든. 나는 당신이랑 다르다고. 비난할 자격을 얻고 싶었는지도 몰라. 적어도 당신 배 아파 낳은 나는 데리고 갔어야 하는 거 아니냐고. 근데 나중엔 도저히 못 참겠어서 몇 번 경찰서로 달려갔어. 구치소에도 있어 보고, 정신병원에도 갇혀 보고. 그래도 사람이 안 변하더라. 그래서 그냥 맞아 죽어야지 생각했던 것 같아. 그러면 뉴스에 대문짝만 하게 내 얘기가 나갈 거 아니야. 친부에게 맞아 죽은 딸. 이렇게."

"……."

"그러면 엄마가 얼마나 후회할까? 엄청 미안해하겠지? 덩달아 같이 처벌받았으면 좋겠다. 그렇게 버텼어. 사실 그때는 버틴다는 생각 없이, 맞는 걸 당연하게 받아들였던 것 같아. 어렸을 때부터 거의 매일 술심부름을 했는데, 어느 날은 아버지가 아파서 정신을 놓은 거야. 그런데도 나는 슈퍼에서 술을 사다 놨어. 아버지가 시키지도 않았는데. 왠지 빼먹으면 안 될 것 같았거든. 이미 그게 나한텐 평범한 일상이라서."

인희는 정호의 목에 코끝이 뭉개지도록 얼굴을 파묻고 쿵쿵거렸다. 역시나 좋은 냄새가 난다. 안정감을 주는 체향. 봄볕 아래에서 그의 땀을 톡톡 두드려 주었을 때 맡았던 그 부드럽고 편안한 냄새.

"아무튼 이젠 다 지난 일이니까, 뭐. 내 이름 실린 기사가 몇 번 나갈 때마다 엄마가 찾아올까 봐 긴장했는데 아직까지 아무 소식이 없는 거 보면, 아빠처럼 어디 논두렁 같은 데서 비명횡사라도 한 건 아닌가 싶어."

"괜찮아요?"

"응? 으응. 괜찮아. 말을 많이 해서 다시 배고파진 거 빼고는."

"뭐 먹을래요? 뭐 먹고 싶어요?"

"사과."

"사과?"

그가 의아한 듯 눈을 키우며 되물었다. 장난스럽게 씩 웃은 인희가 정호의 목 한가운데, 툭 불거진 것을 깨물었다. 깜짝 놀란 그가 아, 하고 신음을 뱉었다.

"맛있다."

"가, 갑자기……."

"왜? 정호 넌 매일 나 깨물잖아. 난 깨물면 안 돼?"

그녀가 코끝을 찡긋하며 짓궂게 키들거렸다. 괜찮다고는 했지만, 실은 그렇지 않아서 딴청을 부리는 건지도 모른다. 젖은 눈을 한 정호가 고개를 세차게 가로저었다. 그녀의 기분이 나아질 수 있으면 그는 스스로를 기꺼이 제물로 바치고도 남을 위인이었다.

"아니요. 돼요. 온몸에 잇자국이 남아도 상관없어요."

"얘가, 또 무서운 소릴 하네. 중간, 중간을 지키라니까."

"그게 어떻게 가능해요. 내 마음이 중간이 아닌데."

"나 예전부터 궁금했는데, 이런 낯간지러운 말을 어떻게 눈 하나 깜짝 안 하고 해?"

그녀가 그의 가슴 위에 엎어져 잘생긴 얼굴을 요모조모 뜯어보았다. 상기된 그녀의 두 뺨이 어여뻤다. 둥그런 젖가슴이 제 살갗에 눌리는 것만으로도 등골이 쭈뼛할 만큼의 성욕이 치솟았다. 허벅지에 닿는 그의 발기된 남성을 깨달은 인희가 낮게 웃음을 터뜨렸다. 정호가 미안한 기색으로 그녀의 눈치를 살폈다.

"너 솔직히 말해 봐. 여자 친구 많았지? 이렇게 즐기면서 23년 동안 아무하고도 안 자 봤다고? 게다가 이 얼굴에, 가만히 있어도 여자가 줄을 섰을 텐데. 내가 아무래도 너무 순진하게 다 믿은 것 같아."

"정말이에요. 아르바이트하느라 바빠서 출석일수도 간신히 채웠는데, 여자 친구 같은 거 사귈 시간이 어디 있어요. 그리고……."

"그리고, 뭐?"

정호가 인희를 끌어안고 몸을 데굴 굴렸다. 온몸에 잇자국이 나도 상관없단 사람이 태도를 바꾸어 인희의 목덜미를 덥석 물었다. 흰 피부에 파르스름하게 돋기 시작한 수염 때문에 그의 턱이 닿은 피부가 따끔거렸다.

"작가님 아니면 서지도 않던데."

"……거짓말."

"나 며칠 전에 처음으로 키스신 촬영했다고 얘기했죠?"

"응."

"아무렇지도 않았어요. 내 몸에 문제가 있나 의심스러울 정도로. 당신이랑은 손끝만 닿아도 서 버리는데."

그의 입술이 천천히 아래로 내려갔다. 마치 달팽이가 지나간 듯 물기 어린 자국이 목과 어깨를 지나 가슴까지 이어졌다. 뾰족하게 세운 혀끝이 유륜 주위를 빙글빙글 돌았다. 인희는 허리를 들썩이면서도 정호를 추궁하는 것을 멈추지 않았다.

"대충……하잖아. 키스신 같은 건, 어차피…… 연기니까."

터지는 신음을 삼키느라 드문드문 끊기는 목소리는 그녀 스스로가 듣기에도 너무나 색스러웠다. 그가 구부린 무릎으로 지그시 그녀의 사타구니를 압박하며 아래로 내렸던 몸을 올려 그녀를 마주 보았다. 조금 전까지 가슴을 희롱하느라 분주했던 입술이 새빨갛게 부어 있었다.

"대충 안 했는데. 어설프게 하면 구 감독님은 그냥 안 넘어가요. 그래서 임청, 열심히 했어요."

"열심히……?"

"네."

"열심히라 이거지."

"궁금해요? 어떻게 했는지…… 알려 줄까요?"

다른 여자랑 어떻게 키스했는지 그딴 거 알아서 뭐하게?

싫다고 말하려고 했지만 그 전에 그가 그녀의 입술을 물었다. 숯으로 그린 듯 진한 눈썹을, 다소곳하게 감은 눈을, 부채처럼 펼쳐져 깊은 그늘을 만들어 내는 속눈썹을 차례로 보았다. 콧방울이 서로 맞닿았다. 그가 느릿하게 아랫입술을 빨고 놓았다. 끝이 난 건가 싶어 한 마디 하려는 찰나 그가 가로로 고개를 꺾어 그녀의 벌어진 이 사이로 혀를 밀어 넣었다.

입술을 벌려 바짝 밀착하며 목젖까지 파고들었다가 다시 오므리는 입술과 함께 썰물처럼 빠져나가는 혀에, 인희는 마치 다른 것을 물고 있는 듯한 기분이 들었다. 더 두껍고, 단단한 무엇. 아랫도리가 축축하게 젖어 드는 것을 느꼈다. 입을 맞추는 와중에도 그는 무릎으로 그곳을 누르고 비볐다. 그의 무릎에 있는 자잘한 주름마저 예민해진 속살에 마치 사포처럼 거칠게만 느껴졌다. 인희는 결국 항복하듯이 정호의 팔을 잡고 흔들었다. 일전에 인희가 엉망으로 흐트러뜨린 머리를 하고도 그는 청량하기 그지없는 미소를 지었다.

"대충."

"……."

"아니죠?"

입안이 알알했다. 정말 이렇게까지 깊게 했을 거라고 믿진 않지만 어쩐지 말갛게 웃는 그에게 섭섭해진다. 인희는 도도하게 턱을 치켜들고 정호의 배를 쓰다듬었다. 지방이라곤 없는 배에 희미하게 드러나는 근육을 손바닥으로 매만졌다. 그가 미간을 찌푸리며 몸을 긴장시키는 것을 느꼈다. 손을 점점 아래로 미끄러뜨렸다. 정호는 뭔가를 참듯이 입술을 질끈 깨물었다.

"그러게. 대충 아니네. 정말 열심히 했구나."

"으. 작가님, 그만……."

"나중에 베드신 찍게 되면, 그것도 진짜처럼 열심히 하겠네?"

"아니요. 그런 건…… 아무리 연기라도 싫어요. 할 수 있을 리가…… 없어요. 당신이 아닌 여자를 상대로는."

나긋하게 중얼거리는 목소리에 더 기다릴 수가 없어진 그가 단전을 머뭇대기만 하는 여자의 손을 치워 냈다. 내내 여성의 입구를 막고 있던 무릎을 떼자 희뿌연 액체가 은으로 꼰 실처럼 주륵 늘어났다. 정호는 그것을 여자의 사타구니에 치덕치덕 발랐다. 벌어진 다리 사이에 자리를 잡고 단단해진 몸으로 그녀의 속살을 천천히 파헤쳤다. 끄트머리를 살짝 담갔을 뿐인데도 지독한 황홀경이 그를 덮쳤다. 파들파들 떠는 가냘픈 다리를 허리에 감았다. 이불을 세게 말아 쥔 인희의 손을 펴 깍지를 낀 채 그녀를 내려다봤다.

장차 다가올 파도에 대비하듯 그녀는 어깨를 잔뜩 움츠리고 있었다. 어린 짐승처럼 연약해 보이는 피부에 흥분이 고조되었다. 정호는 무릭스럽게도 단 한 번의 허릿짓으로 저를 끝까지 밀어 넣었다. 그러곤 그녀가 이물감에 적응할 새도 주지 않고 앞뒤로 거

세게 몸을 치댔다.

살살, 천천히, 정호야. 그녀가 몇 번 그렇게 애원한 것도 같았지만 도무지 스스로를 제어할 수 있는 상태가 아니었다. 사정감에 눈앞이 아득해지고 허리가 뻐근했지만 그는 고집스럽게 절정을 뒤로 미뤘다. 만족스럽지가 않다. 아무리, 아무리 가져도 모자란 것만 같다. 끝까지 닿고 싶었다. 이대로 여자의 몸속에 녹아 흘러 들어가서 그녀의 심장을 집으로 삼아 살고 싶었다. 마침내 억눌러 왔던 것을 해방시키며 정호는 허리를 구부려 여자의 가슴을 물었다. 그녀의 가슴이 아닌 심장을 베어 먹은 것 같단 생각이 들어 뽀얀 젖무덤 사이에서 그가 소리 없이 웃었다.

"……더 얘기해 줘요."

"응?"

"작가님 얘기요."

"별로 재미있는 인생도 아니었는데, 뭘. 네 얘기 해 봐. 어머니 돌아가시고 나선? 어떻게 지냈어?"

"혼자…… 살았어요. 혼자서, 밥 먹고, 학교 가고, 아르바이트하고. 사실 그때는…… 기억이 잘 안 나요. 아니, 기억할 만한 게 없어요."

인희의 손이 습관처럼 정호의 머리를 쓰다듬었다. 아직도 몸이 연결된 채로 정호는 인희의 품에 파고들었다. 흠칫 어깨를 움츠린 인희가 한숨처럼 미소 지었다.

"외로웠겠다."

"……네. 외로웠어요. 사는 게 너무 지겨울 정도로."

그때 당신을 만났어요. 당신이 웃는 모습을 또 보고 싶어서 내일을 기다리게 됐어요. 잠들면, 이대로 깨지 않으면 좋겠다고 생각하던 그때에, 당신은…… 그렇게 내가 사는 이유가 된 건지도 몰라요. 거창하게 들릴 것 같아서, 당신은 부담스러워할 것 같아서, 그래서 얘기하진 못하지만. 나는 그래요.

정호가 인희의 뺨에 길게 입술을 눌렀다. 아이의 장난스러운 뽀뽀처럼. 인희가 까르르 웃으며 정호의 얼굴을 잡아 제게서 떨어뜨렸다.

⚘ ⚘ ⚘

첫 방송 일을 삼 주가량 남겨 놓고 인희는 부쩍 초조해하는 일이 많았다. 제작발표회 날짜가 코앞으로 다가오자 더욱 그랬다. 그녀가 직접 플래시 세례를 받을 일은 없다고 하더라도 카메라가 많은 곳에 가는 것은 역시 불쾌하고 내키지 않는 일이었다. 괴물의 눈동자 같은 렌즈 수십 개가, 팡팡 터지는 새하얀 빛과 함께 그녀를 담아내던 날이 떠올랐다. 아주 오랜 시간이 지나서야 인희는 태언의 사망을 공표하던 자신의 얼굴을 확인할 용기를 가질 수 있었다. 창백하고 수척해 보이긴 했지만 일견 덤덤해 보이기까지 하는 무표정은 그녀가 보기에도 남편의 갑작스러운 죽음을 슬퍼하는 아내의 모습으로는 보이지 않았다.

나는 그때 슬프지 않았었나.

조금 붉다 싶은 립스틱을 입술 위에 미끄러뜨리며 인희는 스스로에게 자문하였다. 슬프지 않았다기보다는, 놀라지 않았던 것 같다. 은연중에 예견하고 있었을까. 그가 어느 날엔가 이 세상에서, 그녀의 곁에서 홀연히 사라져 버릴 것이라고.

태언은 언제부터 죽고 싶다는 생각을 했던 걸까. 그 여자의 결혼 그 이전부터 자살에 대한 집념은 끊임없이 퇴적되어 왔던 건지도 모른다. 그 여자를 사랑하는 것이 타인에게 한낱 조롱거리에 불과한 것이라는 사실보다, 그 여자에게 남자로서 거절당하는 순간들이 그를 죽음으로 몰고 갔을 것이라고 인희는 생각했다. 20년 가까이 한집에서 자란 여자라고 했다. 부모님은 그 여자를 딸처럼 애틋하게 여겼고, 그 여자 역시 그랬다. 태언을 둘도 없이 다정한 오라비로 알고 자랐다.

그런 오라비가 어느 순간 돌변하여 내가 너를 사랑한다고, 그러니 너도 나를 사랑해 달라고 하는 것을 여자는 받아들이지 못했다. 여자가 막 대학에 입학했을 때였다. 성인이지만, 완벽히 어른이라고 하기엔 어딘가 어색한 나이. 스물다섯이었던 태언은 그때 부모가 그녀를 유학 보내려고 하는 것에 조바심을 느끼고 있었다. 당장이 아니면 평생 말하지 못할 마음이라 여겼겠지.

부모의 허락은 애초에 그의 고려 대상이 아니었다. 태언은 그녀와 함께 외국 어딘가에서 살고 싶다는 단꿈에 젖어 있었다. 일방적인 감정이었고 바람이었지만 그때에는 그것을 자각할 여유 따윈 없었다고 했다.

태언의 얘기를 들으며 인희는 이름도 모르는 여자가 진심으로 부러웠었다. 나라면, 당신을 안아 줬을 텐데, 세상 어디든지, 지도

에도 없는 외딴섬에라도 기꺼이 당신 손을 잡고 떠났을 텐데. 그렇게 생각했다.

달도 숨은 밤. 태언은 여자의 손을 끌고 몰래 집을 빠져나왔다. 몇 번이나 돌아가자고 애원하던 여자는 태언이 말을 듣지 않자 몰래 그의 부모에게 연락을 했다. 그의 아버지는 곧장 사람을 보냈다고 했다. 인희는 눈을 감았다. 절절한 후회에 젖은 태언의 음성을 떠올리자 가슴이 저미는 듯하였다.

'그 애의 비명소리를 잊을 수가 없어. 나는 차 밖으로 튕겨져 나가서…… 엎어진 채로 그 애를 보는 것 말고는 아무것도 하지 못했어. 차에서 튄 불이 그 애의 옷에 옮겨붙는데도……. 그 애가 그렇게 고통스럽게 소릴 지르는데도 나는…….'

차라리 그게 나였어야 하는데. 차라리 내가.

태언은 절규했다. 인희는 그날 빙글거리는 가면을 벗어던진 그의 진짜 모습을 보았다. 사랑하는 사람의 몸에 평생 지워지지 않는 상처를 냈다는 자책으로 살아가는 남자에게, 삶이란 그저 순수한 고통의 연속이었다. 그날 그 사고로 그의 사랑은 죄가 되었다. 누구도 벌주지 않는 죄. 태언은 결국 스스로가 만든 감옥에 갇혔고 인희는 그 어리석고도 불쌍한 남자를 사랑했었다.

인희의 눈동자가 뭔가에 이끌리듯이 달력으로 향했다. 모르는 채로, 깨닫지 않은 채로 살고 싶어도 그게 가능할 리가 없다. 정호와 함께 경쟁적으로 장식을 그려 넣은 9월의 마지막 수요일이 시선을 잡아챘다. '첫방일'이라고 한 자 한 자 신중히 적으며 들뜨던 정호가 떠올라 미안해졌다. 그녀에겐 또 다른 의미가 있는 날.

실은 하루에도 몇 번씩 예민하게 오르락내리락하는 기분이 방송 때문이 아님을 알고 있다. 그녀는 매해, 나무가 녹음을 벗고 가을을 준비하는 이맘때면 늘 아팠다. 이렇게 쓸쓸한 계절에 가 버린 그가 불쌍해서 자꾸 눈가가 시렸다. 가라앉은 기분을 달래기 위해 바른 화사한 체리 빛의 립스틱은 그래서 서글프기만 하다.

마음에 차지 않는 단어들만 빼곡히 떠 있는 노트북을 소리 나게 닫고, 인희는 목적지도 없이 집을 나섰다. 한참을 걷다 멈춘 곳은 태완의 작업실이 있는 오피스텔 앞이었다. 새삼 당황스러울 것도 없었다. 체념하듯 그 안으로 들어서려던 그녀는 어째서인지 자리에 멈춘 채 움직이지 않았다. 갑작스러운 그 어떤 생각에 심장이 기분 나쁘게 쿵쾅쿵쾅 뛰었다.

나는 김태언, 당신처럼은 살고 싶지 않아. 당신처럼 보상받을 수 없는 사랑에 나를 초라하게 망가뜨리진 않을 거야. 아무도 없는 이 빈집에, 더는 안 올래.

그 길로 인희는 오피스텔 1층에 모여 있는 상가에서 부동산을 찾아갔다. 점심으로 먹은 김치찌개 냄새가 가시지 않은 자그마한 사무실에서 꾸벅꾸벅 졸고 있던 사장이 화들짝 놀라 그녀를 반겼다.

"매물 보러 오셨어요?"

대답을 머뭇거린 인희는 잠깐 유리 밖의 거리로 시선을 던졌다. 하늘은 눈이 부실 만큼 새파랗고, 극성스럽지 않은 볕은 나른하다. 열린 문으로 들어오는, 얇은 외투가 가볍게 흩날릴 정도의 바람이 조용히 몸을 휘감고 소멸했다. 쓸쓸함만으로 정의되기엔 너무나 아까운 계절이라는 깨달음이 뒤늦게 그녀를 찾아왔다.

"아니요. 집을…… 내놓으려고요."

인희는 차분히 미소 지었다. 웃는 것조차, 누군가에게 지독히 미안했던 시절. 수고했다고, 이만하면 됐다고. 가을 아지랑이 사이에서 그, 태언 역시 웃고 있는 것 같았다.

부동산을 나오면서 이젠 어디로 갈까 고민하는 때 휴대전화가 울렸다. 박정호. 매정하게 느껴질 정도로 심플하게 지정된 이름 아래로 그의 번호가 떴다.

— 어디 갔어요? 나 집인데.

"잠깐 밖에 나왔어. 스케줄 끝났어?"

— 네. 언제 와요?

"지금 가."

빨리 와요. 그가 보채듯이 말했다. 어쩐지 달리기라도 한 것처럼 숨이 차서 인희는 잠시 호흡을 가다듬었다. 작가님? 그가 대꾸 없는 그녀를 찾았다. 맞은편 벤치에 나란히 앉은 연인 한 쌍이 보였다. 연리지처럼 몸의 반이 겹치도록 가까이 붙어 앉는 것으로도 모자라, 빨대 하나를 꽂은 음료를 번갈아 나눠 마시는 모습이 심장을 간지럽혔다.

"……나올래?"

— 네?

"식탁 위에 차 키 있어. 드라이브하자. 집에서 데이트하기엔 날씨가 너무 좋다."

정호가 허겁지겁 전화를 끊었다. 정신없이 달려 나올 그를 상상하니 또 웃음이 터졌다. 끊어져 버린 전화를 보다가 인희는 더디게 손가락을 움직였다. 박정호. 그의 이름이 뒤에서부터 하나씩 지워졌다. 공백이 되어 버린 곳에 채워지는 수줍은 두 글자.

[애인]

누가 볼세라 휴대전화를 품에 안는 인희의 얼굴이 옅은 홍조로 발그스레했다.

전화를 끊은 지 정확히 13분 만이었다. 특별한 날이 아니면 그저 주차장에 처박혀 있기 일쑤인 하얀 승용차가 인희의 앞에 섰다. 운전석에서 내려 조수석 문을 열어 주려는 정호를 극구 말린 그녀가 서둘러 차에 올랐다. 포마드를 발라 깔끔하게 빗어 넘긴 헤어나 결 좋은 피부를 더 돋보이도록 한 메이크업은 그를 한층 근사하게 보이게 했고 그래서 더 위험한 것이었다.

배우는 배우구나. 집에서의 흐트러진 정호에게 이미 익숙해진 인희에게 지금의 배우 박정호는 어쩐지 조금 낯설었다. 처음 그에게 설레었을 때처럼 심장이 콩콩 빠르게 뛰었다. 제 맥 뛰는 소리가 그에게까지 들릴까, 인희는 부러 얄망스레 툭 쏘아붙였다.

"어떻게 이렇게 빨리 왔어? 정호 너, 신호 위반이랄지, 과속이랄지, 뭐라도 하나 날아와 봐. 진짜 혼날 줄……."

그가 예고도 없이 그녀에게로 몸을 기울였다. 움찔한 인희가 어깨를 모으며 입을 다물었다. 정말이지 천지분간 못 하는 강아지도 아니고. 시도 때도 없이 들이대고 안기는 이 버릇을 고쳐 줘야 하는데, 라고 생각하는 찰나 뭔가가 가슴을 긋고 지나간다. 철컥. 안

전벨트가 잠기는 소리에 인희는 아랫입술을 잘근 깨물었다. 그는 성욕과는 거리가 먼, 소풍을 가는 아이의 것처럼 순수하게 들뜬 눈으로 그녀를 보았다.

"어디로 갈까요?"

"어디……."

흠흠. 목소리가 갈라져 나왔다. 헛기침을 한 인희가 어렵사리 대꾸했다.

"어디 가고 싶은데?"

"어디, 어디로 가야 하지? 나, 작가님이랑 하고 싶은 게 너무 많아서 뭐부터 해야 할지 모르겠어요."

그가 상기된 얼굴로 그녀를 말끄러미 보았다. 희색이 만연한 까만 눈동자는 막 태어난 아이의 것처럼 깨끗하다. 이렇게 좋아할 줄은 몰랐는데. 덩달아 즐거워진 인희가 입술을 휘었다. 그리고 이어지는 기습적인 입맞춤. 도톰하고 붉은 살갖이 마주 닿았다 떨어지는 단순하기 짝이 없는 행위에 여자는 수줍음 많은 소녀가 된다.

"가, 갑자기 달려들지 좀 마. 놀라서 심장 뛰는 것 봐. 너 때문에 내 명이 한 십 년은 줄었을 거야."

"그럼 난 몇 년치가 줄었을까요? 눈만 마주쳐도 정신 나간 것처럼 뛰는데."

그가 헤벌쭉 웃으며 입술을 다시 쭉 내밀었다. 어림도 없다는 듯 손바닥으로 그의 입맞춤을 완벽하게 차단한 인희가 엄하게 야단했다.

"신소리 말고 앞이나 봐. 여차하면 운전대 뺏을 줄 알아."

"네. 알겠습니다. 서인희 씨."

서인희…… 씨? 씨이? 씨이이?

인희가 눈을 데굴데굴 부라리는 동안, 노랫소리처럼 나긋나긋한 정호의 음성은 일주일을 통째로 비워도 완수하기 힘든 미션들을 하나하나 나열하고 있었다. 손잡고 길거리 음식 먹기. 커플 아이템 사기. 놀이동산 가기. 영화관에서 공포영화 보기 등등. 흔하고 뻔해서 그에게 더 어렵기만 한 바람이라 인희는 절레절레 고개를 저었다.

일주일이 아니라 일 년을 줘도 다 못 한다. 많고 적음이 아니라 장소의 문제인 것이다. 데이트는 무조건 사람들이 바글거리는 곳에서 해야 한다는 철학이라도 있는 건지, 죄다 그녀가 반대할 수밖에 없는 것투성이다. 짧지 않은 고민 끝에 인희는 맛있는 걸 포장해서 경치 좋은 곳에 가 광합성이나 하자고 제안했고, 정호는 씩 웃는 것으로 대답을 대신했다.

샌드위치와 과일에 피크닉용 매트도 하나 사서 뒷좌석에 실었다. 정호는 자신이 다니는 승마공원 쪽으로 차를 몰았다. 평일 오후 2시. 도로는 한산했다. 바람도, 태양도, 무엇 하나 지나치거나 모자람이 없는 날. 인희는 창을 반뼘쯤 열고 그 사이로 손가락을 배꼼 내밀었다. 창이 벌어진, 그 소극적인 간격을 발견한 정호의 손이 버튼을 찾아 눌렀다. 운전석과 조수석의 유리창이 완전히 열린다. 바람이 마구 들이쳐 인희의 머리카락이 그 자체로 살아 움직이는 것처럼 사방으로 흩날렸다.

"기분 진짜 좋다!"

인희를 따라 왼손을 창밖으로 내어 흔들며 정호가 소리쳤다. 황당하다는 듯 보던 인희가 파핫, 웃어 버렸다. 바람이 손가락을 멋대로 춤추게 한다. 허공에다 대고 피아노를 치듯 움직이는 손가락을 보며 인희도 작게 중얼거렸다.

그러게. 기분, 진짜 좋다.

공원에 도착한 그들에게 작은 문제가 하나 생겼다. 인희는 난감한 표정으로 자신의 스틸레토 힐을 내려다봤다. 자갈이 섞긴 흙길에 8센티 정도의 굽이 엉망이 되었다. 더러워진 것이야 닦으면 그만이지만 휘청거리거나 굽이 박혀 잘 빠지지 않는 것이 문제였다. 인희가 울상을 지으며 정호를 보았다.

"신발 생각을 못 했어."

그 역시 결코 편한 복장은 아니었다. 흰 셔츠에 슬림핏의 정장 바지. 그리고 구두. 단정히 빗어 넘긴 머리부터 발끝까지, 누가 보아도…….

"어떡하죠, 선생님?"

인희의 장난스러운 말에 순간 멍해진 정호가 뒤늦게 그녀의 말뜻을 알아듣고 피식 웃었다. 헤어 때문에 다른 때보다 남성미가 짙게 밴 얼굴은 드라마의 단골 재료인 '실장님'이니 '본부장님'의 표본이다.

며칠 전, 이른바 '시파티'를 가진 후 말도 많고 탈도 많았던 〈환상통〉이 드디어 첫 촬영에 들어갔다. 극중 교생선생님인 일준과 모델인 이준의 직업적인 차이를 드러내기 위해 스타일링 부분에서도 차별화를 두었는데, 지금 정호의 모습은 누가 봐도 선생님이었다. 옷 갈아입는 시간도 아까워서 또 촬영이 끝나자마자 달려왔겠지. 일상인 일이니 새삼 놀라울 것도 없다. 쯧. 혀를 차는 인희를 아는지 모르는지 자신의 발부리를 내려다보던 정호가 대뜸 구두를 벗었다.

"뭐 하는 거야?"

"작가님 신어요."

"그럼 넌 뭐 신고? 내 힐이라도 신으려고?"

"그게 나한테 들어가겠어요? 난 맨발로 가도 돼요."

정호는 별것 아니라는 듯 어깨를 으쓱였지만 인희의 생각은 달랐다. 마냥 부드럽기만 한 흙길이 아니라 뾰족해 보이는 자갈이 섞여 있는 돌길을 맨발로 걷겠다고? 절대 안 될 말이다.

"잔소리하게 만들지 말고 빨리 다시 신어."

"싫어요. 아까도 넘어질 뻔했잖아요."

"발바닥 찢어져 봐야 정신 차리지? 내 배우는 내가 지킨다. 얼른 신어."

허리에 척 손을 올리고 엄하게 고개를 가로젓는 인희를 정호가 빤히 내려다보았다.

"나 뽀뽀할 거예요."

"응? 뭐……."

순식간에 다가온 입술이, 순식간에 멀어진다.

"이러면 갑자기 아니죠?"

"뭐, 뭐가 갑자기가 아니야. '뽀뽀할 거예요'는 통보잖아. '뽀뽀해도 돼요?'라고 물어봐."

"그럼 안 된다고 할 거잖아. 싫어요. 그냥 갑자기 할래."

"얘가 진짜 점점……."

"업혀요."

"어?"

"신발은 내가 신을 테니까 대신 업혀요. 작가님은 작가님 배우 지키고, 나는 내 여자 지킵시다. 괜찮죠?"

학습력 하나는 정말 인정한다. 그새 그녀의 말을 교묘히 고쳐 사용하는 정호에게 인희가 못 이기겠다는 듯 항복의 제스처를 보였다. 구두에 다시 발을 넣은 정호가 등을 내밀며 무릎을 굽혔다. 순백의 셔츠가 팽팽하게 당겨질 정도로 유난히 넓은 어깨가 듬직하다. 인희는 조심스럽게 정호의 목을 끌어안으며 그에게 제 몸을 맡겼다.

"힘들면 꼭 말해."

"안 힘들 수가 없죠. 업으면 작가님 얼굴을 볼 수가 없는데."

여하튼 방심할 수가 없어. 훅훅 들어오는 멘트가 정말 계산에 의한 것이 아니라니.

"진심으로 하는 말인데, 너 나한테 하는 것처럼 하면 못 꼬실 여자가 없을걸."

"난 엄청 애태우고 힘들게 한 사람의 입에서 나올 말은 아니지 않을까요."

"그래도 결국 넘어갔다는 게 중요한 거지."

인희는 민망해서 정호의 귀를 쭉 잡아당기며 괴롭혔다. 그런데도 이 바보는 뭐가 좋은지 그저 헤실거리며 뚜벅뚜벅 비탈진 길을 걸어 올라간다.

"알아요. 그래서 엄청 고맙고……."

또, 두렵고.

혼자만 중얼거리는 말이 빛 한 점 들어오지 않는 비밀스러운 길 위로 조용히 묻혔다. 빼곡한 나무 사이를 얼마나 지나왔을까, 불현듯 시야가 탁 트였다. 밀림이나 다름없는 숲 한가운데에, 복숭아뼈에 겨우 닿는 키 낮은 풀만 무성했다. 군락을 이루어 피어 있는 노랗고 하얀 들꽃에 탄성이 절로 나왔다. 인희를 등에서 내려놓은 정호는 그새 그리웠다는 듯 그녀의 얼굴을 시선 안에 가두었다.

"와, 여기 정말…… 정말 멋있다. 경치 예술이야. 우리가 이렇게 많이 올라왔나? 정호 넌 이런 근사한 곳을 어떻게 알았어? 장 감독님한테 말씀드려 볼까? 여기서 촬영하면 분명……. 음, 아냐. 여긴 우리 둘만 알자. 남한테 알려 주긴 너무 아깝다. 그치?"

"네. 그래요. 아무한테도 알려 주지 말고, 우리 둘만 알아요."

높은 힐도 잊은 듯 신나서 서성대는 그녀를 그가 뒤에서부터 꽉 끌어안으며 속삭였다. 작은 몸의 온기가 닿자 심장이 바쁘게 뛰었다. 냉동된 듯 가사 상태에 빠져 있던 신경세포가 일제히 기지개를 켜며 깨어나는 느낌. 비로소 살아 있다는 느낌이 드는 것이다. 그녀가 없는 시간이 무가치하게 여겨질 정도로, 그녀에게서 얻어지는 행복감이 너무나 크다. 그래서…….

그래서 두려워지는 것을, 당신은 알까?

"왜 그래? 나 업느라 힘들었구나?"

인희가 자신의 어깨에 둘러진 정호의 팔을 쥐며 물었다. 정호는 그런 여자를 더욱 세게 품 안에 모았다. 그를 웃게 한 여자를. 그를 다시 살게 한 여자를. 손 쓸 새도 없이 그의 전부가 되어 버린 여자를.

"여기요, 겨울엔 이렇게 아름답지 않아요. 삭막할 정도로 아무 것도 남기지 않고 다 죽어 버려요."

"겨울?"

"슬프죠. 이렇게나 예쁘고 멋진 곳인데."

몰랐다. 누군가를 삶의 이유로 삼는 것이 얼마나 위험한 짓인지. 하지만 정호는 그렇게 살지 않는 법도 역시 몰랐다. 기쁨, 희열, 보람, 그러한 감정을 느끼게 하는 주체는 언제나 인희인데 어떻게…….

광고를 새로 계약하게 되었다고, 유명 감독으로부터 러브콜이 들어왔다고, 팬 카페 회원이 몇만을 넘었다고. 그런 말을 들어도 아무런 감흥이 없었다. 다만 그런 소식을 인희에게 전했을 때, 그녀가 웃어 주고 즐거워해 주고 칭찬해 주면, 그제야 그 일들이 무척 소중하게 되었다. 이런 것이 정상일까? 어딘가 조금 어긋난 나를 당신이 알아채면 어쩌나. 그러한 걱정으로 그는 자주 불안해졌다.

"슬프긴, 너도 참."

"……."

"봄에 오면 되지. 어쨌든 겨울만 참으면 봄, 여름, 가을. 세 계절이나 있는데."

정호의 팔을 풀고 그와 마주 본 인희가 맑게 웃었다. 그가 말하고 싶은 것의, 차마 말하지 못하는 것의 100분의 1도 알아차리지 못하는 여자를 두고 정호는 말없이 인희의 머리를 쓸어 넘겼다. 겨울만 참으면 돼. 그저 여자가 가볍게 내뱉은 말을 두고두고 신앙처럼 새기게 될 날이 올 줄을 모르고. 아니, 알면서도 모르는 척 자신을 속이면서.

겨울이 올 거라고 생각하면 아까워서 감히 살아 내지 못할 만큼 눈부신 가을. 행복할수록 스스로를 기만해야 하는 남자는 영원을 믿지 않으면서도 그 누구보다 영원을 바랐다.

Before
Goodbye

5

[오늘 첫방일인 거 알죠? 같이 모니터 하기로 한 거 잊지 말아요.]

비탈진 길은 오늘따라 힘에 부쳤다. 마침 진동하는 휴대전화를 꺼내어 정호로부터 온 메시지를 확인했다. 절로 지어지는 미소가 새삼스럽다.

[응. 안 잊었어.]

답장을 보내고 고개를 들었다. 무심코 정면을 응시한 인희의 동공이 커다랗게 부풀었다. 미소가 흔적도 남기지 않고 달아난다. 무릎까지 오는 코트, 그 안에 슬쩍 비치는 올 실크 드레스, 반짝거리는 구두. 그 모든 것을 검은 색으로 통일한 중년 여성이 인희를 향해 천천히 입술을 열었다.

"왔구나."

인희의 등이 느릿하게 굽었다.

"네, 어머님."

"그래. 들어가자."

그, 태언의 어머니. 은님이 뒤돌아 걷기 시작했다. 뒤를 돌아보니 아까는 미처 발견하지 못했던 검은 세단이 눈에 띈다. 낯익은 얼굴의 기사가 그녀를 알아보고 허리를 숙였다. 앞서간 아들 생각에 참담해진 마음으로는 편히 차를 타고 이 길을 오를 수 없었을 것이다. 인희는 묵묵히 은님의 뒤를 따랐다.

"시간 참 무섭구나. 벌써 삼 년이 지났다니."

"아버님은……."

"출장 가셨다. 여기 올 자신이 없어서 또 도망간 거지. 그 양반, 나이를 다 어디로 먹었는지 갈수록 겁만 많아져서는……."

은님이 끌끌 혀를 찼다. 죽는 날까지 아들과 반목했던 수환은 뒤늦은 후회로 여생을 살아 내고 있다. 은님의 설득과 인희의 위로도 그를 통한의 늪에서 구제해 내지 못했다. 그저 기다리는 것밖에 방법이 없음을 인정해야 했다.

인희가 몇 가지 음식과 술을 놓는 동안 은님은 조용히 눈물을 훔쳤다. 준비를 마치고서 인희 역시 먹먹해진 눈으로 작은 유골함에 갇힌 태언을 바라보았다.

갑갑한 걸 누구보다 질색하는 사람이었다. 덥수룩. 태언을 생각하면 가장 먼저 떠오르는 단어였다. 남의 눈 따위 의식하지 않고 뭐든 대충대충. 결혼한 이후엔 그녀가 옆에서 챙기고 간섭한 덕에 잘난 얼굴이 빛을 보게 되었지만, 그 이전엔 아주 가관도 그런 가관이 없었다. 산행을 마치고 막걸리에 취한 상태로 사인회에 참석한다든지, 중요한 미팅에 슬리퍼를 신고 간다든지 하는 일로 인희는 그가 알츠하이머를 앓고 있는 게 아닌가 의심하기도 했다.

하지만 돌이켜 보면…… 그건 정신의 죽음을 의미하는 게 아니었을까, 하는 생각이 든다.

초연한 눈은 세상의 모든 것을 권태로워했다. 웃고, 울고, 화내고, 기뻐하고. 그 모든 것을 무리 없이 해 나가는 듯 보여도, 정작 혼자 있을 때 그를 지배하는 것은 철저한 고독이었다. 사랑하는 여자를 다치게 했던 그때에, 여자로부터 원망과 저주의 말을 들어야 했을 때 마음은 이미 싸늘하게 죽어 버린 것이다.

"너라도 잘 지내는 것 같아서 다행이구나."

아까 정호의 문자를 보던 그녀의 표정을 두고 하는 말이 분명했다. 인희는 달리 대꾸할 말이 없어서 그냥 침묵하는 쪽을 택했다.

"기사 봤다. 드라마 한다고? 가기 전에 언제부터 하는지, 제목은 뭔지 적어 주고 가렴. 네 덕에 나도 오랜만에 드라마란 것 좀 챙겨 봐야겠구나."

"네. 그럴게요."

"아들 말이 맞았네."

은님이 멍한 시선으로 태언의 사진을 보며 말했다.

"태언이가 그랬있어는. 천재 며느리 얻으셨다고. 나중 되면 네가 저보다 돈을 더 많이 벌게 될 거라고. 그럼 그땐 글 안 쓰고 마누라 덕 보면서 팽팽 한량 짓이나 하고 살겠다고 말이야."

"설마요. 저한텐 소질이 없으면 성실이라도 해야 한다고 하루에 열 장씩 매일 쓰게 했는데요."

"그래. 걔가 그래. PD나 작가보단 연기로 나갔으면 더 성공했을 거야."

그래서 은님은 몰랐다. 여동생 삼아 잘 지내라는 말에 싫은 내색을 하고, 곱게 딴 머리를 잡아당겨 괴롭히는 아들을 혼내기만 할 줄 알았었다. 툴툴대고 버럭 성을 내는 그 이면에 그 아이에 대한 사랑이 자라고 있는 줄 미리 알았더라면 일찌감치 그 싹을 잘라 냈을 것이다. 그 사고가 아들의 젊음을 송두리째 진창으로 처박았다. 아들은 10년을 방황한 끝에 마침내 어머니 며느리 될 사람이라며 새파랗게 어린 여자애 하나를 데려왔다.

집안도, 학벌도, 그 무엇 하나 마음에 차지 않는 며느릿감. 반대? 그럴 기력이 있을 리 없었다. 몇 달에 얼굴 한번 겨우 볼 때마다 거지꼴을 하고 나타나는 아들, 그런 놈을 착실히 붙들어 놓을 수 있으면 그 누구 앞에라도 엎드려 절할 수 있을 만큼 절실했었으니까.

세상이 인희를 두고 어떤 험한 말을 하는지, 은님 역시 귀가 있고 눈이 있으니 모르려야 모를 수가 없었다. 기실 아주 마음에 차는 며느리는 아니었다. 잘나고 귀한 아들이니만큼 미래 그 배필이 될 아이에 대한 기대감 역시 컸었으니까. 그래도 이만하면 됐지, 싶었다. 싹싹하고 곰살맞은 맛은 없어도 음전하고 착실하고, 무엇보다 서투르게나마 태언을 열심히 챙기는 모습이 예쁘고 아까웠다.

그래서 태언이 세상을 버리고 간 후 시댁에 들어와 살겠다는 아이를 차갑게 내쫓았다. 그것이 인희에겐 상처가 되었을지 몰라도 은님은 제 결정을 단 한 번도 후회한 적 없었다. 아직 지기에는 한없이 아까운 나이. 살아온 날보다 앞으로 살아갈 날이 많은 아이. 그 남은 생도 순탄하지 않을 것을 아는데, 거기에 더한 짐을 보태선 안 될 일이었다.

"너 처음 우리 집 인사 온 때가 스물셋이었지. 무슨 애가 팔다리가 그렇게 비쩍 말랐었는지…… 나는 너, 태언이가 어디 난민촌에서 데려온 아이인 줄 알았다."

"제가 그 정도였어요?"

"그래. 그랬어. 근데 말이다."

은님이 아들의 사진에서 눈을 떼 인희를 바라보았다.

"지금이 더 말랐어. 퀭해 가지고. 아직 서른도 안 된 애가."

"아니에요, 어머니. 저 밥도 잘 먹고……."

"내가 너 안 지가 6년이야. 여자로 가장 예쁠 때인데 그중에 3년은 청상과부로 좋은 시절 다 보내게 하고……. 스물아홉, 많은 나이 아니다. 좋은 사람 있으면……."

"무슨 말씀 하시는 거예요, 어머니."

인희가 고개를 기울이며 물었다. 매해 기일마다 보면서도 단 한 번도 말씀에 이런 주제를 올린 적 없는 분이었다. 마른침을 삼킨 은님이 느릿느릿 입술을 열었다.

"올해까지만 와."

"……네?"

"다음 기일엔 오지 않아도 된다."

"왜 그러세요, 어머니. 제가 뭘 잘못……."

"잘못은 우리 태언이가 했지."

"무슨……."

"알고 있다. 독한 놈 같으니라고. 부모 가슴에 대못 박힐 게 무서웠으면 애초에 그런 마음을 먹지 말았어야지."

인희의 눈이 충격으로 물들었다.

알고 계신다. 어째서? 그렇게 입막음을 했는데 대체 어떻게?

"경찰이 하는 말을 들었어. 네 시아버진 몰라. 미안하다, 아가. 나는…… 나는 말 못 해. 지금도 죄책감 때문에 태언이 지내던 2층으론 걸음도 못 하는 양반인데…… 자살인 걸 알면, 그러면……."

그때에, 수환은 아들의 시신을 부검할 것을 주장했다. 인희 혼자였다면 그런 시아버지의 뜻을 꺾을 수 없었을 것이다. 은님이 그녀의 편을 들어 주었다. 돌이켜 보면 그때의 은님은 놀랍도록 차분하고 의연했었다. 왜 이상하다는 생각을 하지 못했지? 인희는 스스로의 아둔함을 탓하며 초점이 흐려진 눈으로 은님을 응시했다.

은님의 주름진 눈가로 눈물이 깊게 스몄다. 인희는 덜덜 떨리는 손을 들어 은님의 손등에 포갰다. 불분명하게 뭉개지는 발음으로 통곡하며 은님이 그녀를 끌어안았다. 이 기분을 어떻게 설명해야 할까. 얼굴은 사정없이 일그러졌지만 이상하게도 눈물은 나오지 않았다. 은님이 가엾고, 그녀 자신이 가엾다. 대상을 잃은 분노가 가슴에 휘몰아친다. 윽윽. 억눌린 신음소리만 내는 인희의 등을 은님의 두터운 손이 달래 주었다.

뚜각뚜각.

해거름에 길게 늘어난 그림자가 기괴하였다. 들어갈 때와 달리 혼자 나오는 인희를 향해 은님을 기다리고 있던 기사가 알은체를 해 왔다.

"사모님은 아직이십니까?"

"……네. 조금 더 계실 것 같아요."

"네. 어유. 근데 마지막으로 뵀을 때보다 살이 엄청 빠지셨네요."

안타깝다는 듯 혀를 차는 기사의 말에 인희는 손을 들어 제 뺨을 매만졌다. 예전엔 오히려 콤플렉스였던 젖살이 사라지고 홀쭉하게 패어 버린 볼만 남았다. 웃음이 쓰다. 손을 내리고 가방끈을 세게 쥐었다.

"어머님 잘 좀 부탁드려요."

"네? 아, 예. 먼저 가시게요?"

"네."

돌아서서 걷는 그녀는 너덜거리는 헝겊인형 같았다. 금방이라도 넘어질 듯 휘청거리면서도 꿋꿋이 앞으로 나아가는 모습에서 기사는 한참을 눈을 떼지 못했다.

몇 번인가 휴대전화가 울었다. 그러나 인희는 일시 못했다. 룸미러를 통해 뒤를 흘끗거린 택시 운전사가 마침내 짜증 섞인 목소리로 소리쳤다.

"아가씨! 아까부터 전화기 계속 울리는데 안 받을 거유?"

내내 창밖을 향해 있으면서도 어떤 풍경도 담지 못했던 눈이 그 제야 제 역할을 했다. 게으르게 가방을 열어 휴대전화를 꺼냈다. 마침 벨소리가 끊어졌다. 8통의 부재중 전화와 그 두 배쯤 되는 개수의 메시지가 쌓여 있었다. 모두 정호였다. 아직 방송시간까지 는 멀었는데. 무슨 일이라도 있는 걸까. 통화버튼을 누르려다가 집에 거의 도착했단 사실을 깨달았다. 요금을 치르고 택시에서 내 렸다. 해가 져서 싸늘해진 단지를 걸으면서 그에게 전화를 걸었다.

신호가 완전히 끊길 때까지 연거푸 두 번을 걸었지만 끝내 정호 의 목소리는 들리지 않았다. 비밀번호를 누르고 현관을 열었다. 집에 있을까 했는데 그것도 아니다. 대신 그의 것이 분명한 외투 가 소파 등받이에 걸려 있었다.

잠깐 어디 나간 모양이지.

실내복으로 갈아입을 기운도 없어 그대로 소파에 누워 몸을 웅 크렸다. 얼마 지나지 않아 휴대전화가 다시 울었다.

"응."

— 어디예요?

조금은 화가 난 것 같은 목소리. 관자놀이를 짓누른 채 집이라 고 대답하니 통화는 매정하게 뚝 끊겼다. 대신 곧 현관문이 열렸 다. 쿵쾅거리며 들어온 그가 부스스 일어나는 인희의 몸을 꽉 옥 죄며 껴안았다.

"전화를 왜 안 받아요! 걱정했잖아!"

"일부러 안 받은 게 아니라……. 근데 웬 땀을 이렇게 흘려? 또 나 찾아다녔어?"

남자는 대답하지 않고 그저 입술만 깨문다. 인희가 머쓱해져서
물었다.

"무슨 일 생긴 건 아니지?"

"무슨 일은 내가 아니라 당신한테 있잖아."

"어?"

인희의 머리가 기우뚱 옆으로 흐른다. 불과 한 시간 전, 푹 패
여서 보기 싫겠다고 생각한 두 뺨을 그가 소중히 어루만졌다.

"핫초코 타 줄까요."

"……핫초코?"

"그래요, 핫초코. 나한테 한 번도 만들어 달라고 한 적 없었잖
아요."

얘는 또 어떻게 알았을까. 오늘이 그 사람 기일인 걸. 그리고
핫초코, 그게 나한테 어떤 의미인지. 그걸 네가 어떻게.

비소를 흘리는 인희의 입술에 그가 녹진녹진 녹아내릴 것 같은
키스를 했다.

"만들어 줄게요. 열 잔이든, 스무 잔이든."

"응."

"그러니까, 울지 말아요."

미소를 처음 배우는 사람처럼 천천히 입술 끝을 위로 당겨 보았
다. 그것이 꽤 자연스러웠는지 정호가 다행이라는 듯 마주 웃었다.
그러자 가짜였던 미소가 진짜가 된다. 허무함도 무력감도 배신감
도 전부 그렇게 미소가 되었다.

인희를 소파에 앉혀 놓고 주방으로 간 정호는 우선 전기포트의 전원을 켰다. 우유를 한 컵 따라 전자레인지에 돌려 놓고 그 앞에서 곧 정신을 빼앗겼다. 노란 조명 아래 뱅글뱅글 돌아가는 머그 잔을 바라보았다.

이달 초부터 가끔 우울함에 잠기던 인희의 모습이 떠올랐다. 그 것이 순전히 첫 방송에 대한 부담감 때문인 줄 알았다. 함께 달력에 낙서를 하고 장난을 치면서도 그녀의 머릿속에 저 아닌 다른 남자가 있었을 거라고 생각하니 화가 났다. 그걸 몰랐던 자신에게. 그리고 죽은 남자에게서 완전히 벗어나지 못한 그녀에게.

누군가 너는 귀신을 다 질투하냐고 비웃어도 어쩔 수 없다. 싫다. 나는 당신 하나로 웃고 울고 화내고 기쁜데, 당신은 내가 아닌 다른 것으로도 그런 게 가능하다니. 어수선한 시선이 길을 잃고 흔들렸다. 전자레인지가 땡, 하는 소리와 함께 멈췄다. 포트 주둥이는 뽀얀 김을 서둘러 밀어냈다. 그 가운데 우두커니 서 있던 정호의 등에 인희의 이마가 닿았다.

"멀었어?"

꽉 쥔 주먹을 그녀가 토닥거렸다. 경련하듯 떨던 어깨에 힘을 빼자 경직되어 있던 목덜미가 뻐근했다. 몸을 돌려 그녀를 끌어안았다. 마주 안은 그녀의 손이 느릿하게 그의 등을 쓸어내렸다.

누군가 행복과 불안은 함께 오는 거라고 했다. 불안하지 않은 행복은 없다고. 당신을 알아서, 당신을 원해서 감내해야 할 불안이면 얼마든 달게 견디어 내겠다고 정호는 가시 돋친 제 마음을 다독거려 달랬다.

"금방 돼요. 잠깐만 기다려요."

"아니야. 같이하자. 어떻게 하는지 보고 배워야지."

인희가 전자레인지에서 따뜻하게 데워진 우유를 꺼내며 말했다. 미리 사 둔 핫초코 가루를 뜯어 컵에 부었다. 인희가 똑같이 그를 따라했다. 잔 두 개를 물끄러미 보는 정호를 향해 인희가 눈을 휘었다.

"나 혼자 마시라고? 같이 마셔."

물을 붓기도 전에 초콜릿 향이 진동을 했다. 정호는 고개를 끄덕이며 잔에 적당량의 물을 부었다. 인희의 컵에도 따라 주려는 걸 그녀가 말렸다.

"네 거는 내가 타 줄게."

그러곤 포트를 빼앗아 들었다. 물을 가득 담았던 탓에 무거웠다. 그것을 기울이는 얇디얇은 손목이 어쩐지 위태로웠다. 아니나 다를까, 조준을 잘못한 뜨거운 물이 컵 안으로 들어가지 못하고 사방으로 줄줄 샜다.

정호는 머그 손잡이를 쥔 인희의 손을 감쌌다. 반사적인 행동이었다. 홧홧한 기운에 미간이 사정없이 구겨졌다. 사색이 된 인희가 서둘러 그의 팔을 끌었다. 차갑다 못해 시린 물이 벌겋게 익은 손등을 매만지며 떨어져 내렸다.

"그러게 왜 끼어들어! 흉 남으면 이떡하려고!"

인희가 발을 동동 구르며 화를 냈다. 평소의 차분한 모습은 온 데간데없이 어쩔 줄 모르는 그녀를 오히려 그가 진정시켰다.

"내가 물을 너무 가득 넣고 끓여서 그런 거예요. 괜찮아요. 흉

안 질 거예요."

"흉이 남을지 안 남을지 네가 어떻게 알아. 안 되겠어. 병원 가
자, 응?"

"나 병원 싫어하는 거 알잖아요. 이제 안 아파. 조금 있으면 가
라앉아요."

"이게 진짜 미련하긴……. 기다려. 화상에 바르는 연고 있는지
찾아볼게."

꼼짝 말고 있으라는 엄명을 내리고 사라진 그녀가 온갖 약이 들
어 있는 구급함을 들고 왔다. 그 안을 한참 뒤적거리더니 이내 표
정이 밝아진다. 중병에 걸린 환자 취급하며 그를 부축해 거실 바
닥에 앉히는 그녀로 인해 정호가 은은히 미소 지었다. 연고와 면
봉을 손에 든 인희가 정호를 나무랐다.

"웃음이 나와? 이거 진짜 흉 지면 어떻게 하지? 너 매니저한테
혼나는 거 아니야? 화나면 꽤 무섭다며."

정호가 아무래도 상관없다는 듯 어깨를 으쓱였다. 인희가 한숨
을 뱉으며 투덜거렸다. 바보인 건지, 깡다구가 남다른 건지. 연고
를 바르며 저가 더 아프다는 듯 주름이 생긴 인희의 미간을 정호
가 툭 건드렸다. 후후, 바람을 불던 그녀가 그를 응시했다.

"안 아물었으면 좋겠어요."

"뭐어?"

"볼 때마다 작가님 생각하게."

특히나 선이 예쁜 입술이 가로로 길게 벌어지며 고른 치아가 드
러났다. 무슨 농담이 그렇게 살벌해, 하려다가 인희는 입을 다물

었다. 웃고 있다고 해서 전부 농담인 것은 아니다. 때때로 그는 자신의 진심을 가볍게 포장하고 싶을 때 이런 얼굴을 했다.

"할 수만 있으면 온몸에 문신으로 새기고 싶어."

정호가 구부린 자신의 무릎 위에 턱을 괴어 인희와 눈높이를 맞췄다.

"몇 월 며칠날, 당신이 어떤 말을 했는지. 또 다른 날엔 어떤 표정으로 웃었는지. 우리가 함께 뭘 했는지."

"그런 건 일기로 쓰면 되지. 구태여 문신일 필요가 뭐 있어. 그게 얼마나 아픈지 알아?"

인희가 끌끌 혀를 차며 다시 면봉을 쥐었다. 마저 약을 바르려는 인희의 손을 뿌리친 그가 부드럽게 그녀의 턱을 손바닥으로 감쌌다.

"그렇게 새겨 놓으면, 나중에 늙어서 내 이름도 잊어버리는 날이 오더라도."

"……"

"당신 하나만큼은 죽을 때까지 안 잊을 수 있을 테니까."

완성되지 못한 핫초코 냄새가 코끝에 스몄다. 무릎을 꿇어 반쯤 몸을 일으킨 그가 위에서부터 인희를 누르며 입술을 부딪쳤다. 쓰러지지 않으려고 바닥을 짚는 인희의 손을 잡아당기며 그가 그녀를 뒤로 밀었다. 기우뚱 넘어가는 몸이 바닥에 아프게 부딪치지 않도록 뒤통수를 끌어안는 그의 손이 눈물 나게 다정하였다.

미처 실내복으로 갈아입지 못한 인희의 옷에서는 옅은 향냄새가 났다. 소슬한 바람이 심장을 긁고 지나갔다. 그곳에서 당신은 얼마나 울었을까. 아직도 많이 아픈 걸까. 답을 알고 싶기도, 알고 싶지 않기도 한 질문이 차곡차곡 쌓여 갔다. 정호가 인희의 몸에서 니트를 벗겨 냈다. 그리고 그녀의 맨살에서 맡아지는 포근한 살 냄새를 폐부 가득 밀어 넣었다. 젖무덤 사이에 코끝을 비비며 뺨으로 동그랗게 뭉쳐 있는 유두를 느꼈다.

"……많이 사랑했어요?"

그리고 부지불식간에 그 말이 튀어나왔다. 정호의 머리카락을 헤집던 인희의 손가락이 잠시 주춤했다. 정호가 봉긋한 살점을 깨물자 인희가 어깨를 좁히며 웃었다.

"글쎄. 나를 여자로 안 보는 남자랑 결혼할 정도면, 그 정도면 '많이'라고 해도 되나."

"그게…… 무슨 소리예요? 나 이해가 안 되는데."

"나 혼자 좋아했다고. 그 사람, 태언 씨. 마음에 담아 둔 여자가 따로 있었거든."

추위를 느끼는지 인희가 몸을 떨었다. 정호는 소파 위의 담요를 끌어와 그녀와 제 몸을 빈틈없이 덮었다. 꽉 죄어 오는 팔 사이에서 인희가 빠끔히 얼굴을 내밀었다.

"그 여자 몸에 엄청 큰 상처를 남겼대. 예쁘고 꿈도 많던 여자였는데, 그 이후론 학업도 포기하고 집 밖으로 나가는 일도 거의 없이 그냥 하루하루 그렇게 살았나 봐."

모로 누운 채 서로를 마주 보았다. 인희의 목소리가 듣기 좋아서 정호는 묵묵히 고개를 끄덕이기만 했다.

"그런데 그 여자한테 어느 날 좋아하는 남자가 생긴 거야. 한 달에 두어 번 들르던 정원사였대. 가난하긴 했지만 성실한 사람 같았고, 무엇보다 그 여자를 진심으로 아껴 주더래. 그래서 결혼을 허락했지. 아, 태언 씨랑 그 여자 남매처럼 자랐어. 정식으로 입양한 건 아니고, 부모님끼리 잘 아는 사이였나 봐. 그러니까 결국 그 여자는 태언 씨 아버지의 손을 잡고 버진로드를 걸었어. 그 과정에서 부자 사이가 얼마나 망가져 버렸을지, 짐작이 안 돼."

"……."

"그게 충격이었나. 아니면 결혼한 여자라도 포기가 안 되어서 그런 자길 막아 줄 사람이 필요했을까? 것도 아니면…… 어차피 좋아하는 사람이랑 하지 못할 결혼이니까 불쌍한 여자애 하나 구제해 주자, 뭐 그런 마음이었나."

작고 나긋하지만 그에겐 가히 세상을 뒤흔들 수도 있을 만한 음성이었다. 어째서 그런 남자를 사랑하게 됐을까. 그러는 동안 내내 얼마나 마음이 다쳐야 했을까.

핫초코를 들고 말갛게 웃으며 걸음을 재촉하던 그 어린 여자가 외사랑 중이었을 거라곤 단 한 번도 생각지 못했다. 그 모습이 선연히 눈앞을 물들였다.

이름도 모르는 남자를 향한 밀도 높은 시기와 증오 사이에서 하루에도 수십 번 입술을 깨물어야 했던 스무 살 시절이 아직도 선명히 뇌리에 남아 있다.

"어떤 여자일까. 잘 살고 있을까?"

"본 적, 없어요?"

"태언 씨가 가지고 있던 사진으로만. 만날 기회가 아주 없었던 건 아닌데…… 자신이 없더라."

왠지 원망의 말이 쏟아져 나올 것 같아서. 당신이 아니었으면 그렇게 죽지 않았을지도 모른다고.

소름 끼치게 이기적인 생각이었다. 따지고 보면 그 여자가 잘못한 게 무엇이 있으랴. 상처를 준 사람을 용서하지 않는 건 오로지 피해자의 몫이다. 누구도 강요할 수 없고, 용서해 주지 않는다고 해서 비난받을 이유도 없다.

하지만 태언의 삶은, 누구의 탓도 하지 않기엔 너무나 짧고 애석했다. 인희는 도리질을 치며 정호의 가슴에 얼굴을 묻었다. 아무것도 생각하고 싶지 않았다.

"심장마비라고 했죠."

정수리 위에서 정호의 숨이 흩어진다. 으응. 인희는 짧게 대답하고 덧붙였다.

"우리 드라마 할 시간 거의 되지 않았어?"

서둘러 말을 돌렸다. 언제나 완전한 신뢰를 보내 주는 사람을 속여야 하는 것은 너무나 죄스럽고 힘든 일이다. 다행히 정호는 아무 의심 없이 리모컨을 집어 TV를 켰다. 그저 과거를 떠올리는 게 어지간히 아픈 모양이라고, 그렇게 생각하였다.

인희는 정호의 너른 가슴에 등을 기대고 번쩍거리는 브라운관을 말없이 응시했다. 두 손 부여잡고 울던 시어머니 은님의 얼굴이 그 위로 덧씌워졌다. 진실은 때때로 거짓보다 불편하고 잔인하다. 그러므로 비밀을 지켜야 할 이유는 여전히 유효했다.

✖   ✖   ✖

전화를 끊는 인희의 옆에서 그가 초조하게 어슬렁거린다. 4회
의 시청률을 알리는 전화였다.

"얼마나 나왔대요? 올랐어요? 아니면……."

첫 주 1, 2회의 시청률은 9퍼센트 남짓. 같은 날 시작한 타 방
송사의 사극보다 4퍼센트가량 뒤처지는 기록이었다. 전작의 후광
을 받아서 그나마 그 정도 시청률이 나왔노라며 한 팀장은 열과
성을 다해 경쟁작을 깎아내렸다. 그나마 낙관적인 것은 인터넷 기
사의 댓글이나 SNS 반응이 썩 나쁘지 않더라는 점이다.

'입소문이라는 게 무시를 못 해요. 왜, 왕의 남자 있잖아요. 개
봉 당시에 천만을 넘길지 누가 상상이나 했게요?'

이 말 역시 한 팀장의 입을 통해 나온 것이었다. 그녀는 늘 희
망적인 얘기만 하니, 인희로서는 더더욱 통계에 매달릴 수밖에 없
었다.

"왜 말이 없어요, 불안하게."

정호가 입술을 잘근잘근 깨물며 인희의 손에 깍지를 꼈다. 인희
는 멍한 시선으로 그를 보다가 별안간 콧등을 일그러뜨렸다. 눈물
이 나올 것 같을 때 얼굴 근육을 몽땅 가운데로 모으는 정호의 습
관이 어느새 그녀에게 전염된 탓이나.

"3포인트 올랐대."

"정말요?"

"응."

그가 와락 그녀를 껴안았다. 작은 얼굴에 손톱만 한 빈틈도 남겨 두지 않고 정신없이 쪽쪽 쪼아 댔다. 인희는 기쁘게 웃었다. 방송 3사 수목드라마 중 〈환상통〉의 시청률만 유일하게 상승 곡선을 그렸다. 그건 타 방송사 드라마에서 이탈한 시청자들이 그녀의 작품으로 유입된 것이 아니겠냐는 분석을 가능케 했다.

"다행이다. 다행이에요, 정말."

잘 해내고 싶었다. 정호를 만나기 이전에는, 그녀의 실력을 의심하고 그녀의 드라마가 처참히 박살 나기를 기대하는 세력의 코를 납작하게 만들고 싶어서 성공을 바랐다. 하지만 지금은 실패해선 안 되는 더 절실한 이유가 생겨 버렸다. 경력과 인지도가 부족한 상황에서 주인공 역을 맡은 정호가 얼마나 노력했는지 잘 안다. 행여 자신이 드라마에 해가 될까 늘 노심초사한 그를 내내 지켜본 인희는 그 부담감을 덜어 주고 싶어 더욱 치열하게 대본 작업에 매달렸다. 가능하다면, 자신의 작품이 그에게 날개가 되어 줄 수 있기를. 바라는 것은 오로지 그 하나였다.

자축의 샴페인을 한 잔 들이켠 정호는 인희를 끌어안은 채 순식간에 잠에 빠져들었다. 최근 잠을 잘 이루지 못하는 것 같더니, 오늘에서야 비로소 안심이 된 모양이다. 열악하기만 한 촬영 현장. 살인적인 스케줄을 소화하느라 끼니도 제때 챙기지 못하면서 그는 부득부득 그녀의 집을 찾았다. 충혈된 눈으로 배시시 웃으며 그녀의 어깨에 머리를 기대고는 종종 말했다.

'알죠? 내가 정말 많이 사랑하는 거.'

부끄러워져서, 쑥스러워서. 한 번은 흔해지면 값싸지는 거라고 타박하자 그가 미간을 찡그리며 투덜댔다.

'사랑한단 뜻으로, 단어가 천 개쯤 있으면 좋겠어요. 매일매일 다르게 말해 주게.'

그 천 개를 다 외울 자신은 있고? 인희가 키득거렸다. 목덜미를 잘근 깨물렸었다. 놀리지 말아요. 그가 까만 눈으로 물끄러미 그녀를 보며 말했다. 얌전하고 순한 눈빛이 달라지는 건 순식간이었고 며칠 굶은 짐승처럼 달려드는 그를 인희는 밀어내지 않았었다.

"이렇게 단정한 얼굴을 하고 말이야."

반전이라고 해야 할지, 배신이라고 해야 할지.

두 볼을 붉힌 인희가 정호의 품에서 꼼지락거리며 휴대전화를 만졌다. 포털사이트에 들어가 '박정호' 세 글자를 검색했다. 드라마 영상을 부분적으로 잘라 만든 이미지가 수두룩하게 쏟아졌다. 인희는 설레는 마음으로 그것들을 크게 확대해 보았다. 그녀가 창조한 캐릭터는 정호의 모습을 빌어 형상화되면서 더욱 근사하고 사랑스럽게 성장했다. 그의 가치를 알아보는 건 비단 그녀만은 아닐 것이다. 앞으로, 지금까지와는 비교할 수도 없이 바빠지겠지. 이렇게 기사 하나하나를 스크랩하고, 데뷔 초 조연으로 출연했던 작품까지 조사하는 것으로 박정호란 배우를 찬양하는 팬들이 점점 늘어날 것이다.

그때에도 우리는 지금 같을 수 있을까.

변하지 않을 수도, 변할 수도 있다. 변하는 게 그일 수도, 그녀일 수도 있다. 인희는 자신에게 차갑게 구는 정호의 모습을 머릿속에 그려 보았다. 수백 번 사랑한다고 했던 입술로 이별을 고하

는 그를 상상했다. 생각보다 마음이 많이 아프다. 결국 혼자 남는
것은 마찬가지일지라도, 일방적인 짝사랑이 끝나는 것과 서로 사
랑하다 한 사람이 돌아서는 건 많이 다른 거구나.

인희는 몰랐다. 정호를 향한 사랑을 깨달은 순간부터 끊임없이
그 감정에 제동을 거는 스스로를. 그녀에게 사랑은 그저 풋풋한
설렘으로 해석되는 것이 아니었다. 불안정하고 탐욕스러운 것. 누
군가에겐 죽음의 이유로 작용할 수도 있는 것. 그래서 이따금 헤
어짐을 상상하는 일은 일종의 예방접종과도 같다. 언제고 그런 날
이 오더라도 너무 갑작스럽게 느껴지지 않도록. 상실이란 고통이
저를 잡아먹지 못하도록 온몸에 독약을 바르는 일이다.

갈라져 옆으로 흐른 정호의 앞머리를 조심조심 매만졌다. 그가
부스스 눈을 떴다. 놀란 인희가 손을 떼어 내려 하자 그가 그 손을
쥐었다.

"미안해. 깨우려던 건 아닌데."

"무슨 생각 하고 있었어요?"

"어?"

"얼굴이 안 좋아요. 꼭 울다 들킨 사람 같아."

그렇게 말하는데 차마 그 앞에 대고 네가 날 떠나는 상상을 했
다고 이실직고할 수는 없다. 인희는 코를 쿵 들이켰다.

"울다 들키긴 누가. 그냥 감기가 오려고 그러나 봐."

"감기 기운 있어요?"

"어어…… 좀."

정호가 벌떡 몸을 일으켰다. 이마를 짚어 보고 있지도 않은 열

이 느껴진다며 물수건을 갖고 오는 등 한차례 난리가 났다. 뱉어
놓은 말이 있어 무작정 됐다고는 못 하고 꼼짝없이 환자 시늉을
내게 생겼다. 수건을 이마에 얹고 있으니 그가 귀에 체온계를 집
어넣었다. 삐빅, 하는 소리와 함께 떨어져 나가는 조그만 기계를
보며 인희가 계면쩍게 중얼거렸다.

"열 없지? 말했잖아. 이렇게까지 수선 떨 정도가 아니라니깐."

"그래도 혹시 몰라요. 코는 안 막혀요? 목 간지럽진 않아요? 으
슬으슬한다든지, 근육이 아프다든지, 그런 건요?"

"세상에. 의사선생님 납셨네."

"장난치지 말고요."

"글세. 음, 조금 춥긴 한가?"

"방 온도 좀 높일게요."

정호가 침대에서 총알처럼 일어나 실내 온도 조절계를 매만졌
다. 그 뒷모습을 보는데 이젠 엄살이 아니라 정말 열이 나 버리는
기분이었다. 최근 전에 없이 감정이 널을 뛴다. 헝클어진 머리를
긁으며 '너무 많이 올렸나.' 하고 중얼거리는 정호를 향해 인희가
손을 뻗었다.

"그것보단 옆에 누워서 안아 줘. 그게 더 나을 것 같아."

그녀의 명령이 떨어지자마자 그는 주인의 말에 절대복종하는
개처럼 쪼르르 달려와 인희의 옆자리를 파고들었다. 그의 겨드랑
이 사이에 어깨를 끼우고 베개로 쓰기엔 퍽 단단한 팔에 머리를
기댔다. 나머지 한 팔로 등을 토닥여 주는 자상함에 눈물이 핑 돌
았다. 이왕이면 정말 아픈 거였다면 좋았을 거란 생각까지 들었다.

누군가에게 이렇게 지극한 병수발을 받아 본 기억이 없다. 어린 시절엔 늘 추웠고, 태언과 함께 살 때에는 아파도 감히 아픈 내색을 할 엄두를 내지 못했었다. 그에게 귀찮은 사람이 되고 싶지 않아서 언제나 괜찮은 척, 즐거운 척, 상처받지 않은 척. 3년의 결혼 생활은 오로지 그러한 '척' 들의 연속이었다.

"약 안 사 와도 괜찮을까요?"

"응. 이거면 충분해."

"좋네요. 이거면 충분하다는 말."

별게 다 좋다. 핀잔을 주는 인희에게 그가 사분사분 말을 이었다.

"작가님이 아픈 건 싫은데…… 이렇게 내가 없으면 안 될 것처럼 구는 건 좋아요."

"뭐야, 그게."

"나 하나쯤은 없어도 아무렇지 않을 사람처럼 보이거든요."

"넌 내가, 너 없으면 밥도 못 먹고 매일 울기만 했으면 좋겠어?"

이크. 정호가 혀를 씹으며 인희의 눈치를 살폈다. 혹시 기분이 상한 것은 아닐까, 그녀의 안색을 더듬는 눈길이 초조했다. 인희가 빙글거리며 웃자 정호는 그제야 안도했다.

"응? 그랬으면 좋겠어?"

"작가님이 힘든 거 싫어요."

"……."

"하지만 내가 없어도 아무렇지 않은 건 더 싫어요."

인희는 고집스럽게 입매를 굳힌 정호를 응시했다. 단호하면서도 여린 눈빛이 태언을 떠올리게 했다. 덜컥 겁이나 서둘러 덧붙였다.

"나는 아닌데. 나는 정호 네가, 내가 있건 없건 잘 지냈으면 좋겠어."

"나한테 너무 어려운 거 요구하지 말아요."

금세 까칠해지는 목소리는 절대 타협은 없다는 투였다.

"작가님 없으면 말라 죽든지 굶어 죽든지 둘 중 하나예요."

"죽는다는 말 함부로 하는 거 아니라니까."

인희가 정호의 가슴을 철썩 소리 나게 때렸다. 정호가 굳었던 얼굴을 풀며 헤헤 웃었다. 말 한마디로 표정을 바꾸게 할 수 있는 것처럼, 위험수위를 아슬아슬하게 넘나드는 마음 역시 쉽게 조절할 수 있으면 좋을 텐데.

뭐라고 더 나무라려다가 관두었다. 오늘은 기쁜 날이니까. 인희는 정호의 턱 끝에 짧게 입을 맞췄다.

"뭐 갖고 싶은 거 없어?"

느닷없는 질문에 정호가 눈썹을 치켜세웠다.

"대본 봤지? 구르고, 깨지고, 물에 빠지고. 네 앞으로 예약된 고생이 어마어마해."

"그래서 나한테 선물 주려고요?"

"작가가 배우한테 주는 아부성 뇌물이지."

인희가 눈을 새치름하게 뜨고 웃었다.

"서인희 작가님 말고, 애인한테 받고 싶은 건 있는데."

조금 머뭇거리는 기색으로 그가 작게 말했다. '뭔데?' 하고 물었다. 그가 원하는 게 무엇일지 짐작조차 되질 않았다. 또래 배우들과는 달리 스스로를 치장하는 것에도 도통 무관심했고, 남자라면 으레 욕심내기 마련인 자동차나 시계에도 무감각했다. 특이한 모양새의 차를 목격하고 우와, 하며 신기해하는 쪽은 오히려 인희였다. 딱히 취미로 하는 것도 없다. 박정호가 몰두하는 대상은 오로지 서인희 하나였다.

"여행요. 우리 여행 가요."

"여행? 하지만 스케줄이……."

"지금 당장 아니라도 괜찮아요. 드라마 끝나고 가도 되고."

"뭐. 그래, 까짓것 가면 되지."

"진짜죠? 약속해요."

누워 있던 몸을 벌떡 일으킨 정호가 새끼손가락을 내밀었다. 인희가 킬킬대며 손가락을 마주 걸었다. 애도 아니고, 손가락 거는 게 무슨 효력이 있어? 면박을 주자 환한 얼굴이 돌변했다.

"왜요? 나중에 무르려고요? 그럼 각서 쓸래요. 공증도 받고."

"아니, 아니야. 지킬게. 무슨 각서까지 써. 가자, 드라마 끝나면."

"예스!"

정호가 침대에서 뛰어 올랐다. 슬리퍼를 신지 않은 맨발이 신이 나서 바닥을 두드리며 뛰었다. 까치집이 된 머리는 흥에 겨운 듯 좌우로 까딱까딱했다. 이런 흐트러진 모습마저 광고의 한 장면으로 착각될 정도로 그는 점점 근사해지고 있다. 실상 연기 따위 언제든 그만둬도 상관없을 것처럼 굴지만 정호는 누구보다 배우라는 직업이 잘 어울리는 사람이었다. 촬영현장에서 본 그의 모습이 반짝반짝 빛이 났던 것을 떠올렸다. 벅차게 끓어오르는 가슴으로 숨어서 멍하게 지켜보는 것 말고는 아무것도 하지 못했었다.

이번 역시 그랬다. 바보처럼 넋을 놓고 보다가 뒤늦게 소리쳤다. 아래층에서 신고해! 하지만 이미 구름 위를 걷는 남자에게 그런 경고는 무의미했다.

✂　　✂　　✂

시청률은 날로 승승장구했다. 극 중반이 넘어가면서부터는 각종 신드롬을 재생산해 냈다. 1인 2역을 맡은 정호의 연기는 날로 일취월장해서 드라마가 끝나기도 전에 차기작에 대한 기대를 담은 기사가 줄줄이 쏟아졌다. 물론 유명세를 얻은 만큼 그 인기를 깎아내리려는 세력도 분명 존재했다. 명동 한복판에서 깜짝 팬미팅을 가졌을 때에는 그 일대가 완전히 마비되어 버리는 바람에 도리어 비난받기도 하고, 그가 학창시절에 손꼽히는 문제아였다는 근거 없는 뜬소문이 인터넷을 한차례 휩쓸기도 했다.

자신을 둘러싼 주변의 모든 것이 그렇게 빠르게 변화하는 와중에 정작 그 장본인은 태풍의 눈처럼 우직하게 제 일상을 지키고 있었다. 드라마를 위해 여전히 승마와 검도를 익히고, 누구에게나 공평하게 친절했으며, 동시에 인희에게만 편파적인 애정을 쏟아부었다. 하지만 함께 보내는 시간은 전보다 확연히 줄어들었다. 인희는 서운해하거나 투정부리지 않았다. 당연한 일이었고 예상했던 순서였다. 오히려 그런 담담한 인희의 태도에 정호가 불만을 터뜨릴 때가 더 많았다. 사랑하지 않아서 욕심내지 않는 것이라는 그의 이분법적인 사고방식으로는 인희를 이해할 수 없었다.

'바빠서'라는 이유를 대면 언제나 '괜찮아'라며 수긍하는 인희 때문에 정호는 겁이 날 때가 많았다. 아무리 일이 바빠도 나를 제일 우선으로 둬야 하는 것 아니냐고, 그녀가 그렇게 화라도 내 줬으면 하고 바랐다. 그래야 그 역시 그녀에게 같은 걸 요구할 자격을 얻을 수 있을 테니까.

[나 지금 태안에 답사 왔어. 미안. 밥은 나중에 먹자.]

싸늘한 냉기가 가라앉은 거실 가운데 서서 정호가 연신 마른세수를 했다. 피곤함에 부르튼 입술이 하얗게 껍질을 밀어냈다. 그것을 손으로 우악스레 뜯어내자 금세 선혈이 배어 나왔다. 손등으로 아무렇게나 피를 문질러 닦으며 소파에 털썩 몸을 뉘였다. 입술이 텄다고 앙앙거리면 그녀가 쯧쯧 혀를 차며 연고를 발라 주겠지. 그리 기대하고 온 저만 우스운 꼴이 됐다.

"······별로다."

이런 기분.

인희에게 더욱 사랑받고 싶어 열심히 했다. 그를 찬양하는 사람이 늘수록 그녀가 기뻐하며 칭찬해 주어서 그 모습을 더 많이 보고자 노력했을 뿐이다.

그런데 어쩌다 이렇게 되어 버린 거지? 머리를 헤집으며 거칠게 신음했다. 난파선처럼 풍랑에 이리저리 휩쓸리는 그의 내부는 사실 겉모습과 달리 매우 불안정했다. 다만 그것을 어떻게 드러내고 표현해야 할지 몰라 묵묵히 침묵하고 있을 따름이다.

집주인이 자리를 비운 집을 정호는 쓸쓸히 걸어 나왔다. 매니저 수열에게서 끊임없이 걸려 오는 전화를 더 무시하지 못하고 받았다.

— 차에서 자는 줄 알았더니 또 어딜 간 거야? 너 진짜 말도 없이 자꾸 샐래? 30분 후에 촬영 들어간다니까 당장 뛰어 와.

"응. 금방 갈게, 형."

전화를 끊고 택시를 잡아탔다. 얼마 지나지 않아 차창에 새하얀 티끌이 다닥다닥 달라붙기 시작하더니 그의 시야를 방해했다. 정호는 새삼스러운 눈으로 그것을 보다가 휴대전화를 꺼내 사진을 찍었다. 인희에게 쓰는 메시지에 첨부해 보냈다.

[첫눈치곤 많이 오네요.]

머뭇거리다가 하나 더 보냈다.

[같이 있었으면 좋았을걸.]

그녀와 함께였으면 일생 가장 아름다운 눈이었을 것이 그저 결빙을 부르는 걱정거리로만 남는다.

[올라올 때 운전 조심해요.]

촬영장까진 차로 20분이 걸렸다. 도착할 때까지 인희에게선 답장이 없었다. 촬영장으로 들어서자 스태프 몇몇이 그의 주위로 몰려들었다. 먹을 것을 권하는 사람. 두서없는 칭찬을 남발하는 사람. 그를 좋아하고 부러워하는 사람들.

그야말로 때깔 좋은 외로움이다. 인희가 없는 군중 사이에서 그는 내내 거짓 웃음으로 무료한 시간을 버텨 냈다. 마지막 촬영일이 얼마 남지 않았다. 그 후엔 약속한 대로 여행을 갈 것이다. 그것이 유일한 위로가 되었다.

고급 이탈리아 레스토랑 입구는 취재진으로 북새통을 이루고 있었다. 차에서 내리자마자 번쩍거리는 플래시가 앞다투어 터졌다. 드라마 〈환상통〉의 종방연. 기자들의 취재욕을 가장 불태우는 이는 말할 것도 없이 최근 대중의 관심 한가운데 있는 박정호였다. 가게 안으로 들어가는 것조차 쉽지 않을 정도로 겹겹이 진을 치고 있는 인파에 정호는 다소 얼떨떨한 기색이었다.

"아이고, 박정호 씨!"

누군가 그에게 친근한 척 알은체하며 다가왔다. 뒤에 카메라맨을 달고 다가오는 것을 보아 리포터인 모양이었다. 처음 보는 사람이었지만 정호는 마치 생이별했던 형제를 만난 것처럼 반가워하며 상대의 악수에 응했다.

"종방 소감 한 말씀만 해 주세요."

"함께 첫눈 맞고 싶은 배우 1위에 뽑히셨는데 기분이 어떠신가요?"

"최근에 상대 배우이신 이하나 씨와 열애설이 났었잖아요. 그만큼 두 분 케미가 남달랐는데, 혹시 정말 연인으로 발전할 가능성은 없으신지?"

그대로 두면 끝없이 이어질 것 같은 질문을 수열이 차단하며 길을 텄다. 정호는 연신 '죄송합니다.'를 중얼거리며 잔뜩 어깨를 좁혀 카메라들 사이를 통과했다. 그 와중에 치이고 밀리느라 고될 텐데도 수열은 그저 싱글벙글하였다.

그럴 만도 했다. 한 자릿수로 시작했던 시청률은 가장 최근 방영된 회차에서 무려 25퍼센트까지 치솟는 기염을 토했다. 아직 편집도 끝나지 않은 마지막 회의 시청률은 또 얼마나 나올지. 드라마국은 벌써 축제 분위기였다. 이런 비약적인 성공에 정호의 몫이 컸다는 것은 누구도 부정하지 못할 것이다. 통속적으로 로맨스를 기저에 깔고 있는 한국 드라마의 특성상, 여성 시청자들의 호응과 지지를 이끌어내야 할 남자 주인공의 기량은 그 무엇보다도 중요시된다. 제아무리 훌륭한 시나리오도 배우를 잘못 만나면 그 가치를 다하지 못하는 법이다.

"누구 찾아?"

입구를 통과하자마자 레스토랑 내부를 둘레둘레 돌아보는 정호를 향해 수열이 물었다.

"아니, 그냥……."

기자들 눈에 안 띄게 아예 일찍 와 있을 거라던 인희가 없다.

"너…… 서 작가님 찾는 거지?"

인희에게 문자를 보낼 요량으로 휴대전화를 만지작거리며 걷던 정호가 제자리에 멈춰 섰다. 하얗게 질린 얼굴로 돌아보자 수열이 종전과는 달리 침울한 기색으로 혀를 찼다.

"들키고 싶지 않았으면 좀 더 치밀하게 행동했어야지. 홍실농도 아니고 동에 번쩍, 서에 번쩍. 안 그러던 애가 줄곧 휴대전화만 들여다보고 있으니 당연히 연애 중이란 계산이 안 나오겠냐."

아니라는 말이 나오지 않았다. 숨 막히는 당혹감에 아무런 대꾸도 하지 못하는 정호의 등을 수열이 툭 쳤다.

"오늘 우리 대표님 오실지도 몰라. 잘해."

대표님이?

좋지 않은 예감이 급소를 가격했다. 누군가의 앞에 서는 걸 끔찍이 싫어하는 세현이다. 그녀는 명함만으로 존재하는 사람이었다. 회사가 조금씩 몸을 키워 감에 따라 꼭 참석해야 할 행사에는 언제나 대리인이 그녀를 대신했다. 어떠한 응원도 그녀의 무너진 자존감을 회복시키지 못했다. 그런 세현이 이 카메라 소굴에 걸어 들어온다고? 앞뒤가 맞지 않는 얘기였다.

정호가 앞서 걷는 수열의 팔을 세게 잡아당겼다.

"아! 야, 살살해. 팔 부러⋯⋯."

"대표님도 아셔?"

"⋯⋯어?"

"연애하는 건 감으로 알았다 쳐. 근데 그 상대가 작가님인 건, 어떻게 알았는데?"

이번에 당황한 쪽은 수열이었다. 제대로 된 문장 대신 '어, 그게 그러니까.' 따위의 말을 버벅거리는 수열을 매섭게 노려보았다. 연기에 필요할 때 빼고는 단 한 번도 본 적 없는 험상한 표정에 수열이 주춤했다.

"너 어디가! 야! 박정호!"

가게의 뒷문을 찾아 헤매며 인희에게 전화를 걸었다. 재차 음성 사서함으로 넘어가는 전화를 벽에 내다 꽂고 싶은 충동을 간신히 눌러 참았다. 미로처럼 복잡한 레스토랑 내부에 갇힌 그를 누군가 끌어당겼다. 향기만으로도 알 수 있다. 옷깃을 잡은 손의 주인공이 누구인지.

"여기서 뭐해?"

그녀가 축축한 얼굴로 물었다. 물기가 뚝뚝 떨어지는 앞머리를 보다가 손을 뻗었다.

"왜 젖어 있어요."

"아…… 찬물로 세수 좀 했어. 어제 밤을 새서 그런지 머리가 좀 몽롱해서."

인희가 대수롭지 않게 웃으며 정호의 손을 끌어내렸다. 주변을 두리번거리며 사람이 없는 것을 확인한 인희가 팔을 벌리다 이내 아쉬운 표정으로 몸을 물렸다.

"수고했어. 고생 많았지? 한번 꽉 안아 주려고 했는데, 애석하게도 CCTV가 우릴 지켜보고 있는 중이네."

복도 끝 천장을 가리키는 그녀의 목소리가 짓궂다. 그만 가자, 하며 돌아서는 뒷모습도 여상했다. 그럼에도 불구하고 이 심장을 좀먹는 이 불안감은 대체 누구의 탓으로 돌려야 하는지.

인희의 몸을 돌려세운 정호가 그녀를 품에 가뒀다.

"뭐 하는 거야. 큰일 나려고. 빨리 놔."

"작가님이 먼저 말했잖아요. 바라지도 않았는데, 기대하게 만들었잖아."

"미안. 내가 실수했다. 응?"

"그냥 안아 줘요. 당신 말대로, 나 고생 많았어요."

"까짓것. 그럴까 그럼? 아, 너 그제 계곡 씬 찍다 119 부를 뻔

169

했다며? 입수 장면은 뺄 걸 그랬……."

"그거 말고요. 우리, 4일이나 못 본 거 알아요? 내가 얼마나 힘들었는데."

"누가 보면 4일이 아니라 4년인 줄 알겠다. 엄살은."

말은 그렇게 하면서도 조심스럽게 등을 토닥이는 손길. 안아 주라고 해 놓고 정작 팔에 힘을 주는 건 정호였다. 그의 빗장뼈에 턱을 괸 인희가 한숨처럼 웃었다.

셔츠의 어깨 부분에 축축한 습기가 뱄다. 정호는 그것이 그녀의 얼굴을 적셨던 물기 때문이리라 생각했다. 정말, 그런 줄만 알았다.

Before
Goodbye

6

오랜만에 사무실에 들렀다. 처음 직원 다섯으로 시작했던 소규모 기획사가 이젠 빌딩 한 개 층을 통째로 임대해 사용하고 있다. 정호 한 명을 전담하는 인원만도 수열을 포함해 넷으로 늘었다. 사장실로 들어가려던 정호의 눈길이 꽂힌 곳은 소속 배우의 스케줄을 적어 놓은 화이트보드였다. 정호와 같은 소속사라는 이유만으로 덩달아 바빠진 신인 배우들의 것을 지나쳐 제 것을 응시하는 그의 안색이 어두웠다.

작품이 끝났다고 해서 넉넉히 쉴 수 있다는 생각은 애초에 하지 않고 있었다. 하지만 이건 해도 너무한 처사였다. 단 히루도 빼놓지 않고 빽빽이 적힌 글자 앞에서 정호는 어렵사리 얼굴 근육을 이완시켰다. 그리고 그대로 사장실의 문을 두드렸다.

"대표님. 저 왔어요."

"어, 그래. 왔니?"

"종방연에 오실 거라고 수열 형한테 들었었는데, 왜 안 오셨어요."

"그냥, 일이 좀 바빠서. 앉아."

세현이 평상시와 다름없는 얼굴로 그를 맞았다. 소파를 향해 눈짓한 세현이 서랍에서 두꺼운 종이뭉치 몇 개를 안고 그의 대각선 자리에 앉았다.

"이것 좀 보라고 불렀어. 추리고 추렸는데도 3개나 되네. 읽어 보고 결정하자. 난 차현 감독 작품이 가장 끌리긴 해. 너더러 멜로 드라마에 최적화된 마스크라고들 하는데, 보란 듯이 악역 한번 맡아서 이참에 연기 스펙트럼을 제대로 넓히는 것도 나쁘지 않을 것 같거든."

"차기작은 이미 송 감독님과 하기로 결정된 거 아니었어요?"

"어. 이건 그다음 꺼. 모두 4월 전후로 크랭크인 예정인 작품들이야."

힘들게 녹여 놓은 표정이 얼어붙는 것은 찰나면 충분했다. 건조한 손바닥으로 얼굴을 아무렇게나 훔치며 그가 낮게 세현을 불렀다.

"들어오면서 스케줄 표 봤어요. 포상휴가까지는 바라지도 않아요. 이삼일 정도라도 쉬게……."

"물 들어올 때 노 저으란 말 있지? 열심히 하자. 영화도 좋고, 예능도 한두 군데 골라서 나가 보고."

"전엔 여기저기 너무 자주 노출되면 함부로 소비되고 버려진다고 하셨잖아요."

"뭐, 그것도 맞는 말인데. 지금은 우선 한 사람에게라도 더 네 얼굴을 각인시키는……."

"대표님."

세현이 동공을 커다랗게 부풀리며 그를 보았다. 단 한 번도 그녀의 말을 중도에 끊은 적 없는 정호다. 놀라움은 잠시였고 곧 다른 감정이 그 자리를 대신했다. 불쾌함? 서운함? 배신감? 딱 하나로 정의할 수 없어 더욱 화가 났다.

"왜, 할 말 있니?"

"할 말이 있는 건 제가 아니라 대표님인 것 같은데요."

"나? 할 말이라면 아주 많지. 근데 내가 왜 참고 있을까? 응? 왜 참고 있는 것 같니?"

가시 돋친 목소리가 싸늘했다. 천천히 눈만 깜빡거리는 정호의 앞에서 세현은 가슴이라도 쥐어뜯을 것 같아 시나리오 뭉치를 힘껏 부여잡아야 했다.

"……모르는 척해 줄 테니까 네가 조용히 정리하란 뜻이야. 기회를 줄 때 알아서 현명하게 처신해."

"정리할 생각 없어요."

"뭐라고?"

세현이 헛웃음을 터뜨렸다. 정호는 흔들림 없는 음성으로 같은 말을 반복할 뿐이었다.

"정리할 생각 없다고 했어요."

"미쳤구나, 정말."

"저한테 가장 중요한 건 일도 아니고 돈도 아니에요. 대표님께 물론 감사하긴 하지만, 그렇다고 해서 작가님을 포기하란 말을 따라야 할 정도로 대표님께 빚을 진 것도 아니고요."

기실 그랬다. 그와 계약을 하긴 했지만 막 시작하는 사업에 어마어마한 계약금 따위 줄 능력이 있을 리가 없었다. 대신 수익 분배 구조를 정호에게 유리하도록 만들었다. 데뷔를 시키고 일약 스타덤에 오르기까지 정호에게 쏟아부은 투자금이 상당하긴 했지만 그마저도 지금 그가 벌어들이는 수준을 보아선 마이너스에서 플러스로 변환되기까지 그리 오랜 시일이 걸리지 않을 것이다. 그러니 갑과 을은 진즉에 뒤바뀐 셈이다. 그래도 지금까지 누구 하나 불만이 없었던 것은, 그들이 손익이 바탕이 되는 문서 몇 장보다는 신의로 맺어진 관계이기 때문이었다.

그러나 지금, 영원히 견고하리라 믿었던 그 유대가 깨어지려고 한다.

"그럼 어쩌자는 거야. 이대로 다 포기할 작정이야? 그 구질구질한 생활로 다시 돌아가고 싶니? 생각해 봐. 지금 네가 누리는 게 얼마나 값어치 있는 건지. 사람들이 알게 되면 다치는 건 너야. 그 여자가 걷는 길이 기껏해야 흙길에서 자갈길로 바뀌는 거라면, 넌…… 너는 달라!"

세현이 보고 있던 시나리오를 바닥에 던지며 소리쳤다. 가쁘게 숨을 몰아쉬는 그녀가 초라해질 만큼, 정호는 조금도 흐트러지지 않은 차분한 눈길로 세현을 대했다.

"저한테 정말 하고 싶은 일이 뭐냐고 물으셨을 때, 제가 뭐라고 대답했었는지 기억하세요?"

기억한다. 밑도 끝도 없어 정말 어처구니없다고 생각했었으니까.

'방송국에서 일하고 싶어요. 그냥 짐꾼이라도 상관없으니까 드라마 같은 거 찍는 곳에서 일할 수 있으면 좋겠어요.'

실제로도 그는 그때 엑스트라 구인 광고를 살펴보고 있었다. 제대를 몇 달 남겨 두고 휴가를 나온 그의 잘난 얼굴은 삐죽삐죽 잔디 같은 머리를 하고도 조금도 훼손되지 않았다. 세현은 그러지 말고 차라리 제대로 된 배우를 하라고 제안했었다. 내가 도와주겠다고.

"그게 왜. 뭐가 어쨌다는 거야?"

"웃긴 대답이라고 하셨죠. 방송에 관련된 수많은 직업 중에 하필 짐꾼이 뭐냐고."

"지금 시시콜콜 옛날이야기 들출……."

불현듯 찾아온 깨달음에 세현은 말을 끝맺지 못했다. 설마, 하는 의심. 아닐 거야, 하는 기대. 그것이 이어지는 정호의 말에 의해 확인 사살당했다.

"스무 살 때부터 좋아했어요."

"……."

"작가님이 어떤 길을 걷든, 그 길을 같이 걷고 싶어서 여기까지 온 거예요."

세현은 눈앞에 있는 남자의 망막에 맺힌 것이 줄곧 제가 아닌 다른 여자였던 것을 깨닫는다. 그 갈망의 깊이가 단순히 몇 개월

동안의 열락만으론 설명 불가능한 정도라는 것 역시.

사랑이다. 사랑이구나. 그 진저리 나는 길을 너는 스물에서부터 지금까지 쉼표 한 번 없이 달렸구나. 그리고 나는…… 나는 대체 언제부터…….

지나치게 선명한 동통이 세현의 가슴께를 너덜너덜 발겼다. 화상에 당기어진 피부가 전에 없이 쓰라렸다. 마치 처음 불 속에 남겨졌을 때처럼.

"그러니까요, 대표님…… 포기하라고, 헤어지라고 하지 말아주세요. 저 그건 못 해요. 아시잖아요, 저 은근히 고집 있는 거."

안쓰러운 표정으로 정호가 웃었다. 기실 웃음이라고 칭하기엔 너무 많은 요소가 결핍된 어정쩡한 표정이었다. 세현은 대충 조립한 로봇을 연상시키는 꾸깃한 얼굴을 바라보았다. 그의 애원에 오히려 분노만이 맹렬히 타올랐다. 스스로도 몰랐던 제 검은 속내와 뒤늦게 조우하였다.

이 싱그러운 청춘이 우아한 사내로 성장하는 것을 돕고 싶었다. 나를 연민한 너를 나 역시 연민하는 것. 너무나 추운 인생에 선뜻 손 내밀어 준 온기를 위해 할 수 있는 최선의 보답을 돌려주는 것. 정말 단지 그뿐인 줄 알았는데…….

나를 발판 삼은 너의 한 걸음 한 걸음은 전부 다른 이의 손을 잡기 위한 거였다.

"부모님 유산으로 차린 회사야. 알잖아. 너 하나 보고. 박정호, 너 하나 믿고 내가……."

"……."

"그런데 뭐? 기껏 레드카펫 깔아 줬더니, 자갈길을 걷겠다고? 여자 하나 때문에 네가 나한테 어떻게, 어떻게 이럴 수 있어!"

무엇을 위해 그리 아등바등했나. 내 발등을 내가 찍은 셈이다. 허망함에 실소가 터져 나왔다.

"죄송해요. 어떤 말씀을 하셔도 제 대답은 같습니다."

날 선 세현의 눈길을 담담히 견디며 정호가 자리에서 일어섰다. 좀 더 뭉개고 있다고 해서 결코 다른 결론이 나올 리 없다. 인희를 두고선 설득당할 생각도, 타협할 마음도 없는 남자였다.

"열애설이 아니라 추문이야. 대중이 얼마나 순수한 눈으로 널 봐 줄 것 같아?"

세현이 날카로운 목소리로 그의 발목을 잡았다.

"출세에 눈이 멀어서 작가에게 몸 바치고 마음 바친 신인 배우로 기억하겠지."

"꼭 나쁜 쪽일 거라고 확신하지 마세요. 설사 그런 식으로 스캔들이 터진다고 해도 정정기사를 내면……."

"네가 살아온 세상을 생각해 봐. 그렇게 호락호락하든? 상대가 그냥 평범한 미혼 여성이면 가능할지도 모르지. 아니 오히려 아주 예쁘게 포장할 수도 있을 거야. 그런데 서 작가 상황이 어떤지 너도 모르지 않잖아. 유산이 탐나서 자기 남편을 살해한 여자야."

"아니에요, 대표님! 작가님은 그런 사람이……."

"아닌 거 나도 알아. 근데 서 작가는 남편이 죽은 이후로 내내 그런 소문 속에 살았어. 소문이 그렇게 무시무시한 거야. 암세포처럼 끊임없이 번식해서 진실 같은 건 순식간에 좀먹어 버린다고.

너라고 별수 있을 것 같아? 너한텐 예외일 것 같니? 그리고 서 작가? 수많은 꼬리표에 하나를 더하게 되겠지. 자기 위치를 이용해서 어리고 순진한 배우 꼬드긴 파렴치한 작가라고."

내내 고요하던 말간 눈동자가 어지럽게 동요했다. 이 순간에도 남자를 흔들 수 있는 주체는 오로지 서인희뿐이라는 사실에 세현은 자신을 지탱하던 바닥이 한순간에 꺼져 버린 듯한 느낌을 받았다. 배신감을 가득 껴안은 채 그를 더욱 아프게 할 말을 떠올렸다.

"서 작가가 이런 모든 위험을 감수하면서까지 널 옆에 두려고 할까? 그 여자가 널 그만큼 사랑한다고 자신하니?"

문고리를 향해 뻗은 정호의 손이 아무것도 쥐지 못한 채 떨어졌다. 승리의 미소를 짓는 세현을 바라보는 정호의 얼굴은 전에 없이 서늘했다.

"저는 작가님에 대해서 어떤 것도 자신하지 않아요. 그 사람이 어떤 생각을 하고, 어떤 걱정을 하는지. 그 작은 머릿속에 내 자리는 얼마만큼인지. 그런 걸 내가 어떻게 다 알 수 있겠어요."

단 한 번도 세현을 다치게 한 적 없던 목소리가 느릿하게 이어졌다.

"작가님을 생각하면 늘 불안하고 두려워요."

"……."

"그래서 더 열심히 사는 거고요."

이해할 수 없는 말이었다. 세현이 미간을 일그러뜨렸다.

"더 사랑받으려고요. 더 단단한 사람이 되어서 작가님에게 기대고 싶은 남자가 되고 싶어서요. 어떤 위험이 있더라도 포기하고 싫지 않은 사람이 되고 싶어서요."

"……."

"저를 그렇게 만드는 사람을 저한테서 빼앗아 갈 생각하지 마세요."

아랫입술을 세게 깨물었다. 이렇게나 아픈 말을 듣고도 용케 살아남은 심장이 힘차게 펌프질을 한다. 기절이라도 해 버렸으면 좋겠는데 현실은 너무나 생생했고, 하여 더욱 끔찍했다. 허리를 꾸벅 숙이고 돌아서는 정호에게 달려가 그 앞을 막았다.

"네가 모르는 게 더 있어."

"무슨……."

"김태언. 알지? 누군지."

정호가 고개를 가로로 기울였다. 의문부호가 떠오른 그의 얼굴에 대고 차갑게 말하였다.

"그 남자를 죽인 게 나야. 돌연사? 아니."

잊어버리려 몸부림쳤던 과거가 터진 둑처럼 그녀를 덮쳤다.

"자살했어. 나 때문에."

'나'를 잃어버린 그날의 선명한 통증.

어떠한 표정을 지어도 울상이 되어 버리는 오른쪽 얼굴이 일그러졌다.

✕　　✕　　✕

'시신, 직접 수습했나요?'

여자는 대뜸 그렇게 물었었다.

'돌연사가…… 확실해요?'

종방연이 있던 날, 인희는 미리 도착한 레스토랑에서 뜻하지 않은 인물을 만났다. 에이치액터스 최세현 대표. 진주색으로 코팅된 종이 위의 까만 글자를 묵음하고, 여자의 얼굴을 확인했다. 태언의 책상 서랍 깊숙한 곳에 살던 바로 그 사람. 멍한 얼굴로 더듬더듬 그랬다. 대체 뭘 알고 싶은 거냐고.

'글쎄요. 서 작가님보단, 제가 아는 게 더 많을 것 같은데.'

쓰게 웃은 여자가 쏟아 내는 단어 하나하나가 비수가 되어 인희의 가슴을 후벼 팠다.

'전 남편이랑 이혼절차 밟고 있을 때, 태언 오빠가 찾아왔었어요. 갑자기 이혼이라니 어떻게 된 일이냐고 묻던 사람이 내 얼굴을 보고는 말을 잇지 못했죠. 여기저기 멍들고 부어서 성한 데가 없었거든요. 전 남편이 만들어 놓은 거였어요.'

숨도 함부로 쉬지 못한 채 머릿속에 여자의 목소리를 기계적으로 주워 담았다.

'몰랐어요. 그 사람이 사랑한 게 내가 아닌 우리 부모님의 유산이고 태언 오빠네 재산일 줄은. 혼인신고하고 반년 정도 지났나. 가면이 벗겨지는 데에는 그리 오랜 시간이 걸리지 않더라고요. 내 화상자국을 볼 때마다 역겹다고 진저리를 치며 날 때렸어요. 부부 관계를 할 때는 베개에 얼굴이 짓눌린 채로 짐승처럼 유린당했죠. 나중엔 그마저도 싫었는지 집으로 여자를 끌어들였어요. 내가 왜 이런 취급을 받아야 하나. 내가 뭘 그렇게 잘못했나. 서럽고 억울

하고. 아프고 슬프고. 삭막해진 마음에 증오만 쌓였어요.'

뜨거운 바람이 쏟아져 나오는 히터 아래에서도 여자는 한기를 느끼는 듯 양팔을 손으로 감쌌다. 폭력이란 그런 것이다. 신체뿐만 아니라 정신도 죽인다. 흉터는 몸뿐만 아니라 의식에도 남는 것이다.

'죽여 버리겠다고 길길이 날뛰는 태언 오빠한테 내가 그랬어요. 이게 다 누구 때문인데. 내 인생이 누구 때문에 꼬이기 시작했는데. 누가 누굴 죽이냐고. 내가 죽이고 싶은 건 남편이 아니라 오빠 너라고.'

그 이후 나올 말을 알면서도 무력하게 듣는 것 말고는 아무것도 하지 못했다.

'그리고 일주일도 지나지 않아서 서 작가님 인터뷰 기사가 인터넷을 도배하더라고요. 그거 보고 알았어요. 그 나약한 남자가 정말 죽어 버린 거.'

아아. 헐떡거리며 숨을 몰아쉬는 인희에게 여자는 담담하게 물었다. 아니, 확신을 확인했다.

'자살이었죠.'

세현의 눈물 앞에서 인희는 차마 그녀를 욕할 수 없었다. 아니, 욕할 자격을 얻지 못했다.

세현이 알고 있는 것은 태언의 죽음에만 그치지 않나. 태언과 인희의 결혼이 사랑을 기초로 한 것이 아니라는 것까지 전부 간파하고 있는 여자였다. 누구의 입을 통해 들었을지는 굳이 캐물을 필요조차 없었다.

나는 그에게 단 한 번도 진짜 아내였던 적이 없구나.

놀라울 것도 없는 사실이 새삼 가슴을 할퀴었다. 그저 남자의 원조를 받았을 뿐인 가난뱅이 서인희는 남자가 정말 사랑한 여자 앞에서 그저 초라하게 입술을 깨물밖에.

그리고 시간차를 둔 공격이 이어졌다.

정호.

그 이름을 발음하는 여자의 얼굴은 태언의 일을 입에 올릴 때와 는 사뭇 달랐다. 증오와 전혀 반대되는 감정으로 붉게 상기된 세현의 얼굴. 그 간극은 대체 무엇 때문이었을지.

오랜만에 찾아 문 담배가 평소보다 맵다. 연기에 뿌예지는 시야 사이로, 입술을 내민 채 담배를 빼앗으며 잔소리하던 정호의 환영이 섞였다. 인희가 오래 외출을 하다 들어온 날이면 킁킁거리며 그녀의 옷에 코를 묻던 남자는 알고 있었을지 모른다. 인희에게 있어 흡연이란 죽은 남자가 불쑥 떠오르는 날에 치르는 의식이라는 것을. 그래서 그렇게 치를 떨며 싫어했으리라.

그러고 보니 오랫동안 피우지 않았다. 눈에 불을 켜고 감시하는 정호의 탓도 있었지만, 기일이 있던 때를 제외하곤 자연스레 그를 거의 잊고 살았다. 어떻게 그럴 수 있었지. 한때는 김태언이라는 그늘에 갇혀 살아야 하는 것이 당연하던 때가 있었는데. 평생에 걸쳐도 끊어 내지 못할 족쇄인 줄만 알았는데.

반도 태우지 못한 담배를 재떨이에 걸쳐 놓았다. 도마뱀의 꼬리처럼 토막 나 잘린 채 차게 식어 가는 담뱃재를 보다가 시선을 옮겼다. 무릎 위에 놓인 사진을 들어 눈앞에 펼쳤다. 대부분은 그녀의 아파트 단지 내에서 찍힌 것들이었다. 한여름에도 얼굴을 꽁꽁 싸맨 정호가 조심스럽게 입구를 통과하는 사진이나, 그녀가 도로 까지 나와 그를 배웅하는 모습. 개중에는 드물게도 근처 식당에서 찍힌 것들도 있었다. 조심한다고 했는데, 생각보다 틈을 많이 보였다.

"······내가 이렇게도 웃는구나."

그가 그녀의 입가에 묻은 소스를 닦아 주는 사진을 오랫동안 손에서 놓지 못했다. 정호의 표정이야 매일같이 확인하던 것이니 새삼스러울 것도 없었다. 인희가 놀라운 건 그녀 자신의 얼굴이었다. 따뜻하고 편안하고, 걱정이라곤 하나도 없어 보이는 여자의 얼굴. 사랑받는 데 익숙하고, 사랑하는 데 주저함이 없는, 상처 따위는 느껴지지 않는 그런 여자가 타인인 듯 낯설고 신기했다.

'참 사랑스러운 아이예요, 그죠?'

불쑥 끼어든 목소리에 눈을 질끈 감았다. 망령처럼 뇌리에 달라붙어 떨어지지 않는 음성. 끔찍한 화마의 흔적이 들러붙은 오른쪽 얼굴.

'길게 말하지 않을게요. 정호, 놔주세요. 앞날이 밝은 아이예요. 서 작가님이나, 저랑은 달라요. 누군가 때문에 인생을 망치기엔 너무 착하고 좋은 아이라고요.'

자조 섞인 웃음이 흘러나왔다. 그럼 당신과 나는 나쁜 사람이라 이렇게 힘든 인생을 사는 거냐고 물었다. 세현은 아무 말도 하지 못했다.

어린 날의 사랑이 어리석을 정도로 순진했을 뿐이다. 그저 옆에 있을 수 있는 것만으로도 좋아서 태언이 내민 손을 덥석 잡았다. 그것이 죄인가.

'죄가 아니죠. 그건 작가님 말대로 어리석은 결정이었을 뿐이에요.'

말의 내용과는 다르게 비난이 섞인 눈초리.

'하지만 정호는 무슨 죄예요? 그 애가 뭘 잘못해서 작가님 허물까지 함께 뒤집어써야 하는 거죠?'

잔을 쥐느라 동그랗게 말린 손등의 피부가 금방 찢어질 것처럼 팽팽하게 당기어졌다.

'밉지 않아요? 원망해 본 적 없어요? 후회는요? 다시 돌아가도 태언 오빠 손을 잡을 건가요?'

아니. 잡지 않을 것이다. 그런 아픔을 또 겪으니 차라리 평생 그런 사람이 존재하는지조차 모르는 인생을 살게 해 달라고 신께 빌 것이다. 사랑하는 사람의 싸늘해진 몸을 끌어안아야 했던 일은, 아버지에게 죽도록 맞아 살이 패였을 때보다도 훨씬 더 무섭고 끔찍했다.

'정호도 그럴 거예요. 언젠가는 서 작가님 때문에 잃게 된 걸 그리워할 날이 올 거예요. 지금의 서 작가님처럼, 그때 그건 너무 어리석은 결정이었다고 후회하게 되겠죠. 미워하게 될 거예요. 그 원망의 대상은 작가님일 수도 있고, 그깟 사랑 때문에 이 모든 희생을 대수롭지 않게 여겼던 무모했던 스물셋의 스스로일 수도 있을 거예요.'

인희가 감추려 발악했던 두려움의 근원을 세현은 정확히 진단

해 냈다. 그 앞에서 무너지는 마음을 가누기 위해 얼마나 애를 써야 했는지. 세현을 보내고 정호와 마주쳤을 땐 담담한 표정을 꾸미느라 또 얼마나 이를 악물어야 했는지.

텅 빈 복도에서 세상에 오로지 둘뿐인 듯 마주 안은 채 생각했다. 이렇게 반짝거리는 추억을, 언젠가 네가 후회하면 어떡하나. 정말 그런 날이 온다면 그건 너무나 비참할 것 같은데.

"작가님!"

현관 쪽이 시끄러웠다. 인희는 서둘러 사진들을 갈무리해 봉투 안에 집어넣었다. 그녀를 찾느라 안방을 뒤지던 정호가 발코니에서 막 나오는 인희를 서둘러 품에 끌어안았다. 공기 중에 미세하게 감도는 담배향기를 잡아낸 그의 표정이 일그러졌다.

"깜짝이야. 윽, 숨 막혀. 무슨 일 있어?"

"뭐 하고 있었어요?"

필터까지 도착하고 나서야 불씨는 스스로 죽었다. 꽁초가 되어 버린 하얀 막대를 발견한 정호의 마음이 어둡게 침잠했다.

"그냥 있었는데?"

"그냥. 그냥 뭘 하고 있었는데."

"아무것도 안 했어. 그러니까 그냥이지."

당신은 어째서 내게 솔직하지 못하나. 내게 또 무엇을 감추고 있나.

'그래서 서 작가가 널 받아 준 거야. 내가 미워서. 내가 가진 걸 빼앗고 싶어서. 못 믿겠니? 확인해 봐. 물론 아니라고 잡아떼겠지. 자살을 돌연사로 위장해 전 국민을 속여 온 여자니까 불가능한 일도 아니잖아. 아, 날 만났단 얘기는 해? 안 했지? 그럴 줄 알았어. 너한테 숨기는 게 한둘이 아닌 여자야. 그런 여자의 말이라도 믿고 싶으면 믿어. 바닥까지 추락하고 버려졌을 때, 그때 내게 찾아와 빌게 될 테니까.'

품에서 인희를 떼어 그 눈을 보았다. 눈은 마음의 창이라지만 다 쓸데없는 소리다. 이렇게 보기만 해서는 알 수 없다. 하지만 물을 용기가 나질 않았다. 이미 불신의 씨가 싹을 틔운 심장이, 그럼에도 불구하고 인희를 향해 뛰었다. 잃어선 안 돼. 잃을 수 없어. 오직 그 말만 되뇌었다.

그녀의 거짓을 침묵으로 용인한 채 해가 바뀌었다. 눈코 뜰 새 없이 바쁜 탓에 애쓰지 않아도 시간은 빠르게 흘렀다. 그사이 드라마는 종영했고 정호는 연말 시상식에서 신인상과 우수연기상을 동시에 거머쥐었다. 인희의 극본은 올해의 작가상 후보에 이름이 올랐지만 아쉽게도 수상에는 실패하였다.

여전히 '서인희'라는 이름에 거부감을 가지는 대중의 입김은 무시할 게 못되었다. 드라마 국장이 친히 연락해 공치사를 늘어놓았을 정도로 그녀는 훌륭하게 자신의 역량을 드러내 보였지만 대중은 그것을 단순히 '운'이라고 치부해 버렸다. 동시에 시나리오 외의 모든 것에게 성공의 이유를 붙였다. 배우를 잘 만나서, 노련한 감독의 연출력 덕분에, 제작사가 든든해서. 그 누구에게도 내색할 수 없는 상처가 켜켜이 쌓였다. 불행 중 다행이라면, 그녀의 드라마가 박정호라는 스타를 발굴해 낸 것에 대해서는 아무도 이의를 제기하지 않았다는 점이다.

'축하해. 잘했어. 진짜 멋지다, 박정호.'

그녀가 머리를 쓰윽쓰윽 만져 주며 칭찬해 주어서 그는 백치처럼 웃으며 한껏 뿌듯한 표정을 해 보였다. 좁은 가슴을 파고들며 불안감을 누르려 노력했다.

나를 당신 복수에 이용하려고 받아 줬어요?

그 말은 언제나 깊이 박힌 생선가시처럼 목젖 근처를 건드렸다. 여러 갈래로 분해된 자아는 언제나 치열하게 대립했다. 이러한 내적 갈등을 해결하는 법은 간단했다. 인희에게 사실 관계를 확인하는 것. 그녀가 비록 그를 다시 한 번 속인다고 해도 정호는 얼마든지 그녀의 거짓을 눈감아 줄 용의가 있었다. 그녀가 그를 속인다는 건, 그렇게 해서라도 그를 옆에 두고 싶어 한다는 뜻일 테니까. 그 마음 하나면 어떤 대가든 기꺼이 치를 수 있었다.

하지만 정말이라고, 애초에 복수 말고는 내게 어떤 의미도 두지 않았다고 해 버린다면, 그때는 어떻게 해야 하는가. 그렇게 인정해 버리는 여자의 입에서 더 나올 말이라곤 '끝'이라는 단어일 뿐인데.

결국 헤어짐에 대한 두려움이 그를 겁쟁이로 만들었다. 이렇게 눈 감고 귀 막아 그녀와의 시간을 누릴 수 있다면 평생 천치로 살리라. 그렇게 다짐했지만 담배에 불을 붙여 놓은 채 베란다에 앉아 멍하니 생각에 잠겨 있는 인희를 발견하는 날이면 머릿속에 시한폭탄의 조짐 소리가 들리는 듯하였다. 그녀가 이따금 할 말이 있는 듯 나직하게 '정호야.' 하고 부를 때면 소스라치게 놀라며 딴청을 피웠다. 아픈 척, 힘든 척, 피곤한 척. 그런 '척'들로 여자의 동정심에라도 기대어 관계의 수명을 연장해 나갔다.

그래, 이렇게 조용히 지나갈 수 있을지도 몰라. 내가 더 열심히 하면 대표님도 인정해 주실 거고, 작가님도 나를 더 사랑해 줄 거다. 아니, 사랑이 아니라도 좋다. 욕심이라도 괜찮다. 놓치기 아까울 정도로 대단한 남자가 되어 보이겠다.

그렇게 독을 품은 채 살아 내는 하루하루가 쉬울 리 없었다. 그는 자주 체하고 불면증에 시달렸으며 딱히 어떤 병에 걸린 것도 아닌데 종종 열이 났다.

오늘은 그 모든 게 한꺼번에 그를 괴롭힌 날이었다. 머리가 뜨겁고 배가 아팠다. 손가락을 따 검붉은 피를 짜내고 수면 유도 성분이 섞인 해열제를 먹었지만 잠은 오지 않았다. 더 이상의 촬영은 무리라고 판단한 감독에 의해 귀가 조치가 내려졌다. 인희의 집으로 가려는 정호를 수열이 막아섰다. 대표님께 보고 드릴 거야. 그렇게 으르다가 식은땀으로 창백한 정호의 얼굴을 보고는 결국 몸을 옆으로 비켰다. 오늘만이야. 딱 오늘 하루만. 수열은 인심 쓰듯 그랬다.

인희와 만나는 내내 정호의 수상한 행적은 수열의 입을 통해 전부 세현의 귀로 들어갔다. 매니저의 당연한 임무였다고 스스로를 변호하는 수열을 향해 드러내 놓고 표현하진 못했지만 정호는 자신이 고립된 섬이나 다를 바 없다는 느낌을 지우지 못했다. 유일한 주민인 여자가 언제 육지로 떠나 버릴까 전전긍긍하는 외딴섬인 것이다.

바닥을 친 컨디션으로 축 늘어지는 몸을 가눈 채 그녀의 공간에 들어섰다. 침실은 비어 있고 서재로 쓰는 작은 방에서 인희가 테이블에 엎드려 잠들어 있다. 노트북은 까맣게 꺼진 채 펼쳐져 있고 작업 중일 때 쓰는 안경은 아무렇게나 놓여 있었다. 그처럼 그녀 역시 다음 작품 준비에 정신없는 나날을 보내고 있다.

얼굴이 점점 말라 가는 것 같다. 오늘 저녁은 맛있는 걸 해 먹자고 해야지.

담요를 가져다 덮어 주던 눈이 뭔가를 발견하기 전까진 그런 생각을 했었다.

"왔니."

놀라 흠칫거리는 손에서 쥐고 있던 것이 우수수 흩어졌다. 그것을 줍는 인희의 표정은 아무리 좋게 해석하려고 해도 감춰야 할 것을 들켜 버린 사람의 것 같지 않았다.

"이게, 이게 다 뭐예요?"

"사진. 너랑 나, 생각보다 여기저기 많이 흘리고 다녔더라."

"이런 게 왜……. 이런 걸 왜 가지고 있어요? 누가 이런 걸……."

"누가 찍었는지보단 이게 기사로 나가면 어떤 파장을 몰고 올지, 그 걱정이 우선 아니야?"

인희는 차곡차곡 정리한 사진을 책상 위에 놓았다. 가장 위를 덮은 사진 안에는 택시 앞에서 잠깐의 헤어짐이 아쉬운 연인이 서로를 보듬고 있었다. 그 사진을 애틋한 눈길로 응시하는 정호와 달리 인희의 시선은 완벽한 타자의 것을 보는 듯 무심했다.

"정호야."

어깨를 움츠리며 그가 한 발짝 뒷걸음질을 쳤다.

"나, 나 열나요. 만져 볼래요? 아니다. 감기면 옮을지도 모르니까 나한테 가까이 안 오는 게 좋겠어요. 감독님이 일찍 들어가서 쉬라고 그러셨거든요. 그래서 온 거예요. 나 좀 자야겠어요. 약도 먹고……."

"할 말 있어."

돌아서려는 정호의 팔목을 인희가 낚아챘다. 그녀답지 않은 악력에 정호는 팔을 빼낼 생각도 못하고 굳어 버렸다.

"그만 만나자."

기어이 이 말을 들어 버린다. 부서지는 자신의 세계를 정호는 속수무책으로 바라보았다.

"우리 아슬아슬하게 잘 버텼는데, 그것도 여기까진가 보다. 그동안 고마웠어. 여기, 다신 오지 마."

인희가 손을 놓았다. 덜렁거리며 그녀에게서 버림받은 손목에선 아무런 감각도 느껴지질 않는다. 그녀가 자리에서 일어났다. 바퀴가 달린 의자가 뒤로 밀려났다. 정호는 등을 돌리는 인희에게서 눈을 떼지 못했다. 머리보다 몸이 먼저 반응했다. 그녀가 악, 하고 비명을 질러야 했을 만큼 가는 손목을 비틀어 쥐는 힘은 무자비했다. 반항기 서린 눈을 한 그녀가 재차 몸을 일으키려고 하기에 팔걸이를 잡아 여자를 가두었다.

"그게…… 다예요? 그만 만나자, 고마웠다, 오지 마라. 그 세마디면 끝나는 거예요?"

"그럼? 남녀가 헤어지는 데 어떤 말이 더 필요해."

"이유를 말해요! 왜 우리가 왜 헤어져야 돼요? 내가 왜 당신을 잃어야 하는데? 내가 어떻게……."

"사진 봤잖아. 기사화되면 너랑 나 둘 다 끝이야! 난 다신 작품 못 할 거고, 넌 다신 연기 못 하게 될지 몰라. 그런 지경이 되면서 까지 우리가 같이 있어야 하니? 뭘 위해서? 다 잃고 너랑 나 둘이 손잡고 있다고 해서 행복할 것 같아? 난 아냐. 난 싫어."

여지 따위 허용하지 않는 단단한 어조였다. 더듬지도 않았고, 떨지도 않았다. 헤어지자는 말을 하면서 놀라울 정도로 침착한 여자의 앞에서 정호는 질끈 눈을 감았다. 꿈이야. 이건 악몽이다. 필 사적인 자기 최면 사이로 뱀 같은 목소리가 파고들었다.

'서 작가가 이런 모든 위험을 감수하면서까지 널 옆에 두려고 할까? 그 여자가 널 그만큼 사랑한다고 자신하니?'

번쩍 눈을 떴다. 그가 생각에 빠진 틈을 기회라고 여겼는지 인 희가 정호의 팔을 밀며 의자에서 일어섰다. 남자의 손이 여자의 두 손을 한데 묶어 잡았다. 고압적인 정호의 태도에 인희는 체념 대신 거칠게 몸을 비틀어 항의했다.

"놔, 이거. 뭐하는 짓이야!"

"사랑하면, 그럼에도 불구하고 나 놓으면 안 되는 거 아니에 요?"

"뭐?"

"나는 상관없어요. 나는…… 나는 연기 같은 거 안 해도 돼요. 나 봐요. 진짜 나 없이 살 수 있어요? 나 못 봐도 괜찮아요?"

그가 남은 한 손으로 그녀의 턱을 들어 올렸다. 도리질을 치던 인희는 꼼짝없이 정호와 눈을 마주쳐야 했다. 물기로 어룽진 눈이 깨어질 듯 연약해 보인다. 눈꺼풀이 닫혔다 열리고, 속눈썹 끝에 맺혀 있던 눈물이 후두둑 서럽게 낙하하였다.

입안의 여린 살을 아득 깨물었다. 의연해야 한다. 고독을, 슬픔을, 사실은 벌써 네가 그립다는 진심을 들키는 순간 그 마음 하나에 의지해 부득부득 가시밭길을 걷겠다는 남자만이 남을 뿐이다.

"못 살 것 같아? 무슨 큰일이라도 날 것 같아?"

정호는 두 번 생각지도 않고 고개를 마구 끄덕였다. 그 모습에서 인희는 젊은 날의 자신을 투영하며 쓰게 웃었다. 혼자만의 것인 줄 알면서도 그 불완전한 사랑이 너무나 달았다. 잠들기 위해 이부자리에 누워 꼭 끌어안은 베개조차 그 사람인 것만 같은 기적, 그 행복한 환영 속에서 뻐끔뻐끔 숨을 쉬었다. 언젠가부터 내 일기의 주인공이 되어 버리는 그의 일거수일투족에 내 생사마저 결정되어 버리는 것 같았다. 어느새 나는 없고 그 사람만 남는다.

그래서, 그가 사라지면 나도 사라지는 줄로만 알았다.

"근데 안 그래. 영원히 아플 것 같아도 배고프면 밥 먹어지고, 피곤하면 꿈도 안 꾸고 잘만 자. 코미디 영화 보면서 웃기도 하고, 나 좋다는 사람 앞에서 설레기도 해. 다 그렇게 살아져."

사랑하면, 그럼에도 불구하고.

그래서 놓을 수 있는 것이다. 이기심만 채우자면 그의 날개를 잘라 옆에 묶어 두는 게 맞겠지. 그러나 그녀 때문에 돌을 맞는 그를 보면서도 그래도 내가 있으니 다행이지 않느냐며 웃을 수 있을 만큼 인희는 강하지도 뻔뻔하지도 못했다. 사랑해서. 이렇게 보고만 있어도 닳을까 아까운 남자에게 내게 날아오는 화살을 함께 맞자고, 그런 짓은 차마 할 수 없었다.

"그래서요? 밥 먹고, 자고, 웃고. 그러다 당신이 좋다는 사람이 있으면 연애하고, 또 이렇게 겁이 나면 헤어지고. 또 만나고, 다시 헤어지고. 그럴 거예요? 그럼 그냥 나랑 해요. 어차피 또 누굴 만날 거면 그냥 나랑 계속하면 되잖아!"

"다시 누군가를 만나게 되면 너보다 강한 사람을 만날 거야. 서인희의 남자라는 오명 따위에 쉽게 흠집 나지 않을 대단한 남자. 넌 아니야. 너무 약해. 이런 스캔들에 흔들리지 않을 만큼, 네가 딛고 선 자리가 단단하지 않단 말이야."

"결국 나 때문이에요? 상관없다고 했잖아요. 내가 힘들까 봐 그런 거라면······."

인희는 두 손에 얼굴을 숨겼다. 인희를 잡기 위해 내키는 대로 그녀의 말을 해석해 버리는 정호의 절박함이 기어이 냉정한 가면에 균열이 가게 만들었다.

조소와 함께 고개를 들었다. 흔한 멜로드라마의 단골 레퍼토리. 위악으로 상대를 기만하는 이별의 기술을 그 얼마나 비웃었던가. 인희는 한 치 앞도 몰랐던 저 자신을 향해 질책의 욕을 내뱉었다. 사랑했던 사람의 기억에 오점으로 남을 것을 각오하면서까지 그런 방법을 선택해야 했던 이들을 뒤늦게 이해하게 되었다.

얼음처럼 차가운 얼굴로 숨을 골랐다. 정호는 무엇을 그리 애타게 찾는지 건조함으로 무장한 인희의 눈동자를 샅샅이 헤집었다.

제 그런 맹목적인 집요함이 여자를 악인으로 만드는 것도 모르고.

"날 좋게 포장하려고 애쓰지 마. 내가 그렇게 이타적인 사람이었으면 애초에 너랑 시작도 하지 않았을 테니까. 널 위해서였다면 끝까지 널 밀어냈어야 하는 게 맞아. 이거, 예상하기 어려운 결말은 아니잖아."

인희가 사진을 집어 테이블 위에 내던졌다.

"처음엔 다른 거 다 생각 안 날 만큼 재미있었는데, 어느 순간부턴 그랬어, 안개 속에서 낭떠러지 위를 걷는 것처럼 아슬아슬. 괜찮아, 아무 일도 없을 거야. 그렇게 자위하다가 절벽으로 툭 떨어져 버릴 것 같더라."

숨도 쉬지 않고 말을 이었다. 정호가 입술을 뗄라 치면 먼저 선수를 쳤다.

"지옥은 그냥 지옥일 뿐이야. 둘이라고 해서 고통이 반이 되진 않아. 서로 위로는 할 수 있겠지. 근데 그게 얼마나 갈까. 한 달? 두 달? 나중엔 원망만 남을 게 뻔해. 반병신이 된 채로 다시 올라갈 수도 없는 까마득한 절벽 위만 쳐다보면서, 너만 없었으면 내 인생이 다시 피곤해질 일은 없었을 텐데. 너만 아니면. 너만 아니었으면. 결국 그렇게 될 거야. 너도 마찬가지고."

"오래가지 않을 거예요. 가십이라는 게 그렇잖아요. 순식간에 끓어오르는 것처럼 가라앉는 것도 금방이에요. 시간이 지나면 사람들 관심은 점점……."

"나를 봐. 태언 씨가 죽은 지 이제 4년째야. 그렇게 긴 시간이 흘렀는데도 아직도 그 과거가 내 현재를 비참하게 하잖아. 내가 이번 수상에서 밀려난 이유, 방송국에 모르는 사람이 없던데 못 들었니? 너라는 꼬리표는 얼마짜리일까. 드라마를 미끼로 남자를 꾀었단 구설이면 몇 년 치일 것 같아? 내가 또 얼마나 많은 걸 잃어야 하느냐 말이야. 나 여기까지 오는데 많이 힘들었어. 다시 내려가고 싶지 않아. 그만 시달리고 싶어."

그가 고개를 세차게 저었다. 테이블 위에 흩어져 있는 사진들을 한데 그러쥐어 봉투에 담는 정호의 모습은 정신이 반쯤 나간 사람 같았다.

"기사, 기사 같은 거 안 나게 하면 되는 거잖아요. 그러면 되죠? 네? 누가…… 이거 누가 보냈어요? 내가 가서……."

"쓸데없는 짓 그만둬."

"누구한테 받은 거냐고 묻잖아요!"

극으로 치달은 불안이 이내 분노가 되었다. 벽에 부딪힌 봉투가 찢어지며 사진이 팔랑팔랑 사방으로 흩어졌다. 흡, 숨을 들이켠 채 굳어 버린 그녀의 어깨를 그가 세게 쥐었다.

"대표님이죠."

"……."

"최 대표님 만난 거, 왜 나한테 말 안 했어요? 만나서 무슨 얘길 했는데. 내가 알면 안 되는 얘기라도 했어요?"

이를 다물고 입술만 움직여 뱉는 말은 분명 비아냥거림에 기꺼웠다. 인희는 며칠 전 세현과의 통화를 떠올렸다. 정호를 설득하지 못했다고, 그리고 그 와중에 화가 나서 실언을 했노라고 세현이 사과의 뜻을 전했다. 복수라니. 설마 그 말을 정호가 믿을 거라

고 생각했나. 어처구니가 없었다. 당연히 그가 달려와 세현에게
들은 말을 미주알고주알 늘어놓으며 사실 여부를 닦달할 거라고
여겼다.

그러나 예상은 빗나갔다. 그는 아무리 시간이 지나도 세현의 독
설에 대해 일언반구도 하지 않았다. 인희가 이별을 결심하는 동안,
정호는 그녀를 향한 의심과 끊임없이 사투했던 것이다. 그러나 지
금에 와서는 더 이상 참을 수 없다는 듯 절망스러운 음성으로 물
었다.

"그 사람 때문에 다쳤다는 여자가 최 대표님이 맞아요?"

"맞아."

"그럼…….."

정호가 입술을 깨물며 고개를 숙였다. 앞으로 쏟아진 앞머리 사
이로 질끈 감은 눈과 꿈짓거리는 콧잔등이 비스듬히 보였다. 까만
두 눈이 마르기가 무섭게 다시 젖었다.

"그럼 심장마비가 아니라…… 자살이란 것도, 맞아요?"

"맞아."

"그러면…… 그럼."

"그것도 맞아. 지금 네가 물어보려고 하는 거."

지친 기색으로 쏘아붙였다. 우리를 위해서라는 변명도, 나를 위
해서라는 핑계도 먹히지 않는 남자에게 인희는 더 이상 꺼내 보일
수 있는 카드가 없었다. 막막한 두려움이 그녀의 이성을 조금씩
갉아먹었다. 연약한 민낯이 드러나기 전에 서둘러 이 고단한 싸움
을 끝내고 싶었다. 조금 더 잔인하게 굴어 자신에게 남을 그의 한

줌 미련까지도 남김없이 지워 줄 수 있다면 그것도 나쁘지 않을 것이다. 뒤는 돌아보지 않고, 앞날의 무한한 가능성만 좇아 살게 하고 싶었다.

"거짓말하지 말아요."

"그 여자가 끔찍하게 미웠어. 많이 사랑했었냐고 물었지? 많이 사랑했어. 그 사람의 죽음이 입방아에 오르는 게 싫어서 전 국민을 속일 정도로 사랑했지. 내가 아닌 다른 여자 때문에 죽었다는 걸 인정하기 싫었는지도 몰라. 단 한 번도 내 것이 아니었다는 걸 인정하지 못해서……."

"그만, 그만……."

"그러니 복수, 그게 얼마나 하고 싶었을지 상상이 돼? 어떻게 하면 그 여자가 아플까. 내가 울었던 거, 그 반의반이라도 울게 하고 싶었어. 그리고 이렇게 성공했지. 너, 나를 신처럼 떠받드는 박정호 네 덕에."

"거짓말인 거, 알아요."

남자가 애원했다. 무릎을 꿇으며 인희의 허벅지에 젖은 눈자위를 눌렀다.

"아는데, 다 알아도…… 그래도 아파. 그러니까 이제 그만해요, 제발."

맨살에 떨어지는 그의 눈물이 촛농처럼 뜨거웠다. 살이 짓무르고 타들어 가는 듯 아팠다.

"단 한 번도 의심해 본 적 없지. 내가 널 속일 수도 있다는 거. 내가 너에게 진심이 아닐 수도 있다는 거."

그러니, 너에겐 얼마나 더 고통일까. 일방적인 헤어짐을 선고받는 너에겐 이 시간이 얼마나 지옥 같을까.

"정말 대표님을 괴롭히는 게 목적이었으면 날 완전히 끝장내야 하는 거잖아. 이렇게 어정쩡한 복수가 어디 있어. 안 그래요? 나…… 나 그 정도도 생각 못 할 만큼 바보 아니에요."

"그러게 말이야. 나도 영 개운하지가 않네."

당황이라곤 전혀 찾아볼 수 없는 얼굴이 삐딱했다.

"그런데 어떡하겠어. 너 제자리에 돌려놓지 않으면 사진 풀겠다는데. 나도 살아야지. 남 골탕 먹이는 데 내 생활까지 엉망진창으로 망가뜨릴 순 없잖아. 안 그래?"

섬뜩할 만큼 표정이 없는 얼굴. 기계의 것처럼 높낮이 없는 어조. 팔다리가 따로 움직이는 구체관절인형처럼 삐걱거리며 자리에서 일어난 그녀가 팔목에 들러붙은 그의 손을 털어 냈다. 정호는 망연자실 인희의 얼굴을 바라보았다.

당신이 밀어내면 이제 더 매달릴 기운도 없는데. 당신이 멀어지면 달려가 붙잡을 용기도 없는데, 이제.

그러니 제발 여기서 멈추라고 온몸으로 애원했다. 입으로 흘러들어온 눈물은 짰고, 윽윽, 억눌린 신음 소리 말곤 아무 말도 못하였다.

"말 들어, 박정호."

"……"

"우린 끝났어. 다시는, 두 번 다신 여기 오지 마."

서릿발처럼 차가운 한기만을 남겨 놓고 그녀가 방에서 나섰다.

정호는 무언가에 꽉 짓눌려 압사된 듯한 심장을 퍽퍽 두드리며 달팽이처럼 둥글게 몸을 말았다. 줄줄 흘러내리는 눈물이 바닥에 웅덩이를 만들었다.

딱, 30분 전으로 돌아갈 수만 있다면.

당신은 여전히 내게 슬픔이 많은 가여운 연인이고, 나는 당신에게 성가시고 수다스러운 연인일 것이다. 그러니 당신의 이런 아픈 말을 못 들은 채로, 이별 모르던 때로 그저 그렇게 스러져 버렸으면……

눈을 감았다. 그 감은 눈꺼풀 안에도 사는 여자가 또박거리는 발음으로 그를 뒤흔들었다.

'*우린 끝났어.*'

눈을 번쩍 떴다. 긴 불면이 그렇게 시작됐다.

"야! 정호야! 박정호! 너 안에 있는 거 다 알아! 빨리 문 열어! 어? 진짜 사람 불러서 문짝 떼어 낸다!"

쾅쾅쾅.

낡아 빠진 철제 현관이 덜컹덜컹 녹슨 소리를 냈다. 정호는 귀로 손을 틀어막으며 이불 속으로 더욱 몸을 웅크렸다. 아무리 좋게 보려 해도 도저히 넓다고는 할 수 없는 집에 틀어박힌 지 오늘로 3일째였다. 혹시 인희에게 전화가 오지 않을까, 꼬박꼬박 충전해 두는 휴대전화는 다른 사람의 전화로 내내 울다 이내 방전되어 버리곤 하였다.

쾅쾅쾅.

그녀가 들어간 침실 문을 몇 번이고 두드리며 애원했었다. 그 앞에 쪼그려 앉아 망부석이라도 될 참이었다. 그러나 제 하는 꼴이 그녀를 감금하는 짓이나 다를 바 없다는 데 생각이 미친 순간 결국 항복을 선언했다.

'나 갈 테니까…… 나와서 물도 마시고, 밥도 먹어요.'

터벅터벅 돌아섰다. 끝내 잡지 않는 여자가 미웠다. 미운데, 보고 싶었다. 다음 날 찾아가니 현관 비밀번호가 바뀌어 있었다. 어떻게 해야 할지 대책 같은 건 생각해 보지 않았다. 그냥 바득바득 우기면 없던 일이 될 줄 알았다. 최초의 실연이었다. 세련되게 이별하는 법 같은 건 배운 적이 없었다.

쾅쾅쾅.

"미쳐 버리겠네, 진짜. 너 죽은 건 아니지? 어? 박정호!"

그만 좀 하라고 소리치고 싶지만 그럴 기력이 없다. 굳이 수열이 보태지 않아도 머릿속엔 천둥이 울고 번개가 요란했다.

그는 그녀가 거짓말을 했다고 믿고 있다. 아니, 믿으려고 노력하는 중이다.

'어떤 여자일까? 잘 살고 있을까?'

그래. 작가님은 대표님을 모른다고 했잖아.

그렇게 희열에 젖어 안도하고 있으면 내면의 누군가가 그를 향해 조롱 섞인 음성으로 그랬다.

넌 결국 네가 믿고 싶은 것만 선택적으로 믿는 거잖아. 네게 단한 번도 사랑한다고 해 준 적 없는 비정한 여자인데 말이야.

끊임없이 이어지는 생각의 고리가 어지럽게 엉켰다. 명쾌하게 답을 정의 내릴 수 없는 질문들 사이에서 그가 방황하고 있을 때 현관이 문득 소란스러워졌다.

"어, 대, 대표님……."

"안 나오죠?"

"네, 아직. 뭘 번거롭게 여기까지 오셨어요. 제가 잘 설득해서……."

"그냥 끌고 나오는 게 좋을 것 같네요."

"네?"

"뜯어내든, 부수든. 방법은 상관없으니까 이 문 어떻게든 열어요."

사람의 목소리는 거기까지였다. 그 이후론 귀가 멀어 버릴 것 같은 드릴소리만이 존재했다. 허술한 현관이 통째로 뜯겨 나갔다.

신발도 벗지 않은 채인지 장판에 묻혀진 구두 굽 소리가 점점 가까워졌다. 그리고 갑자기 시야가 밝아졌다. 이불을 손에 쥔 세현이 차가운 얼굴로 정호를 내려다보았다.

"일어나."

"……."

"내 말 안 들려?"

정호의 손을 잡아끌던 그녀가 커다랗게 눈을 떴다. 내쳐진 손과 침대에서 반쯤 몸을 일으킨 남자를 믿을 수 없다는 듯 번갈아 쳐다보았다. 날카롭게 노려보는 시선에 등줄기가 오싹했다. 꿈인가.

"가세요."

아니, 꿈이 아니다.

"……아, 아프다는 핑계 대는 것도 하루 이틀이야. 스케줄은……."

더듬더듬 말을 잇는 세현을 무시하고 침대에서 몸을 일으킨 정호가 그녀를 스쳐 지났다. 바닥에 아무렇게나 구르는 모자를 뒤집어쓰고 점퍼를 집어 드는 그를 보며 세현은 아연실색했다.

"어디 가려고?"

묵묵부답. 신발을 꿰어 신는 정호를 다급히 붙잡았다.

"너 지금 서 작가한테 가려는 거야?"

재차 그녀의 손을 떼어 내는 정호에게 세현은 지치지도 않고 매달렸다.

"제발 말 좀 들어! 너만 정신 차리면 되는데 왜 이렇게 고집이야! 서 작가는 너한테 마음 떴어. 이렇게 떼쓴다고 될 일이 아니란 말이야!"

"알아요!"

정호가 소리쳤다. 세현은 눈물범벅이 되어 버린 그의 얼굴을 뒤늦게 발견했다.

"나도 알아요. 이렇게 떼쓴다고 없던 일이 되지 않는다는 거. 나도…… 나도 안다고요. 그런데 어떡해요. 이렇게라도 안 하면 돌겠는데. 어떻게 해야 붙잡을 수 있는지 모르겠는데."

"……."

"사실대로 말해 주세요, 대표님. 아니죠? 다 거짓말이죠? 나 포기시키려고 지어낸 거죠?"

모질게 쳐 낼 땐 언제고 돌연 태도를 달리해 세현의 팔을 세게 쥔다. 물에 빠진 사람이 지푸라기 잡듯 필사적인 악력에 신음을 참기 어려울 정도였다. 세현은 무너지려는 표정을 힘겹게 추슬렀다.

"거짓말이면 뭐가 달라져? 넌 의심했고, 서 작가는 이걸 기회로 삼았어야 할 만큼 이별이 절박했다는 것밖에 더 돼? 결과는 변하지 않아. 중요한 건 너랑 정리하겠다는 서 작가 의지야."

"강요에 의한 거잖아요. 대표님은 작가님을 협박한 거예요. 언제부터 날 미행했어요? 왜 나를……!"

"미행이 아니라 널 보호하려고 그런 거야! 내가 아니었어도 다른 누군가는 알아챘을 거고, 그럼 네 사진은 값이 매겨져서 어딘가에 특종이란 이름으로 팔렸겠지. 그렇게 되도록 보고만 있었어야 해? 네 인생이 산산조각 나는 걸 그냥 지켜보고만 있으라고?"

"차라리 그렇게 되는 게 나았어요!"

"뭐?"

세현은 저도 모르게 뒷걸음질을 쳤다. 문짝이 떨어져 나간 현관에 위태롭게 선 그가 손등으로 눈물을 거칠게 닦았다.

"내 인생이 망가지면, 책임감 때문에라도 날 버리지 못했을 거예요."

"……."

"그러는 게 나았어. 차라리 그게 나았다고요."

그가 몸을 돌려 사라졌다. 정호를 놓친 수열만이 어쩔 줄 모르고 발을 동동 굴렀다.

[현재 서울을 비롯한 중부권에 폭설이 내리고 있습니다. 기상청은 오후 3시 30분을 기해 경기 북부 일부 지역에 대설경보를 발령했습니다. 이들 지역에는 앞으로 1에서 5센티미터의 눈이 더 내릴 것으로……]

"쯧. 어제까지만 해도 나들이하기 좋은 주말일 거라고 하더니."

택시 운전수가 신경질적으로 라디오를 꺼 버렸다. 지독한 정체를 뚫고 인희의 아파트 단지에 도착했을 땐 서쪽 하늘이 짙은 주홍빛으로 변해 갈 무렵이었다. 두껍게 깔린 눈구름이 그마저도 덮어 버려 마치 밤인 듯 어두컴컴했다. 정호는 408동 앞에 서서 소리 없이 7층을 헤아렸다. 불이 꺼져 있는 것을 확인한 순간 억누를 수 없는 기대가 그를 덮쳤다. 기다리면 볼 수 있을지도 몰라. 그녀가 집에 들어가려면 지나칠 수밖에 없는 그 길의 벤치에 앉아서 묵묵히 시간을 죽여 나갔다.

마침내 찾아온 익숙한 기척에 석상처럼 굳어 있던 정호가 고개를 들었다. 발밤발밤 가까워지던 발걸음 소리가 멎었다. 인희가 그를 발견하곤 얼굴을 찌푸렸다. 그녀가 등 돌려 달아나면 달려나가 잡을 준비를 했다. 그러나 여자는 남자를 못 본 척 스쳐 지나갈 뿐이다.

"……추워요."

그녀가 걸음을 멈추었다. 가는 발목이 유난히 시려 보여 두 손으로 녹여 주고 싶었다. 안타까움에 손을 곱으며 아이처럼 칭얼

댔다.

"나 여기서 눈 되게 오래 맞았는데."

해쓱해진 얼굴이 눈보다 하얗다. 어깨와 모자 위에 내려앉은 눈을 털 생각도 하지 못하고 얌전히 올려다보는 남자에게 여자는 차갑기만 하였다.

"그래서?"

"……."

"돌아가."

돌아서려는 인희를 정호가 허겁지겁 붙잡았다.

"내가 어떻게 하면 돼요?"

"……."

"말해 줘요. 내가 뭘 하면 마음 돌릴 거예요?"

그녀가 한숨을 내뱉었다. 지면을 향해 느리게 낙하하던 눈송이가 그 앞에 형체도 없이 녹았다.

"네가 뭘 해도 내 결심은 변함없어. 나중에 후회하지 않으려면 자존심 챙겨. 이렇게 청승 떨 기운 아껴서 대사나 한 줄 더 외우라고."

"내가 자존심 챙겨서 얻는 게 뭔데요."

"글쎄. 적어도 지긋지긋하단 생각은 안 하겠지."

"내가…… 지긋지긋해요?"

"어. 지긋지긋해. 너 이렇게 말 안 듣고 미련하게 구는 거 아주 넌더리가 나."

인희는 고민의 흔적이 짙게 묻어나는 제 피로한 얼굴을 마른 손으로 훑어 내렸다.

생각에 생각을 거듭해도 다른 해답이 나온 적은 없었다. 다른 건 다 제쳐 두고 금전적인 문제만 두고 보더라도 그랬다. 스캔들이 터지는 순간 그가 떠안아야 할 손해는 어마어마할 것이다. 드라마와 영화, 광고가 엎어질 것은 자명한 이치고 그로 인한 위약금이 얼마일지 가늠조차 어려웠다. 그녀가 가진 것으론 그것의 1할도 메우기 어려울 터였다. 그마저도 정호는 받지 않으려고 할 것이다. 관심을 얻고 싶어 자잘한 엄살은 부려도 정작 크게 다쳤을 땐 쉬쉬하며 혼자 끙끙 앓는 남자를 잘 알았다. 굶주린 승냥이들에게 이리저리 뜯기면서도 괜찮다고 웃을 남자를 똑바로 마주 볼 수 있을 리가 없다.

"그만 와. 네가 이러면 나는 바닥밖에 보여 줄 게 없어."

인희가 정호의 손을 잡아 천천히 떼어 냈다. 밀어내려는 몸짓인 걸 뻔히 알면서도 그녀가 손을 잡아 주는 게 좋아서 울컥 눈물이 솟았다.

"나 보란 듯 잘 살아."

"그, 그러지 말아요. 마지막인 것처럼…… 다, 다신 안 볼 것처럼……."

울음 때문에 말이 툭툭 끊겼다. 푹신하게 쌓인 눈밭에 떨어지는 눈물은 금세 싸늘하게 식었다. 딱 그만큼 시린 얼굴로 여자는 뒤도 돌아보지 않고 걸었다. 망연히 그 모습을 바라보며 정호는 날씨를 원망했다.

눈 말고, 비가 내렸더라면 좋았을걸. 그러면 당신이, 그 옛날처럼 내 손을 잡고 함께 가자 웃어 줬을지도 모르는데.

목이 앞으로 푹 꺾였다. 눌러쓴 모자조차 무겁게 느껴질 만큼 완전히 탈진해 버렸다.

실연을 견디는 몸이 그렇게 열병에 시달렸다. 며칠이 지나고 비로소 어지럼증 없이 걸을 수 있게 되었을 때 그는 당연한 일처럼 인희의 아파트 앞을 서성였다.

11시, 12시. 새벽이 깊도록 불이 켜지지 않는 7층을 바라보며 고개를 갸웃거리는 정호를 누군가 거칠게 잡아당겼다. 추위에 빨갛게 튼 얼굴을 보며 수열이 울화통을 터뜨렸다.

"서 작가님 여기 없어, 이 등신아!"

"무슨……."

"저번 주에 출국했다고!"

그리고 그렇게, 혼자가 되었다.

시간은 흐르고, 끼니도 제때 해결할 수 없을 만큼 그 시간을 바삐 쪼개 쓰면서도 '살아 있다'고는 할 수 없었다. 보란 듯 잘 살아. 그 말을 들어주고 싶었는데.

그는 최정상에서 박수갈채를 받으며 보란 듯, 잘, 죽어 갔다.

After
Goodbye

1

4년 후.
2016年 1月

얼마 만이더라. 바로 생각나지 않았다.

헤어진 후 한참 동안은 하루하루 가는 날짜를 세었던 적도 있었던 것 같은데, 그것도 계절 몇 개를 지나고 나자 그만두게 되었다. 다시 한 번 헤아려 보려다가 이내 포기하였다. 자연히 헤어지던 날을 떠올려야 할 테고, 그날 심장을 짓뭉개던 고통도 자석처럼 따라붙을 것을 안다. 인희는 희미한 미소와 함께 손을 내밀었다. 언제고 이런 날이 오면 그저 태연하게, 담담하게 마주하자 다짐했던 것을 잊지 않았다. 그러나 입꼬리가 마음먹은 만큼 올라가지 않는 것을 보면 수련이 조금 부족했던 모양이다.

"오랜만이네."

민망할 만큼 빤히 내리꽂히는 시선에 누가 불이라도 지른 듯 목구멍이 뜨거워졌다. 인희는 시선을 내려 허공에 어색하게 떠 있는 제 손을 바라보았다. 상대가 끝끝내 무시할 것만 같은 그 손을 그만 거두려는 찰나 그가 움직였다. 누군가 공들여 조각한 듯 수려한 손가락이 그녀의 손을 휘감았다. 인희는 내렸던 시선을 들어 올렸다. 손보다도 더 완벽하게 아름다운 얼굴이 그녀를 향해 차게 웃었다.

"4년 만이네요."

아. 4년이 흘렀구나. 인희는 고개를 끄덕였다. 이 기분을 어떻게 설명해야 할까. 그녀는 혼란스러웠다. 그를 마지막으로 본 것이 40년 전인 것도 같고, 4일 전인 것도 같았다. 전부 그리움이 깊었던 탓일 거다. 40년 치의 그리움을 4년에 걸쳐 앓는 동안 내내 떠나보내지 못했던 기억이 어제의 일처럼 생생해서…….

그러나 내색하지 않았다. 코끝이 시큰거리는 상황에서도 겉으론 웃을 수 있는 여유를 배우기에도 충분한 시간이었다. 4년은.

"좋아 보인다. 키도 더 큰 것 같고."

"그럴 리가요. 그때 저 스물넷이었어요. 클 만큼 다 큰 나이. 물론 당신은 내내 날 어린애 취급했지만."

역시 웃음이 차다고 생각한 거 잘못 느낀 게 아니었구나.

그녀는 애써 그의 응어리진 마음을 모르는 척했다. 문득 아직도 손이 잡혀 있다는 사실을 깨달았다. 털어 내려고 했지만 그는 아플 만큼 쥐고 놓아주지 않았다.

"그런가. 아, 이번 영화 800만이 코앞이라며. 축하해. 너무 많이 듣는 말이라 지겹겠지만."

손끝이 저려 왔다. 인희는 미간을 작게 찌푸리며 다시 한 번 손에 힘을 줬다. 그러나 상대가 놓지 않는 이상 여자인 그녀가 남자의 힘을 이길 수 있을 리 만무했다.

"그래서, 그냥 순수하게 기쁘기만 해요?"

"무슨 뜻으로 하는 말이야?"

"해석하기 어려운 말 아니잖아요. 그냥 문자 그대로예요. 내가 이렇게나 성공한 게, 당신한테 그냥 축하한다는 말 한 마디로 정리되는 감정이냐고요."

인희는 이 눈빛을 알았다. 주위의 다른 건 전부 잊게 하는 힘이 있는 이 눈빛을. 그가 이 눈빛을 할 때, 원하는 건 늘 한 가지였다. 그러면 인희는 기꺼이 그 어린 품에 저를 내던졌었다. 이 아름다운 남자의 손 아래에서 온전히 여자로 피어나곤 했었다.

하지만 지금은 이래서는 안 되는 거였다. 그 신기루 같던 열애는 이미 오래전에 끝났다. 인희는 싫었다. 순간의 달콤함 뒤에 너무나 진하게 남는 그 쓰디쓴 고통이. 겁이 많아졌다고 해야 할까. 영악해졌다고 해야 할까. 인희는 고저가 느껴지지 않는 무감한 음성으로 대꾸했다.

"그러고 보니 조금 아쉬운 것도 같네. 이제 어지간한 개런티론 섭외 못 할 배우가 되어 버렸으니까."

"모르죠. 당신 작품이라면 노개런티라도 오케이할지."

"글쎄. 최 대표가 절대 허락하지 않을걸."

인희가 웃었다. 눈이 초승달처럼 접히고 두 뺨에 깊게 볼우물이 졌다. 순간적으로 남자의 악력이 약해진 틈을 인희는 놓치지 않았다. 해방된 손을 코트 주머니에 찔러 넣었다. 그게 마치 다신 그의 손에 잡히지 않겠다는 의지 같아서, 남자는 허전해진 손가락을 세게 말아 쥐었다.

"아무튼. 오랜만에 만나서 반가웠다, 정호야."

앞으로가 없는 관계라면 이런 재회의 순간은 짧을수록 좋다는 게 인희의 생각이었다. 그녀는 부러 아무도 없는 복도를 훑었다. 누군가 그녀를 찾으러 나와 줬으면 좋은 핑곗거리로 삼으려 했건만, 오직 각 룸에서 새어 나오는 희미한 음악소리뿐이다.

"너 없다고 다들 난리일 텐데, 어서 들어가 봐. 나도 자리 오래 못 비워."

실은 시끄러운 음악과 알코올이 난무하는 자리 따위, 다시 돌아가고 싶지 않았다. 애초에 참석을 마음먹은 것도 그 빌어먹을 팀워크를 유난히 중시하는 PD의 성화 때문이었는데, 그를, 정호를 마주칠 줄 알았더라면 절대 걸음하지 않았을 것이다. 인희는 그에게 먼저 가라는 듯 눈짓했다. 그러나 정호는 발이 바닥에 박히기라도 한 것처럼 움직이지 않았다. 짧게 혀를 찬 그녀가 결국 먼저 움직여야 했다.

"남들이 잘한다, 최고다 그래도…… 단 한 번도 만족한 직 없있어요."

그녀가 그의 옆을 스칠 때였다. 주머니 깊이 꽂아 놓은 손목이 야속하리만큼 힘없이 정호에게 잡혔다.

"당신이 나를 찾아오지 않았으니까."

서늘한 눈동자가 비에 젖은 조약돌처럼 반짝거렸다. 인희는 순간 숨 쉬는 것도 잊고 그 눈을 바라보았다.

"발악하면서 살았어요. 가장 높은 꼭대기까지 올라가려고 이를 악물고 참았다고요. 그렇게 하면 당신이 후회할 줄 알았거든. 나를 놓친 걸. 나를 버린 걸."

어째서 모르는 걸까. 그를 버린 게 아니라, 그녀 자신의 마음을 배신한 거라는 걸. 그 죽은 마음을 끌어안고 밤새 정호가 출연한 작품을 몇 번이나 돌려 볼 정도로 그리워했다는 걸.

인희는 쓰게 웃었다. 후회라면 이미 질리게 했다. 그건 그의 말처럼 그가 최고의 흥행 배우가 되어서는 아니었다. 막 대중의 관심을 받기 시작했던 신인 시절 그와 이별을 택했던 순간부터 그녀에게 내려진 천형 같은 거였다.

"기다렸어요. 당신이 다시 돌아오면 벌을 줄까, 상을 줄까. 똑같이 버림받는 고통을 알게 해 줄까. 아니, 그래도 어쨌든 내게 왔으니 용서하고 아껴 줄까. 수천 번 상상하면서."

"그만해."

"그런데 오늘 보니 그게 얼마나 미련한 짓이었는지 알겠어요."

"……"

"애초에 당신은 내게 돌아올 생각이 없었어. 평생을 기다려도 당신은, 나 따위는 잊고 잘 살았을 거야."

한계였다. 아직도 스물넷, 그 창백하던 폭설의 하늘 아래 갇힌 듯 상처 입은 얼굴이 인희의 눈시울을 붉혔다. 그녀는 팔목에 깊게 손자국이 남는 것도 모르고 마구 비틀었다. 이대로는 울어 버릴 것 같았다. 손을 뻗어 그의 마른 얼굴을 어루만지게 될 것 같았다.

"아파. 놔."

"아니라고 해요."

"대체 무슨……!"

"내가 틀렸다고. 후회했다고. 보고 싶었다고. 기다렸으면 언젠가는, 나한테 왔을 거라고."

암담했다. 젖은 눈의 정호를 보자니 제 얼굴이 이와 다르면 얼마나 다를까 싶었다. 인희는 숨을 깊게 들이마셨다. 지금부터 할 말이 조금이라도 신빙성 있게 들리려면 적어도 당장 울음을 터뜨릴 것 같은 눈은 아니어야 했다.

"아니, 네 말이 다 맞아."

"거짓말하지 말아요."

"내 인생에서 박정호한테 허락한 시간은 4년 전 그때뿐이야. 앞으로는 없어. 진심이야."

"10년, 20년…… 50년. 그렇게 평생 혼자 살 수 있는 사람은 없어요. 당신도 마찬가지고."

"재미있는 생각이네. 네가 없으면, 내가 영영 혼자일 것 같아?"

인희가 시리게 웃었다. 충격을 받은 듯 정호의 눈이 살피를 잡지 못하고 흔들렸다.

쿵쿵. 낮게 진동하던 복도가 갑자기 시끄러운 음악으로 가득 찼다. 누군가 룸의 문을 연 것이다. 서 작가님. 그녀를 찾는 소리가 음악에 희미하게 섞여 있었다. 인희의 눈이 불안한 듯 코너를 향했다. 누군가에게 들키면 끝이다. 놓으라는 듯 다시 손목을 흔들었지만 정호는 꿈쩍도 하지 않았다. 그녀가 지친 듯한 표정으로 입을 열었다. 차라리 화가 난 그에게 내팽개쳐져 바닥에 구른다 해도 지금 이 광경보다는 나을 거란 판단이 들었다.

"스물여덟씩이나 먹었으면, 너도 이제 현실이라는 걸 좀 알 때가 되지 않았나. 나 서른넷이야, 정호야. 불같은 연애, 그런 건 이제 관심도 없고 여력도 없어. 하긴, 우리가 한 건 연애라고 부르기도 우습지."

"뭐?"

"기억 안 나? 우리가 어떻게 헤어졌는지. 내가 너한테 어떤 상처를 줬는지."

"기억해. 잊을 리가 있겠어요? 잊히겠느냐고, 그게."

그가 이를 갈며 말했다. 원하는 대답을 얻었으니 다행스러워야 하는데, 어째서 그 반대의 마음이 드는 건지.

"근데 왜 이래. 뭐하자는 거야. 돌아가? 너한테? 내가 왜."

"……"

"절대 그럴 일 없어. 적당한 사람 만나 아이 낳고 가정 꾸려 사는 거, 그게 지금 내 바람이야. 넘치지도, 모자라지도 않게 남들처럼 평범하게 사는 거. 그런 걸 네가 해 줄 수 있어? 넌 그런 걸 나 같은 여자랑 하고 싶니? 난 아니야. 나는 너 감당 못 해. 나는 너, 필요가 없다고."

정호가 고개를 저었다. 그러더니 비소에 가까운 미소를 지었다.

그가 상처받고 떨어져 나가길 기대했던 인희는 적잖이 당황하였다. 그런 여자를 정호가 제게 더 가까이 잡아당겼다. 허리에 팔이 감기고 하체가 맞닿을 정도로 은밀한 거리. 초조한 기색으로 복도 모퉁이를 힐끔거리는 그녀의 귓가에 단어 하나하나를 씹어 뱉듯이 그가 말했다.

"감히 그런 꿈을 꿨구나."

놀란 인희의 시선이 정면을 향했다.

"그런 삶이 가능할 거라고 생각했다니, 당신은 나를 몰라도 한참 몰라."

코끝이 부딪혔다.

"내가 가만히 보고만 있을 거라고 생각했어요?"

입술이 스쳤다. 정호의 화난 숨결이 고스란히 그녀의 입속으로 사라졌다.

"적당한 사람과 아이를 낳아? 재미있네요."

"정신 차려, 지금……."

"내가 아니면 당신은 혼자여야 해요."

"박정호, 제발…… 누가 오고 있잖아!"

"내가 다 죽여 버릴 테니까."

간을 보는 건 충분하다는 듯 그가 거칠게 그녀의 입술을 삼켰다. 약간의 술과 약간의 담배, 그리고 그 모든 것을 넢는 눈물의 맛은 지독히도 썼다.

인희가 이를 다물고 있자 그가 가소롭다는 듯 그녀의 입술을 물어뜯었다. 아픔에 굴복해 벌어진 치아 사이로 혀가 밀려들었다.

응하지 않으려고 도망치는 작은 혀를 집요하게 쫓는다. 허리께엔 그의 발기된 남성이 선명했다. 숨이 막혔다. 그가 마침내 가학적인 입맞춤을 끝냈다. 헐떡거리며 노려보는 인희의 머리카락을 정호가 느리게 쓸어 넘겼다.

"기다리는 건 이제 관둘래요."

척추를 타고 오소소 소름이 돋았다. 머리카락을 타고 내려온 그의 손이 턱을 감싸고 엄지가 입술을 눌렀다. 옅게 배어 나오는 피를 바라보는 눈동자가 마치 새빨갛게 타오르는 것 같았다.

"제 발로 오지 않겠다면 다리를 부러뜨려서라도 내 옆에 주저앉힐 거예요. 선택해요. 어느 쪽이 마음에 들어요?"

사람들의 말소리가 점점 가까워지고 있었다. 태연하기만 한 그를 두고 인희는 미칠 것 같은 불안에 휩싸였다. 사정하듯 정호를 바라보았지만 그는 가차 없었다. 남자의 눈은 지금 당장 이 자리에서 그녀를 발가벗겨 범하고 싶다는 욕망으로 가득하였다. 인희의 윗니가 아랫입술을 씹었다.

배우로서는 최정상에 오른 정호였다. 누군가에게 이 광경을 들키기라도 한다면 홀로 무던히 견뎌 왔던 4년간의 외로움이 전부 물거품이 될 판이었다. 상처가 벌어져 피가 번지는 입술로 그녀는 결국 애원해야 했다.

"……나가. 나가자, 정호야."

그가 그녀 쪽으로 밀어붙였던 몸을 일으키며 웃었다. 온갖 감정이 뒤섞여 흐트러진 미소가 지극히 감미로웠다. 인희는 옷매무새를 추스를 겨를도 없이 그의 차에 욱여넣어졌다. 시동을 건 그가 다시 입술을 마주 문대었다.

"환영해요."

언제나 뜨겁기만 했던 연인의 차갑게 식은 미소가 아득히 시야를 물들였다. 인희는 눈을 감았다.

정호는 지나칠 만큼 인희를 잘 알았다. 1년도 채우지 못한 그 짧은 기간 동안 어떻게 그것이 가능했는지, 그리고 헤어져 있던 4년 동안 어떻게 그것을 잊지 않았는지 신기할 따름이었다. 그는 그녀가 예민하게 느끼는 부분만을 아주 정확히 자극해 댔다. 막을 새도 없었다. 아니, 정확히 말하면 막을 여유가 없었다. 밀어내는 힘은 너무나 미약하고 끌어당기는 힘은 그에 반해 너무 강했다. 하릴없이 스러졌다. 헨델과 그레텔의 빵조각처럼 현관에서부터 침대까지 떨어진 옷가지가 줄줄이 그들의 궤적을 그렸다. 인희는 어느새 속옷만 걸친 채로 정호의 손에 밀려 침대 위로 넘어졌다.

"잠깐만, 잠깐……."

"할 얘기 있으면 조금 이따가 해요."

"아니, 지금 해야……."

"오래 안 걸려요. 그동안 너무 참아서 당신 안에 들어가자마자 쌀지도 몰라."

"잠깐만, 박정호. 내 말 좀…… 으읍!"

명백한 거부. 여기까지 오는 내내 차에서도 마찬가지였다. 인희가 대화를 시도할 때마다 정호는 사나운 비트의 음악을 귀가 찢어져라 틀어 댔다. 화가 나서 중간에 내리려고 하니, 그 이후론 신호

따위 무시하고 줄곧 내달렸다. 결국 겁에 질린 인희가 '닥치고 갈 테니 너도 얌전히 운전해 달라'고 사정해야 했다.

막무가내. 정말이지 제멋대로다. 전에는 이렇지 않았는데. 늘 순하게 구부러지던 예쁜 눈이 암암하다.

인희는 거칠게 밀고 들어오는 혀에 속수무책 휘둘리며 감고 있던 눈을 떴다. 언제부터인지, 정호의 또렷하게 뜬 시선과 마주쳤다. 그가 피식거리는 게 느껴졌다. 미처 눈에까지 머무르지 못하는 미소였다. 아니, 비소였다.

"나하고 하고 싶은 말이 그렇게 많아요?"

여전히 아랫입술을 댄 채 그가 말했다. 빈정거리는 투라 목이 졸리는 듯하였다.

"그런데 어떻게 참았어요. 4년씩이나."

"……."

"역시, 어른이라 그런가."

큭큭. 억눌린 웃음소리를 흘리면서 그의 손이 기민하게 움직였다. 버클을 푸는 것도 성가시다는 듯 브래지어를 대충 위로 밀어 올린 정호가 인희의 가슴을 손에 쥐고 뭉갰다.

"싫어요?"

도발하듯 묻는 모습이 검은 털을 가진 맹수 같다. 어떻게 싫을 수가 있을까. 인희는 주먹을 꽉 쥔 채 오한에 시달리는 사람처럼 달달 떨었다. 하얗고 가느다란 허벅지를 가르고 들어온 단단한 무릎이 여성의 중심을 지그시 압박해 왔다. 금방이라도 신음이 터질 것 같아 인희는 이를 사리물고 고개를 홱 돌렸다.

외면했다. 지금부터 벌어질 일은 전혀 그녀의 의지와 무관하다는 듯.

가슴을 희롱하던 손이 멈춘 것은 그때였다. 인희의 동그랗게 말린 손가락을 펴고 정호가 제 휴대전화를 쥐여 주었다.

"신고해요."

머리카락을 쓰다듬는 손은 마디마디 굵고 커다랬다. 한 손이면 능히 그녀의 목을 조를 수도 있을 것이다. 인희는 정호의 말을 이해하지 못하고 새카만 두 눈을 홀린 듯 응시했다.

"납치당했다고. 그 범인이 이제는 강간까지 하려고 한다고."

인희의 두 눈이 요란하게 일렁이기 시작했다. 그제야 그녀는 제 손에 들린 휴대전화를 멍하니 바라보았다. 112라는 번호가 선명하게 떠 있었다.

"못 하겠어요? 내가 대신 눌러 줘요?"

여전히 그녀를 두 팔 사이에 가둔 그가 인희의 여린 귓불을 문 채 웅얼거렸다. 자르르 소름이 돋는 목덜미를 반사적으로 움츠리던 인희는 정호의 손가락이 통화버튼을 누르려는 걸 보고 저도 모르게 그를 떠밀었다.

"무슨 짓이야!"

얼마나 세게 쥐었는지, 휴대전화를 든 손이 아팠다. 인희는 승리자의 얼굴을 한 정호를 보며 낭패감에 시큰집했다. 날려들었다. 덫이라는 걸 뻔히 알면서 걸려들었다. 일그러진 인희의 얼굴을 정호는 달래듯이 부드럽게 쓰다듬었다. 지금부터 이어질 치열한 정사에 대해 미리 용서를 구하듯이, 느릿하게 배회하는 손길이 쇄골을 매만지고 들썩이는 가슴을 쥐었다. 그 관능의 늪에서 인희는 도무지 헤어 나올 길을 찾지 못하였다. 끝없이 밑으로, 밑으로. 바닥까지 잠기는 수밖에.

"……서인희."

'작가님.'

같은 듯 다른 목소리가 인희의 내면에서 마치 술래잡기를 하듯 따라붙었다. 허벅지를 넓게 벌리며 그 사이를 밀고 들어오는 남자의 체중에 숨이 막히면서도 한편으론 그가 더욱 세게 자신을 눌러 주었으면 했다. 그 품에 완전히 파묻혀서 두 몸이 완전히 하나인 것처럼 섞이고 싶었다. 그 옛날처럼.

"내가 당신을 얼마나 원망했는지…… 알아?"

'제가 얼마나 작가님을 좋아하는지…… 작가님은 몰라요.'

질세라 따라붙는 목소리는 분명 같은 사람의 것인데.

인희는 감았던 눈을 떴다. 그녀의 모진 타박에도 말 잘 듣는 강아지처럼 순종하며 늘 배시시 웃던 박정호는 거기에 없었다. 인희는 자신의 턱을 쥐고 있는 정호의 손에 필요 이상의 힘이 실려 있다는 것을 알았다. 마치 그대로 돌려 꺾어 버리고 싶은 것처럼, 그러나 그럴 수 없어서 아픈 것처럼 그는 이를 악다물었다. 우습게도 처음 그와 몸을 섞던 날이 떠올랐다. 아이처럼 무구한 얼굴로 마치 탐식하듯 그녀를 남김없이 먹어 치우던 남자의 모습은 지독히도 이율배반적이었고, 인희는 그 모순적인 매력에 끝없이 홀리었었다.

"그런 나더러, 좋아 보인다고."

"⋯⋯흐윽!"

"당신 바람이었겠지."

아래에서부터 시작된 무지근한 통증이 곧 전신으로 번져 갔다. 정호는 다분히 고의적으로 천천히 인희의 몸을 열었다. 근육의 미세한 경련, 그의 남성을 감싸는 내벽의 미약한 떨림까지 전부 읽어 내겠다는 수였다. 인희는 그 느림이 가져다주는 폭발적인 쾌락에 낮은 신음을 터뜨렸다. 무력감에 가슴이 옥죄어 왔다. 어떻게 보냈는데. 어떻게 버텼는데.

그는 그렇게 그녀의 몸뿐만이 아니라 의식까지 마구 휘저어 놓는다. 더디 빠져나간 몸이, 거세고 조급하게 살을 헤치고 들어온다. 몸과 몸이 부딪힐 때마다 울리는 젖은 마찰음에 머릿속이 하얗게 퇴색되었다.

귓가에 억눌린 남자의 신음이 흩어진다. 절정의 순간에 인희는 빛바랜 눈꺼풀 안에 각인된 스물넷의 박정호를 보았다.

'사랑해요.'

어떠한 결기까지 느껴지던 그 깨끗한 순애. 그때의 그 설렘을 제 안에 가두듯 인희는 눈을 감았다. 미지근한 눈물이 귓바퀴를 타고 굴렀다.

눈꺼풀이 유난히 무거웠다. 꿈을 꾸었다. 정호를 처음 만난 그날이 그대로 머릿속에서 재연되었다. 진한 초콜릿 냄새. 걸걸한 봉석주 감독의 목소리. 수줍게 나를 보던 너.

꿈의 잔영은 그녀를 쉽게 현실로 돌려보내기 싫은 듯, 눈을 뜬 이후에도 한동안 눈앞의 풍경을 제대로 읽어낼 수 없게 했다. 바람에 몸을 떠는 나뭇잎이 만들어 내는, 파도를 닮은 봄의 소리가 아직도 귓가에 드문드문 이어졌다. 인희는 남의 것처럼 느껴지는 손을 들어 눈자위를 꾹 압박했다.

바스락거리는 소리가 들렸다. 이불이 작게 들썩이고, 누군가 인희의 허리를 감싸 끌어당겼다. 그녀는 끈 없는 마리오네트처럼 무력하게 그 팔에 딸려 갔다. 단단한 복근에 벗은 가슴이 뭉개어졌다. 눈을 가렸던 손을 내리자 뒤늦게 제대로 보이기 시작한다. 심저의 경악이 탄식이 되어 흘러나왔다.

"⋯⋯잘도."

자네. 이 상황에.

빠져나갈 수 있을까 살짝 몸을 비틀어 보았지만 어림도 없다. 어떤 얼굴로 마주해야 할지 준비도 되지 않았는데 공연히 잠을 깨워서야 좋을 것 없다는 판단에 인희는 가만히 숨을 죽였다. 허리를 감고 있는 팔이 풀리면 그때 몰래 나가 볼 계산을 하면서, 그녀는 별수 없이 정호의 얼굴을 마주 보았다.

한때는 이렇게 잠든 남자의 얼굴을 구경하는 것으로 매일 아침을 시작하던 때가 있었다. 하루라도 잊으면 안 되는 일기처럼 30분이고 1시간이고 질리는 줄도 모르고 정호의 고운 얼굴을 감상하곤 했었다.

살이 촘촘한 부채처럼 숱 많은 속눈썹을 쓰다듬어 보기도 했고, 그린 것처럼 진한 눈썹을 잡아당겨 잠을 깨우기도 했다. 잘생긴 코에 제 코를 마주 대고 비벼 보기도 하고, 완만한 곡선을 그리는 입술에 몰래 입을 맞춰 보기도 하던 날들. 그러면 그 괴롭힘에 뒤늦게 잠에서 깬 그는 눈도 제대로 뜨지 못하고 씨익 웃었었다. 10분만 더. 5분만 더. 그렇게 투정하며 그녀를 꼭 끌어안고 동면하는 애벌레처럼 한데 묶여 이불을 돌돌 감는 정호의 품에서, 인희는 무슨 남자가 이렇게 아침잠이 많느냐고 타박을 놓기 일쑤였다.

'더 자고 싶어서 그런 거 아니에요. 조금 더 이렇게 안고 있고 싶어서 그런 거지.'

지치지도 않고, 질리지도 않고. 늘 해 주는 그 말이 듣고 싶어서 부러 면박을 주던 기억.

입술을 씹으며 미간을 찌푸렸다. 아직도 꿈의 여파에서 헤어 나오질 못했나. 지나치게 감성적이다.

그녀는 흐트러지는 마음줄을 다잡았다. 추억에 빠져 허우적거릴 것이 아니라 대책을 궁리해야 했다. 실은 이대로 벗어나 정호가 깨기 전에 집으로 돌아가 한 달쯤 두문불출하는 것이 가장 쉽고 편리하겠지만 인희는 그 방법은 애초에 선택지에서 제외시켜 놓았다. 기다리는 건 관두겠다고 했다. 도망친다고 해서 끝날 일이 아니라는 걸 직감한 그녀의 입술에서 가느다란 한숨이 흘렀다. 그러자 인희의 코끝에 아슬아슬하게 닿아 있던 정호의 목울대가 위아래로 꿈틀댔다.

"자는 척 그만해."

정호의 가슴을 밀어내는 인희의 음성은 이미 생각을 마친 듯 얼음장처럼 차가웠다. 그녀에 관해서라면 지독하다 싶을 정도로 하나하나 예민하게 구는 정호가 그 변화를 알아채지 못할 리 없었다. 그는 바르작거리며 반쯤 몸을 일으킨 인희의 어깨를 쥐고 다시 제 품에 가둬 안았다.

"더 잘 거예요."

"그러든지. 근데 난 갈 거야. 일 있어."

떠밀어도 도무지 물러서는 법이 없다. 오히려 그러면 그럴수록 옥죄어 오는 힘이 더욱 강해지는 것 같았다. 그 품에 거의 짓눌리다시피 한 채로 인희는 힘겹게 시선을 들어 올렸다.

강인해 보이는 턱에 파르스름한 힘줄이 툭 불거져 나와 있었다. 어느새 이렇게 달라졌을까. 눈도, 코도, 입술도. 심지어 체취까지도. 설핏 경이롭다는 생각까지 들었다. 흰색이 누구보다 잘 어울리던 푸릇한 청년은, 그녀가 부재하던 사이 세상 모든 색을 다 빨아들이는 검은 눈을 위험하게 빛내는 남자가 되었다.

"아파. 질식시켜 죽이기로 한 거야?"

인희가 체념조로 중얼거리자 그제야 그가 느슨하게 팔을 풀었다. 그 틈을 놓치지 않고 인희는 서둘러 침대에서 빠져나왔다. 이불을 젖히고 일어서는 그녀의 매끈한 나신에 부딪힌 아침볕이 금가루처럼 파열되었다. 그리워했던 만큼 황홀한 풍경. 정호는 모로 누워 베개에 반쪽 얼굴을 파묻은 채 그녀가 우아하게 기지개를 켜는 모습을 묵묵히 바라보았다.

"무슨 일인데요."

"네 알 바 아냐."

"그런 식으로 말하면 열 받는데. 확 묶어 놓을까."

가느다란 허리를 낚아채 어디도 가지 못하게 가둬 버리고 싶은 삐딱한 마음이 솟는 것을 간신히 가라앉히고 정호 역시 뒤늦게 자리를 털고 일어섰다. 조용히 옷을 꿰입던 인희가 인기척에 고개를 돌렸다가 아무것도 걸치지 않은 정호를 보고 황급히 시선을 피했다. 바닥에 떨어진 옷가지를 낚아 올리는 손놀림은 그 이후로 곱절은 더 다급해졌다.

"배고파요."

막 외투를 집어 드는 여자의 빼빼 마른 손목을 그가 덥석 낚아챘다. 그녀는 내리뜬 눈을 고수한 채 주춤거리며 뒤로 한 걸음 물러섰다.

"식빵 있어요. 토스트 해 줘요. 예전처럼. 달걀 풀어서 하는 거 있잖아요."

"네가 해 먹……."

"해 줘요. 지금."

정호는 그녀의 말을 매정하게 잘라 내며 작은 손이 꽉 부여잡고 있는 코트를 빼앗아 소파에 내던졌다. 그제야 인희가 시선을 들어 정호를 쏘아보았다. 그 눈동자 안에 복잡하게 스민 것이 무엇인지 알고 싶었다. 정호는 인희가 물렸던 만큼 한 발 다가가며 파헤치듯 그녀의 눈을 응시했다. 켜켜이 쌓인 정한은 미련에서 비롯된 것인지, 증오에 기초한 것일지. 어느 쪽이든 좋았다. 이미 몸소 체험한 바, 아무 감정이 없는 눈만큼 끔찍한 것은 없다.

"그래. 믹자. 먹으면서 얘기해. 주방이 어디야?"

자유로운 나머지 한 손을 들어 신경질적으로 머리를 쓸어 올린 인희가 이내 물었다. 정호는 벽에 가려진 주방을 향해 턱짓하였다.

그리로 발길을 옮기던 인희는 채 한 발짝도 내딛지 못한 채 그를 올려다보았다.

"이걸 놔야 뭐라도 지지든 볶든 할 거 아냐."

비로소 결박이 풀렸다. 인희가 혀를 차며 주방으로 모습을 감췄다. 잠시 그 자리에 서서 제 손바닥을 펼쳐 보던 정호 역시 그 뒤를 따랐다. 여자는 별것 없는 냉장고를 열심히 뒤지고 있었다. 흡사 그 안으로 기어 들어가기라도 할 것처럼.

"물. 계란. 식빵. 이게 전부야?"

"다른 거 뭐 필요해요?"

"밥은 먹고……. 아니다. 설탕은. 있어?"

정호가 자신 없이 고개를 끄덕이자 인희는 설탕의 향방을 그에게 묻기를 포기하고 직접 조리대 수색에 나섰다. 서랍 몇 개를 열자 곧 몇 가지 조미료가 눈에 띄었다. 설탕은 오래도록 쓰지 않고 방치됐는지 단단하게 뭉쳐 있었다. 손바닥으로 꾹꾹 눌러 덩어리를 없애면서 프라이팬에 기름을 둘렀다. 전에는 늘 버터를 써서 만들어 주곤 했는데, 없으니 아쉬운 대로 식용유를 썼다.

달걀 푼 물에 설탕을 넣고, 거기에 식빵을 적셔 굽기만 하면 되는 그야말로 초간단 요리였다. 사실 요리라는 단어로 불리기에도 과분한 결과물이지만, 그녀의 손에서 만들어지는 것이라면 그게 뭐가 됐든 열광하던 광신도 박정호는 늘 감사히 토스트를 먹어 치우곤 했다. 두 손으로 진심을 담아 엄지를 치켜들며 웃던 해맑은 얼굴에, 나중엔 외려 더 좋은 걸 해 먹이지 못해 미안한 마음까지 들었었다.

후.

그랬던 그가 지금 주방 한쪽에 기대서서 그녀를 노려보고 있다. 프라이팬에 달걀 물을 입힌 식빵을 올리던 인희가 견디다 못해 돌아섰다.

"감시하는 거 아니라면 좀 나가 있을래? 다 되면 부를 테니까 씻든지."

"감시하는 거 맞아요."

태연한 말투에 말문이 턱 막혀 버린다. 망연히 서서 날 선 시선을 이겨 내던 인희는 타는 듯한 냄새에 서둘러 토스트를 뒤집었다.

"내가 당신 뭘 믿고."

잠재우려고 해도 자꾸 불쑥 치솟는 그날의 감정을 도무지 삭일 수가 없어서, 그는 이렇게 졸렬하게 굴고 만다. 자신이 아팠던 만큼 그녀 역시 아프기를 바라면서도, 동시에 제 말에 인희가 상처를 받을까 봐 전전긍긍하는 자가당착에 빠져 어찌할 바를 모르는 것이다.

한쪽 면이 타 버린 토스트를 접시에 옮겨 소리 나게 내려놓으며 인희가 그를 돌아보았다.

"환영한다는 게 이런 의미라면, 좋아. 나도 얼마든지 환영이야."

얇고 붉은 입술이 달싹거렸다. 그가 손을 뻗어 그녀의 허리를 낚아챘다. 야만스럽게 물어뜯고 싶을 정도로 가증하기 짝이 없는 입술을 덮치듯 삼켰다. 그러나 갈급한 시작과는 다르게 시간이 지

날수록 정호의 키스는 조심스러워졌다. 깃털로 쓸듯 부드럽고 감미로운 입맞춤이 오히려 그녀를 서글프게 했다.

두 손으로 힘껏 정호를 밀었다. 강압적이지 않았던 키스만큼 쉽게 떨어져 나간 그에게 인희가 선언했다.

"연애는 안 해."

일그러뜨린 얼굴조차 아름다운 남자를 향해 그녀가 다시 한 번 천천히 말했다.

연애는 안 해.

✕　　✕　　✕

핫초코를 주문할 때, 여자의 표정은 늘 생기가 넘쳤다. 테이크아웃 잔을 두 손으로 소중히 들고 가게를 나서는 얼굴은, 언제나 감추지 못한 설렘으로 두 뺨이 붉었다. 카페에 앉지 않고 음료를 들고 나가 버리는 여자에게 아쉬움을 품기 시작한 건 언제부터였을까. 그 시기에 대해선 확답할 수 없었다. 그저 더운 여름에도 한결같이 뜨거운 핫초코만을 고집하는 여자의 미소를 보다 돌아서면 유리창에 비친 제 얼굴 역시 그녀와 같은 표정이었다는 걸 기억할 뿐이다.

바야흐로 스물이었다.

2개였던 아르바이트를 성인이 된 기념으로 3개로 늘렸고, 하여 매일이 지쳐 피곤했던 스물. 그 일상에 매일 핫초코를 사 가는 여자는 작지만 충분한 활력소였다.

9시부터 4시까지 주점 아르바이트를 하고, 뒤이어 신문배달까지 마치고 나면 그 피로감이 곧 수면제였다. 수마에 끌려 들어가면서 정호는 늘 생각했다. 시간이 더디 가서 잠을 더 오래 잤으면 하고 바라는 대신, 시간이 빨리 가서 카페 아르바이트를 하는 12시가 서둘러 오기를.

한 달. 두 달. 여러 장의 달력을 넘기는 동안 인사 한마디 건네지 못하는 마음은 까맣게 타들어 갔다. 내일도 오겠지. 모레도 오겠지. 그렇게 위안하다가도 어느 날 뚝 그 발길이 끊길까 봐 안절부절못하고 그렇게. 반가움이 기쁨이 되고 안타까움이 그리움으로 변모할 동안, 가슴 한편에 여자의 존재가 사붓사붓 쌓이는 걸 몰랐다.

그렇게 두었더라면 아마 평생 없었을 용기는 병무청에서 날아온 징병검사 통지서를 받은 후에야 그를 충동질했다. 바라는 것은 크지 않았다. 그저 인사 한 번, 짧지 않은 눈맞춤 한 번이면 충분하리라. 어김없이 핫초코 한 잔을 들고 나서는 여자의 뒤를 따라갔다. 혼자 카페에 들어와 혼자 나섰던 여자는 그새 누군가와 마주 보고 서 있었다. 온갖 정성을 들여 만들어 낸 그 한 잔이 그녀의 손에서 낯선 남자의 손으로 건너갔다.

남자는 웃으며 여자의 머리를 쓰다듬고, 여자는 제 발부리를 응시한 채 입술을 뾰로통하게 모았다. 발그레한 얼굴과 기만 두지 못하고 꼬아 대는 손가락을 보았다.

줄곧 그녀의 곁을 서성이던 마음이 파사삭 깨어졌다.

정호는 스르르 눈을 떴다. 머리가 깨질 듯한 두통보다 꿈의 잔상이 더욱 불쾌하다. 문득 손바닥에서도 통증이 느껴져 확인해 보니 손톱이 파고들 정도로 세게 쥐고 있는 주먹이 보였다.

헛웃음이 흘러나왔다. 그저 꿈일 뿐인데. 꿈을 꾸면서도 그것이 꿈이란 걸, 그저 회상이라는 걸 알고 있었는데. 그럼에도 마치 현실인 것처럼 이토록, 여전히, 아프다.

"왜 벌써 일어났어. 좀 더 자. 도착하려면 1시간은 더 달려야 해."

매니저 수열의 염려 섞인 말에 정호는 대답 대신 창밖을 바라보았다. 7시에 가까워 오는 시간. 주말을 기해 바다 구경을 하고 귀성길에 오르는 차들로 상행선 고속도로는 새하얀 헤드라이트가 꼬리를 물고 이어져 있었다. 어지럽게 산란하는 빛무리 사이로 인희의 목소리가 파고들었다.

'애증이야.'

"……애증이라."

정말이지…… 사람 환장하게 만드는 재주 하난 타고난 여자다, 서인희는.

정호는 이제 그녀에게 경외감까지 느끼는 중이었다. 빙글거리는 미소로 그녀가 내뱉던 독설이 떠올랐다. 그의 심장을 갈기갈기 찢어 놓으려는 게 목적이라면 아침의 그녀는 완벽히 임무를 다한 셈이다.

정호는 그 순간 인희를 껴안고 창밖으로 뛰어내려 버리는 상상을 했다. 그러면 적어도 이렇게 웃는 얼굴은 하지 못하겠지. 이렇게 끔찍한 말을 쏟아 내지도 못할 것이다. 그런 생각은 분명 정상이 아니었다. 그녀의 냉정한 거부를 받아들이느니 추락해 두개골이 산산조각 나는 게 더 나을 것 같다는 분한 마음은, 그래.

미친 거지.

미치지 않고서야 견딜 수 없었던 4년이었다. 외로움에 허덕일 때면 고통에 의탁해 그 지옥 같은 시간을 이겼다. 죽고 싶을 만큼 아픈 것, 죽이고 싶을 만큼 원망스러운 것, 그녀를 상실함으로써 얻은 그 모든 감각은 곧 한때나마 그녀와 함께 했었다는 반증이었다. 사랑이 남긴 상처, 그것이 흔적도 없이 아물까 두려워 정호는 곱씹고 곱씹었다. 시작부터 끝까지. 다른 남자에게 전해 줄 핫초코를 사는 스물여섯의 서인희부터, 서늘한 눈으로 작별을 고하던 서른의 서인희까지. 덧나고 덧나서 영원히 존재할 깊고 진한 흉터가 되도록.

그런 그에게 그녀는.

'복수하고 싶니? 그럼 해. 나한테 이용당한 게 억울하면 너도 그렇게 하면 돼. 버림받은 게 분하면 이번엔 네가 버리면 돼. 질릴 때까지 가지고 놀다가 싫증 나면 버려.'

어떻게 그렇게.

'내가 그랬던 것처럼.'

모질고 잔인할 수 있는지.

'사랑한 적 없어. 그러니까 너도, 내 앞에서 사랑 타령 하지 마.'

사랑한 적 단 한순간도 없었다는 말을, 정호는 믿지 않았다. 어떤 의도로 그를 받아 주었는가는 중요하지 않았다. 그녀가 손을 잡아 주어서, 안아 주어서, 입 맞춰 주어서, 그는 행복했었다. 태어나 가장 벅찼던 순간을 그는 절대 잊을 수 없었다. 사랑받았다. 인희가 아무리 부정해도 정호는 확신했다. 온전히 사랑이었노라고.

'이용당하고, 버림받고. 정말 그런 걸 원해요?'

'아니, 원하는 건 따로 있어.'

도전적인 눈빛이 떠오르자 입안이 썼다. 담배를 찾아 물고 불을 붙였다. 독한 연기가 폐부를 가득 채웠다. 호기심에 인희가 물고 있던 담배를 빼앗아 들었던 날, 정신없이 기침을 하는 그를 보며 깔깔 웃던 그녀의 환영이 매캐한 연기 사이에서 그를 본다.

'네가 날 잊고 살았으면 좋겠어. 그래 줄 수 있어?'

'불가능한 일은 아니죠.'

'그럼······.'

'내가 죽는다면.'

병적인 집념에 사로잡힌 그를 향해 그녀는 시리게 웃었다. 차게 식어 버린 토스트를 흘끗 내려다본 인희는 그것을 망설임 없이 쓰레기통에 던져 버리고는 돌아서며 말했다.

'나 살자고 너한테 죽으랄 수는 없으니까. 그러니까, 기회를 주는 거야. 버림받지 않고, 버리는 쪽이 되어 볼 기회. 공평해지자고. 연애니, 사랑이니. 그딴 허무맹랑한 소리 하지 말고.'

'두려워요?'

'두려워? 뭐가?'

'나를 다시 사랑하게 될까 봐. 이번엔 당신 손으로 끝내지 못하게 될까 봐.'

'무슨 말도 안 되는…….'

'그래서 이번엔 나한테 칼자루를 쥐여 주는 거, 아니에요?'

입을 꾹 다물어 버린 인희의 눈은 분노하고 있었다. 여린 듯하여도 자존심 강한 여자였다. 마음을 들켜 버린 것에 대한 수치심이 뒤엉킨 눈이 그를 무섭게 노려보았었다.

정호는 손바닥에 반달로 남은 4개의 손톱자국을 바라보았다. 손가락 사이에 감기던 긴 머리칼의 부드러운 감촉이 선연했다. 부릅뜬 눈마저 사랑스러워서 그 작은 머리를 끌어와 입술을 삼켰다.

'좋아요. 당신 말대로 해 줄게요.'

타액으로 젖은 미끈한 입술 사이로 들락거리던, 그 가쁜 숨마저 달콤했던 아침.

'복수. 어려울 것 없죠. 내가 살았던 지옥을 당신한테 보여 주는 것도, 꽤 즐겁겠어요.'

말없이 흔들리던 옅은 초콜릿색 눈동자. 그 앞에서 자신이 어떤 얼굴을 했었는지 떠올리려 애쓰며 정호는 담배를 비벼 껐다.

'차라리 다시 사랑해 달라고 애원하게 될 거예요.'

웃었던 것도 같고, 울었던 것도 같다. 차 안에 자욱한 담배연기만큼 불분명한 기억이 드문드문 이어졌다.

'그러니 명심해요.'

틀어잡힌 얼굴이 아플 만도 한데, 그녀는 미련하게도 참아 내기만 했다. 뭘 하든 견뎌 보이겠다는 듯. 그 꼴이 참으로 우습고도 가소로워서 정호는 인희의 치마 아래로 무례하게 손을 집어넣었다. 미처 스타킹까진 다시 신지 못해 바로 드러난 여자의 속옷을 옆으로 밀어 놓고 그 안을 마구 헤집었다. 그녀가 신음하지 않으려 애를 쓸수록 더욱 교활하게 손을 움직였다. 휘청이는 여자를 돌려세워 테이블 위에 엎어 놓고 마음껏 범했다. 흐트러진 머리카락 사이로 드러난 뽀얀 뒷목을 깨물어 상처를 남기며 사정할 때, 파르르 전율하는 그녀의 귓가에 다정히 말해 주었다.

'당신이 쥐여 준 칼로, 당신을 잘라 내는 일 따윈 없을 거란 거.'

실수였다는 걸 깨닫게 하려면 얼마의 시간이 필요할까. 얼마나 기다려야, 박정호가 서인희에게 지쳐 싫증 나는 기적은 일어나지 않는다는 사실을 그녀가 인정하게 될까.

느긋하게 눈을 감았다. 악마의 가면쯤이야 얼마든지 쓸 수 있다. 그렇게 해서 그녀가 죄책감을 덜 수 있다면. 그렇게 해서 그녀를 제 옆에 묶어 둘 수 있다면. 그는 그보다 더한 일도 기꺼이 해낼 미치광이였다.

겨울 해가 게으르게 산을 넘기 시작했다. 노랗게 물든 그의 얼굴이 초점 없이 웃고 있었다. 후사경을 통해 그 모습을 발견한 수열이 흠칫, 몸을 떨었다.

After
Goodbye

2

촬영 장비를 실은 트럭이 작은 해수욕장 앞에 줄줄이 주차되어 있다. 영하의 한파를 무릅쓰고 집을 나선 해안 마을의 주민들은 하나같이 기대감 어린 표정이었다. 서울에서 유명한 연예인이 온다는 소식에 인근 마을 사람들까지 합세해 그 수는 점점 불어났다. 감독이 조감독을 향해 카랑카랑한 잔소리를 무차별적으로 폭격했다. 전 스태프들 앞에서 체면을 구긴 조감독은 당연한 순리로 막내를 쥐 잡듯 몰아세웠다.

"현장 통제 안 할래? 아니, 아직 배우 얼굴 구경도 못 한 사람들이 벌써 이렇게 시끄러우면 어쩌자는 거야, 엉? 막내라고 귀엽다, 귀엽다 했……"

"스탠바이!"

누군가 크게 외쳤다. 조감독은 미처 마치지 못한 드잡이가 아쉬운지 거칠게 욕을 뱉고 돌아섰다. 준비를 마친 배우들이 차에서 내려 꽝꽝 언 모래사장을 걸었다. 그렇게 으르고 달래도 소용이 없는지, 여기저기서 꺅꺅 소리가 터져 나왔다. 아이를 업은 중년의 여자가 오빠, 소리를 연발하고 여기저기서 이쪽 좀 봐 달라며 아우성이다. 정호는 입꼬리를 끌어올려 완벽한 미소를 만들어 내고 그들을 향해 손을 흔들었다. 조금만 볼륨을 낮춰 달라는 듯 입가에 손가락을 세워 갖다 대는 행동에선 애교가 철철 넘쳤다. 역시, 매너 박. 스태프의 찬탄 어린 칭찬이 환호성에 섞인다.

"한 번에 갑시다. NG 나면 분장이다 뭐다 시간 너무 잡아먹으니까, 응?"

"네."

영화를 이끌어 가는 두 배우, 정호와 치훈이 짧게 고개를 끄덕였다. 둘 다 검은 양복 위에 팔에 완장을 착용하고 있었다. 부모의 죽음에 바다로 뛰어들어 자살을 시도하는 치훈과 이를 말리는 정호의 모습이 촬영될 계획이었다. 감독이 매일 하늘의 색이며 파도의 세기까지 체크해 적당한 날을 골랐을 정도로 영화 전체를 통틀어 아주 중요한 장면이라, 제작진 모두 평소보다 부쩍 흥분한 기색이었다.

"감독님, 왜 여름이 아닌 겁니까. 오늘 일기예보 보셨어요? 자그마치 영하 6도래요, 6도."

"여름에 찍으면 바다며 하늘이며 이런 색깔이 나오겠어? 내가 한 방에 멋지게 찍어 줄 테니까 제발 바다에 들어가서 턱 달달 떨지 마. 엄청 없어 보인다고, 그거."

"이게 제가 떨고 싶어서 떠는 게 아니에요. 그리고 제 생각엔 오들오들 떠는 게 불쌍하고 처량해 보일 것 같아서 좋은데요. 그래야 관객들도 저희가 겨울에 고생고생해서 찍은 줄 알 거 아니에요. 불쌍해서라도 평점 깎진 못하겠지."

"그런 치사한 수를 쓰지 않아도 내 영화는 무조건 별 네 개는 먹고 들어갈 거야. 쓸데없는 걱정일랑 접으시지?"

치훈과 감독의 수다를 한 귀로 듣고 한 귀로 흘리면서 정호는 내내 휴대전화를 뚫어져라 주시하고 있었다.

없다, 연락이.

시린 바다에 뛰어들어야 하는 것보다 정호를 짜증스럽게 하는 건 바로 그 점이다. 내내 죽은 듯 조용한 휴대전화.

무표정한 얼굴로 모서리를 집어 빙글빙글 돌리던 그가 마침내 숫자를 누르기 시작하자 수열이 힐끗 그를 훔쳐보았다. 저장도 되어 있지 않은 낯선 번호를 보며 상대가 누굴까 궁리하는 수열을 향해 정호의 날카로운 시선이 날아왔다. 뜨끔한 그가 엉덩이를 일으켜 슬그머니 뒤로 빠지고, 정호 역시 초조함에 더 이상 자리에 앉아 있지 못하고 일어섰다.

신호음은 도무지 끊길 기미가 보이지 않는다. 그대로 음성사서함으로 넘어가 버리는 통화를 종료하고 다시 인희에게로 전화를 거는 정호의 얼굴 위에 서린 감정은 짜증이 아닌 불안이다.

또. 설마 이번에도…….

아닐 거라고 도리질을 쳤다. 그러나 인형의 것처럼 표정 없는 얼굴로 질린다는 듯 말을 뱉던 인희의 모습이 떠오르자 공포는 극에 달했다. 한 번 그를 버렸던 여자니 두 번, 세 번인들 무엇이 어려울까. 남겨질 자신의 마음 따위는 그녀에게 일고의 가치도 없는 것일지 모른다. 귀찮고, 성가시게 되었으니 어딘가로 잠적해 버리는 건 서인희의 특기 아니던가.

이번 역시 그런 거라면, 기필코 찾아내 이번엔 그 목을 부러뜨려 버릴 것이다.

도망가고 붙잡고, 숨고 뒤지고, 그 넌더리 나는 과정을 되풀이하느니 차라리 그 편이 낫겠지. 정호는 벌써 세 번째로 넘어가는 음성사서함에 이를 갈며 다짐했다. 촬영 스태프와 구경하는 무리의 시선이 전부 제게 쏠려 있다는 것도 자각하지 못한 채 정호는 연달아 인희에게 전화를 걸었다. 커다란 손아귀 안에서 휴대전화는 금방이라도 산산조각 날 것처럼 연약해 보였다.

— 미팅 중이야. 끊어.

인내의 끈이 너덜너덜하게 삭아 가던 때, 드디어 신호음이 멎었다. 긴 기다림의 끝에 마침내 들려온 인희의 목소리에 정호의 감격은 이루 말할 수 없었다. 그러나 그걸로 끝. 정호는 황당한 낯으로 통화 종료라는 네 글자를 바라보았다.

통화시간 1초.

발작적으로 웃기 시작하는 그를 주위에서 한 번씩 흘끔거렸다. 까맣게 꺼져 버린 액정을 노려보는 시선은 분명 분노여서 일견 오싹하기까지 한 웃음이었다.

역시. 대단해, 서인희.

정호는 야외용 접이식 의자 위에 휴대전화와 걸치고 있던 외투를 내팽개쳤다. 촬영을 서두르는 듯한 기색에 모두가 갑자기 분주해졌다.

치훈은 이러한 촬영장의 분위기가 넌더리 나게 싫었다. 경력으로 보나 나이로 보나 분명 자신이 정호보다 선배인데, 스태프 모두 박정호의 기분과 행동에 더욱 예민하게 반응했다. 언제나 촬영장의 중심은 새파랗게 어린 후배의 차지였다. 배우의 급이라는 게 아무리 인기로 판가름 난다지만, 고작해야 데뷔 6년 차에게 밀렸다고 인정하기엔 연기경력 15년 차 치훈의 자존심이 허락하질 않는 것이었다.

호시탐탐 후배의 콧대를 꺾어 줄 기회만 노리는 치훈에게 좋은 먹잇감이 포착된 것은 그때였다.

"정말 괜찮겠어? 감기 기운 있다고 했잖아."

"괜찮아."

"그러지 말고 병원에 들렀다 오자니까."

"오늘 촬영, 이 씬이 마지막이지?"

"어? 응. 아, 근데 감독님이 이 근처에 매운탕 잘 하는 집 있다고 같이 저녁 먹자고 그러시네. 호텔 좋은데 잡아 놨다니까 오늘은 거기서 쉬고. 내일은 새벽부터 촬영이라 아무래도 일찍 자 두는 게 좋……."

"바로 올라갈 거야."

응? 수열이 한 번에 알아듣지 못하고 재차 되물었다. 입수를 앞두고 제자리 뛰기를 하며 체온을 높이던 정호가 감독을 향해 준비 완료 사인을 보내고 단호하게 대답했다.

"서울에 갔다 올 거라고."

파도가 무섭게 모래를 때렸다. 레디 사인이 떨어지자 금세 배역에 몰입한 두 배우가 치열하게 연기를 펼치기 시작했다. 가련한 얼굴로 치훈에게 매달리는 정호를 바라보며 모두 안타까운 신음을 삼켰지만 수열만은 예외였다. 좀 전에 자신이 목격한 그 표정을 어떤 단어로 설명해야 할지.

여상한 미소 뒤에 미처 감추지 못한 그 광기 어린 절애. 4년 전 보았던 바로 그것과 똑같은 눈.

수열의 흔들리는 시선이 정호를 담았다. 휴대전화를 꺼내 최 대표의 번호를 누르는 손가락도 꼭 그렇게 흔들렸다. 그러나 수열은 끝내 통화 버튼을 누르지 못했다. 아니길 바라고, 아니어야 하지만 혹시나…… 역시 서 작가와 관련된 일이라면.

수열은 아직 어떻게 해야 할지 결정하지 못했다. 첨벙첨벙. 거친 파도에 침잠하는 정호의 창백한 얼굴을 차마 볼 수 없어 수열은 그저 눈을 감았다.

"NG! 환장하겠네, 진짜."

아아, 어떡해.

여기저기서 안타까운 탄식이 쏟아져 나왔다. 세 번째 NG였다. 모래사장에서부터 바다로 걸어 들어가는 것까지, 보다 사실적인 묘사를 위해 롱 테이크와 핸드헬드 기법을 이용해 진행되는 촬영이라 한 번의 NG에 고생해야 하는 사람은 수십이었다. 스타일리스트는 재빠르게 가지고 온 검은 양복의 개수를 눈으로 훑으며 드라이기를 집어 들었다.

"대체 뭐가 문제야? 왜 그래?"

비 맞은 쥐처럼 흠뻑 젖은 채로 비틀비틀 바다에서 나오는 두 사람을 향해 감독이 날 선 목소리로 물었다. 정확히는 정호가 아닌 치훈을 겨냥한 것이었다. 그들을 따라가며 찍느라 역시 흠뻑 젖은 촬영 감독은 욕만 안 했다뿐이지 당장에라도 치훈과 주먹다짐을 벌일 기세였다.

"너무 물이 차가워서 어지러워요. 제가 저혈압이라서……."

"잠깐만 참을 순 없겠어? 대사도 안 치고, 입 꾹 다물고 눈 감아 버리면 어쩌자는 거야?"

"눈앞이 뱅뱅 도는데 어떡해요, 감독님. 이번엔 그냥 쓰러지는 한이 있어도 꾹 참아 볼게요."

"그래. 좀 참자, 응? 해 지면 내일 다시 찍어야 한단 말이야."

"네, 알겠습니다. 저 얼른 머리랑 말리고 올게요."

치훈이 후다닥 자리를 떴다. 현기증으로 죽을 맛이라는 사람치고는 몸놀림이 잽싸다. 정호는 물끄러미 그 뒷모습을 바라보았다. 수열이 서둘러 가져온 온열기와 모포로도 한기는 쉽게 사라지지 않는다. 얼어 버린 두개골 내부에서 이명이 울린다. 위잉, 드라이기가 내뱉는 훈기에 구역질이 밀려왔다.

"정호 너 괜찮아? 아무래도 안색이 ……."

"괜찮아."

"그러지 말고 내일 다시 찍자고 하고 숙소로 가자. 너 이러다 진짜 큰일 나겠다. 어?"

정호는 옆에서 부축하듯 옆구리를 파고드는 수열을 조용히 밀어냈다. 어딜 가느냐는 수열의 물음에도 묵묵부답 향한 목적지는 치훈의 밴이었다. 똑똑, 정호가 짙게 선팅된 차창을 두드렸다. 무심결에 문을 연 치훈의 매니저가 낭패감 어린 표정으로 옆을 돌아본다. 팡. 팡. 팡. 정호의 시선이 느릿하게 매니저를 지나쳐 그 뒤의 치훈을 보았다. 얄궂은 소리의 정체는 휴대전화 게임에서 비롯된 것이었다.

"아, 뭐야. 추워! 바람 다 들어오잖아! 얼른 문 안 닫……."

게임이 잘 풀리지 않는지 휴대전화를 홱 집어 던진 치훈이 뒤늦게 정호를 발견하였다. 당황은 잠시, 곧 재미있다는 표정의 치훈이 오만하게 턱을 들어 올렸다.

"이런, 아직 옷도 안 갈아입고 뭐했어? 서두르지 그래. 이쪽은 준비된 지 이미 오래인데. 이야, 선배를 이렇게 기다리게 해도 되나?"

"잠깐 드릴 말씀이 있는데요."

"그래? 뭔데?"

깍지 낀 손을 뒤로 넘겨 뒤통수를 받친 치훈이 번지르르 웃었다. 가운데에서 치훈의 매니저만 파리하게 질린 채 어쩔 줄을 몰라 했다. 푸르다 못해 보랏빛으로 변해 버린 정호의 입술을 보며 치훈의 매니저는 제 골칫덩이 배우 대신에라도 사과하고 싶은 마음이 굴뚝같았다. 겪어 본 결과 박정호는 누구와는 다르게 인간적으로 정말 된 사람 같았다. 치훈의 아량이 정호의 발톱만큼만 되었어도 이렇게까지 시시때때로 마음고생할 일은 없었을 텐데…….

하지만 그런 푸념도 오래가지 않았다. 정호가 잠깐 자리를 피해 줄 수 있겠느냐고 정중하게 물어온 순간, 오늘은 뭔가 일이 터지는 게 아닌가 싶었던 것이다. 하긴, 부처도 아니고 이런 유치한 장난질을 언제까지 참아 줄 작자는 없겠지.

매니저의 초조한 시선이 치훈을 향했다. 쫓아낼까, 아니면 그냥 있는 자리에서 얘기하라고 할까. 허락을 구하는 눈빛이었다.

"나가 있어."

"……어?"

"못 들었어? 잘나가는 우리 박 후배님이 자리 좀 비켜 달라고 하시잖아."

처음엔 꾸역꾸역 체면이라도 챙기는 것 같더니 이제 그마저도 포기한 눈치였다. 매니저가 절절매며 사라지자 정호는 성큼 치훈의 밴에 올라탔다. 문이 닫혔다. 치훈은 멋대로 지껄여 보라는 듯 여전히 턱을 치켜든 채 눈을 부라렸다. 하지만 아무리 기다려도 정호의 입이 열릴 기미가 없자 점점 긴장감이 몰려오기 시작했다. 허리춤에 은근히 땀이 차는 것을 느끼면서 치훈은 마른침을 삼켰다. 젠장. 침 삼키는 소리가 너무나 컸다. 파도소리라도 파고들면 좋을 텐데 방음이 완벽한 차는 그마저도 허락지 않았다.

"선배님."

움찔.

치훈은 저도 모르게 흠칫거리고선 열패감 짙은 얼굴로 정호를 쏘아보았다.

새끼가, 할 말이 있으면 바로 하면 될 것이지 일부러 무게 잡고

지랄이야. 차마 토하지 못하고 삼키는 말들로 인해 속이 부글부글
끓었다.

"제가 혹시 선배님께 뭐 실수한 게 있습니까?"

"뭐?"

"제가 잘못한 게 있으면 말씀해 주세요. 고치겠습니다."

치훈을 대하는 정호의 태도는 놀랍도록 깍듯하고 공손했다. 하
지만 그게 문제다. 트집 잡을 구석 하나 없다는 게 치훈을 미치게
했다. 뭐라도 구실을 만들어 기를 눌러 주고 싶은데 도무지 틈이
없다는 것.

"없는데. 왜, 뭐 켕기는 거라도 있나? 뒤에서 내 욕이라도 하고
다녔어?"

"아닙니다."

"그럼 뭐야. 시비 거는 거냐?"

"그런 거 아닙니다."

"그럼 뭐냐고, 새끼야. 속 시원하게 말을 해!"

피곤하고 지친 얼굴로 고개를 떨어뜨리는 정호 때문에 치훈은
자신이 초등학생의 코 묻은 돈이나 빼앗는 양아치가 된 것 같은
기분에 휩싸였다. 아침보다 훨씬 핼쑥해 보이는 얼굴은 그저 착각
인가 싶다가도 저러다 정말 중병이라도 얻는 건 아닌가 덜컥 겁이
드는 찰나였다.

"그럼 솔직하게 말씀드리겠습니다, 선배님."

드디어 본색을 드러내려는 모양이다. 치훈은 흥미가 동한 얼굴
로 자세를 고쳐 앉았다. 치훈은 낚시 같은 정적인 스포츠와는 체

질적으로 맞지 않았다. 미끼를 드리우고 언제 움직일지도 모르는 찌를 하염없이 기다리는 짓 따위, 생각만으로도 숨이 막혔다. 손등이 까지고 손가락이 부르터도 차라리 맨손낚시를 하겠다. 그러니 이렇게 도전적으로 나오는 편이 응수하기가 훨씬 쉽다, 이거다.

"말해."

"선배님 말씀 많이 들었습니다. 연기에 있어서는 누구보다 완벽을 추구하시는 분인 거 압니다. 그래서 아까 그 NG, 제 짧은 생각으론 다른 뜻이 있으셨던 것 같은데…… 제가 틀렸습니까?"

늘 헤헤거리기에 영 맹탕인 줄 알았더니 꼭 그런 것만도 아니었구나. 치훈은 제가 정호를 너무 얕잡아 보았다는 사실을 인정했다. 정말 저혈압이라 그런 거라고 우겨 볼까? 짧은 순간 치훈의 내면은 치열하게 고민했다.

"맞어. 제대로 봤네."

에라, 모르겠다. 이미 폼 나는 선배는 물 건너 간 것 같았다. 치훈이 홀가분한 음성으로 내뱉었다.

"나 너 별로다, 박정호. 왜냐고는 물어보지 마. 이유 없이 좋은 사람이 있는가 하면 이유 없이 싫은 새끼도 있는 거니까."

"네. 그럴 수 있죠."

"뭐? 뭐야, 그게 끝이야?"

"아니요."

아, 이 싱거운 자식. 어쩌자는 거야? 치훈은 도무지 속을 읽을 수 없는 후배가 여전히 꺼림칙했다.

"미워하셔도 괜찮아요. 괴롭히셔도 얼마든지 참겠습니다."

"뭐 이런 또라이가……."

"그런데 이런 방식은 아니었으면 좋겠습니다. 보는 눈도 많은데, 선배님께도 득 될 게 없을 거고요."

"아이고, 고양이 쥐 생각하네."

치훈은 콧방귀를 뀌었다. 그 역시 이게 제 살 깎아 먹는 짓에 지나지 않음을 모르는 바 아니었다. 하지만 미운 놈 입에서 다 아는 사실을 듣자니 배알이 꼬여 견딜 수가 없다. 너 오늘 죽어 봐라, 벼르고 있는 치훈에게 정호는 덤덤하게 덧붙였다.

"때리세요."

"뭐라고?"

"얼굴은 스태프들이 알아볼지 모르니까, 얼굴만 아니면 상관없습니다."

"뭐 이런 정신 나간 새끼가 다 있어?"

"저 맷집 좋아요, 선배님. 괜찮습니다."

치훈은 정호가 자신을 놀리려고 비꼬아 말하는 거라고 생각하였다. 하지만 무표정한 얼굴 어디에도 그런 삐딱한 기색은 찾아볼 수 없었다. 평소에도 농담 따먹기랑은 거리가 먼 지루한 녀석이었다. 아니면 함정인가? 뭐, 어디 몰래카메라라도 숨겨 놓은 거 아니야? 별의별 생각이 다 들었다. 정호는 마치 그런 치훈의 의심을 읽은 것처럼 물에 푹 젖은 까만 재킷을 벗어 바닥에 버렸다. 마찬가지로 젖어서 살에 착 달라붙은 흰 셔츠 너머로 군살 없는 몸이 그대로 드러났다. 카메라 같은 것을 숨길 만한 여백 따위는 찾아볼 수 없는 몸이었다.

엉뚱하게도, 한때 같은 클럽, 같은 트레이너에게 관리를 받았었다는 사실이 뒤늦게 떠올랐다. 트레이너 역시 박정호에 관해서는 줄곧 칭찬뿐이었다. 성실하고 착하고, 거기에 인기를 얻기 전이나 후나 한결같이 겸손하다고 입에 침이 마르도록 정호를 추켜세우던 게 짜증나 결국 클럽을 옮기기까지 했었지.

"됐어, 새끼야."

우라질. 재수 없는 놈.

치훈이 묵묵히 앉아 있는 정호의 어깨를 밀었다.

졌다, 졌어. 어느 정도 발끈하는 상대라야 심술도 부릴 맛이 나는 것이다. 치훈은 이만 정호를 두고 먼저 밴을 나섰다. 칼바람이 몸을 에웠다.

퉤. 바닥에 침을 뱉은 치훈에게 매니저가 달려와 무슨 일인지 꼬치꼬치 캐물었다. 치훈은 성가신 듯 손을 내저으며 감독에게 향했고 곧 정호가 밴에서 내렸다. 촬영이 이어졌다.

"컷! OK! 다들 수고했어!"

스태프 전원이 안도의 한숨을 내뱉었다. 수고하셨습니다, 꾸벅 허리를 굽혀 인사하는 정호에게 치훈은 산뜻하게 웃으며 가운뎃손가락을 내밀었다.

※　　　※　　　※

기어이 탈이 났다. 정호의 상태는 한눈에 보기에도 썩 좋지 않았다. 과로로 이틀 입원해 있었던 게 채 보름도 지나지 않은 일이다. 이렇게 몸을 혹사시키다간 조만간 큰일 치른다고 엄포를 놓던 의사의 조언이 떠올라 수열은 그야말로 절벽을 걷는 듯 아슬아슬한 기분으로 정호를 말렸다.

"서울을 대체 왜 간다는 거야. 내일 오전 8시부터 촬영이라니까? 호텔 가서 그냥 푹 쉬자, 어? 아무리 세게 밟아도 서울 도착하면 10시야. 헤어, 메이크업도 해야 하고. 내일 촬영 제 시간에 들어가려면 적어도 새벽 3시에는 출발해야 하는……."

"걱정 마. 안 늦어. 늦어도 내일 여섯 시 반까진 돌아올 거야."

"뭐? 올 거야라니. 설마 지금 너 혼자 가겠다고?"

"형은 쉬어. 피곤하잖아."

"아니! 아니, 아니. 나 절대 안 피곤해! 절대 혼자 못 가, 너."

정호를 막아선 수열이 양팔을 펼쳐 들며 운전석을 사수했다. 혹독한 바다 촬영이 끝난 후, 옷도 보송한 걸로 갈아입고 따뜻한 음료도 여러 잔 대령했는데도 새하얗게 질린 얼굴과 보랏빛으로 변해 버린 입술은 여전했다. 결사반대. 운전대가 아니면 죽음을 달라. 수열은 완강했다.

정호는 저도 모르게 얼굴을 사납게 일그러뜨렸다. 안치훈에 이어 문수열까지. 오늘 성가시게 하는 사람이 너무나 많다. 치훈이 촬영만 일찍 끝내 준다면 열 대가 아니라 백 대를 맞아 줄 각오도 되어 있던 정호는 단지 서울에 일 초라도 빨리 가고 싶은 생각뿐이었다. 인희를 보고, 그녀와의 재회가 꿈이 아니었다는 것을 확인해야 한다는 것이 사고의 한계였다. 표정 없이 수열을 내려다보던 정호는 곧 순순히 뒷좌석의 문을 열었다.

"아, 형. 나 휴대전화 놓고 왔다. 잠깐만 기다려."

"아니야. 내가 가져올게. 너 얼른 들어가서 히터에 몸부터 녹여. 휴대전화 어디다 뒀어?"

"내 의자 위에."

손가락으로 동그라미를 만들어 보인 수열이 잽싸게 임시로 쳐둔 바람막이 쪽으로 달려갔다. 미안, 형. 중얼거린 정호가 뒷문을 닫고 운전석 문을 연다. 멀리서 수열이 혼비백산하여 달려오는 것이 보였다. 정호는 핸들을 꺾으며 주저 없이 가속페달을 밟았다. 머리를 쥐어뜯으며 발을 동동 구르는 수열의 모습이 사이드미러에 비쳤다. 해안 도로를 벗어난 이후부터는 주머니에 넣어 둔 휴대전화가 쉬지 않고 울려, 결국 전원을 꺼 버렸다. 이런 식의 속임수를 쓰는 건 처음이라 아마 이를 갈고 있을 것이다.

젖은 기침이 목구멍을 할퀴었다. 열이 올라 히터에서 나오는 따뜻한 바람에 오히려 숨이 막혔다. 과속 단속 카메라에 찍히지 않는 선에서 최대한 속도를 내 달렸음에도 인희의 아파트 앞에 도착했을 때는 10시가 지나 있었다. 정호는 지끈거리는 관자놀이를 누른 채로 차에서 내렸다. 7층. 아래에서 올려다본 그녀의 집은 불이 환하게 켜져 있었다.

그녀를 기다리던 시간 동안, 그는 종종 이 아래에서 이렇게 인희의 집을 하염없이 바라보곤 하였다. 이별을 통보한 후 일 년의 긴 여행을 마치고 돌아온 그녀의 집에 드디어 불이 켜지던 날, 흩날리는 눈송이 아래에서 정호는 많이도 울었다. 다시는 그녀가 돌아오지 않을까 봐 두렵고 서러웠던 마음이 눈물이 되어 쏟아졌었다. 울며 웃었다. 웃고, 또 울었다.

모자를 푹 눌러쓴 채 아파트 앞을 서성이면서 정호는 늘 상상하였다. 만약 당신이 이런 나를 본다면. 그러면…… 불쌍해서라도. 가여워서라도. 미안해서라도. 다시 나를 받아 주지는 않을까.

하지만 슬프게도 그런 일은 일어나지 않았다. 그 옛날, 비 오던 그날처럼 한 번만 내려와요. 내려와서 나를 좀 봐 줘요. 그런 기대는 새벽 2시쯤 꺼지는 불과 함께 사그라졌다. 그러니 인희는 평생 모를 것이다. 누군가 그녀의 집 앞을 몽유병 환자처럼 밤새 배회하곤 했다는 사실을.

"어쩐 일이야? 오늘 속초에서……"

잔다고 했잖아.

인희의 뒷말은 정호의 입안에서 아무렇게나 뭉뚱그려졌다. 문을 열자마자 입을 맞추며 들이닥친 무뢰한의 힘에 밀린 인희는 비틀거리며 뒷걸음질 쳤다. 뾰족하게 세운 혀끝이 그녀의 입안 여기저기를 찔렀다. 인희가 숨을 할딱이며 고개를 비틀었다. 그러나 그는 마치 자석인 듯 따라붙는다. 미약한 저항을 모두 묵살당한 채로 인희는 소파 위에 쓰러졌다. 입천장을 간질이는 말캉한 혀가 미치도록 뜨거웠다. 커다란 박스티 아래를 파고드는 손도 그 자체로 마치 불꽃인 것 같다.

그것이 단순히 성욕 때문이 아니라는 걸 깨달은 건, 목의 여린 살을 빨아들이는 숨결에서조차 지나친 열감이 느껴졌기 때문이었다. 목이 불에 덴 듯 홧홧하다. 그의 손이 주무르는 가슴 역시 마찬가지. 인희는 흐릿한 시야에 힘을 주고 정호의 몸을 밀었다.

"너 열 있어."

"없어요."

"잠깐 비켜 봐."

"싫어."

"박정호. 말 들어."

다시 입술을 부딪치려는 정호를 향해 인희가 엄한 음성으로 말했다. 제 두 팔 사이에 가둔 자그마한 얼굴을 한참 뜯어보던 그가 비스듬히 웃었다.

"무서운 서인희네."

삐뚜름한 미소를 걸친 채 그가 손을 들어 인희의 머리칼을 부드럽게 쓸어내렸다. 인희는 어쩐지 두려워졌다. 듣고 싶지 않은 말을 그가 할 것만 같은 예감이 들었다.

"그거 알아요?"

"……."

"당신이 이런 얼굴을 하면 나는, 그야말로 개처럼 복종했어요. 당신이 화내는 게 싫어서. 웃는 얼굴이 보고 싶어서."

"……."

"그런 나한테 당신이 뭐라고 했었는지 기억해요?"

듣고 싶지 않았다. 귀를 틀어막고 싶었다. 다시 한 번 그를 떠미는 인희의 양손을 정호는 손쉽게 히니로 접쳐 그녀의 머리 위로 눌렀다.

"끝났다고 했어요."

내 마음 따위는 아무것도 아니라는 듯이.

"딱, 이런 얼굴로."

내가 꼼짝도 하지 못하는 걸 알면서.

눈가가 뜨거워졌다. 인희는 그것을 감추려는 듯 고개를 모로 틀었다. 외면당하는 것쯤, 이골이 나서 아무래도 상관없다는 식의 웃음소리가 귓가에 사무쳤다. 결박당한 두 손은 맞지 않는 수갑을 채운 듯 아팠다. 열이 올라 까칠하게 껍질이 일어난 입술이 인희의 귓불을 물었다. 부질없는 짓이라는 걸 알면서도 인희는 오므린 다리만큼이나 벌어지려는 입술에도 힘을 주었다. 절대 신음하지 않겠다는, 반응하지 않겠다는 의지.

그러나 그런 모습이 오히려 정호의 승부욕을 자극한다는 걸 그녀는 미처 알지 못했다. 그녀가 버티면 버틸수록 물오른 여체를 희롱하는 남자의 손은 점점 호전적으로 변해 갔다.

벗으려 들지 않으면, 벗기지 않으면 그만이다. 정호는 인희의 티셔츠를 아무렇게나 밀어 올렸다. 돌돌 말린 옷 아래에 숨어 있던 뽀얀 맨가슴이 드러나자, 정호는 그것을 맛있게 베어 물었다. 집에 있을 땐 브래지어 따위 하지 말라던 그의 가르침은 아직도 유효한 모양이었다. 그것이 오늘만큼 흡족했던 적이 있던가. 정호는 탄력 있는 젖무덤 위에 욕심껏 잇자국을 새겼다. 과일이라면, 아삭하는 소리가 날 만큼 싱싱하고 향긋하다.

이성은 조각조각 잘리어 사방으로 흩어진다. 박정호도, 서인희도.

다물린 다리를 벌리는 대신 그대로 옆으로 민 그가 남성을 꺼내어 입구를 툭툭 건드렸다. 옆으로 비스듬히 누운 인희는 물풀처럼 하느작거렸다.

조금은 불투명하고, 조금은 끈적거리는 것. 인희의 여성은 그러한 액체로 범벅이 된 채 선정적으로 번들거렸다. 한참 애를 태우던 정호가 어느 순간 돌변하여 그녀의 안으로 단번에 진입하였다.

"흐윽!"

한 뼘도 안 될 듯한 허리가 반달처럼 휜다. 빠르고도 깊게, 보드라운 흙 위에 발자국을 새기는 굵은 장대비처럼 그가 몰아쳤다. 만월을 닮은 가슴이 위로, 아래로 정신없이 흔들렸다.

인희는 신음했다. 소리 내지 않고는, 몸을 비틀지 않고는 도무지 견딜 수 없는 강렬한 자극 앞에 처음의 다짐은 모래성처럼 힘없이 허물어졌다. 진저리를 치며 고개를 흔드는 인희의 시야에 창을 매만지고 추락하는 새하얀 티끌이 어른거렸다. 그것은 마치,

"……꽃?"

꽃일까.

인희가 중얼거렸다. 그녀의 안을 깊이 파고들며, 정호는 그녀가 보는 것을 함께 보았다.

눈이었다. 목화솜처럼 커다랗게 뭉쳐 흩날리는 함박눈. 하지만 당신이 꽃이길 바라면.

"꽃잎이네요. 이 한겨울에."

얼마든지 꽃이다.

정호의 말에 인희가 피식 웃었다. 곱게 접히는 그 눈꺼풀에 경배하듯 입술을 내리며, 그는 그녀의 안에 자신을 묻었다.

　　　　　✕　　　✕　　　✕

　　고백도 하지 못하고 돌아서야 했던 스무 살의 가을. 그나마 정호를 버티게 했던 것은 군 생활이었다. 동기들이 탈영하고 싶다는 생각을 수도 없이 할 동안 정호는 고된 것을 차라리 다행으로 여겼다. 하루 종일 흙먼지 속에서 구르다 보면 꿈에서도 조교의 구령소리에 시달리는 그로기 상태에 빠지는 날이 이어졌다. 그런 와중에도 가끔 종이컵을 손에 든 채 설레는 얼굴로 돌아서던 여자가 불쑥 떠오르는 날이면 그는 더 이를 악물고 훈련에 임했다. 자대 배치를 받고 하나의 계절이 지났다. 신병휴가를 나가게 되었을 즈음엔, 정호는 자학에 지나지 않는 성실함으로 인해 뜻하지 않게 선임들로부터 가장 신임받는 이병이 되어 있었다.

　　부대를 나와서 이제 어디로 가야 하나 고민했다. 세상은 넓은데, 그 어디에도 제 자리는 없다. 혼자 지내던 반지하 단칸방은 입대와 동시에 방을 뺐고, 외삼촌댁에 가는 것은 꿈도 못 꿀 일이다. 외숙모는 그를 대할 때면 항상 구걸하는 거지를 보듯 오만상을 찌푸렸다. 그 서늘한 시선 앞에 서면 정호는 늘 움츠러들었다. 낡은 교복을 입은 그에게, 외숙모는 연민이라고는 조금도 찾아볼 수 없는 냉정한 눈동자로 얼마간의 생활비를 던져 주며 늘 같은 말을 남기고 돌아섰다.

　　'빌려주는 거야. 크면 갚아. 네 엄마처럼 도둑년이란 소리 듣기 싫으면. 알았어?'

　　그것이 정호의 나이 열다섯부터 들어온 말이다.

태어날 때부터 아버지는 없었고, 어머니는 누군가의 보호자 역할을 하기엔 턱없이 여린 사람이었다. 깨어 있는 시간의 대부분은 술에 취해 있었고, 잠을 잘 때에는 늘 악몽에 시달리는 여자였다. 정호는 그런 어머니가 가여웠다. 해 줄 수 있는 것이 없어서 라면을 끓여 내가면, 어머니는 살이 내려앉아 홀쭉한 얼굴로 그의 얼굴을 쓰다듬었다.

'우리 정호, 크면 클수록 어쩜 이렇게 아빠를 닮아 가는지. 정호야. 아빠가 너를 봤으면…… 엄마는 버림받지 않았을까? 내 아들. 이렇게 착하고 잘생긴 내 아들. 불쌍해서 어떡하니. 불쌍해서……'

어머니는 작은 들풀 같았다. 짓밟히면 그대로 생을 다할 것처럼 늘 아슬아슬했다. 그래서 정호는 중학교 교복을 입으면서부터 동네 슈퍼 일을 도왔다. 법적으로도 아르바이트가 불가능한 나이였지만 다행히 인심 좋은 주인아주머니가 어린 소년의 청을 외면하지 않은 덕이었다. 정호는 그 작은 구멍가게에서 물건을 정리하거나, 아주머니가 자리를 비우는 동안 대신 계산을 맡아 하곤 했다.

얼마 되지 않는 보수를 받아서 어린 정호가 처음 한 일은 북어를 사는 것이었다. 아주머니로부터 받은 유통기한이 다 된 두부와 달걀까지 넣은 북엇국은 생각보다 그럴싸했다. 매일 라면밖에 해주지 못한 것이 늘 마음에 걸렸던 소년은 기쁜 마음으로 엄마를 깨웠다.

하얗게 김이 오르는 국을 발견한 어머니의 눈이 그 어느 때보다도 맑고 또렷했던 것을 정호는 기억한다. 그녀는 어째서인지 화난 얼굴을 하고 국이 어디서 난 것인지를 물었다. 정호가 슈퍼 일을 도왔다는 사실을 안 어머니는 처음으로 아들에게 손찌검을 했다. 그 일이 있은 후 정호는 더 이상 슈퍼에 가지 않았고, 어머니는 더 이상 술을 마시지 않았다.

어머니는 동네의 한 국수집에서 설거지 일을 시작했다. 어머니와 함께한 시간을 통틀어, 그때만큼 행복했던 순간이 또 있었을까. 일을 마치고 들어오는 어머니의 손에는 과자나 과일 같은 것이 들려 있었고, 정호는 밤마다 고된 노동에 지친 어머니의 어깨며 팔을 주물러 댔다.

'아유, 천사 같은 우리 아들. 나중에 아들 장가보내고 나면, 엄마 섭섭해서 어떡하지?'

'엄마가 섭섭하면 안 해도 돼요. 결혼 같은 거.'

'안 돼. 결혼은 해야지. 우리 아들은 나중에 색시 생기면 잘해 줄 거지? 설거지도 해 주고, 청소도 도와주고, 애기 낳으면…… 우유도 타 주고, 기저귀도 갈아 주고. 응? 그럴 거지?'

'당연하죠. 나중에 저 결혼하더라도 다 같이 살아요. 제가 엄마 모시고 살 거예요.'

'어이구. 아들 장가보내고 나면, 엄마도 시집갈 거니까 그런 걱정일랑 붙들어 매세요.'

어머니는 우스갯소리로 그렇게 말하곤 했지만 정호는 언젠가 어머니가 진정으로 사랑하는 사람을 만나게 된다면, 떼쓰지 않고, 어리광 부리지 않고, 그 앞날을 누구보다 축복해 주리라 다짐하였다. 그날이 바로 코앞에 다가와 있는 줄도 모르고.

자식은 없지만 한 번의 이혼 경력이 있는 국수집 사장은 처음 보던 날부터 정호를 아들이라고 불렀다. 아저씨를 보는 어머니의 얼굴이 너무나 고운 복숭앗빛이어서, 정호는 어색함을 참고 남자를 아버지라고 호칭하였다. 어머니가 기뻐해서 어린 소년은 더없이 좋았다.

처음 몇 달간은 꿈만 같은 날이 이어졌다. 더 이상 힘들게 일을 하지 않게 된 어머니는 주방에서 간식을 내오며 하교하는 아들을 맞아 주었고, 난생처음 갖게 된 아버지는 주말이면 그들 모자를 데리고 교외로 피크닉을 나섰다.

하지만 운명이란 어째서 그렇게 가혹한지.

그 행복이 영원할 거라고 믿던 어머니는, 그것이 끝나 감을 도무지 받아들이지 못했다. 경기 불황에 가게 사정은 날로 악화되었다. 폐업 위기에 닥친 국수집을 살리기 위해 아버지는 빚을 내기 시작했다. 제1금융권에서부터 시작해 결국엔 사채에까지 손을 대는 동안, 보증인은 물론 어머니였다. 별것 없는 세간마다 붉은 차압 딱지가 낙인처럼 붙은 집에 하루가 멀다 하고 불량배들이 찾아와 난동을 부렸다.

그 지옥이 이어지던 어느 날, 한때나마 아버지였던 작자는 야반도주를 했고 어머니는 그런 남자를 찾겠다고 나선 길에 사고를 당했다. 수업 중 느닷없는 담임선생님의 호출에 교무실로 내려갔을 때 받은 연락은 끔찍할 정도로 간단했다.

'박정호 학생? 어머니가 박선영 씨 맞죠? 저기, 어머니가 교통사고를 당하셨는데 지금 빨리 병원으로 와야겠어요. 어머니가……

많이 위독하셔.

통통 붓고 피투성이가 된 어머니의 모습을 기억한다. 이가 부러져 제대로 발음조차 하지 못하면서, 어머니는 그에게 말했다.

'우리 아들 장가가는 거…… 엄마가 못 보고 가서 미안해.'

그런 게 다 무슨 소용이라고. 그런 게 다…….

열다섯 박정호는 그렇게 혼자 남겨졌다. 어머니에게 돈을 빌려준 사람들은 그런 소년에게 어머니와의 영결을 애도할 시간조차 주지 않았다. 내 돈 잡아먹은 도둑년. 갈아 마셔도 시원찮을 개 같은 년. 핏발이 선 눈으로 그를 두고 후레자식이라고 쌍욕을 했다.

갚아야겠다는 생각을 한 것은 그래서였다. 불쌍한 내 어머니, 죽어서 눈물 흘려 주는 사람은 없을지언정 이렇게 손가락질받게 두지는 않겠다. 그리 목표를 세운 이후의 삶은 물론 녹록지 않았다. 서럽고 지치고 힘든 날이, 그렇지 않은 날보다 월등히 많았다. 숨 쉬는 것조차 가끔은 고통스럽다고 생각되던 때. 한계라는 단어를 하루에도 몇 번이나 떠올리던 때.

여자를 눈에 담기 시작한 건 바로 그런 때였다. 고작 핫초코 하나에 세상을 다 가진 것처럼 행복한 얼굴을 하는 여자가 신기하고 예뻐서, 그래서 저도 모르게 보게 되었다. 살기 위해서 웃던 정호는 언젠가부터 여자가 웃을 때면 함께 따라 웃을 수 있었다. 여자가, 그에게는 핫초코 한 잔 같은 존재였다.

고립무원. 어머니를 뿌린 곳 말고는 갈 수 있는 곳도, 가고 싶은 곳도 없던 그에게 그녀가 생각난 것은 어쩌면 당연한 일이었다. 까까머리에 전보다 더 마른 몸을 군모와 군복 아래 숨기고 카페에 들렀다. 그와 함께 일했던 동료가 아직도 그곳에서 아르바이트를 하고 있었다.

'누구? 아, 그 핫초코? 너 군대 가서 모르는구나? 그 여자 남편 죽었잖아. 뭐? 유부녀인 거 몰랐어? 왜, 그 여자 남편 엄청 유명한 사람인데. 작가야, 베스트셀러 작가. 죽었다고 뉴스에도 나오고 막 그랬거든. 그나저나 그 여자 되게 젊어 보이던데…… 안 됐지, 뭐. 아무튼 그래서 요즘 안 와. 못 본 지 꽤 됐는데.'

남편이라느니, 작가라느니, 죽었다느니. 그러한 얘기보다 정호를 가장 당혹케 했던 것은 여자가 더 이상 카페에 오지 않을지도 모른다는 사실이었다. 오지 않을 것이다. 오고 싶지 않겠지.

그렇게 생각하면서도 어째서 휴가 때마다 고향을 찾듯 그 카페를 찾았었는지.

그 마음의 무게를, 서인희 당신은 알까.

그녀는 바닥에 앉은 채 소파에 팔을 기대고 엎드려 잠들어 있었다. 몸을 일으키자 이마를 덮고 있던 물수건이 허벅지 위로 툭 떨어졌다. 인기척에 부스럭거리며 잠에서 깬 그녀가 앉아 있는 그를 보고 가타부타 손부터 뻗어 왔다.

"……좀 내렸네."

"……."

"박정호. 너 어제 열이 얼마나 심했었는지 알아? 119 불러야 하나 진짜 엄청……."

"키스해 줘요."

"뜬금없이 무슨 소릴……."

"당신이 안 하면 내가 하고."

"지금 농담할 때가……!"

이런 당신을, 내가 어떻게 미워할 수가 있겠어요. 어떻게 사랑하지 않을 수 있겠어요. 복수라니, 그런 게 가능할 리가 없잖아요. 당신이 나를 살게 했는데. 당신 때문에 다시 웃을 수 있게 되었는데.

꽃잎 같은 입술. 그 안의 모든 것은 언제나 지나치게 달았다. 정호는 갈급증에 시달리는 사람처럼 인희를 들이마셨다. 갑자기 덮쳐진 이유로 제대로 호흡하지 못하는 그녀를 한참이 지나서야 마지못해 놓아주었다.

"너, 진짜!"

그녀가 분한 듯 버럭 소리를 지르며 일어섰다. 입술을 손등으로 누르며 노려보는 인희의 허리를 부드럽게 감싸 제게로 끌어온 정호는 납작한 그녀의 배에 가만히 이마를 기댔다.

"안 나았으면 좋겠어요."

당황해 정호를 밀어내려던 인희의 손이 허공에 멎었다.

"그냥…… 매일매일 아팠으면 좋겠어."

넓은 어깨가 작게 들썩였다.

그의 속눈썹이 닿은 아랫배가 어째서 뜨거워지는지. 어째서 옷자락의 색이 짙어지는지.

인희는, 아무것도 알지 못하는 백치처럼 가만히 고개를 수그렸다.

뒷좌석에서 좀 더 편하게 쉬라고 했지만 정호는 끝내 고집을 꺾지 않았다. 조수석에 앉아 안전벨트를 매는 그에게 가는 동안 눈을 좀 붙이라고 했더니 절대 자지 않겠다며 눈꺼풀에 단단히 힘을 줬다.

차가 막 서울춘천고속도로에 들어섰을 무렵이었다. 옆을 돌아본 인희는 저도 모르게 풋, 웃음을 터뜨리고 말았다. 그녀가 꼼꼼히 덮어 준 담요에 파묻힌 채, 그는 어느새 아이처럼 곤히 잠들어 있었다. 급한 대로 집에 있는 감기약을 먹였는데 뒤늦게 설명서를 확인해 보니 졸음에 관한 주의사항이 적혀 있었다. 군이 약 때문이 아니더라도 이런 몸 상태로 운전을 하도록 보고만 있지는 않았을 테지만…….

"그러게 이렇게 늦게 뭐하러 와서."

신경 쓰고 싶지 않은데. 걱정하고 싶지 않은데. 겨우겨우, 어렵게 빗장 걸어 둔 마음인데. 정호가 자꾸 그 사이를 기웃거린다. 그의 눈물에 심장이 인두질을 당하는 듯 아프다. 시야를 샛노랗게 밝혔다가 곧 등 뒤로 유유히 사라지는 가로등에 눈을 가늘게 뜨며 인희는 자문하였다.

정말 몰랐나. 이렇게 될 줄을, 이렇게 흔들릴 줄을. 복수니 원망이니 하면서 사실 나는, 너와 함께 있고 싶었던 것이 아닌가. 이 아이가 나를 미워하지 못할 걸 알면서. 그럴 수 있는 남자가 아니라는 걸 아니까. 나를 증오하라는 만용을 부린 것이 아닌가.

목적지 근처에 도착했다는 내비게이션 안내음이 들렸다. 인희는 촬영차가 열 맞춰 주차되어 있는 곳과 조금 떨어진 곳에 차를 세우고 여전히 잠에 취해 있는 정호의 얼굴을 몰래 관찰했다.

아마도 크리스마스에 설치했을 알록달록한 조명 아래, 그의 얼굴은 비현실적일 정도로 유약하고 섬세해 보인다. 감은 눈 아래가 유난히 짙었다. 숱이 많고 긴 속눈썹 때문이기도 했지만, 실은 꾸역꾸역 쌓아 둔 피로가 더 큰 역할을 했을 것이다. 열감이 느껴지는 날숨이 살짝 벌어진 입술 사이로 가느다랗게 흘러나왔다. 이렇게 지치고 힘든 모습마저 위태로운 아름다움이 묻어나는 남자. 얻으려 한다면, 갖고자 한다면, 그녀보다 더 멋지고 근사한 여자와 흠결 없는 사랑을 할 수 있을 것이다. 누구든 잘 어울린다고 인정할 만한 그런 여자를 만나서, 마음껏 다정하고 마음껏 아껴 주는 사랑을 할 수 있을 것이다. 그저 그가 원하기만 한다면.

'왜요. 왜 저랑은 안 돼요? 이유 정돈 알려 줄 수 있잖아요.'

'여러모로, 너랑 나랑은 안 어울려.'

'연애를 어울리는 사람끼리 하는 거라고 생각해요?'

'응.'

'나는, 좋아하는 사람끼리 하는 거라고 생각했는데.'

아마 정호가 지금 인희의 생각을 읽을 수 있다면 그 옛날과 같은 말로 그녀를 당황케 했을 것이다. 연애는 누군가에게 인정받기 위해 하는 게 아니라는, 지극히 박정호스러워 차마 우스개로 넘겨 버릴 수도 없는 말.

전자시계의 숫자가 몇 번 깜빡거리며 정각을 알렸다. 매니저와 약속했다는 여섯 시 반까진 아직 30분이란 시간이 남아 있다. 조금 더, 자게 둬도 되겠지. 혼자 중얼거린 인희의 손이 정호의 이마를 덮었다. 미열이 느껴지긴 하지만 어젯밤보단 한결 나아졌다. 인희는 조심스럽게 손을 거두고 바깥으로 나왔다.

폐가 얼어붙을 만큼 시린 공기. 이런 날에 바다에 들어갈 것을 종용하다니. 못된 감독 같으니라고.

인희는 애꿎은 바다를 노려보며 눈처럼 뽀드득거리는 겨울모래를 밟았다. 호텔에서 뻗어 나오는 빛만으로는 어디까지가 육지이고 어디서부터가 바다인지 분간할 수 없을 만큼, 사위는 온통 새카만 어둠이었다. 인희는 마치 세이렌의 노랫소리에 홀린 사람처럼 앞으로, 앞으로 나아갔다. 모래 위의 발자국처럼, 이 어리석은 미련도 파도에 전부 쓸려 사라져 버렸으면 좋겠다고 생각하였다.

"그러다 빠져요."

허리가 잡혔다. 모르는 결에 다가와 뒤에서부터 그녀를 끌어안은 정호가 열 오른 제 뺨을 차게 식은 인희의 귓바퀴에 비볐다.

"추운데 왜 여기서 이러고 있어요. 몸이 꽁꽁 얼었는데."

"네 걱정이나 해."

"내 걱정은 당신이 해 주잖아요."

피식 웃은 그가 코트 깃을 벌려 품 안으로 인희를 끌어당겼다. 그에게 완벽히 감싸인 인희가 기운 없이 대꾸했다.

"너 걱정하는 게 아니라 날 걱정하는 거야. 네가 아프면 내가 귀찮……."

"쉿."

정호는 전보다 훨씬 단단해진 팔에 세게 힘을 주었다. 짓눌린 갈비뼈에서 느껴지는 압박에 인희는 순간적으로 말을 잃었다.

"그냥 오해하게 돼요."

"……."

"예나 지금이나, 당신 거짓말은 너무 진짜 같아서."

파도가 자글거리는 흰 포말을 밀어 놓고서 유유히 돌아간다.

"믿어 버리게 되니까."

허리를 감았던 손이 풀려나갔다. 등에 바람이 스미기 무섭게 몸이 돌려세워졌다. 차가운 입술이 뜨겁게 부딪혀 왔다. 욕심 많은 혀가 여자의 입술을 가르고 그 안의 혀를 찾아 저와 엮었다. 그에게 마구 문대어지고 휘저어지는 혀는 마치 벌을 받는 것 같다.

'거짓말인 거, 다 알아요. 다 아는데…… 그래도 아파.'

쉼 없이 내리던 눈물과 애원.

기억을 닫듯 눈을 감았다. 그가 주는 달콤한 형벌을 그녀는 기꺼이 견뎌 내었다.

After
Goodbye

3

휴대전화 꺼 놓지 말 것. 전화를 못 받을 것 같은 상황엔 미리 문자라도 남겨 줄 것.

정호의 요구는 딱 그 두 가지였다. 하지만 평소 휴대전화와 데면데면하게 지냈던 오랜 습관이 하루아침에 고쳐질 리 없었다. 배터리가 다 되어 전원이 꺼진 줄 몰랐다거나, 바빴다거나, 그런 핑계는 일절 통하지 않았다. 그녀와 연락이 잘 닿지 않았던 날이면 정호는 체벌하듯 사정을 두지 않은 섹스를 했다. 인희가 버거워하는 체위만을 골라 했고, 욕실에서, 주방에서, 카펫 위에서, 장소 역시 가리지 않았다.

얼얼하도록 빨린 입술이 물에 살짝 닿기만 해도 쓰렸다. 컵을 내려놓고 안방으로 들어간 그녀는 남의 침대를 제 것처럼 차지하고 잠든 정호를 가만히 내려다보았다. 다시 만난 날, 술집에서 그의 집으로 끌려간 그 한 번 이후 만남은 전부 인희의 집에서 이루어졌다. 솔직한 단어로, 이건 만남이 아니라 침범에 가까웠다. 그는 예전처럼 아무 때나 찾아와 멋대로 그녀의 공간을 휘저어 놓았다.

엎드려 있는 그의 벗은 어깨와 등으로 따가운 해가 쏟아졌다. 인희는 한숨을 삼키며 창가로 다가가 커튼을 쳤다. 빛이 사라진 곳에 정호를 두고 인희는 홀로 거실에 나와 소파에 앉았다. 어젯밤 정호가 무작스럽게 들이닥치는 바람에 아무렇게나 책장이 접힌 채 바닥에 나뒹굴게 된 책을 집어 들었다. 소파와 바닥, 식탁 의자에까지 정호의 옷가지가 걸려 있다. 물론 그녀의 것 역시도.

빨래바구니에 그것들을 주워 담으면서 어쩔 수 없이 얼굴을 붉히게 되는 때가 있었다. 인희는 하얗게 말라 버린 체액이 엉겨 있는 속옷을 누가 볼세라 서둘러 갈무리했다. 찡그린 콧잔등 주위로 번지는 홍조를 지우듯, 그녀의 손바닥이 재차 뺨을 문질렀다.

"오래 자네."

옷은 세탁기에 넣어 돌리고, 속옷은 손빨래를 했다. 그러고도 시간이 남아 어제 보다 만 책을 이어 읽었다. 그러는 동안 시간은 어느새 정오를 넘었다. 깨알같이 작은 활자에 집중하느라 눈이 시렸다. 안경을 벗어 내려놓고 TV를 틀었다. 연예정보프로그램이 재방송되고 있었다. 시종일관 눈웃음을 매단 여성 리포터가 긴장된 음성으로 오늘의 인터뷰 상대를 소개하고 있었다.

하필, 요새 꿈에서도 그녀를 괴롭히느라 바쁜 남자다. 밤이면 끝 모르고 잔악해지는 남자가 함께 영화를 찍은 동료배우들 사이에서 더없이 선한 얼굴로 카메라를 보고 손을 흔들었다.

[정호 씨. 저희 연예TV랑은 정말 오랜만에 다시 뵙는 것 같아요. 개인적으로 저희 시청자 여러분께 인사 한번 해 주세요.]

[아, 네. 안녕하세요, 박정호입니다. 어, 날이 많이 춥죠. 건강 조심하시고, 새해 복 많이 받으세요.]

[아, 아쉽다. 요즘 유행하는 거 한 번만 해 주시면 안 될까요? 이거, 손가락 하트요.]

[그거 한 번도 안 해 봤는데. 이렇게요?]

[맞아요. 잘하시는데요? 여자 친구한테 자주 해 주시나 보다.]

정호가 아무 말 없이 웃기만 하자 옆의 배우가 야유를 보냈다.

[혜라 씨, 너무 대놓고 유도신문 하시네.]

[어, 티 많이 났어요?]

[엄청나거든요? 이쪽도 좀 봐 주셔야지, 너무 정호 씨만 보니까 나 좀 섭섭해요.]

[제가요? 어머, 아니에요.]

[그러고 보니까 얼마 전에 기사 나지 않았었어요? 혜라 씨 이상형이 정호 씨라고…….]

[컷컷컷! 감독님! 저 진짜 잠깐만요. 얼굴 지금 너무 빨개진 것 같은데…….]

그녀의 바람과는 달리 홍시처럼 잘 익은 얼굴이 화면에 클로즈업해 잡혔다. 재빨리 두 손으로 뺨을 감싸는 리포터를 비껴간 카메라는 이제 정호를 저격하기 시작했다. 그는 곤란해하는 듯하면서도 적당히 즐기는 듯한 표정을 하고 웃고 있었다.

[정호 씨, 그러지 말고 혜라 씨랑 포옹 한 번만 해요.]

[아니에요. 저 그럼 오늘 진짜 잠 못 자요.]

[그래서 이렇게 좋은 기회를 사양하시려고요?]

평소에도 짓궂기로 유명한 배우 안치훈이 능글거리며 물었다. 리포터는 갈등하는 듯 카메라 쪽을 바라보았다. 정확히는 카메라 감독으로부터 OK사인을 받아 못 이기는 척 치훈의 제안을 수락하고 싶어 하는 것처럼 보였다.

[음, 저 막 테러당하는 건 아니겠죠?]

[왜, 팬들은 좋아하는 연예인 닮는다고. 정호 씨는 팬들도 다 너무 착하시니까 걱정 마요. 뭐해, 박 배우. 미인을 오래 기다리게 하면 안 되지.]

[어머, 어떡해. 저 어떻게 하고 있을까요? 너무 긴장되는데.]

[백허그 어때요, 백허그. 괜찮죠?]

당사자는 애매한 침묵을 지키는 와중에 나머지 두 사람만 신이 났다. 안치훈의 팔꿈치가 정호의 옆구리를 쿡쿡 찔렀다. 정호가 몸을 일으키며 매무새를 가다듬었다. 두 손을 심장 위에 겹쳐 놓고 입술을 깨물며 어쩔 줄을 모르는 리포터의 뒤에 그가 섰다. 인희는 건조한 시선으로 묵묵히 브라운관을 응시했다. 미간 사이 미세한 실금은 누구도 알아채지 못할 만큼 순식간에 나타났다가 빠르게 사라졌다.

까악. 비명 같은 환호성이 들리고 정호의 팔이 리포터의 어깨를 부드럽게 감쌌다가 이내 떨어졌다.

"저렇게 좋을까."

인희가 한 말이 아니었다. 인희는 딱딱하게 굳은 채, 가슴 위를 가로지르는 정호의 팔을 내려다보았다. 소파 등받이를 사이에 두고 정호의 맨가슴이 그녀의 날개 뼈에 닿아 있었다.

"정작 내 여자는 아무리 안아 줘도 표정 하나 바뀌질 않는데."

두 뺨에 보시시 소름이 돋았다. 잠의 자취가 남아 잔뜩 가라앉은 목소리가 지독히도 관능적이다. 정호의 입술이 인희의 귓불을 물었다. 가녀린 어깨를 넘어온 손이 가슴을 쥐고 주물렀다. 금세 딱딱하게 뭉친 유두가 얇은 면 티 아래 도드라졌다. 남자가 한숨 같은 웃음을 흘리며 그것을 엄지와 검지로 잡아 비틀었다.

"그나마 다행이에요."

"……."

"몸이라도 솔직해서."

귀뿌리 아래에서부터 턱을 타고 입술을 꾹꾹 내리 누르는 그의 손이 점점 그 악력을 더해 갔다. 커다란 손 아래 마구 이지러지는 가슴에 간신히 신음을 삼키었다.

아직도 TV에는 영화를 홍보하기 위한 정호의 인터뷰가 이어지고 있었다. 상기된 표정을 쉬이 가라앉히지 못하고, 정호에게서 눈을 떼지 못하는 리포터를 보며 인희는 유치한 승리욕에 사로잡혔다. 저 여자는 아마 상상조차 할 수 없을 것이다. 브라운관 속 저 친절하고 다정한 남자가 침대 위에선 욕심 많은 폭군으로 변한다는 걸.

"네 팬클럽 회원이라던데."

"누가요. 저 여자?"

"그래. 신혜라. 방송용 아닐 거야. 너 좋다고 여기저기 소문내고 다니는 모양이니까."

"알아요. 방송용 아닌 거."

"알아?"

"스타일리스트 통해서 쪽지 받았어요. 저 인터뷰 끝나고."

그의 손이 이윽고 헐렁하게 늘어난 네크라인 사이로 파고들며 정사의 전조를 알리자 인희는 몸을 비틀어 정호의 품에서 빠져나왔다. 흐트러진 모습으로 등받이에 팔꿈치를 괸 그가 고개를 비틀어 그녀를 응시했다.

"왜요? 불안해요?"

"신혜라가 좀 더 분발하길 바라는 마음을 두고 불안이라니. 가당치도 않지."

인희가 도발적으로 웃으며 걸음을 옮겼다. 정호도 그에 질 생각이 없는 듯 빙글거리며 대꾸했다.

"예쁘던데. 애교도 많고."

"잘 됐네. 예쁘고 애교도 많은 여자가 좋다고 쫓아다니고."

그를 스쳐 지나가려는 그녀의 손목이 휘어잡혔다.

"질투 안 해요?"

"안 해."

"독하다, 정말."

"싫으면 가. 안 잡아."

인희가 소파 끄트머리에 두었던 옷을 그의 가슴팍에 안기며 돌아섰다.

"입어. 어제 입고 왔던 건 빨았어."

옷을 받아 든 정호의 표정이 묘하게 변한다. 그는 잘 개어 있던 검은색 니트를 눈앞에 펼쳐 들었다.

"이거, 내 거네요."

"……."

"안 버리고 가지고 있었구나. 4년이나 지났는데."

주방으로 향하던 인희의 걸음이 주춤했다. 그가 니트를 그러쥐어 얼굴에 가져다 댔다. 숨을 깊게 들이마시자 그녀의 옷에 스민 것과 같은 섬유유연제 냄새가 났다. 모가 났던 마음이 둥그레진다.

"이러면서, 잊었다고."

순해진 목소리가 기어이 그녀를 돌려세웠다. 그저, 서랍에 있기에 꺼내 주었을 뿐이다. 하지만 그런 그녀와 달리 그는 지나치게 섬세한 남자였다. 인희는 스스로의 부주의함에 혀를 차며 체념하듯 정호를 바라보았다. 그가 기쁘게 웃었다.

"거짓말쟁이."

정호가 코끝을 찡그린다. 박정호만의 눈물 참는 법. 앞머리를 흩뜨려 눈을 가리는 그에게서 인희는 오래도록 시선을 떼지 못했다.

매캐한 연기 사이로 그의 뼈따한 시선이 날아와 꽂혔다. 남자의 앞에서 아무렇지 않게 목욕가운을 벗고 속옷을 입고 외출복으로 갈아입는 행동은 나는 너를 신경 쓰지 않는다는 일종의 시위와도 같았다. 인희는 손바닥만 한 작은 상자 안에서 귀걸이를 꺼내 구멍을 찾아 이리저리 침을 움직였다. 문가에 기대어 있는 그는 그녀가 던져 준 검은 니트를 입고 있었다.

"담배 꺼. 집에 냄새 배."

그녀가 미간을 찌푸리며 말하자 그가 어깨를 으쓱였다.

"끊었어요?"

"어."

"왜?"

"오래 살고 싶어서."

오랫동안 안 했더니, 막혔나.

정호의 물음에 대충 질문을 해 주며 인희는 거울에 얼굴을 바짝 대고 귀를 이리저리 비추어 보았다. 그 모습을 물끄러미 보던 정호가 어슬렁 걸어 그녀에게 다가갔다. 인희가 쥐고 있던 귀걸이를 빼앗아 든 그가 그녀의 턱을 쥐어 제 쪽으로 돌렸다.

"억울하네요. 이거, 당신한테 배운 건데."

"그러게 맞지도 않는 거 왜 피워? 기침이나 해 댈 땐 언제고."

"이러면 좀 빨리 죽어질까 하고."

"뭐?"

아. 침이 귀를 관통했고 짧은 신음이 뒤따랐다. 그가 피식 웃었다. 엄살은. 중얼거린 정호가 반대쪽 귀를 매만졌다.

"죽어질까 하다니. 또 무슨 헛소리를 하는 거야."

"모르는 게 좋을 텐데?"

"말해."

"당신한테 버려지고 나서 내내 생각했거든. 차라리 죽는 게 낫겠다고."

그가 남은 한쪽 귀에도 천천히 침을 밀어 넣었다. 느려서 더 선명하게 느껴지는 통증. 담배를 물고 있는 탓에 어눌하게 들리는 발음 역시 그러했다.

"오래 살고 싶어서 끊었다라."

양쪽 귀에 진주 한 쌍을 매단 그녀를 한 발짝 뒤로 물러나 감상하며 그가 여상한 투로 말을 이었다.

"그 말은 즉, 4년 전 그때엔 오래 살고 싶지 않았다는 말이네요. 나처럼."

그가 깊게 빨아들인 담배를 손가락 사이에 끼운 채 그녀를 노려보았다.

"왜? 내가 있었는데, 뭐가 그렇게 힘들었어요? 나로는 부족했어요? 그 사람이, 이미 죽은 사람이 그렇게 그리웠어요?"

지지 않고 그 시선을 맞받아친 인희가 정호의 손가락에서 담배를 빼앗았다. 마땅히 비벼 끌 곳이 없어 그냥 콘솔 위에 지져 버렸다. 값비싼 원목 위에 새카만 화상자국이 남았다.

"어. 그립고, 외롭고, 힘들었어."

까맣게 불이 꺼진 꽁초가 쓰레기통으로 직행했다.

"그런데 그뿐이야. 담배는 그냥 피운 거야. 그 자체로 좋아서."

"……."

"나 아닌 누구 때문에 죽고 싶었던 적 없어. 하나하나 의미 두고, 이유 두고. 너처럼 그렇게 못 살아, 나는."

인희가 그를 스쳐 드레스룸을 나섰다. 멍하니 서 있는 그의 뒷모습을 향해 일갈했다.

"그 옷도 그래. 네 것인지도 몰랐어. 딱히 네 거라 가지고 있던 게 아니니까."

"그런 말 할 거면 그냥 입 다물어요."

"아니, 끝까지 들어."

돌아선 정호의 눈빛과 인희의 눈빛이 허공에서 마주쳤다. 칼날이 부딪히는 소리가 났다.

"좋았던 순간도 있었어. 그건 부정 안 해. 멋지고, 잘생긴 남자가 나만 보면 정신을 못 차리고 달려드는데, 어느 여자가 흔들리지 않을 수 있겠어."

"……."

"그런데 그뿐이더라. 내게 독이 될 것 같으니까 가차 없이 뱉을 수 있을, 딱 그 정도."

"입, 다물라고요."

"그러니까 내 행동을 너 좋을 대로 해석하고, 기대하고, 그런 바보 같은 짓 하지 마."

빠르게 다가온 그가 우악스럽게 팔을 쥐었다. 입을 맞추려는 그를 피해 인희는 고개를 틀었다.

"결국 상처받는 건 너야. 진심으로 하는 충고니까……."

"맞아, 상처받는 건 나예요. 아파도 내가 아프니까 당신은 신경 꺼."

"……."

"위악이든 위선이든 하나만 해요. 사람 갖고 노는 것도 아니고."

정호가 손을 놓았다. 그에게로 바투 당겨졌던 그녀가 그 반동으로 휘청거렸다.

"나 내일부터 사흘간 로케 가요. 내일 아침 비행기예요. 그러니까 오늘은 일찍 들어와요."

"늦어."

"그래요?"

"……."

"그럼 안 보내야겠네. 목줄이라도 채워서 묶어 놓으면 되겠어요?"

그가 입술을 비틀어 웃었다. 그 미소에서 위험을 감지하기란 그리 어려운 일이 아니었다. 주춤하며 뒤로 물러나는 그녀의 허리를 그의 팔이 뱀처럼 휘감았다. 앗, 하는 사이에 입술을 빼앗겼다. 가슴을 두드리고 밀어도 꿈쩍도 하지 않는 남자에 의해서 그녀의 입술이 세차게 빨리고 뭉개어졌다. 외투를 벗기려는 손이 쇄골을 따라 코트 안으로 파고들었다. 가만히 그가 하는 양을 받아 주던 인희는 잠시 후 발을 들어 정호의 정강이를 냅다 가격했다. 윽. 물러난 정호가 짧게 신음했다.

"까불지 마, 박정호."

인희가 씩씩대며 몸을 돌렸다. 바닥에 떨어진 핸드백을 거칠게 어깨에 메고 구두에 발을 구겨 넣었다. 아무렇지 않은 척, 그저 화가 난 척했지만 심장이 쿵쿵 뛰었다. 얼굴이 붉어져 있을 거란 직감이 들었다. 엘리베이터를 기다리면 혹여 따라 나온 정호에게 이런 모습을 들킬까 봐 계단으로 향하는 발걸음 소리가 차분하지 못했다.

비틀비틀. 높은 하이힐 때문에 간신히 1층에 다다르고 나서, 입구를 나와 위를 올려다보았다. 아니나 다를까 7층 발코니에서 그녀를 내려다보는 정호와 눈이 마주쳤다. 손을 흔드는 그를 향해 보란 듯이 몸을 홱 돌렸다. 띠링. 메시지가 왔음을 알리는 소리에 그녀는 발을 멈추고 휴대전화를 들여다보았다.

[거울 한번 봐요. 지금 되게 야해.]

무슨 소리야. 의아해하며 핸드백에서 거울을 꺼내 얼굴을 비쳐 보았다. 곱게 칠해 놓은 코랄 컬러 립스틱이 입 주변에 아무렇게나 번져 있었다.

박정호, 이……. 잇새로 새어 나오는 험한 말을 씹어 삼키며 그녀가 참지 못하고 다시 뒤를 보았다. 동시에 다시 휴대전화가 울었다.

[일찍 들어와요. 안 자고 기다릴 테니까.]

정호가 다시 손을 흔들었다. 추운데 안 들어가고 뭐 하는 거야. 망할 자식. 입술을 꾹 깨물며 인희는 마침내 자리를 벗어났다.

✖   ✖   ✖

"서 작가, 오늘 웬일이야?"

"뭐가요?"

"원래 이렇게 오래 나랑 안 놀아 주잖아."

"그랬나."

"그랬어. 영화 보자고 하면 귀찮다. 밥 먹자고 하면 배 안 고프다. 드라이브 가자고 하면 피곤하다. 그런 식이었잖아, 줄곧."

도완이 빙글빙글 돌리는 잔에서 호박색 액체가 넘칠 듯 출렁거렸다. 흐음. 인희는 심드렁하게 한숨을 쉬며 독한 위스키를 스트레이트로 한입에 털어 부었다.

"그랬구나. 나 되게 싸가지 없었네요. 반성할게요, 대표님."

"이것 봐. 오늘 정말 이상해. 이렇게 고분고분하게 나오니까 더 수상하다고."

다리를 꼬고 소파에 깊게 몸을 묻은 도완의 주변엔 범인과는 다른 아우라 같은 것이 있었다. 회원제의 고급 바. 그중에서도 가장 뷰가 좋은 자리에 앉은 그들에게 알게 모르게 시선이 쏠렸다. 범처럼 커다란 남자가 학처럼 고고한 표정으로 그녀를 보았다.

"무슨 일이지?"

"아무 일도."

"나, 서 작가한테 관심 많은 거 알지? 말 안 하면 알아내."

"알죠. 충분히 그럴 능력 있는 분인 거. 근데, 그런 짓 안 할 분인 거."

"할 거야. 스물여섯 번 정도 딱지 맞고 나니까 아무리 나라도 별수 없더라고. 이젠 치사한 방법 같은 것도 좀 써 볼까 해."

"하지 마세요. 쿨한 게 대표님 매력이니까."

"그런데 왜 안 넘어왔어? 지금까지 내내 쿨할 동안."

인희는 술병을 집어 들며 살그머니 눈을 흘겼다. 퍽도 진심인 것처럼 굴지만 그게 아니라는 걸 안다. 물론 처음엔 심각하게 받아들였던 적도 있었다. 그래서 거리를 두기도 했었지만 그런 그녀의 대처가 민망해질 정도로 어느 순간부터 거의 버릇처럼 추파를 던져 댔다. 장난처럼 찔러 보는 고백에 진지하게 거절하길 이미 여러 번. 이런 느물대는 대화에도 면역이 생겨 아무런 감흥이 없었다.

"전 쿨한 남자 별로예요. 그러니까 쿨한 남자 좋다는 여자 찾아 보세요."

"그럼 서 작가 스타일은 어떤 남자인데?"

"음…… 웃는 게 예쁜 남자?"

"나도 어디서 빠지는 얼굴은 아닌데."

"그냥 단순히 잘생긴 거 말고, 웃는 게 예쁜 사람요. 막, 나까지 따라 웃게 만드는 그런 사람."

"그게 뭐야. 너무 주관적이잖아. 차라리 키가 몇 이상이어야 한다든가, 통장 잔고가 얼마 이상이어야 한다든가. 그런 수치화할 수 있는 조건은 없어?"

"없어요. 그런 건."

이미 취기가 꽤 올랐다는 걸 알면서도 인희는 잔을 채우고 비우기를 기계적으로 반복했다. 꺼 둔 휴대전화로 저도 모르게 향하는 시선을 붙잡느라 바빠서 식도를 타고 내려가는 게 술인지 물인지 제대로 인지하지도 못했다. 일찍 들어오라며 손을 흔들던 모습이 눈앞에 아롱거려 취하면 그 환영이 사라질까 하였다.

"……미련하긴."

"누구. 설마, 나?"

도완이 뒤룩뒤룩 눈을 굴리며 손가락으로 제 가슴을 찔렀다. 축 늘어지는 몸을 가누지 못하고 팔걸이에 몸을 걸친 인희가 손을 가로저었다.

몸이 부르르 떨린다. 술을 마시면 늘 추웠다. 한여름에도 알코올을 부어 넣은 몸은 혼자만 시베리아 벌판에 알몸으로 버려진 것처럼 달달 떨어 댔다. 그런 인희의 특이체질을 아는 도완이 제 코트를 끌어다 그녀의 몸에 덮었다. 고맙습니다. 으깨어진 발음으로 인사하는 인희의 뺨을 한번 쓸어 보고 싶어서 손끝이 허전했다. 이윽고 도완이 편안한 침묵을 깨고 입을 열었다.

"다시 만나나?"

"목적어를 정확히 해 주실래요? 못 알아듣겠어요."

"그럴까 그럼? 박정호, 다시 만나?"

코트를 목 끝까지 끌어올리던 인희가 멈칫했다. 그녀가 금붕어처럼 뻐끔거리는 모습을 보며 도완은 미소를 지었다. 단정하지만 차가운 미소였다.

"질기네. 두 사람."

"어떻게…… 아세요?"

"그렇게 뻔한 식 말고, 질문을 달리 해 보는 건 어때."

"네?"

"왜 여태 모르는 척했는지, 그건 궁금하지 않아?"

어지러웠다. 창밖을 수놓은 휘황찬란한 네온사인의 향연이 머릿속에서 반딧불이처럼 사방으로 흩어지며 춤을 췄다. 인희는 미간을 찌푸리며 도완의 말을 해석하려 애썼다. 그녀가 정말 그렇게 물어 주길 바라는 것이 아니다. 그가 어째서 그녀와 정호의 연애를 알면서도 묵인했는지, 그 이유를 알아내라는 소리였다. 모르겠다. 어째서? 인희가 혼란스러운 눈으로 도완을 응시했다.

"어차피 끝날 관계라는 걸 알았으니까."

도완은 더없이 느긋한 손길로 얼음이 든 잔에 위스키를 따랐다. 가라앉아 있던 얼음이 수면 위로 뜨며 맑게 부딪는 소리가 났다.

"오래 못 갈 줄 알고 있었어. 그래서 굳이 아는 척하지 않는 게 좋겠다고 판단했지. 서 작가를 내 사람으로 만들 자신이 있었거든. 그렇잖아. 여자든 남자든, 지난 연애사 같은 건 상대에게 숨기고 싶기 마련이니까. 나중에 내가 서 작가의 남자가 되었을 때, 당신이 지나간 남자 때문에 내게 쓸데없는 불편함 같은 걸 느끼게 하긴 싫었어."

"그게 무슨……."

"그때부터 서 작가를 좋아했었다고, 내가. 당신과 박정호가 시작할 무렵부터, 내 감정 역시 시작됐었단 뜻이야."

헛소리가 들릴 정도로 술에 취하진 않았다. 인희는 팔걸이에 지탱하고 있던 몸을 바로 일으켜 앉았다. 시원스럽다고 생각했던 눈매가 지금은 예리한 칼날 같았다.

"예상대로, 두 사람 얼마 못 가 헤어지더군. 이유 역시 어렵지 않게 짐작이 가능했고."

"그래요? 왜 우리가 헤어졌을 것 같던가요?"

"무서웠겠지."

"……무섭다니요?"

"내가 서 작가한테 처음으로 차였던 날, 기억나?"

도완의 말은 아름다운 이국의 풍경을 인희의 눈앞에 펼쳐 놓았다. 정호와 헤어지고, 거의 1년 정도 해외 이곳저곳을 떠돌았다. 말도 통하지 않는 곳에서 철저한 이방인으로 겉돌며 살았다. 이탈리아 토스카나의 어느 작은 도시였을 것이다. 상아색, 개나리색, 빛바랜 양피지색. 온갖 노란색 벽돌로 지어진 낡은 건물 사이에서, 너무나 오랜만에 듣게 된 한국말은 눈물이 날 정도로 반가웠다.

'저기요. 이 근처에 김치찌개 잘하는 집 알아요?'

'여기 김치찌개 집이 있을 리가⋯⋯. 어? 윤 대표님? 대표님 맞아요?'

'Ciao. 이런 데서 우연히 만나네요.'

익숙한 얼굴의 남자가 주머니에서 손을 빼 포옹해 왔다. 두 뺨을 번갈아 맞대며 생소하기 그지없는 방식으로 인사를 했다. 우연히라니. 세상에 그보다 뻔뻔한 거짓말은 없을 것이다. 그날 하루 인희는 도완과 온종일 낯선 도시의 골목을 누볐다. 해가 지고도 한참이 지나서, 이제 그만 들어가 봐야겠다고 말하는 인희를 도완이 붙잡았다. 오늘 밤에, 같이 있지 않을래요. 그 의미를 그저 순수하게 별구경이나 하자는 말로 해석할 만큼 인희는 숙맥이 아니었다.

'혹시 그 소문 때문에 이러세요?'

'소문이라니, 무슨⋯⋯?'

애써 모르는 척해 주려는 남자의 노력을 인희는 아무런 죄책감 없이 짓밟았다. 자신이 했던 말을 떠올리며 인희는 자조하였다.

"제 남편이 복상사했다는 소문."

"기억력도 좋으셔라."

"토씨 하나 안 틀리고 이렇게 말했어. 로봇처럼 음절마다 딱딱 끊어서."

"네. 뭐. 그랬던 것 같네요."

"그리고 그랬지. '그거 헛소문이고, 죄송하지만 저 그쪽으론 매우 열등합니다' 라고."

"그만하시죠? 지금 충분히 땅 파고 들어가고 싶은 심정이니까."

물론 도완 같은 남자가 여자가 궁해서 자신에게 집적거렸을 거라고 생각하진 않았다. 하지만 세상에는 그녀의 상식으론 이해할 수 없는 수준 이하의 인간들이 더러 존재했다. 대놓고 그녀에게 그 소문의 진위 여부를 물어보면서 어떻게 해 보려는 남자를 이미 겪어 본 이후였다. 그 남자는 아내와 자녀가 있었으며 젊은 연기자들에게 존경하고 닮고 싶은 선배로 종종 거론되는 지천명의 중견 배우였다.

"괜히 흙탕물에 발 담그지 말라고도 했었어."

과거의 부끄러운 언행에 두 뺨에 은근히 쏠리던 열기가 순식간에 자취를 감췄다. 인희는 괜히 이런 우울한 얘기를 꺼내는 도완을 원망스럽다는 듯 바라보았다.

"그 마음, 나뿐만 아니라 박정호한테도 해당되는 거였겠지."

"……."

"망가질까 봐 놓은 거지. 당신이 그 애한테 해가 될까 봐."

인희는 잔에 술을 따르는 것으로 대답을 대신했다. 종전과는 다르게 용암처럼 뜨겁게 느껴지는 액체에 목이 타는 듯했다.

"그런데, 어째서 다시 만나는 거지? 상황은 아무것도 변하지 않았는데. 아니, 오히려 심각해졌지. 서 작가도, 박정호도 그때보다 더 유명해졌고, 잃을 게 많아졌으니까."

도완이 정확히 핵심을 찌르며 날카로운 시선을 빛냈다. 인희는 순순히 인정하듯 고개를 끄덕였다.

"……다시 만나는 건 아니에요."

"만나는 게 아니다."

그가 천천히 그녀의 말을 곱씹었다. 화를 눌러 참는 것 같은 기색이었다.

"그때, 정리할 시간도 주지 않고 잘라 낸 게 잘못이었나 봐요. 그렇게 될 거라는 어떤 전조도 없이 이별했고, 받아들이지 못하는 그 애를 두고 난 혼자 도망쳤어요. 이번엔 제대로 끝을 내려고 해요. 서로 싸우고, 미워하고, 귀찮아하는 그런 일반적인 과정을 거쳐서요. 제게 남은 정이 있다면 그걸 지워 주는 것도 제 몫이겠죠. 이젠 제법 컸다고 그때처럼 무식하게 밀어내는 방법은 먹히지가 않네요."

"멋대로 마음에 품었으면 상실에 따른 고통도 당사자가 책임져야 할 부분이야."

"그러게요. 좋아해 달라고 한 적도 없는데, 괜히 나 같은 여잘 좋아해서는. 애초에 받아 주질 말았어야 했는데."

갈증이 이는지 물컵을 쥐었던 도완의 손이 목표물을 바꾸어 술잔을 쥐었다. 급하게 들이켜는 모습마저 깔끔하고 품위가 넘쳤다.

"비극이죠. 시작은 함께였는데, 끝은 일방이 결정할 수 있다는 게."

"세상 이치가 원래 다 그래. 남들도 다 그렇게 절절하게 연애하고 남보다 못한 사이로 헤어진다고."

"그러게요. 언제 시간 되시면 정호한테 강의 좀 해 주세요."

"강의?"

"대표님을 포함한 보통 사람들의 보편적인 연애론, 정도의 타이틀이면 되겠네요."

"비꼬는 건가, 지금?"

"그럴 리가요. 어, 세상에 벌써 4시가 넘은 거예요? 이만 일어나요. 우리 둘 다 더 취하면 못 볼 꼴 보일 것 같은데."

인희가 덮고 있던 코트를 도완에게 건네며 일어섰다. 그는 비뚜름한 얼굴로 마지못해 그녀를 따라 몸을 일으켰다. 1층 로비로 내려가니 이미 대리기사가 운전석을 차지한 도완의 차가 건물 입구에서 그들을 기다리고 있었다.

"태워 줄게."

"그냥 택시 타고 갈래요. 방향도 다른데."

"이 정도 에스코트는 하게 돼. 새벽 네 시에 술 취한 여자 혼자 택시 태워 보낼 만큼 형편없지 않아, 나."

뒷좌석 문을 열어 놓고 등을 떠미는 손길에 당할 재간이 없었다. 술만 마시면 남들보다 체감온도가 5도는 낮아지는 인희가 버티기에는 겨울의 새벽공기가 너무나 찼다.

도완의 차는 겉으로 보기에도 길고 컸지만, 타 보면 그 넓은 내부에 더욱 놀라게 된다. 인희는 푹신한 시트에 몸을 묻으며 께느른히 눈을 감았다. 차는 마치 허공에 떠서 가는 듯 미세한 흔들림까지도 용납하지 않았다. 구름 위에 앉아 있으면 이런 기분일까. 아파트 단지 초입에 들어서서야 인희는 졸린 눈을 떴다.

"저 앞으로 드라마 한 세 개쯤 대박 치면 살 수 있을까요, 이 차."

"힘들게 그러지 말고 이 차 소유주를 유혹해 보는 건 어때."

"그쪽이 더 힘들어 보이는데요."

"아니. 서 작가가 손가락 하나만 까딱하면 기꺼이 노예가 될 생각도 있다고, 그쪽은."

"재미없어요, 이런 농담."

차가 완전히 멈춰 섰다. 인희는 일부러 바닥만을 응시한 채 차에서 내렸다. 7층에 아직도 불이 환하게 켜져 있는 것을 본다면 들어가지 못할 것 같아서였다. 해가 뜰 때까지 미아처럼 길을 빙빙 헤매야 할지도 모른다.

"덕분에 편안히……."

"서 작가."

꾸벅 허리를 숙이는 인희의 말을 도완이 중간에 잘라먹었다. 그녀는 술기운에 느릿느릿 여닫히는 눈꺼풀에 힘을 주고 그를 똑바로 마주 보았다.

"농담 아니야."

"대표님."

"흙탕물이라고 했지. 좋아. 마음에 드는 표현은 아니지만 그렇다고 쳐."

한숨과 함께 몸을 부르르 떠는 인희에게 도완이 제 코트를 벗어 어깨에 둘렀다. 막으려는 인희의 손이 도완에게 붙들렸다.

"서 작가 눈에는 내가, 흙탕물에 옷 좀 더러워지는 게 무서워서 걷는 걸 포기할 사람으로 보여?"

"그만하세요. 이런 식이면……."

"또 피하겠지. 그게 두려워서 지금껏 주위만 맴돌았던 거야."

머리가 지끈거렸다. 도완에게 잡힌 손이 덥게 느껴졌다. 살짝 힘을 주자 이번에는 그가 순순히 놓아주었다.

"나를 이용하는 건 어떻겠어?"

"무슨 소릴 하시는 거예요."

"박정호. 서 작가 혼자 감당이 안 되면, 나를 방패로 쓰는 건 어떻겠느냐는 소리야."

인희는 도리질을 치며 도완에게서 한 걸음 물러섰다. 비수 같은 바람이 마주 선 두 사람을 날카롭게 할퀴고 지나갔다.

"오늘 함께 있어 주신 것만으로도 충분히 감사하고 죄송해요."

"거절이군."

"저를 여기서 더 염치없는 여자로 만들지는 마세요."

"……."

"저는 윤 엔터랑 작업하는 거 정말 즐거워요. 앞으로도 즐겁고 싶고요. 도와주실 거죠?"

도완은 그저 물끄러미 볼 뿐이었다. 이만 가 보겠습니다. 도완 의 대답을 기다리지 않고 인희가 서둘러 몸을 돌렸다. 걸음을 재우쳐 사라지는 여자의 뒷모습에서 눈을 뗀 도완의 시선이 허공을 향했다.

7층. 깊은 새벽, 전부 불이 꺼진 408동에서 유일하게 불이 켜진 집. 실소를 가장한 남자의 짙은 시기심이 공기 중에 하얗게 흩어졌다.

✄　　✄　　✄

문을 열면 그녀를 맞이할 것이 어둠일지 빛일지, 또한 자신이 바라는 것은 빛인지 어둠인지. 인희는 엘리베이터 대신 계단을 한 칸씩 밟아 올라가면서 내내 생각하였다. 그러나 어느 것도 쉽게 답을 내리기 어려웠다. 비틀거리는 걸음만큼이나 마음이 중심을 잡지 못하고 흔들렸다. 이런 상태로 대체 누가 누구의 마음을 정리시키고 끝맺게 하겠다는 것인지. 도완의 비웃음을 사도 싸다고 자조하며 도어락 앞에 섰다.

시야는 구불구불 엉망진창, 신발로 기능하기엔 너무나 뾰족한 하이힐에 지탱한 발목은 그보다 더 가관이었다. 아무도 끌어당기는 이 없는데 인희는 마치 뭔가에 뒷덜미를 붙잡힌 사람처럼 주춤 뒷걸음질을 쳤다. 그리고 그녀가 손도 대지 않은 도어락이 저절로 풀리며 문이 열렸다.

그 사이로 그가 나왔다. 뒤로 기울어지는 인희의 허리를 휘감아 안은 그는 지독한 무표정이었다. 그런 동시에 모순적이게도 온갖 부정적 감정을 품고 있어 주눅 들게 하였다. 허리 아래로 얽혀 있

287

는 하체가 신경 쓰여 술기운이 모조리 달아났다. 인희는 의도치 않게 정호의 사타구니 사이를 파고든 제 다리를 뒤로 뺐다. 몸을 바로 세우려는 시도는 허리가 단단히 틀어 잡힌 탓에 의미 없는 바르작거림에 지나지 않았다. 인희가 정호의 팔을 손으로 밀었다.

"놔. 괜찮아. 안 넘어져."

"진짜."

"……."

"다리를 부러뜨려 놓을까요."

무심한 눈이었다. 구르는 돌멩이를 보는 것처럼.

"말해 봐요. 그러길 바라요?"

그러나 동시에 집념하는 눈이었다. 매달리는 눈이고 갈구하는 눈이었다.

"내가 도대체. 어디까지. 언제까지 참아 주면 되겠어요."

음성이 마디마디 끊어졌다. 그 사이의 공백을 메꾸는 것은 인내하는 분노였다. 인희는 파리한 낯빛의 정호를 조용히 눈으로 좇았다.

"그럼, 얼마나 행복할 줄 알았어?"

화를 내지 않는 눈. 아무렇지 않게 상처를 주는 목소리는 스스로 듣기에도 소름이 끼칠 만큼 차가웠다. 인희는 억지로 정호의 품에서 도망쳐 나왔다. 술이 가져온 추위조차 어느새 희미해졌다.

"헤어지는 건 원래 다 이래. 아프고, 자존심이 상하고, 화가 나고, 좌절하고. 상대는 절대 나 같지 않다는 걸 받아들이고 포기하는 과정이야. 4년이 지났잖아, 4년! 남이 되고도 남았을 시간 동안 넌 대체 뭘 했어? 왜 너만, 왜 박정호 너만 이렇게 유별나게 굴어, 왜!"

"……남이 돼?"

"다시 시작하는 거 아니라고 난 분명히 말했어. 원망할 기회를 주는 거라고 몇 번이나 얘기했다고. 나야말로 얼마나 더 참아야 하는 거야? 대체 어디까지 내가……!"

"이런 게."

점점 복받치는 감정을 억누르지 못하고 언성이 높아졌다. 칼같이 말허리를 자르는 정호에 의해 복도 벽에 밀쳐진 인희는 등에 닿는 차가운 대리석의 감촉에 몸서리를 쳤다.

"이런 게, 복수예요? 내가 지금 당신한테 복수하고 있는 게 맞아요?"

"뭐라고?"

"생각해 보니 애초에 가능할 리가 없는 거였어요. 내가 그때 얼마나 아팠는데, 얼마나 괴로웠는데. 그게 다, 당신을 사랑해서 그렇게 힘들었던 건데."

"……."

"당신은 이미 나를 놓았잖아요."

그의 주먹이 아프게 경련해 댔다. 무언가 부수고 망가뜨릴 것을 찾지 못해, 그는 자해하듯 손바닥에 깊숙이 손톱을 박았다.

"나를 사랑하지 않는다며."

아니라는 말을 하면 어떤 표정을 지을까. 네가 좋아, 그 말을 듣던 때 눈물까지 짓던 남자의 미소가 선연히 떠올랐다.

"그러니까 당신은 내가 무슨 짓을 해도 상처받을 수가 없어요. 단지 귀찮고 짜증이 날 뿐이지."

"……."

"공평? 공평해지는 거라고 했었죠."

정호는 아주 재미있는 농담을 들은 것처럼 웃음을 터뜨렸다. 스산한 울림이 고막을 때렸다.

"여전히 나만 아픈 이따위 복수로 무슨 공평?"

그가 그녀의 얼굴을 거칠게 쥐었다. 아래턱이 뽑혀 나갈 듯 아렸다.

"나한테서 벗어나고 싶어요?"

아무 말도 할 수 없었다. 거짓말이 나올 것 같지 않아서. 그렇다고 해야 하는데, 사실은 이렇게라도 보는 게 눈물겹도록 좋다고. 진심이 쏟아져 나올 것만 같아서.

"그러면 나를 사랑하면 돼요."

"……사랑?"

"그때가 되면 버려 줄게요. 그러면 당신도 죽고 싶을 만큼 고통스럽다는 게 뭔지 알 거야."

사랑이 통째로 부정당할 때의 그 절망감. 가슴이 갈기갈기 난자당하고 그 안의 심장이 누군가의 구둣발 아래 짓이겨지는 것 같은 통증. 계절이 변하고 해가 바뀌어도 좀처럼 죽어지지 않는 순애가 한낱 미련으로 치부될 때의 그 모욕감.

이 모든 쓰라린 감정을 그녀가 알았으면 했고, 또 몰랐으면 했다. 그저 함께 있고 싶은 것뿐인데. 눈이 마주치면 잔잔하게 웃던 그 여자를 되찾고 싶을 뿐인데. 무엇을 해도 그저 싫다는 그녀의 앞에서 그는 너무나 무력해졌다. 한 가지 말만 배운 앵무새처럼 끊임없이 끝을 얘기하는 여자가 끔찍하게도 미웠다. 미운데, 미운데…… 싫어지지 않아 이렇게 힘이 든다. 옅은 술 냄새. 차갑게 얼어붙었을 작은 몸을 품에 안고 녹여 주고 싶어서 이 순간에도 미치도록 몸이 달았다.

팔을 뻗었다. 여린 어깨를 쥐고 끌어당겼다. 반항할 줄 알았던 여자가 순순히 안겨 왔다. 얼이 나가 버린 것 같았다. 그의 어느 말에서 충격을 받았을까. 사랑하라는 말? 버려 준다는 말?

버려 준다는 말이기를 간절히 바랐다. 그 말에 그녀가 겁에 질렸으면 했다. 그러면 소슬한 마음이 조금은 다독여질 것 같았다. 품에 안은 여자가 너무나 애틋하다. 거짓말이다. 버릴 수 있을 리가 없다.

스스로를 비난하며 인희의 등줄기를 달래듯 쓸어내리던 손이 어느 순간 멎었다.

낯선 냄새를 깨닫는다. 알코올로도 채 덮이지 않는, 남자의 진한 스킨 향을.

붉게 물들었던 시야가 제 색을 찾자 그제야 인희의 모습이 제대로 보였다. 그녀의 어깨를 덮고 있는 감색 코트에 피가 거꾸로 솟았다. 정호는 그것을 찢을 듯이 인희의 몸에서 떼어 냈다.

"뭐예요, 이게."

"……옷이잖아."

"장난해요? 누구 거냐고 묻는 거잖아요."

그녀는 묵묵히 코트를 향해 손을 뻗었다. 돌려 달라는 뜻이었고 정호는 그에 따라 줄 마음이 전혀 없었다.

"당신 옷이 아니잖아."

"바텐더한테 빌렸어. 추워서."

"가지가지 하네."

"너, 그 말버릇……."

"거짓말을 하려거든 좀 더 성의 있게 해야 속아 주는 척이라도 할 거 아니야."

재질을 가늠하듯 코트 겉감을 엄지로 쓸었다. 캐시미어, 그 외의 다른 소재는 섞이지 않았을 것이 분명하다. 그는 보란 듯이 인희에게 브랜드명이 적힌 라벨을 보여 주었다. 초승달 같은 입술에 걸린 비웃음은 그 목적과는 다르게 마치 유혹을 하는 것처럼 아찔했다.

"명품에 관심 없는 나도 알아요. 이게, 어지간한 회사원 석 달 치 월급은 되어야 살 수 있는 옷인 거. 그런데 뭐? 바텐더한테 빌려요?"

안주머니에 수놓아진 명품 브랜드 로고를 흥미롭게 바라보던 그가 갑자기 뚜벅뚜벅 걸음을 옮겼다. 복도 끝 창가로 다가간 정호가 망설임 없이 창을 열었다. 싸라기눈이 섞인 매서운 삭풍이 기다렸다는 듯 그 사이를 파고들었다. 그는 눈도 깜짝하지 않고 코트를 밖으로 집어 던졌다.

"그래서, 그 고마운 바텐더는 어디의 누구예요? 내가 변상을 해야 할 것 같은데."

"너, 너 지금 무슨 짓을……."

인희가 창백한 얼굴로 다가와 창밖으로 머리를 뺐다. 하필 까마 득한 어둠과 비슷한 색상이었던 코트는 어디쯤에 떨어졌는지조차 가늠할 수가 없었다. 입술을 깨문 인희가 몸을 돌렸다. 엘리베이 터의 하강 버튼을 신경질적으로 여러 번 누르던 그녀의 손이 그에 게 휘어잡혔다.

"직접 말하고 싶지만 당신은 죽어도 안 알려 주겠지."

무슨 생각을 하는지 알 수 없는 무표정한 얼굴이 밀랍인형의 것 처럼 섬뜩했다. 그녀의 손목을 쥔 그의 손은 벗어나려고 발버둥 치면 칠수록 죄어드는 올무 같았다.

"나 대신 잘 전해요. 다시 한 번 이딴 수작 부리면, 그땐 옷 정 도 망가지는 걸로 안 끝난다고."

엘리베이터 문이 열렸다. 얼음에 갇힌 것처럼 굳어 버린 인희를 두고 정호가 그 안에 제 몸을 실었다.

"5일이에요. 나 돌아오는 날."

열림 버튼을 눌러놓은 채로 그가 빙그레 웃었다. 그렇게 하면 전부 없던 일이 되는 것처럼, 아무 일도 일어나지 않았던 것처럼. 그래서 그가 어떻게 웃어도 그녀에겐 그저 먹먹하였다.

"그날 떡볶이 먹으러 가요. 우리, 처음 같이 밥 먹었던 거기."

"……."

"잘 자요."

그의 한쪽 다리가 열린 문을 지나 그녀가 있는 복도를 디뎠다. 이마에 짧게 닿았다가 떨어지는 그의 입술이 말라 버린 낙엽처럼 파삭거렸다.

　남자를 다시 태운 엘리베이터의 문이 닫혔다. 여자는 주저앉았고, 남자를 집어삼킨 엘리베이터 안에서는 무언가 부수어지는 소리가 났다.

　한참 후, 코트를 찾기 위해 그 안에 들어선 인희를 반긴 것은 본래의 형체를 잃어버린 사각의 거울이었다. 금이 가고 깨어진 거울이 그녀의 얼굴을 기괴하게 비쳐 냈다. 그 안의 여자가 조각난 얼굴로 울었다.

```
After
Goodbye
```

4

　입국심사를 마치고 게이트를 통과하자마자 기다렸다는 듯 플래시가 앞다투어 터진다. 그 날카로운 섬광에 시야가 하얗게 명멸했다. 입안의 여린 살을 지그시 깨물며 뒤늦게 선글라스 다리를 귀에 거는 얼굴이 일견 섬약해 보일 만큼 창백하였다.

　수열이 한 손으론 정호의 등을 감싸고 남은 한 손으론 구름떼처럼 몰려든 기자와 팬을 밀어내며 길을 텄다. 기자들이 찍은 사진은 초 단위로 인터넷에 게시된다. 머리끝부터 발끝까지 관찰하고 해부하는 시선들에 행동 하나하나가 자유롭지 못하다. 누군가 옷을 잡아당기고 몸을 더듬어도 무시로 일관하는 것이 최선이었다. 이리 치이고 저리 치이며 공항 밖으로 향하는 와중에 팬인지 기자인지 모를 누군가가 유달리 큰 목소리로 그에게 물었다.

　"신혜라랑 정말 사귀어요? 네?"

그렇게 해서 그의 걸음을 붙잡을 수 있을 거라고 기대했다면 오산이다. 정호의 머릿속에서 신혜라는 이름은 소각된 지 이미 오래였으니까. 그는 아무 소리도 듣지 못한 것처럼 묵묵히 기다리고 있던 차에 올라탔다. 수열이 넌더리가 난다는 듯 옷을 탈탈 털며 조수석에 올랐다.

"어우. 진짜 징글징글……."

"앞으로 인터뷰할 때 대본에 없는 내용은 하지 마. 엮여서 득 볼 것 없는 상대야."

차 문을 닫자마자 그의 무릎 위로 프린트된 기사 하나가 떨어졌다.

〈신혜라, 박정호와 사적으로 연락? 노코멘트할게요〉

적당히 호기심을 부추겨 클릭수를 높여 보려는 기자의 목적이 노골적으로 드러나는 헤드라인. 정호는 무성의하게 종이를 치워 낸 후 옆을 보았다. 신경질적인 음색을 감추지 못한 여자가 그를 마주 보았다.

최세현. 에이치엑터스의 대표. 거의 삼 개월 만에 마주하는 소속사 대표에게 최소한의 예의조차 차리지 않는 정호를 두둔하느라 애꿎은 수열의 입만 바빴다.

"대표님도 같이 마중 나오셨네요. 바쁘실 텐데……. 동남아가 역시 덥긴 엄청 덥더라고요. 정호가 이번에 고생을 많이 했어요. 얼굴이 좀 탔죠? 귀국일 맞추려다 보니 감독님이 강행군으로……."

"됐어요, 문 실장. 정호랑 나 삐걱대는 거 하루 이틀 일도 아니고."

동글동글한 이목구비와는 다소 괴리감이 느껴지는 차가운 미소
가 세현의 만면에 가득했다. 정호는 그녀에게로 향했던 시선을 창
밖으로 돌리며 귀에 이어폰을 꽂았다. 쿵쿵. 빠른 비트의 음악이
채 흡수되지 못하고 바깥까지 새어 나왔다. 세현의 얼굴이 새빨갛
게 달아오르나 싶더니 곧 그녀가 그에게로 손을 뻗었다.

"시끄러운 음악 질색하면서……!"

타앗.

정호가 그녀의 손을 사납게 쳐 냈다. 세현이 잡아 뺀 이어폰이
발판 아래 나뒹굴었다. 말을 하던 그대로 굳어 버린 세현을 향해
정호가 나직하게 물었다.

"대표님이 내리실래요, 아니면 제가 내릴까요."

메마른 감정만큼이나 건조한 눈동자. 세현은 저도 모르게 가슴
께를 더듬어 옷깃을 세게 움켜잡았다.

히터 때문에 차 안의 공기는 불과 몇 시간 전까지 체류했던 방
콕의 그것만큼이나 답답했다. 늘 끼고 다니는 장갑은 그래서 벗어
둔 모양이었다. 코트를 쥔 세현의 손은 무엇에도 보호받지 못한
채 노출되어 있었다. 아무렇게나 낙서된, 빗물에 침수된 낡은 벽
지 같은 피부. 처음부터 줄곧, 언제나 그래 왔듯. 그녀의 오른손을
보는 그의 시선은 여상하다. 비록 내뱉는 말은 가시 같을지라도.

"차 세우세요."

미처 공항을 빠져나가기도 전이었다. 제 배우와 함께 출국했다
돌아온 수열 대신 운전대를 쥔 세현의 기사가 후사경을 통해 뒤쪽

의 눈치를 살폈다. 곧 죽어도 제 상사라고 세현의 지시를 기다리는 것이다. 정호가 비리게 웃었다. 주행 중인 것은 애초에 별 문젯거리가 안 된다는 듯이 손잡이를 잡아 옆으로 미는 정호를 보며 세현이 다급하게 소리쳤다.

"그만둬! 내릴게! 내가 내린다고!"

타이어와 지면이 마찰하여 나는 소리에 오싹 소름이 끼친다. 그러나 그보다 더 끔찍한 건 표정 없는 정호의 얼굴이었다. 세현은 어깨를 파르르 떨었다. 그나마 다행인 것은 적어도 목소리만큼은 흔들리지 않는다는 사실이다.

"용건만 말할 테니까 좀 참아. 1분이면 돼."

그가 미간을 우그러뜨린다. 그 1분도 참기 힘들다는 듯이.

"신혜라. 너랑 스토리 잘 만들어서 어떻게 한번 떠 보려는 것 같은데, 거기 놀아나지 마. 이 정도 가십은 애교로 넘어가 줄 수 있어. 그런데 여기까지야. 이 이상은 곤란해. 안치훈, 걔가 신혜라랑 같은 소속사라더니 아무래도 그래서 인터뷰 때 백허그니 뭐니 시킨 모양이야. 같이 작품 하는 사이에 척을 지란 소린 아니지만 사적으로 술자리 같은 건 갖지 않는 게 좋겠어. 그 자리에 신혜라가 껴 있을 확률이 높으니까. 더해서 카메라까지."

세현은 미리 외워 온 것처럼 호흡 한 번 흐트러뜨리지 않고 말을 마쳤다. 참았다 한꺼번에 터져 나오는 숨에는 긴장이, 기대가, 그리고 그리움이 어지럽게 뒤섞여 있다.

"1분, 지났어요."

친히 문까지 열어 주는 반갑지 않은 친절에 얼기설기 꿰매어 놓은 마음이 또 한 번 찢어졌다. 정호의 무념한 두 눈을 응시하던 세현의 서러움이 기어이 터져 나왔다.

"너 걱정돼서 온 사람이야. 고마워하는 척이라도……."

"이건 진짜 기자가 쓴 게 맞긴 한가."

세현이 프린트해 온 기사가 정호의 손가락 사이에서 팔랑거렸다. 그가 조롱하듯 덧붙였다.

"도무지 믿을 수가 있어야지."

"……."

"그리고 자꾸 잊으시는 모양인데. 말씀드렸죠. 꼭 필요한 때가 아니면 얼굴 보지 말고 살자고. 이 정도 용건은 문 실장님 통해 전하셨어도 충분했을 겁니다."

그의 무조건적인 신뢰가 그녀를 오만하게 만들었었다. 너는 착한 아이니까. 내가 무슨 짓을 해도 너만큼은 변하지 않을 거라는 확신에 찬 여자는 남자에게 한없이 잔인했었다.

"가세요."

그 대가를 받는 것이다. 감히 예상하지 못한 죄. 이렇게나 냉정할 수 있는 사람인 것을 모르고 감히 함부로 판단한 죄.

세현을 토해 낸 차가 그녀의 시야에서 멀어진다. 들뜬, 혹은 여독에 지친 사람들이 분주히 그녀를 스치고 지나갔다. 발길을 재촉하던 누군가가 그녀의 어깨를 세게 친다. 미처 끼지 못하고 손에 쥐고 있던 장갑이 바닥으로 떨어졌다. 남자가 그것을 주워 그녀에게 내밀며 사과했다.

"어, 죄송합……."

노랗게 머리를 물들인 이십 대 초반의 남자가 그녀의 손을 보곤 흠칫하여 말을 얼버무렸다. 세현이 피식 웃었다.

누군가 함부로 반죽해 놓은 찰흙처럼 엉망인 그녀의 오른쪽 손. 그 손이 장갑을 받자마자 내내 시선을 피하던 남자는 꾸벅 허리를 숙이고 부리나케 도망쳤다. 세현은 입매를 단단하게 굳혔다.

그래. 다들 그랬다. 한때는 그녀를 제 목숨보다 사랑한다고 했던 남자, 그마저도 다른 누구도 아닌 자신이 빚어 놓은 끔찍한 결과물 앞에서 마찬가지로 뒷걸음쳤었다. 귀신이라도 마주한 것처럼 파랗게 질리던 얼굴. 불에 집어삼키어진 팔보다 마음이 더 아팠다.

하지만, 너는 아니었잖아. 너만큼은 나를 똑바로 봐 주었잖아.

"내가…… 내가 대체 뭘 어떻게 해야 하니, 정호야."

한숨은 눈물이 된다. 당기어진 피부 때문에 주먹조차 쥘 수 없는 손. 그 손을 잡아 일으켜 주던 온기. 그것을 찾듯 세현은 손바닥에 얼굴을 묻었다.

혼자 살기에 지나치게 넓은 집은 사람이 있을 때나 없을 때나 늘 사늘하게 가라앉아 있다. 수열이 캐리어를 끌어다 드레스 룸에 놓는 동안 정호는 쓰러지듯 거실 소파에 앉았다.

"정리하지 말고 그냥 둬. 내가 해. 형도 그만 가서 쉬어."

"그럴까, 그럼? 오늘은 나도 좀 피곤하네. 이건 내가 내일 와서 정리할 테니까, 우선 푹 자. 내일 2시에 데리러 올게."

정호는 대답할 기운도 없어 담요를 끌어안고 기우뚱 몸을 기울여 그대로 누워 버렸다. 수열이 뭔가 할 말이 있는 듯 소파 근처를 서성이는 게 느껴졌지만 아무 말도 듣고 싶지 않아 감은 눈을 뜨지 않았다. 보나마나 대표님에 관한 일로 조언이랍시고 쓸데없는 잔소리나 늘어놓을 것이 뻔했다.

한참을 망설이며 정호의 눈치를 살피던 수열이 결국 포기하고 돌아섰다. 현관이 닫히고 나서야 정호는 천천히 눈을 떴다. 수열이 아무리 값비싼 가구와 장식을 사다 날라도 휑하기만 한 집. 무채색의 공간을 훑는 눈이 흐릿했다.

어머니의 빚은 데뷔 이후 두 번째 광고를 찍은 그때 모두 청산하였다. 그 이후로 번 돈은 그저 의미 없이 통장에 차곡차곡 쌓아두는 중. 그 안에 정확히 얼마가 들어 있는지 정작 그 소유주는 관심이 없는 것에 대해서 수열은 이따금 찬양하는 것을 잊지 않았다.

'이렇게 묵히지 말고 투자 같은 걸 해서 불려 보는 건 어떠냐? 내가 다 아깝다. 강남에 괜찮은 건물 나온 거 있나 내가 대신 알아봐 줄까? 아무래도 부동산만큼 안전한 게 없으니까.'

수열의 말을 듣고 정호는 그제야 '아, 나한테 돈이 그만큼 많구나.' 하고 깨달았다. 정호는 건물 타령을 하는 수열에게 강남 대신 서울 외곽의 허허벌판 공터 하나를 매입할 수 있는지를 물었다. 수열은 그런 정호를 이해하지 못했지만 군말 없이 그 땅을 제 배우의 것으로 만들어 주었다. 그러고도 한참 남는 돈이 아까워 이촌 근처의 3층짜리 상가와 이 아파트를 사게 만들었다. 열 개가 넘는 0이 쌓여 있던 통장이 전에 비해 단출해졌지만 빠져나간 것을 다시 채우는 것은 어차피 몇 달이면 족할 일이었다.

그렇게 해서 얻게 된 집이다. 그러나 정호에겐 그저 잠을 자는 공간, 그 이상도 이하도 아닌 곳.

젖은 솜처럼 몸은 둔하고 머리는 누군가 틀어 앉아 꽹과리를 치는 것처럼 시끄러운 와중에 비틀대며 일어나 향한 곳은 주방이었다. 냉장고를 열자 곰팡이가 파랗게 핀 식빵이 덩그러니 놓여 있다. 초반엔 열심히 밑반찬을 채워 넣던 수열은 제가 가져온 것이 젓가락질 한 번 받지 못하고 모조리 썩어 나가는 것을 인정하게 된 이후론 더는 그 바보짓을 하지 않았다.

덕분에 텅텅 빈 냉장고에 정호는 무의식적으로 빵과 달걀을 사다 놓았다. 물을 마시려 냉장고 문을 열 때마다 숨 쉴 구멍을 찾듯 식빵과 달걀을 보았다. 예전에 그녀의 집에 있던 냉장고 사정도 이와 크게 다르지 않았었다. 해 먹을 만한 게 없으니 그저 토스트나 해 먹자며 부끄러운 듯 웃던 인희의 얼굴이 시야를 해쳤다.

어디서부터…… 잘못된 거지.

주방에서 나와 침실로 걸으며 생각했다.

4년 만의 재회. 다시 만난다면, 그건 분명 봄일 거라고 생각했다. 그런데 어째서 이렇게나 추운 건지. 무엇이 자신과 그녀를 이렇게 만들었는지 정호는 끊임없이 그 답을 질문하며 침대 시트를 움켜쥐었다.

4년의 시간을 넘어 이곳에서 그녀를 다시 안았던 날이 떠올랐다. 질리지도 않는 그리움이 만들어 낸 환영인가 싶어 어떤 표정도 짓지 못하고 어떤 말도 하지 못하는 그에게 오랜만이라며 심상하게 웃던 여자가 그 순간엔 정말 악마처럼 보였다. 잡은 손의 뼈를 몽땅 으스러뜨리고 싶을 만큼 미웠다.

좋아 보인다고? 그런 말을 들을 줄 알았더라면 철저히 망가진 채 살았을 것이다. 연기 따위 하지 않고 스스로를 나락으로 떨어뜨림으로써 그녀의 시선 한 자락 한 번 받을 수 있으면 그는 충분히 그렇게 하고도 남을 사람이었다. 언제나 후퇴는 쉬운 법이니까. 다만 그렇게 하지 못했던 이유는,

'당신이 나를 완전히 잊을까 봐.'

TV, 잡지는 물론이고 그녀가 자주 타는 버스 옆구리나 지하철역사 내의 광고판에도 그가 찍은 영화 포스터가 걸렸다. 그녀가 즐겨 찾는 화장품과 의류 브랜드의 모델로 서기도 했다. 그녀의 발길이 닿고 눈길이 닿는 모든 곳에 존재하고 싶어서. 그렇게 하면 잊으려야 잊을 수 없을 테니까.

가장 바빴을 때에는 코피를 쏟는 일은 다반사고 과로로 쓰러져 눈 떠 보니 병원이었던 적도 있다. 팬들의 공분을 살 일이 무서워서 철저히 비밀에 부친 탓에 기사로는 나가지 않았지만 드라마 작가인 인희의 귀에 건너건너 자신의 입원 사실이 들어가지 않았을 리가 없다. 그래서 어머니의 죽음을 떠올리게 하는 병원이란 장소도 꿋꿋이 버텨 냈다.

그녀가 찾아와 주지 않을까 해서. 창을 통해 병원 입구를 하염없이 내려다보면서 기대하고, 실망하고, 기다리고, 좌절했다. 그리고 다음 날이면, 한 번도 다친 적 없는 것처럼 다시 해바라기 짓을 반복했다.

그런 시간들을 그녀가 알아주길 기대했다. 수척해진 얼굴을 보며 가슴 아파하고, 힘들었겠구나, 아팠겠구나, 하며 끌어안아 주길 바랐었다.

하지만 당신은 어땠지?

'나는 너, 필요가 없다고.'

그의 바람을 철저히 짓밟아 놓았다. 한 번도 모자라 두 번이나 그를 버리려고 했다. 겨울만 참으면. 참으면. 참으면…… 참기만 해서는 아무것도 달라지지 않는다는 것을 그때에 깨달았다. 그녀가 없는 4년이라는 시간을 그 바보짓으로 허비했다. 그리고 더는 지속할 자신이 없었다.

망가진 인형에 애착하여 품에서 떨어뜨리지 못하는 아이처럼, 남자는 더 이상 자신을 향해 웃지 않는 여자라도 옆에 두어야겠다고 생각했다. 그래서 좋았느냐고? 좋았다. 적어도 불안하지는 않았으니까. 꿈속에서도 그를 버리는 그녀 때문에 어둠 속에서 밤새워 우는 일은 하지 않아도 되었으니까. 오지 않는 것을 하염없이 기다릴 때처럼 우울하고 두렵지는 않았으니까. 하지만…….

"……추워."

외롭다.

그녀가 모질어질수록 그것과 비례해 그녀의 짓궂고도 사려 깊은 목소리에 대한 갈망이 커진다. 그녀의 달라진 태도를 견딜 때마다 잃어버린 것이 무엇인지, 놓치고 있는 것이 무엇인지 더욱 절실히 깨닫지 않을 수 없었다.

휴대전화를 꺼내 인희의 전화번호를 액정에 띄워 놓고 한참을 머뭇거렸다. 10초를 넘기기 힘든 통화. 기계적으로 간신히 대답만 하는 그녀와의 통화는 차라리 고문에 가까웠다. 인희는 불쑥불쑥 찾아오는 그에게 늘 불만을 드러냈지만 그렇지 않으면 이리저리 빠져나갈 핑계만 찾는 그녀를 붙잡아 둘 방법을 정호는 알지 못했다.

결국 휴대전화를 그대로 재킷 주머니에 집어넣고 주차장으로 내려갔다. 귀국 날짜를 알려 줬으니 보란 듯 집에 없을 확률이 높다. 게다가 다투기까지 했지. 하지만 후회하지는 않았다. 그 빌어먹을 코트의 주인이 누구인지 알아내지 못한 것이 찜찜하고, 그것을 찢어발겨 불태우지 못한 것이 애석할 뿐이다.

인희의 집으로 향하는 내내 그러한 생각들로 운전대를 다루는 손이 거칠었다. 내키는 대로 차선을 바꾸며 곡예하듯 질주하는 고가의 외제차를 향해 클랙슨을 울리는 차량은 드물었다. 파삭, 웃음이 깨어진다.

'차라리 그 사람이 아주아주 가난한 사람이었더라면 어땠을까 생각해. 그러면 사람들은 비난이나 의심 대신 나를 동정했을 거야. 스물여섯의 빈털터리 젊은 과부. 얼마나 불쌍해.'

어느 날, 그녀가 잔뜩 취해서 말했었다.

'그런데, 그냥 과부가 아니래. 수십억의 유산이 생겼대. 사람 마음이 참 간사하지? 어딘가 수상한 것 같아. 뭔가 뒷얘기가 있을 것 같은 거야. 대학 문턱도 못 밟아 보고 간신히 고등학교만 졸업했다는 가난뱅이 여자애가 남편 잘 만나 작가님 소리까지 듣는데. 이쯤 되니 과부? 그런 건 별로 중요한 문제가 아닌 것 같아. 인생

폈대. 세상에, 이거 완전 신데렐라 스토리인 거지.'

잠옷으로 갈아입히려고 그녀의 블라우스 단추를 풀어내는 정호의 손을 쳐 낸 인희는 몸을 굴려 침대에 엎드렸다. 왜소한 몸에 날개뼈가 툭 튀어나왔다. 구부린 팔꿈치 안쪽에 얼굴을 묻고 그녀는 무의식에 가까워진 목소로 웅얼거렸다.

'그런데 정호야…… 난 그 사람들, 이해해. 이전의 나처럼 매일 일에 찌들고 돈 몇 푼 때문에 구걸하듯 누군가에게 매달리고. 그런 사람과 결혼할 결심을, 내가 할 수 있었을까? 태언 씨가 가난했더라면 나…… 그 사람을 사랑까진 못했을지 몰라. 그래. 사랑하지 않으려고 발악했을 거야.'

그렇게 막을 수 있고, 피할 수 있는 것이라면 얼마나 좋을까.

그러면 나도 서인희 당신을 사랑하지 않을 수 있었을까.

"왔어?"

그녀가 소파에서 몸을 일으켜 막 현관을 들어서는 그를 돌아보았다. 옅은 화장과 낮게 내려 묶은 머리. 검은 목폴라에 쥐색 코트.

"……어디, 가요?"

인희가 빙글 미소한다.

"떡볶이 먹으러 가자며. 잊었어?"

눈시울이 왈칵 뜨거워진다. 코끝이 멋대로 우글우글 찌그러졌다. 정호는 허락 없이 나오려는 눈물을 집어삼키고 고개를 푹 수그렸다. 그녀가 다가와 가느다란 손가락으로 그의 메마른 눈가를 쓸었다.

"툭하면 울기는."

그런 당신이야말로 어째서 울 것 같은 얼굴인 건데. 물어보지 못했다. 그러면 정말 울음이 터질까 봐서. 겁이 나서.

※　　※　　※

떡볶이 가게는 아직도 그 자리를 지키고 있었다. 정호와 인희는 높은 빌딩숲 사이에 부조화하게 끼어 있는 그 자그마한 가게 안으로 들어섰다. 그때처럼 튀김, 순대와 묶여 있는 세트 메뉴를 주문했다. 가게는 그대로이지만 주인은 바뀐 것 같았다. 전보다 훨씬 맵게 보이는 새빨간 양념을 쳐다보곤 인희가 자리에서 일어섰다. 그녀가 어디 도망갈까 봐 전전긍긍하는 사람처럼 정호 역시 의자에서 엉덩이를 뗐다.

"물 가지러 가는 거야. 너 매운 거 잘 못 먹잖아."

엉거주춤한 자세로 굳어 있던 정호는 정수기로 다가가는 인희의 모습을 보며 거칠게 머리를 쓸어 넘겼다. 그녀의 태도가 어째서 이렇게 갑자기 변한 것일까. 긍정적인 생각보다는 그 반대의 이유들만 떠올랐다. 차를 타고 오는 내내 어떤 말도 하지 못했다. 작은 부주의로도 이 꿈만 같은 평화가 파삭 깨어질 것만 같아서.

"먹어."

멀뚱히 앉아만 있는 정호의 손등을 인희가 포크 손잡이로 쿡 찔렀다. 잡을 생각을 하지 못했다. 한숨을 쉰 그녀의 작은 손이 그의 손가락을 열고 차가운 쇠붙이를 끼워 넣는 그 일련의 과정 동안 정호의 시선은 내내 인희의 얼굴 위를 떠나지 않았다. 그러더니 급기야 포크를 쥐여 주고 이내 멀어지는 인희의 손을 덥석 쥐었다.

"뭐예요?"

"뭐가?"

"갑자기…… 나한테 왜 이래요?"

"뭐가 잘못됐어?"

"……."

"이렇게 잡고 있으면 먹을 수가 없는데."

인희가 피식 웃었다. 석연치 않은 기분으로 마지못해 손을 놓아 주자 그녀는 음식을 골고루 맛보기 시작했다. 예전과 그대로였다. 오물오물 먹는 입도, 맛있다 감탄할 때 살짝 휘는 눈매도, 뒤늦게 찾아온 알싸함에 서둘러 물을 머금는 모습까지. 아 지난날의 환영인가, 싶던 찰나 인희가 떡을 찍어 그의 입술에 갖다 댔다.

"먹어. 보지만 말고."

과거의 그때에는 없던 행동. 그제야 현실감이 들었다. 그녀가 주는 것을 느리게 받아먹었다. 인희가 목소리를 낮춰 물었다.

"더 매워진 것 같지?"

고개를 끄덕였다. 사실 아무런 맛도 느끼지 못하면서 질겅질겅 떡을 으깨고 매운 척 연기를 하며 물을 꿀꺽꿀꺽 들이켰다. 인희가 그럴 줄 알았다는 듯 키들거리자 심장을 중심으로 뜨끈한 기운이 빠르게 퍼져 나갔다.

인희는 고민 끝에 복숭아 맛이 나는 요구르트 음료를 추가로 주문했다. 얼얼한 입안을 헹구고 정호에게도 권했다. 그 역시 그녀가 하는 대로 따라했다.

인희의 포크가 가는 곳마다 정호의 포크가 그다음을 이었다. 고구마튀김 하나, 순대 하나, 떡볶이 하나. 혀가 마비될 정도로 달콤한 음료수. 어느 순간부터 정호가 자신의 뒤를 밟고 있다는 걸 깨달은 인희가 눈을 맞추며 빙그레 웃었다.

가슴에 났던 커다란 구멍을 차곡차곡 메우는 미소였다.

울컥, 또 눈물이 날 것 같아서 고개를 숙이고 씹는 일에 열중했다. 그러는 사이 여고생 무리가 단체로 들이닥쳤다. 기껏해야 테이블 네 개가 전부인 작은 가게의 퇴로는 손쉽게 차단당했다. 정호는 반사적으로 모자를 깊게 눌러썼다. 그러나 그 정도 장애물로 가려질 존재감이었다면 애초에 배우로 이 정도 성공은 불가능한 일이었을 것이다. 챙 아래 드러난 티 없이 하얀 피부와 깎아 놓은 듯한 턱만으로도 눈길을 끌기는 충분했다. 수군거림은 순식간에 열광으로 바뀌었다. 정호를 알아본 여학생들은 다짜고짜 휴대전화부터 꺼내며 그의 주위로 몰려들었다.

"우와! 야, 진짜 박정호야!"

찰칵. 찰칵. 찰칵.

쉴 새 없이 터지는 셔터 소리에 그의 당황한 눈동자가 일렁였다. 정호가 벌떡 일어섰다. 인희를 끌고 나가려고 했지만 오히려 무지막지하게 밀고 들어오는 힘에 뒷걸음질 치고 말았다. 제 것인 양 정호의 팔짱을 끼며 손가락 두 개를 펴서 흔드는 여학생, 그 모습을 놓칠세라 서둘러 카메라에 담는 친구. 정호는 이마를 찌푸리며 놀랍도록 차분하게 앉아 있는 인희를 바라보았다.

"사인해 주세요, 네?"

"저 진짜 팬이에요! 오빠 드라마랑 영화 다 봤어요!"

이런 상황에 유연하게 대처하는 건 어렵지 않은 일이다. 고맙다고 웃어 주고 일일이 포옹해 주며 그 역시 팬을 만나 너무나 즐거운 척하는 것. 인희와 함께 있는 지금만 아니었다면 늘 있던 일상이 새삼 이렇게 고난스럽지 않았을 것이다.

정호의 표정이 차게 식었다. 꽉 깨문 입술엔 핏기가 사라져 창백했다.

"죄송하지만……."

"해 드려. 팬이라고 하시잖아."

정호의 말을 끊은 것은 다른 누구도 아닌 인희였다. 목소리가 들리기까지는 존재하는지조차 몰랐던 일행, 그것도 여자의 등장에 찬양의 눈빛은 금세 날을 세웠다. 인희는 오해하지 말라는 듯 손을 가로저었다.

"정호 소속사 직원이에요. 얼른 사인 안 받고 뭐 해요. 우리 다음 스케줄 있어서 여기 오래 못 있는데."

그녀의 말이 떨어지기가 무섭게 여학생들은 더욱 극성맞게 그에게 달려들었다. 정호가 뭐하는 짓이냐는 듯 미간을 좁혔다. 인희가 팔짱을 낀 채 짓궂게 웃었다. 예전에 그를 놀릴 때마다 종종 보여 주던 그 사악한 미소가 정호를 너무나 쉽게 굴복시켰다.

결국 펜을 쥐고 끊임없이 들이밀어지는 새하얀 종이 위에 까만 선을 채워 넣었다. 그저 가게 앞을 지나가던 사람들도 웬 소란인가 싶어서 안을 기웃거리곤 반짝 사인회의 대열에 동참했다. 정신이 하나도 없었다. 경호원도 없고 매니저도 없는 사인회는 그야말로 도떼기시장 같았다.

문득 손목이 조금 아프다는 것을 느끼고 고개를 들었을 때, 그가 발견한 건 인희가 사라진 무채색의 세상이었다. 더 생각할 것도 없이 벌떡 일어섰다. 놀란 사람들이 그를 따라 시선을 위로 들어 올렸다.

"어! 저, 사인은……!"

"죄송해요. 정말 죄송합니다."

기껏 기다렸다가 허탕을 치게 된 사람들의 원성을 뒤로하고 그는 막무가내로 가게를 나왔다. 어디에도 인희의 모습은 보이지 않았다. 볼품없이 떠는 손으로 그녀에게 전화를 걸기 위해 휴대전화를 꺼냈다. 잠금을 풀자 문자 하나가 뜬다. 인희로부터 온 것이었다.

[차에 가 있을게. 천천히 와.]

곧장 차를 주차해 둔 빌딩 후문 쪽으로 달렸다. 조수석 문에 기대어 구두 끝으로 바닥을 툭툭 치고 있던 인희가 그를 발견하곤 몸을 곧게 폈다.

"어, 생각보다 빨리 왔어……."

단단한 두 팔이 그녀를 답삭 끌어안았다. 신성되지 않은 호흡이 섞인 채 그가 원망을 쏟아 냈다.

"혼자 먼저 가는 게 어디 있어요! 갑자기 없어져서 내가 얼마나 놀랐는지 알아요?"

"그래서 문자 남겼는데. 사인은 다 해 주고 왔어?"

"몰라요, 그딴 거. 애초에 당신이 그렇게 얘기하지만 않았어도 안 했어."

그가 이를 으득 갈았다. 인희는 남자의 등을 토닥이며 달랬다.

"알았어. 미안해. 나 계속 서서 기다렸더니 다리 아파. 빨리 차 문 좀 열어 줘."

그녀의 말이 떨어지자마자 삐빅, 하는 소리와 함께 잠금이 풀린다. 정호가 인희를 품에서 떼어 내고 조수석 문을 열어 그녀를 앉혔다. 화가 났다는 걸 어필하려는 듯 문을 닫는 소리가 꽤 사나웠다. 뒤이어 운전석에 오른 그가 시동을 켰다. 버튼을 꾹 누르는 그 손을 인희가 쥐고 제게로 끌어왔다.

"손이 이게 뭐야. 사인 받던 사람들이 너 맨날 쌈질하고 다니는 줄 알겠다."

출국하던 날 새벽, 승강기 벽면의 거울을 산산조각 내면서 생긴 상처였다. 울룩불룩 뼈마디가 튀어나온 곳마다 검은 딱지가 보기 흉하게 엉겨붙어 있었다. 이제 와 약을 들이붓는다고 나아질 것 같지는 않지만, 적어도 흉은 덜 남겠지 싶어서 인희는 무릎 위에 올려 둔 하얀 봉지를 뒤적거렸다. 이걸 사러 갔던 걸까. 약국이라고 쓰인 봉투를 본 정호의 표정은 복잡하였다.

"아무리 화가 나도 이러지 마. 배우는 몸이 재산이라는 말 몰라?"

재생에 좋다는 연고를 치덕치덕 바르며 그녀가 꾸짖었다. 정호는 인희의 동그란 이마를 물끄러미 쳐다보기만 했다. 겨우 손이 조금 까진 걸로 당신이 날 이렇게 따뜻하게 봐 준다면, 어디 한 군데 영영 병신이 되어 버려도 나쁘지 않겠다는 생각은 그저 속으로만 하였다.

"……이거 다 나으면."

"응?"

"다시 나한테 차갑게 굴 거예요?"

인희는 아무 말도 하지 않았다. 조바심에 그녀의 어깨를 잡고 흔들고 싶어 눈이 벌겋게 달아올랐다. 이렇게 상냥하게 웃어 놓고, 또 언제 그랬냐는 듯 진저리를 치며 나를 보겠지. 당신은 그런 사람이니까. 안 속아. 안 믿어. 악다문 이에 턱이 아릴 때쯤 그녀가 그의 손을 놓아주었다.

"네가 좋아서 어쩔 줄 모르는 저 사람들. 날 알면, 너한테 전부 등 돌릴 거야. 정말 그래도 괜찮겠어?"

인희가 정호를 직시하며 물었다. 고려할 가치도 없다는 듯 잠깐의 틈도 두지 않은 대답이 바로 뒤를 이었다.

"그때나 지금이나, 내 생각은 같아요."

"……"

"나를 죽이고 살리는 건 당신 하나예요. 얼굴도 모르는 수천, 수만 명의 혓바닥이 아니라."

인희가 쓰게 웃었다. 그래. 예상했던 대답이었다. 그 어떤 설득으로도 그에게 헤어짐을 납득시킬 수는 없을 것이다. 4년 전에 실패하여 이렇게 도돌이표를 찍듯이.

흔들림 없는 곧은 시선 속에 갇힌 채, 인희는 정호가 받아들이지 못했던 이별이 어째서 자신에겐 가능했는지 떠올려 보았다. 그를 덜 사랑했기 때문도, 그보다 살아 낸 세월이 조금 더 많기 때문도 아니었다. 그저 잘 알기 때문이었다. 생면부지의 타인으로부터 그저 순수하기만 했던 사랑이, 그 지난했던 시절이 무참히 난도질당할 때의 억분을 이미 겪어 본 적 있기 때문이었다. 막연하게 그럴 것이다 예상만 하는 것과 실재는 다르다. 코끼리를 본 적 없는 사람에게 말로써 아무리 설명을 한들 완벽하게 그려 낼 수 없는 것처럼.

인희는 조심스럽게 정호에게 몸을 기울였다. 그는 눈을 감을 생각조차 하지 못한 채 그녀의 입맞춤을 받았다. 조금씩, 입술 끝에서부터 야금야금 쪼아 대는 키스였다. 가만히 당하고만 있던 정호가 고개를 크게 꺾었다. 입술을 벌리고 혀를 내밀어 인희의 안으로 들어갔다. 기다렸다는 듯 화답하는 그녀에게서 솜사탕보다 더 다디단 타액을 받아 삼켰다. 아까 마신 음료와 같은 복숭아 냄새가 진동했다.

으응. 정호는 인희의 옅은 한숨까지 모조리 제 안으로 흡수하며 동그란 뒤통수를 잡아 더욱 바짝 붙였다. 타래를 꼬듯 혀가 엉켰다. 입천장을 훑는 자극에 인희가 못 견디겠다는 듯 남자의 옷깃을 쥐고 눌렀다. 간신히 입술이 떨어졌다. 대낮의 주차장에서 나누기엔 퍽 짙었던 입맞춤이 정호의 입술을 흠뻑 적시고 반들거리게 했다.

"내가 졌어."

인희가 그 입술을 엄지로 문질러 닦으며 말했다. 정호가 그 손을 도망가지 못하게 쥐고 혀끝으로 가느다란 손가락을 쓸어 올렸다. 사랑스럽다는 듯 손가락 사이사이에 입을 맞추는 행위에 가슴이 지끈거렸다.

"같이 있자."

정호의 눈이 위험스레 빛난다. 여기서 그녀를 통째 삼킬 것처럼.

"죽을 때까지 헤어지지 말자고 하면, 질릴 때까지 네 옆에 붙어 있을게."

그렇게 해서 함께 망가지고 추락하게 되면, 너는 그래도 우리를 포기하지 않을 수 있을까.

"함께 무너지자고 했었지. 사랑하면, 그럼에도 불구하고 놓지 말아야 한다고. 둘이면, 아무것도 두렵지 않다고."

정호가 인희의 목덜미를 잡아당겼다. 턱까지 닿아 있는 터틀넥을 끌어내리곤 팔딱거리는 맥이 느껴지는 여린 살을 깨물며 빨았다. 젖빛 피부에 서서히 피는 꽃은 그의 집념만큼이나 붉고 진하다.

"같이 무너져 보자."

밑단이 가슴 위로 말려 올라갔다. 속옷 역시 마찬가지였다. 작아서 더욱 애틋한 유두를 엄지로 돌리고 누르며 그가 귓불을 잘근 씹었다.

"……버리지 말아요."

허리를 따라 미끄러진 손이 스커트 아래를 침범했다. 그가 귀뿌리에서 입술을 떼고 그녀를 마주 보았다. 입술은 웃고 있는데, 콧잔등은 쭈글쭈글하다.

"다시는 거짓말하지 말고요."

손가락으로 입구를 더듬으며 그렇게 말했다. 인희는 허리를 비틀며 정호의 목을 끌어안았다. 그가 그녀의 엉덩이 아래로 손을 넣어 들어 올렸다. 어느새 몸이 그의 자리로 넘어가 있었다. 자신의 허벅지 위에 인희를 모로 앉혀놓은 채 그가 바지 버클을 풀었다. 기립해 있는 남성 위로 여자의 중심을 맞추었다. 젖어 있는 살을 헤치고 그가 단번에 들어왔다. 무딘 통증에 일그러진 미간은 정호의 쉴 새 없는 입맞춤을 받았다.

그는 허리를 움직이지 않았다. 가느다랗게 뜬 눈은 그저 두 몸이 연결되어 있다는 것만으로도 포만한 행복 속에 잠긴 것 같았다. 그냥 이대로 잠들어도 좋겠단 생각이 들 만큼 나른하던 순간.

"나 좀, 사랑해 줘요."

그의 음성이 그녀를 깨웠다. 인희는 정호의 쇄골에 기대어 있던 머리를 들어 올려 눈을 맞췄다. 아래를 버겁도록 꽉 채운 남성보다 그의 목소리, 숨소리에 그녀는 더욱 강하게 전율하였다.

"……응."

고개를 끄덕였다. 단 한 번도 사랑하지 않은 적 없던 남자에게.

엎드린 여자의 어깨 위로 얇은 커튼을 그대로 투과한 햇빛이 조각나 부서져 내렸다. 그 아래 붉은 멍울에 남자의 입술이 연신 붙었다 떨어지길 반복했다. 애써 만개한 꽃이 시들까 저어하는 것처럼 여린 피부를 흡입하는 입술은 거침이 없다. 봄의 산처럼 온몸이 울긋불긋하다.

하도 치대어진 가슴이 스치는 이불에도 예민한 통증을 호소했다. 아랫도리 사정 역시 크게 다르지 않아서 그를 뒤에서 받아 내며 단단한 사타구니에 연신 부딪혀야 했던 둔부가 얼얼했다. 어제 저녁부터, 오늘 동이 튼 이후까지. 이미 수도 없이 그녀를 먹어 치운 남자는 아직도 허기가 지는 듯 좀처럼 손을 거둘 생각을 하지 못했다.

지독한 남자 같으니라고.

엎어져 있던 인희의 몸을 돌려 바로 누인 정호가 무릎을 앞세워 그녀의 허벅지 사이로 파고들었다. 허리의 곡선을 쓰다듬으며 그가 그녀의 목덜미에 얼굴을 묻었다. 앞으로 쏟아진 새카만 머리카락이 인희의 턱과 뺨을 간지럽혔다. 어깨를 밀어냈지만 남자의 손에 간단히 사로잡혔다.

"나 진짜 피곤해."

"딱 한 번만 더요. 응?"

"아까도 마지막이라고 그랬잖아."

"내가요? 기억 안 나는데."

뻔뻔하게 시치미를 뗀다. 기가 막혀 헛웃음을 터뜨리니 그것을 멋대로 허락의 뜻으로 해석했는지 손놀림이 더욱 집요해졌다. 부어오른 살점을 양옆으로 가르고 앞뒤로 움직이는 손가락이 기어이 그녀에게서 신음을 이끌어 냈다. 끄응. 인희는 베개를 끌어다 자신의 얼굴을 덮어 버렸다. 당연히 정호가 그 꼴을 그냥 보고 넘길 리 없었다. 발가벗은 채로 남녀는 베개 하나를 두고 줄다리기를 시작했다. 유치한 장난질의 승자가 가려지기 전, 마침 시기적절하게 휴대전화 벨소리가 끼어들었다. 인희가 정호의 등을 떠밀었다.

"받아 봐. 너 오늘 촬영도 있다며."

영 마뜩찮은 기색으로 느릿느릿 침대를 벗어나는 그의 등 근육이 보기 좋게 갈라져 있었다. 유일한 흠이라면 가로로 길게 난 손톱자국이랄까. 내가 언제 저런 걸 만들었지. 기억도 나질 않는다. 정신없이 흔들리는 와중에 부여잡을 곳이 없어 손톱을 박았나 보다.

정호의 티셔츠를 홀렁 뒤집어쓰고 거실에서 통화 중인 그의 곁으로 살금살금 걸어갔다. 울컥, 다리 사이에 흐르는 것은 무시했다.

"가능하면 좀 미뤘으면 하는데. 나 몸이 좀 안 좋⋯⋯."

이럴 줄 알았다. 인희가 팔꿈치로 정호의 옆구리를 찔렀다. 어느새 다가와 통화를 엿듣고 있는 그녀를 발견한 그의 눈동자엔 '낭패' 두 글자가 선명했다.

"어? 어⋯⋯. 아냐. 씻고 내려갈게. 30분 정도 걸릴 거야."

통화 종료.

휴대전화를 아무렇게나 소파 위에 던진 정호가 눈썹을 八자로 처량하게 꺾으며 그녀에게 안겼다.

"아아, 나 보내지 말지."

그녀보다 머리 하나는 더 큰 남자인데, 애교를 부릴 땐 천상 강아지 같다. 눈으로 쫓기 힘들 정도로 빠르게 꼬리를 흔드는 커다란 리트리버 한 마리를 옆에 끼고 사는 느낌이랄까. 하지만 꾀병이라니, 어림도 없다.

"너 하나 스케줄 펑크 내면 몇 사람이 헛수고하는지 알지? 잔 말 말고 빨리 준비해."

"천천히 해도 돼요. 방금 내가 삼십 분 걸릴 거라고 대답한 거 들었죠?"

"그래도 서둘러. 시간 금방 간단 말이야. 우선 씻어야지?"

"나 씻는데 오 분이면 되는데. 옷 입는 것까지 다 해도, 합쳐서 10분?"

"그럼 뭐 하러 삼십 분이나 기다리라고 해?"

"조금 촉박하긴 한데, 이십 분이면 완전히 불가능한 시간도 아 닐 걸요?"

"뭐가?"

스무고개도 아니고. 인희가 미간을 좁히며 물었다. 천진한 얼굴 이 순식간에 음란해지더니 그가 그녀의 귓가에 입술을 바짝 대고 속삭였다.

"섹스."

"……너 진짜 자꾸 장난칠래?"

강아지는 무슨 얼어 죽을 강아지.

퍽퍽. 인희가 사정없이 주먹을 휘둘렀다. 아파요. 엄살이라고밖 에 생각할 수 없는 개구진 음성과 함께 도망 다니던 그가 욕실로 대피했다. 닫힌 문을 보며 씩씩대다 돌아서는 그녀의 뒤통수로 미 련을 버리지 못한 정호의 목소리가 날아들었다.

"같이 씻는 건요?"

"박정호, 너!"

그녀의 호통에 열린 문틈으로 빼꼼 나왔던 얼굴이 잽싸게 사라졌다.

샤워기에서 낙하하는 물줄기가 바닥과 마주치는 소리가 들렸다. 그 사이사이 정호의 웃음이 스몄다.

소리에도 냄새가 있다면 그의 웃음에는 박하향이 나지 않을까. 청량한 배경음과 함께 늘어지게 기지개를 켰다. 햇빛이 더할 나위 없이 따뜻한 겨울이다.

✄　　　✄　　　✄

아까부터 수열이 뭐 마려운 강아지처럼 끙끙댄다. 정호는 그를 알면서도 그저 관망할 따름이었다. 사실 그러거나 말거나 별 관심이 없다는 게 맞다. 한때는 친구라고 생각했었지만 돌아온 것은 믿음에 대한 배신이었다. 세현과 수열이 보호라는 명목하에 저지른 일들은 정호에게 용서받지 못했다. 정호의 감정을 무시하고 마음대로 조종하려 했던 것은 그를 한 인격체가 아닌 소유물로 여겼기에 가능한 일이었다.

정호가 자신을 함부로 대해도 괜찮다고 허락한 사람은 오로지 인희뿐이었다. 그녀에게 한정하여 그는 모든 것이 가능한 남자였다. 어째서냐고 물어도 알 수 없다. 아무리 그녀 때문에 속상하고 힘이 들어도 결국은 보고 싶다는 마음이 앞섰다. 그녀라면 무엇을 해도 용서가 되었다. 배신이든 기만이든 조롱이든. 인희의 앞에서 정호의 분노는 언제나 오래가지 못하고 힘을 잃었다.

이런 자신이 정상이 아니라는 것을 깨달은 지는 이미 한참 되었다. 덕분에 인희에게 '넌 간이랑 쓸개 다 어디다 두고 다니니.' 하며 놀림 받는 일이 다반사지만 그녀를 보면 자꾸 말랑해지는 마음을 어쩌랴.

정호는 몰래 찍어 놓은 인희의 사진을 들여다보며 남몰래 미소 지었다. 노트북을 앞에 두고 작업을 할 때에만 쓰는 안경을 코에 걸쳐 놓은 채 인상을 팍 쓰고 있는 모습은 객관적으로 썩 아름다운 몰골은 아니었다. 질끈 동여 묶은 머리에 화장기 없는 민낯은 수수하다 못해 초췌해 보이기까지 했으나, 그 사진을 보는 남자의 눈에선 절절한 그리움이 묻어 나왔다. 어제 인희를 보지 못했기 때문이다. 아니, 보긴 봤으되 손가락 끝도 닿지 못했다. 한창 대본 작업 중인 데다가 한 달에 한 번 있는 여자의 그날까지 겹친 인희는 잔뜩 예민했다. 일주일 접근금지라는 가혹한 조치가 내려졌다.

'이럴 때 나 건들면 괜히 너만 피 보니까 가까이 오지 마.'

너무해.

입술로만 중얼거린 후에 휴대전화를 집어넣었다. 곧 행사가 시작될 모양인지 경호원들이 부쩍 분주해졌다. 스타일리스트가 신발을 잘못 가져왔다며 헐레벌떡 밖으로 나가자 수열이 이때다 싶어 정호의 빈 옆자리를 꿰차고 앉았다.

"정호야. 저기, 너 말이야······."

정호가 무심히 수열을 보았다. 4년 전 그 일이 있기 전엔 '혁영' 하며 자질구레한 수다도 잘만 늘어놓던 귀염성 많던 녀석이,

언제부턴가 꼭 필요한 말이 아니면 자신에게 먼저 말을 거는 일이 없었다. 그래도 드러내 놓고 반감을 보이거나 크게 엇나가는 행동을 한 적은 없어 그나마 다행이라 여기며 지낼 수 있었다.

수열은 가급적이면 그런 정호를 불편하게 할 만한 대화는 하고 싶지 않았다. 그러나, 해야 할 말을 무턱대고 참는 것도 못할 짓이다. 결국 큰 맘 먹고 입을 열었다.

"혹시 누구 만나는 사람 생겼어?"

반질거리는 까만 눈이 '그건 왜.' 하고 가시를 세우며 수열을 말끄러미 응시했다. 다들 제 일로 바삐 움직이는 스태프들을 보고서도 안도하지 못한 수열이 행여 누가 엿들을세라 목소리를 잔뜩 낮췄다.

"서 작가님이야?"

감탄이 절로 나올 만큼 끝내주게 잘생긴 얼굴 한가운데 내 천川 자가 깊게 파였다. 수열은 흠칫하여 정호의 손을 흘끗 보았다. 그럴 리는 없지만 행여나 주먹이 날아올까 걱정이 되었다. 인희에 관한 일이면 과민하게 파르르 떠는 녀석이니 설마, 하면서도 무서웠다. 그래서 단둘인 때 말고 지금 같은 기회를 노려 왔던 것이다. 영화 때문에 복싱을 배운 지 6개월째인 저 손이면 코뼈쯤은 가볍게 주저앉힐 수도 있을 것 같아서.

"또, 내 뒤를 캤어?"

맹수의 으르렁거림이 들리는 것 같다면 내가 미친 걸까. 고개를 세차게 가로젓는 수열을 보면서도 정호는 의심의 눈길을 거두지 않는다.

"아냐. 난 결백해. 감으로 맞춘 거야."

"무섭네, 그 감."

"내가 예민한 게 아니고, 네가 허술한 거야. 너도 이번엔 꽤 조심한다고 한 것 같은데……. 뭐, 네가 혼자 있을 때 이유 없이 웃는 걸 내가 한두 번 목격했어야지. 허구한 날 빠뜨리던 휴대전화 꼭 챙겨 다니는 것도 결정적이었고."

정호를 관찰하고 있으면 불현듯 떠오르는 영화 속 명대사 하나가 있다. 가난과 기침, 그리고 사랑은 숨길 수 없다, 였다. 요컨대 사랑에 빠진 사람은 정도의 차이는 있어도 반드시 티가 난다는 것이다.

"그래서, 대표님께 보고 드렸어?"

"아니! 내 이미지가 너한테 어떤지 아는데 나 이번엔……."

"말해도 상관없어."

"뭐?"

차라리 다 까발려지면 어떨까, 종종 생각한다. 그리고 그런 생각, 아니 소망에 가슴이 뛸 때마다 인희에게 죄를 짓는 기분이었다.

'같이 무너져 보자.'

아무래도 나는, 당신처럼은 절대 될 수 없어. 당신이 다 잃고, 그 옆에 나 하나만 남았으면 좋겠다는 그런 미친 상상을 하니까. 덩신이 아무리 나 때문에 아프고 힘들어져도, 놓아주는 것만큼은 죽어도 못 하겠으니까.

"말해도 상관없다니, 너 그, 그게 무슨……."

"구두! 여기, 구두요!"

하필 이런 타이밍에.

수열이 괜히 아무 죄도 없는 스타일리스트의 정수리를 노려본다.

"시간 다 됐습니다. 준비 마치셨으면 이만 나가실까요?"

행사 관계자가 빼꼼 열린 문틈 새로 얼굴을 들이밀었다. 빙긋웃으며 일어난 정호가 걸음도 가볍게 멀어진다. 뒤에 남은 수열만 묻지 못한 말이 켜켜이 쌓여 몸이 무거웠다.

인희는 파우치에서 거울을 꺼내 자신의 모습을 재차 점검했다. 대낮에 백화점 털러 온 도둑으로 오인받기 딱 좋은 꼬락서니다.

며칠 전 느닷없이 덮친 격렬한 생리통에 애꿎은 정호에게 틱틱거리고 말았다. 돌이켜 보니 영 미안하고 부끄러운 일인 것이다. 접근금지령이 해지되는 날이기도 하고, 겸사겸사 선물이나 할까싶었다. 백화점을 몇 바퀴 돌아 겨우 마음에 드는 모자 하나를 발견했다. 밖에서 데이트하는 걸 유난히 좋아하는 남자니까, 포장을뜯자마자 신이 나서 그녀의 손을 잡고 나가자고 조를 것이 눈에선했다.

용건이 끝났으니 돌아갔어야 하는데. 인희는 무심결에 정호가모델로 있는 한 스포츠브랜드 매장에 들어서고 말았다.

봄도 오는데, 운동해 볼까.

충동적으로 운동화를 한 켤레 집었다. 충동구매는 여기서 그치지 않고 색깔만 다른 것으로 조금 더 큰 사이즈를 같이 사고 말았다. 계산을 해 주던 직원이 별안간 국가기밀이라도 공유하는 양 은밀한 투로 그녀에게 속삭였다.

'3시부터 7층 행사장에서 사인회 있을 거예요. 박정호 아시 죠?'

'……박정호요?'

'네. 국민남친 박정호요. 환상통! 모르세요?'

픕.

국민남친이란 타이틀은 또 언제 생긴 거야.

터져 버린 웃음 끝이 알싸했다. 정호가 그간 찍은 작품 개수가 얼만데. 그중에 관객 수 천만을 넘긴 영화도 있고, 〈환상통〉보다 더 높은 시청률을 찍은 드라마도 있는데. 왜 하필 그녀의 작품으 로 그를 기억하는 것인지.

'이게 기습, 서프라이즈 사인회거든요. 시작 시간 딱 30분 전에 SNS에 공지되는 극비사항이에요. 이제 곧 글 올라오겠다. 생각 있으시면 가 보세요. 아, 근무만 아니면 저도 딱 줄 서는 건데.'

입맛을 쩝쩝 다시는 직원을 뒤로하고 매장을 나설 때까지만 해 도 절대, 맹세코, 이 대열에 합류할 생각은 없었는데.

"나 진짜 여기서 뭐하니."

이놈의 장난기가 화근이다. 인희는 선물로 샀던 모자를 머리 위 에 눌러쓴 채였다. 미세먼지가 심하다고 해서 마침 챙겨 온 마스 크까지 착용했다. 사인을 받기 위해 앞뒤로 줄을 선 사람들이 실 내에서 웬 마스크? 하는 눈으로 그녀를 흘깃댔다.

지금이라도 그냥 갈까.

하지만 나중에 일이 끝나고 들어온 정호에게 낮에 받은 사인을 펼쳐 보이면 그가 어떤 표정을 보일지 너무나 궁금했다. 인희는 정호가 자신을 못 알아볼 거라고 확신했다. 그는 모자와 마스크가 익숙한 사람이라지만 그녀는 아니었다. 단 한 번도 이런 차림을 보인 적이 없으니 그저 조금 수상한 팬 정도로 생각하겠지. 게다가, 박정호가 아는 서인희는 줄곧 이렇게 눈이 많은 자리에서 그와 함께 있는 걸 두려워하던 여자였으니까.

갈팡질팡하다가 앞의 줄이 어느새 많이 줄어든 것을 보고서 결심을 굳혔다. 한 시간짜리 짧은 사인회라고 하더니 과연 뒤늦게 도착한 사람들은 입구에서 경호원에게 가로막혀 쓸쓸히 돌아서고 있었다. 정호의 까만 머리통이 꽤 근접했다. 팬이 데려온 아이에게서 눈을 떼지 못하더니 급기야 수열에게서 사탕을 갈취해 아이에게 쥐여 주었다. 방긋 웃으며 작은 손을 조몰락거리는 얼굴이 사탕을 입에 넣은 아이보다도 더 천진했다.

순서를 기다리는 일은 전혀 지루하지 않았다. 덩치가 산만 한 남성 팬의 호들갑에 어쩔 줄 모르는 모습이나, 팬과 함께 셀카를 찍는 그 다양한 표정에 시선을 빼앗기고 있다가 어느새 제 차례가 돌아온 것을 깨달았다. 인희가 말없이 종이를 내밀었다. 눈이 마주칠세라 고개를 숙여 챙 아래 얼굴을 감췄다. 남자의 하얀 손만이 보였다.

그러고 보니, 이름을 물어보면 뭐라고 해야 할지 생각을 못했다. 아니, 아니지. 목소리를 듣고 알아차리면 어쩌지?

갑자기 머릿속이 하얗게 바랬다. 그가 벌떡 일어나 '작가님!'

하고 소리치며 끌어안기라도 할까 봐 등 뒤로 식은땀이 흘렀다. 뒤늦은 후회로 가슴이 심하게 콩닥거렸다.

그런데 이상한 일이었다. 당연히 '이름이 뭐예요?' 하고 다정히 물어왔어야 할 음성이 없는 것이다. 대신 바쁘게 펜 움직이는 소리만 요란했다. 사인을 마친 그가 종이를 반으로 접어 건네주며 손을 내밀었다. 인희가 조심스레 그 손을 마주 잡았다.

그가 그녀의 손등을 엄지로 부드럽게 쓸었다. 다리가 후들거릴 만큼 기묘한 감각에 인희가 서둘러 손을 털었다.

감당하지도 못할 짓을 벌여 놓고 내내 움츠려 있던 인희는 정호가 내미는 종이를 받아들자마자 몸을 돌렸다. 행사장을 완전히 빠져나와서야 모자를 벗었다. 이마에 식은땀이 흥건했다. 가슴팍에 품고 온 종이를 눈앞에 들어 올렸다.

"이거 받자고 내가……."

〈To. 서인희〉

화들짝. 손에 들려 있던 모자가 바닥으로 툭 떨어졌다. 그녀의 이름 아래로 그의 사인이 큼지막하게 휘갈겨 있었다. 인희의 눈동자는 이제 그 밑의 글씨에 집중하고 있었다.

〈지하 3층. G-2〉

흔들려서 엉망인 필체에 그나마 위안이 된다. 적어도 놀라게 하는 덴 성공한 거지? 구차한 자기만족 끝에 인희가 웃었다. 마침 문이 열리는 엘리베이터를 잡아타고 지하 3층으로 향하는 버튼을 눌렀다.

정호는 계단을 두 칸씩 밟아 내려가면서도 조급한 마음을 가누질 못했다. 따라나서려는 수열을 의자에 눌러놓고 '10분만.' 했다. 그새 인희가 가 버리기라도 했을까 휴대전화를 꺼내 전화를 걸었다. 밀폐된 통로에 쿵쿵거리는 발소리가 유난히 크게 울려서 건너편에서 들려오는 그녀의 목소리가 희미했다.

"어디예요?"

— 어디긴. 지하 3층…….

"조금만 기다려요. 가고 있어요."

천천히 와. 느릿하게 대꾸하는 그녀에게선 웃음기가 느껴졌다. 장장 열 몇 개 층을 단숨에 뛰어 내려오느라 숨이 가쁜 정호도 따라 웃었다. 가슴이 턱 막힐 만큼 갑갑한 지하주차장의 공기도 개운하기만 했다. 예기치 못한 불청객의 방해가 있기 전까지는.

"어머. 이런 데서 다 뵙네요?"

차갑게 느껴지는 체온이 정호의 팔을 움켜쥐었다. 인희가 있는 쪽으로 달려 나가던 그의 발에 제동이 걸렸다. 돌아보니 낯익은 얼굴이었다. 그러나 안타깝게도 이름은 기억나지 않았다.

정호의 아리송한 표정을 보고도 여자는 내내 생글거리는 미소를 달고 있다. 짐짓 놀란 표정을 해 보이며 핸드백에서 손수건을 꺼내더니 정호의 얼굴 쪽으로 손을 내밀었다.

"매니저도 없이 혼자 어딜 그렇게 바쁘게 가세요? 세상에, 이 땀 좀 봐."

정호가 주춤 뒤로 물러섰다. 여자가 계면쩍은 듯 손가락을 곱으며 주먹을 쥐었다.

"혹시 이후에 스케줄 있으세요?"

그때까지도 내내 상대의 이름을 떠올리느라 분투하는 남자를 아는지 모르는지, 대답 없는 그에게 조바심을 느낀 여자가 서둘러 덧붙였다.

"시간 되시면 저 좀 도와주실 수 있을까요? 곧 아빠 생신이라 선물 사러 나왔거든요. 남자 선물은 사 본 적이 없어서……."

여자가 요염을 떨며 눈을 빛냈다. 단순히 쇼핑을 하러 왔다기엔 당장 화보를 찍을 수 있을 만큼 지나치게 화려한 차림새였다.

화보. 그제야 불현듯 뭔가가 뇌리를 스치고 지나갔다. 세현의 음성이었다.

'그 자리에 신혜라가 껴 있을 확률이 높으니까. 더해서 카메라 까지.'

신혜라. 뒤늦게 떠오른 상대의 이름과 함께 정호의 눈이 바삐 주변을 훑었다. 하긴 쉽게 눈에 띄는 곳에 카메라를 둘 만큼 어리숙한 여자라면 이런 깜찍한 꼼수를 쓸 생각도 하지 못했겠지. 정호는 자연스럽게 거리를 벌렸다. 대번에 새초롬해지는 여자의 표정이 거슬렸다.

"죄송합니다. 제가 지금은 좀 바빠서요."

예의를 차려 허리를 꾸벅 숙이고 돌아서는 그를 혜라가 재차 잡았다.

"저번에, 인터뷰 끝나고 쪽지 못 받으셨어요?"

정호가 약간 신경질적인 기색으로 손을 털어 내자 여자 역시 비로소 발톱을 드러냈다. 인희가 기다리고 있는데, 여자는 대답을 회피하면 끈질기게 물고 늘어질 기세였다. 마음이 초조했다. 미처 단속하지 못한 목소리가 딱딱하게 흘러나왔다.

"받았습니다."

"그런데 왜 연락 안 하셨어요? 저, 계속 기다렸는데."

"설명이 필요할 줄은 몰랐네요. 그 정도면 제 의사 충분히 전달되었을 줄 알았는데."

혜라가 어깨를 파들파들 떨었다. 반지 서너 개를 한꺼번에 낀 손으로 애써 태연하게 머리를 쓸어 넘기는 폼은 보통의 남자라면 누구나 혹할 만큼 관능적이었다.

"혹시 밀당 같은 거 즐겨요? 인터뷰 땐 저한테 마음 있는 것처럼 구셨잖아요."

"아."

"아? 뭐예요, 이 느낌표는?"

"애인이 해 준 얘기가 생각나서요."

"……애인?"

"너무 착하게 살면 인생 피곤하지 않느냐고 종종 혼나거든요."

하.

허리에 손을 얹은 여자가 기가 막힌 듯 헛웃음을 터뜨렸다. 정호는 표독스럽게 노려보는 시선을 냉정한 눈으로 칼같이 잘라냈다.

"안치훈 선배님 말씀에 적당히 분위기 맞춘 것뿐입니다. 그런데 이럴 줄 알았으면, 그때 정색하고 인터뷰 중단이라도 감행했어야 했단 생각이 드네요. 앞으로는 매너 빼고 대해 드리죠. 오해하시는 일 없도록."

이렇게 말을 또박또박 잘하는 남자였나? 인터뷰 때 혜라가 본 남자는 권태로운 미소와 주변에 무관심한 태도로 드문드문 단답을 하여 애타게 만드는 타입이었다. 시키는 건 뭐든 잘 하면서도 행동이나 말투에서 열의를 찾기란 힘들었다. 한데 지금 앞에 있는 이 남자는 다르다. 짜증 섞인 표정도 너무나 매력적일 만큼 활력이 넘쳤다.

애인? 언제부터 애인이 있었지? 그녀의 정보통엔 전혀 없던 내용이었다. 단순히 저를 떼 놓기 위한 술수일까. 그렇게 믿고 싶었다. 이 남자가 까칠한 고등학생을 연기하던 신인 때부터 줄곧 눈독을 들이고 있었단 말이다. 이렇게 물러서긴 아쉬운데. 저자세를 취하기로 결심한 혜라가 한참 누그러진 목소리를 꺼냈다.

"제가 무례하게 굴었다면 죄송해요. 그런데 저요, 정호 씨 정말……."

"여기서 뭐 해? 금방 온다고 해 놓고."

부드럽게 팔뚝에 매달리는 온기. 정호의 입가가 느슨하게 풀어졌다. 언제나 눈이 먼저 발견하기 전에 늘 다른 감각이 한발 앞서 그녀의 존재를 알아차렸다. 걸음 소리. 향기. 미묘하게 달라지는 공기의 흐름까지 전부. 정호의 지구는 언제나 그녀를 축으로 자전했다.

그가 활짝 웃으며 옆을 내려다보았다. 조금 새침한 표정의 그녀가 그를 향해 책망하는 눈길을 던졌다.

"누구세요?"

오가는 시선을 찢고 혜라가 날카롭게 물었다. 정호가 인희에게 어설프게 잡힌 제 팔을 빼냈다.

이게 지금 뭐 하는 짓?

황당한 얼굴로 소리 없이 묻는 그녀를 보고 그가 매끈히 미소 지었다. 그러곤 소심하게 닿을 줄만 알았던 여자의 어깨를 감싸 옆구리에 붙였다.

"미안해요. 오래 기다렸죠."

"어? 아니. 별로 오래는……."

"저기요. 내 말 안 들려요? 누구냐니……."

"애인요. 아까 말한."

가만히 듣고 있던 인희는 내심 깜짝 놀랐다. 물론 대화내용을 대충 엿듣고 분기를 이기지 못해 달려온 건 자신이었지만 정호가 이렇게 질린다는 듯 넌더리를 내며 말하는 걸 목격한 일은 처음이 었다.

그녀에겐 4년 전이나 지금이나 변함없는 순둥이 박정호이지 않 은가. 뭐, 중간에 잠깐 과도기가 있긴 했지만 그 틈새에서도 걸핏 하면 여린 본 모습이 튀어나오던 남자다.

"애인? 정말이에요? 진짜, 애인 맞아요?"

신혜라가 입술을 깨물며 인희를 향해 물었다. 인희는 산뜻하게 웃었다. 그것이 상대에게 상당히 밉살맞게 느껴질 것을 알면서도 도무지 웃음을 참을 수가 없었던 것이다.

"네. 맞아요. 애인."

왜 진작 얘기하지 않았느냐, 사람 갖고 놀았느냐며 분기탱천한 신혜라가 야단스러운 하이힐 소리와 함께 달아났다.

둘만 남자마자 정호가 인희의 얼굴을 두 손바닥에 놓고 이리저리 뜯었다. 인희가 인상을 팍 찌푸리자 정호가 키들거렸다.

"질투, 안 한다면서요?"

"방금 건 구제라고 하는 거야."

"왜요? 그냥 질투라고 하면 안 돼요? 나 지금 기분 끝장나게 좋은데."

히죽거리는 얼굴이 얄미우면서도 또 어쩔 수 없이 따라 웃게 되었다. 그래, 질투다, 질투. 못 이기는 척 인정하고서 얼굴에 달라붙은 그의 손을 떼어 냈다. 정호의 밴 옆에 그냥 내려놓고 온 짐이 신경 쓰였다. 그러나 이번엔 양팔을 단단히 쥐고 허리를 숙이는 정호 때문에 발걸음이 묶였다.

"뭐해?"

"닦아 줘요."

앞머리 끝부분만 조금 젖어 있을 뿐, 이마에 맺혔던 땀은 이미 날아가고 오래인데도 정호는 억지였다. 불과 한 달 전만 해도 그런 그를 매몰차게 밀어냈을 여자는 말없이 손수건을 꺼내 남자의 이마를 두드렸다.

목적지에 그녀를 둔 그는 언제나 걷는 대신 달린다는 걸, 그 누구보다 잘 아는 인희였다. 수 쓸 줄 모르는 그 미련한 애정과 앞뒤 가리지 않는 그 맹목적인 열정 앞에 인희는 줄곧 처음처럼 설레었다.

"빨아서 줄게요."

인희가 손을 내리자 정호가 그것을 냉큼 채갔다. 후후, 웃은 그녀가 눈을 흘겼다.

"4년 전의 그 손수건이나 돌려주고 말해."

"그거 잃어버렸는데."

"거짓말. 그럼 지금 네 재킷 주머니에 있는 건 뭔데?"

인희를 따라 걸음을 옮기던 정호가 불에 덴 듯 자리에서 튀어 올랐다.

"어떻게 알아요?"

"어떻게 몰라. 네 빨래 내가 하는데."

정호가 낭패감 어린 표정으로 울상을 지었다.

"울지 마. 안 뺏어."

"뺏어도 못 줘요."

내 부적이야.

그가 자랑스럽게 턱을 치켜들었다. 오늘따라 유난히 신이 나 보이는 그에게 신혜라의 등장으로 잊고 있었던 질문을 던졌다.

"근데 나인 줄 어떻게 알았어? 완전 김샜어."

"어떻게 몰라요. 내 건데."

짐을 들려는 인희의 허리를 낚아채어 열렬히 입을 맞췄다. 기습적인 키스에 놀라서 터져 버린 비명을 꼼꼼히 먹어 치운 남자가 느른히 입꼬리를 늘어뜨렸다.

"CCTV!"

구박을 잊지 않은 인희가 뒤늦게 쇼핑백에서 꺼낸 모자를 정호의 머리 위로 눌러 씌웠다.

그러나 늦어도 한참 늦었다.

다음 날, 각종 포털사이트의 실시간 검색어 1, 2위를 앞서거니 뒤서거니 차지한 이름 두 개. 서인희, 박정호였다.

After
Goodbye

5

[희대의 스캔들.]

데일리 타임즈 연예부 배대복 기자는 자신의 특종 앞에 네티즌들이 갖다 붙인 수식어를 만족스럽게 응시했다. 언제나 한발 늦는다고 하여 배뒷북이라는 별명으로 불렸던 그에게 오늘만큼은 부장의 칭찬이 쏟아졌다. 점심 메뉴를 결정할 수 있는 특권까지 주어졌다. 배 기자는 이 같은 행운을 가져다 준 신혜라에게 감사의 문자를 보내는 것을 잊지 않았다.

[혜라 씨. 고마워. 덕분에 승진하게 생겼어.]

실은 신혜라와 박정호, 두 사람의 투샷을 담기 위해 나간 길이었다. 소위 말해 뜨고 싶어 발악하는 한 여성 리포터와 사전에 결탁이 있었음은 두말하면 입 아픈 이야기. 원래 계획했던 사진은 폐기처분했지만 전혀 아깝다는 생각은 들지 않았다.

[한쪽이라도 얻은 게 있어서 다행이네요. 이번 일 제 덕인 거 잊지 마시고, 다음에 제 기사 예쁘게 한번 실어 주세요.]

"여부가 있겠습니까."

배 기자는 킬킬대며 모니터를 들여다보았다. 허리를 끌어안거나 그보다 더 대담한 스킨십도 서슴지 않는 연인을 향해 원색적인 비난이 섞인 댓글이 난무했다. 반응은 가히 폭발적이다. 기자 생활 어언 8년째. 자신의 기사에 이토록 많은 댓글이 달렸던 적은 맹세코 처음이었다. 그리고 어쩌면 앞으로도 없을지 모를 일. 후환을 걱정하는 일은 나중으로 미루고 그는 현재를 만끽하며 희희낙락 휘파람을 불었다.

그나저나, 속된 말로 '헐' 소리가 절로 나오는 상대가 아닌가.

"서인희 작가라니."

신입기자 시절 딱 한 번 본 적 있는 인물이었다. 그때에도 여자는 떠들썩한 여론 한가운데에 있었다. 김태언 작가의 사망에 따른 기자회견. 남편을 잃고 실의에 빠져 있는 여자를 카메라 앞으로 끌어낸 것은 수만 군중의 성난 손가락이었다. 차마 입에 담기도 더러운 추측성 댓글들이 작가의 사망 기사를 난도질했다. 고인의 이름이 더럽혀지는 것을, 어린 미망인은 차마 눈감고 외면할 수 없었을 것이다.

"뭐, 하나 마나 한 기자회견이었지만……."

어쨌든 당시에 대복은 여자의 용기에 남몰래 감탄했더란다. 비록 기사는 〈풀리지 않는 의문, 차가운 대중의 시선〉이란 제목을 붙여 쓰긴 했어도 말이다. 그 '의문'이라는 것이 제기된 배경은 간단했다. 현장에 출동했던 119대원이 심장마비로 인한 사망치곤 그 주변과 시신의 자세가 너무 단정했다고 말한 것이 발단이 되었다. 그 어떤 병력도 없는 남자가 거액의 재산 대부분을 아내에게 남기고 돌연사했다. 음모론자들의 구미를 당기기에 딱 좋은 소재가 아닌가.

거 팔자 한번 참. 잊힐 만하니 드라마 흥행과 함께 과거사가 도마에 오르더니, 이번엔 새 연애사업에도 그놈의 과거 때문에 순탄하긴 글렀구나.

실시간 검색어에 나란히 떠 있는 '김태언'이라는 이름에 대복은 어깨를 으쓱했다. 이런들 어떠하고, 저런들 어떠하리. 타인의 행복이든 불행이든 그것이 기사감만 된다면, 그는 그것을 충분히 이용해야 할 '기자'일 따름이었다.

직원들의 낯빛은 파리했다. 후속 조치를 세우기 위한 비상 회의가 소집되었다. 하지만 대처 방안이라고 해 봐야 앞으로 줄줄이 이어질 위약금 문제와 손해 배상 청구 소송에 따른 배상금의 규모를 예측해 보는 것이 다였다. 열애설 자체를 부인하기에는 이미 너무나 확실한 증거가 터져 버린 터. 결국 인정하는 쪽으로 공식 입장을 내보냈다. 다만 두 사람이 연인으로 발전한 시기에 대해서는 거짓을 보태어 4개월 전이라고 둘러대었다. 그것을 곧이곧대로 믿는 사람은 물론 극소수에 불과했지만.

'역시나'가 현실이 된다. 정호가 노력으로 이룬 자리가 한순간에 나이 많고 돈도 많은, 없는 거라곤 남편뿐인 여사님의 비위를 맞추어 얻어 낸 것이 되었다. 4년 전 고작 신인작가에 불과했던 서인희를 얼마만큼 과대평가해야 이런 망상이 가능한 것일까. 세현은 근거 없는 뜬소문을 조장하는 댓글들에 대해서는 가차 없는 고소로 맞대응하겠다는 기사를 내보냈다. 그러나 입에서 입으로 전해지는 말은 어찌할 도리가 없다. 소요는 언젠간 가라앉겠지만 한번 찍힌 낙인은 결코, 지워지지 않을 것이다.

일각에선 두 달 후 개봉을 앞둔 영화가 박정호의 마지막 작품이 될지도 모른다는 의견까지도 조심스럽게 나오고 있는 상황이다. 그마저도 무사히 영화관에 걸릴 수나 있을지 의심스러웠다. 영화사 대표로부터 염려를 가장한 질책의 소리가 미사일처럼 날아와 세현을 폭격했다. 통화를 마친 세현이 휴대전화를 던질 듯 손을 들어 올렸다. 마침 사무실로 들어온 정호가 그녀의 손에서 휴대전화를 빼앗아 들었다.

"엄한 데 화풀이하지 마세요."

"그럼 어디에 풀까, 내가. 그냥 가만히 있자니 미쳐 버리겠는데."

"저한테 푸세요. 저 때문에 벌어진 일이니까."

담담히 말하며 장승처럼 서 있는 정호를 향해 세현은 주먹 쥔 손을 아프게 떨었다. 때리면 정말로 맞아 줄 것처럼 순종적인 태도의 남자의 앞에서 분노도, 증오도, 거짓말처럼 힘을 잃었다.

정확히는 그랬다. 때리는 것도, 다치는 것도 어차피 전부 나일 텐데, 하는 체념.

세현은 터벅터벅 걸어가 소파에 앉았다. 정호는 선 자리에서 잠시 창밖에 시선을 두었다. 정호를 보고 있던 세현 역시 이내 같은 곳을 응시했다. 퇴근길에 꽉 막힌 도로 위에 늘어선 차들마저 그저 장난감처럼 귀엽기만 한, 끝내주는 전망이 눈앞에 펼쳐져 있었다. 크리스털처럼 빛나는 한강을 시야에 둔 사무실은 임대료가 어마어마했다. 하지만 그마저도 만족하질 못해서 세현은 조만간 사옥을 짓겠단 욕심을 남몰래 품고 있었다. 이제 와 다 쓸데없는 소리지만.

블라인드를 올리면 맞은편의 회색 빌딩 말고는 볼 것이 없던 처음의 사무실이 까마득한 오래전의 일처럼 느껴졌다. 여기까지 오는 동안 우여곡절이 참 많았다. 말로는 다 설명하지 못할 것이다. 늘 묵묵히 앞만 보고 걷는 정호의 그림자 뒤에서, 절대 뒤돌아봐 주지 않는 잔인한 남자의 그늘에서 걱정하고, 안타까워하고, 노심초사하는 것은 언제나 세현의 몫이었다. 비록 정호가 원한 바가 아니었다고 하더라도 그녀가 행한 모든 일은 그를 위한 것이었다. 그 마음만큼은 누가 뭐라고 해도 떳떳하고 결백했다.

"만족하니?"

질문을 던져 놓고 세현은 저도 모르게 피식 웃어 버렸다. 정호의 얼굴을 보면 굳이 답을 찾을 필요 없는 물음이었다. 응당 있어야 할 두려움이나 좌절 같은 것은 눈 씻고 찾아볼래야 찾을 수 없었다. 그렇다고 결코 희색이 만연한 얼굴은 아니었다. 최소한의 미안함조차 없었다면 망설임 없이 뺨이라도 한 대 갈겼으리라.

"제가 책임질 수 있고 책임져야 하는 부분은, 제가 부담할 수 있게 해 주세요."

벌을 서듯 선 채로 담담히 목소리를 끄집어내는 정호를 향해 세현은 마음에도 없는 말을 쏘아붙였다.

"당연하지. 그럼 입 싹 씻으려고 했어? 변호사 선임비부터 준비해. 아니, 아예 통장이랑 도장 내놓고 가."

"그럴게요. 지금은 안 가져왔고 이따 집에 가서……."

"그러긴 뭘 그래? 참 안될 놈일세. 가만 보면 서 작가도 참 딱해. 하필 경제관념이라곤 거의 제로로 가까운 남자한테 걸려서는."

제 여자를 놓친 날로부터, 세현의 앞에서 줄곧 파란 날을 세웠던 그가 실로 오랜만에 그녀의 앞에서 웃음을 터뜨렸다. 그러게요. 열없이 중얼거린 남자가 멋쩍은 듯 눈을 굴렸다. 그 모습을 홀린 듯 눈에 담았다.

그래. 그랬지. 이렇게 웃는 아이였지.

가슴으로부터 퍼져 나가는 벅찬 반가움이 통증과 비견될 정도로 거셌다. 세현의 입술이 어느새 부드러운 포물선을 그렸다. 그리고 동시에 마음이 헛헛해진다. 겨우 웃음 한번에 그를 용서해 버리는 스스로에 어처구니가 없어서. 너 때문에 내가 얼마나 힘들었는데, 그런 투정 한 번도 부려 보지 못하고 따라 미소 짓게 되어서.

그러나, 그래도. 결국 이렇게 되어 버릴 줄 알았더라면, 하는 후회만큼은 하지 않았다. 최정상에 올라서 반짝반짝 빛나는 너를 볼 수 있었던 것으로 충분히 가치 있는 시간이고 노력이었으니까.

"지금부터 시작이야. 마음 단단히 먹어."

"제 걱정은 하지 마세요."

비장함까진 기대도 안 했지만, 적어도 겁은 먹을 줄 알았는데 그마저도 기우였던 모양이다. 쯧, 하고 기어이 혀를 차게 만든다.

"대체 뭐야? 아무래도 상관없다는 자포자기, 뭐 그런 거야?"

"자포자기 아니에요."

그가 흔들리면, 누군가는 그 곱절로 불안해할 것이다.

"다시, 재기할 겁니다."

그가 무너진 채 주저앉아 있으면, 자책 속에 살 누군가가 있다. 인희를 불안과 자책 속에 방치하지 않을 것이다. 곁에 있어 주는 것만으로도 너무나 감사한 연인을 이 이상 아프게 하진 않을 것이다. 정호의 얼굴은 그런 견고한 다짐 끝에 완성된 것이었다. 인희의 부재가 아닌 그 어떤 것도 그를 흔들지는 못한다. 세현은 그 속내를 읽은 것처럼 질린 듯 고개를 흔들었다. 어쨌든 녀석은 잘 버틸 것이다. 진실로 세현의 걱정이 필요 없을 정도로.

저장되어 있지 않은 전화번호가 액정에 뜰 때마다 인희의 심장은 바닥까지 곤두박질쳤다. 누구의 것인지 알 수 없는 번호가 끈질기게 울리다 끊기면 또 다른 번호가 그 틈을 타 그녀를 괴롭혔다. 결국은 전원을 꺼 버린 것도 모자라 베개 밑에 집어넣어 버렸다. 그럴 리 없는데도 자꾸만 벨소리가 울리는 듯한 환청이 들려서 견딜 수가 없었다.

기사를 누르는 오른쪽 손, 그리고 입술 사이에서 규칙적으로 움직이는 왼쪽 손이 제각각 딸깍거리는 소리를 냈다. 어려서 아버지의 손찌검을 피해 몸을 숨길 때에나 하던 버릇이었다. 엉망이 되어 버린 손톱만큼이나 마음도 진창이었다. 안 보면 그만이라고 하지만 그게 쉽지 않았다. 정호 역시 보고 있을 기사다. 너는 어떤 표정을 짓고 있을까. 나처럼 이렇게 숨을 수도 없는 넌, 어디서 얼마나 시달리고 있을까.

언젠가는 밝혀질 거라고 각오하고 있었다고 해서 충격이 완화되는 것은 아니었다. 정호를 음해하고 모욕하는 기사를 볼 때마다 이가 딱딱 부딪힐 만큼 치가 떨렸다. 그가 어렵게 쌓아 놓은 모든 것이 한순간에 와르르 무너져 내렸다. 그녀가 아는 한 세상에서 가장 순수한 남자에게 사람들은 부정하다는 비난을 서슴지 않았다. 소속사 측에서 고소라는 초강수를 두었음에도 여전히 떠들 사람은 떠들었고, 그에 동조하는 사람들 역시 당사자가 받을 상처 같은 건 안중에도 없었다.

이럴 줄 알았어. 이렇게 될 줄을…….

그래서 부득부득 밀어내고, 외면하고. 너를 사랑하지 않는다고 거짓말했던 것이다. 4년 전 그때엔 겨우 돋은 새싹이었던 남자가 커다란 나무가 되어서 돌아왔다. 그녀가 그를 받아들이는 건 그 나무를 뿌리째 흔드는 일이었다. 그만큼 잃을 게 많을 것이고, 또 그만큼 아파야 할 것이다. 나무뿌리가 뽑힌 자리는 싹이 뽑힌 자리보다 넓고, 깊고, 어둡다.

격양되는 감정을 추스르지 못하고 구부린 무릎에 이마를 문대며 울음을 터뜨렸다. 흘릴 눈물이 있으면 정호가 오기 전에 전부 쏟아 내고 싶었다. 고된 시간을 보내고 돌아올 그에게 괜찮다고 웃어 보일 수는 없어도 적어도 우는 얼굴이긴 싫었다.

붉어진 눈두덩을 꾹꾹 누르며 주방으로 향했다. 설탕을 푼 계란물에 식빵을 적셔 팬에 구웠다. 이 볼품없는 음식을 세상에 다시 없을 산해진미라도 되는 양 맛있게 먹어 주는 정호를 떠올렸다. 어떤 얼굴을 하든 안아 줄 자신이 있었다. 토스트가 식기 전에 그가 와 줬으면 좋겠다는 생각이 끝나기가 무섭게 현관에서 기계음이 들렸다.

"왔어?"

뒤집개를 손에 든 채 한달음에 달려 나가자 오히려 깜짝 놀란 것은 정호였다.

"얼른 와. 토스트했어."

"자, 잠깐, 신발 좀……."

다짜고짜 정호를 식탁으로 이끌었다. 설탕 반, 버터 반. 느끼할 것이 틀림없는데도, 식빵 귀퉁이를 입에 문 남자는 마치 흐드러지게 핀 꽃처럼 웃었다.

"맛있다."

"괜찮아?"

"괜찮은 정도가 아니라 진짜 맛있어요."

"토스트 말고, 정호 너 괜찮은지 묻는 거야."

웃음기를 지운 그가 그녀를 물끄러미 보았다.

내가 원망스럽지 않니.

그 생각을 읽힐까 봐 마주 보지 못하고 고개를 떨어뜨리는 인희의 턱을 정호가 들어 올렸다.

"당신은?"

"……괜찮아. 나는 이런 일, 처음도 아니……."

"그럼 나도 괜찮아."

굳이 끄집어내는 아픈 말을 정호가 무 자르듯 잘라냈다. 그러고는 조심스레 그녀의 아랫입술을 물었다가 놓았다.

"괜찮아요, 나도."

나지막하게 중얼거린 정호가 입술을 붙인 채 의자를 밀며 자리에서 일어섰다. 자연히 크게 뒤로 꺾어지는 고개, 뒷목을 받쳐 주는 그의 손이 뜨겁고 단단했다. 맞물려 있는 도톰한 살점을 가르고 말랑한 혀가 밀려 들어왔다. 달고 고소한 맛이 났다. 정말이네. 정말 맛있네, 하고 생각했다. 이렇게 추락하는 와중에도 네가 주는 것은 전부 달구나. 신기해했다. 그가 선물하는 위로의 입맞춤을 남김없이 받아들이고, 서툴게나마 같은 것을 돌려주기 위해 애를 썼다. 벌어진 치아 사이로 정호가 터뜨린 웃음이 스몄다.

진흙 속에서도 꽃은 핀다. 해가 뜨고, 아침은 온다. 밤은 언제나 그렇듯이 어둡고 두렵지만, 그 또한 네가 있으면 길지 않을 것이다.

* * *

하루가 일주일이 되고, 일주일이 모여 한 달이 되었다. 유난히 고되고 피로했던 날이 있는가 하면, 또 그나마 살 만한 날도 있었다. 태언의 사망과 당시 인희의 인터뷰가 수면 위에 올라 한동안 시끄러웠고, 〈환상통〉은 다시 한 번 세간의 주목을 받았다. 기획

단계에 있던 인희의 차기작은 무기한 연기되었고, 정호를 모델로 썼던 광고는 하나같이 다른 모델을 앞세워 새로운 시안의 광고를 찍어 내보냈다.

예상한 일이고, 나름 각오란 것도 했다지만 100여 개 가까운 수의 채널을 돌리는 내내 정호의 얼굴 한번 볼 수 없을 때에는 어쩔 수 없이 기분이 한없이 가라앉고는 했다. 인터넷을 끊고, 가급적 외출도 하지 않았지만 그렇다고 해서 처한 상황이 잊히는 기적은 일어나지 않았다. 그저 도피에 지나지 않는 생활이 뭐가 그리 좋은지, 정호는 하루 종일 그녀와 붙어 있을 수 있는 것에 큰 의의를 두고 있는 듯했지만.

이따금 소속사 사무실에 다녀올 때를 제외하면 그 역시 그녀와 같이 두문불출하였다. 오늘은 오전에 외출하고 돌아온 그의 손에 뜬금없는 꽃이 들려 있었다. 당황한 기색을 감추지 못하고 어정쩡하게 받아 드니 '꽃 선물은 한 번도 한 적이 없는 것 같아서요.' 하며 소년처럼 웃었다. 조용히 정호의 가슴에 얼굴을 기댔다. 어김없이 풀과 흙냄새가 났다. 그러나 그가 사 온 꽃다발에 섞인 라넌큘러스나 수선화에서 맡아지는 향취는 아니었다.

생각해 보면 요 근래 내내 밖에 다녀온 남자에게선 같은 향기가 났다. 방향제 냄새도 아니고, 향수는 더더욱 아니다. 세탁 바구니에서 발견한 그의 외투가 지저분했던 적도 한두 번이 아니다. 정호의 팔을 베고 책을 읽고 있던 인희는 한참이 지나도 내내 제자리걸음을 하는 페이지를 확인하고 결국 책을 내려놓았다.

"바른대로 불어."

"뭘요?"

"사무실 다녀오는 거 아니지?"

그가 어색하게 고개를 저으며 시선을 피했다. 하여간 거짓말엔 재능이 없는 남자다. 인희의 두 손이 정호의 얼굴을 잡고 단단히 고정시켰다.

"네 옷에서 흙냄새 나. 공사장 같은 데에서 벽돌 같은 거 나르고 그러는 거야?"

"흙, 냄새요?"

그가 당혹스러운 표정으로 제 팔을 들어 코에 갖다 대고 킁킁거렸다.

아, 제대로 맞췄나 봐. 인희가 화난 얼굴로 정호에게서 손을 뗐다. 그가 벌떡 일어나 정좌했다. 눈치를 살피다 강아지처럼 옆구리를 파고드는 남자를 매몰차게 밀어냈다. 그가 서운함이 그득 묻은 목소리로 투덜댔다.

"표정 풀어요. 꽃도 사 왔는데 이러기예요?"

"꽃으로 퉁칠 생각 하지 마. 나 그렇게 낭만적인 여자 아니니까."

"일하고 들어오는 거 아닌데."

"힘들면 얘기하랬지. 도와줄 수 있고, 도와주고 싶다고."

"아니라니까. 잘못 짚었다고요."

벌렁 드러누워 딴청을 피우는 정호의 배를 쿡쿡 쑤시며 으름장을 놓았다.

"네 옷에 GPS까지 달게 하진 마. 네가 팔자 좋게 조기축구회

347

나가서 운동장에서 뒹굴다 왔을 리는 없잖아."

"……."

"말해 줄 때까지 괴롭힐 거야."

"그럼 내일 나랑 같이 가요."

그녀의 호흡이 딱딱하게 굳는 것을 느낀다. 내내 남자의 몸을
지분거리던 손가락이 허공에 멈춘 것을 정호는 그냥 좌시하지 않
았다. 스캔들이 터지고 얼마 지나지 않은 어느 날, 일 때문에 외출
하고 돌아온 그녀의 얼굴이 유난히 어두웠던 것을 기억한다. 정확
히 얘기해 주지 않아 짐작만 할 뿐이지만 뭔가 봉변이라 부를 만
한 일을 당했음은 분명했다. 그 이후로 문밖에 나서는 일이 현저
히 줄어든 것만 보더라도 그랬다.

호기롭게 닦달할 때는 언제고 주춤거리며 물리는 인희의 손을
정호가 세게 쥐었다. 일그러뜨린 눈썹 끝을 그가 입술로 쪼았다.

"같이 가요. 직접 가서 내가 뭐 하는지 보면 되잖아."

장고 끝에 결국 고개를 끄덕였다. 서럽고 두려운 것보다, 그가
걱정스러운 마음이 앞섰다. 정호의 때가 탄 점퍼 소매를 떠올리며
인희는 마음을 다졌다.

거리는 봄기운이 만연했다. 겨울이 완전히 물러난 자리에 꽃망
울이 앞다투어 자리를 잡았다. 팝콘이 덩어리째 달라붙은 것 같은
앙상한 나뭇가지는 그 무게가 버거운 듯 가벼운 바람에도 휘청거
렸다.

어째서 정호가 운동화를 신으라고 신신당부했는지 인희는 목적

지에 도착하고 나서야 깨달았다. 단 한번뿐이었지만 뇌리에 선명히 각인된 곳. 이름 모를 나무가 양옆으로 우거진 길을 따라가다 보면 확 트인 공터가 나오는 그 야트막한 산.

가을에 찾았던 그때완 달리 걸어서 올라야 하는 길은 생각보다 가파른 경사에 길기도 길었다. 헉헉거리는 인희를 알아채고 정호가 피식 웃었다.

"업어 줄까요?"

"됐거든요. 내 발로 걸어 올라가라고 운동화 신긴 거 아녔어?"

"그건 맞는데. 알잖아요, 내가 작가님한텐 또 엄청 약한 거. 업혀요."

뒷짐을 지며 설렁설렁 따라오던 그가 그녀의 앞에 등을 보이며 무릎을 굽혔다. 인희에게만 오르막인 길이었는지 호흡 하나 흐트러지지 않은 정호가 멀뚱히 선 그녀의 팔을 잡아당겨 둘러업었다.

"힘들지 않아?"

"안 힘들다고 하면 거짓말하지 말라고 할 거면서."

"그래도 끝까지 괜찮다고 우길 거면서."

"우기는 거 아니거든요. 정말 괜찮으니까 괜찮다고 하는 거고. 행복하니까 행복하다고 하는 거고."

그가 숨을 들이쉬며 한 박자 쉬었다. 그러곤 다분히 의도적으로 인희의 머리가 기댄 쪽으로 고개를 돌렸다. 보드라운 입술이 뺨에 닿자 그 아래 짙은 볼우물이 덧그려졌다.

"사랑하니까 사랑한다고 하는 거예요."

말을 뱉은 것은 그인데 부끄러워하는 것도 그의 몫이다. 빨갛게 달아오른 귓바퀴가 사랑스러웠다. 인희는 그것을 못 본 척 덤덤히 말을 이었다.

"나도 그래."

"뭐가요?"

"사랑한다고."

그래서, 널 망가뜨리는 내가 너무 미웠을 만큼.

"……다시 한 번 말해 봐요. 방금 제대로 못 들었어."

"사랑해."

자박자박 규칙적으로 들려오던 발걸음 소리가 멈춘 것은 그때였다. 정호가 팔을 풀어 그녀를 등에서 떨어뜨리고는 제 앞으로 돌려세웠다.

"내가 얼마나 기다리던 말인데. 비겁하게 등 뒤에서 하는 게 어디 있어. 내 눈 보고 말해요. 나 지금 꿈을 꾸는 건지 뭔지……."

"사랑해."

"다시……."

"이제 그만. 말했지? 흔하면 값싸지는 거라고."

왜 정호의 귀가 붉어졌었는지 뒤늦게 깨달았다. 어색하고 쑥스럽지 않을 리 없다. 태어나 단 한 번도 입 밖으로 꺼내 본 적 없는 단어다. 누구도 그녀에게 사랑한다고 말해 주지 않았고, 또한 그 누구도 그녀에게 사랑을 바라지 않았었다.

"누가 그래요. 아니라니까. 천천히 가요! 넘어져!"

단 한 사람, 너를 제외하고.

피가 몰려 울긋불긋해진 얼굴을 들킬세라 앞장서 달리는 그녀의 뒤를 그가 바짝 쫓았다. 나무가 만든 터널, 그 끝이 보였다. 먼저 결승선을 통과한 인희는 전과 사뭇 달라진 풍경에 멈칫거렸다. 한발 늦게 도착한 남자가 제 여자의 허리를 답삭 끌어안았다.

"누가 집 짓는 중인가 봐."

"그러게요. 누가 집 짓는 중인가 봐요."

"들어가면 안 될 것 같은데? 사유지잖아."

"그래도 여기까지 왔는데 그냥 가기 아쉽지 않아요? 확인할 것도 있고."

"확인할 거? 어어, 야……! 누가 보면 어쩌려고!"

잡힌 손을 끌어당기며 뒤꿈치를 흙에 박고 버렸지만 정신을 차리고 보니 어느새 질질 끌려가고 있는 모양새였다. 부드러운 흙에 그녀가 남긴 몸부림의 흔적이 길게 이어졌다. 무더기로 쌓여 있는 벽돌을 지나 허리까지 오는 나무가 줄줄이 심어진 곳에 다다라서야 그가 걸음을 멈췄다.

"이거예요."

"어?"

"흙냄새. 여기서 묻혀 온 거라고요."

몇 그루나 될까? 거의 완성단계로 보이는 주택의 후면에 빙 둘러 이어져 있는 초록의 행렬을 헤아려 보던 인희가 미간을 좁혔다.

"네가 심었다고? 그럼, 정말 여기서 일한 거야?"

"잘 심었죠? 나 이쪽에 소질 있나 봐."

"설마 했는데 진짜 막일이라도 하는……."

"어? 지금 울어요?"

"장난치지 마. 뭐? 괜찮으니까 괜찮다고 하는 거라고? 너 그 말 습관적으로 하는 거 내가 모를 줄 알았지. 아서. 다신 여기 올 생각 하지 마. 가자. 가자고, 빨리."

"안 돼요. 아직 다섯 그루나 남았어요."

"말 안 듣지, 박정호."

수세에 몰릴 때면 어김없이 그를 겁주던 목소리가 오늘 유난히 단호했다. 자꾸 위로 구부러지는 입술을 단속하느라 정호는 진땀을 흘렸다.

"그러지 말고 좀 도와줘요. 파는 건 내가 할 테니까, 흙 덮어 주는 것만. 그 정돈 할 수 있죠?"

얘가 오늘따라 왜 이렇게 고집이야. 못마땅하게 중얼거리면서도 막상 정호가 삽을 들자 덩달아 바삐 몸을 움직이는 인희다. 작은 발로 야무지게 흙을 다져 밟는 것을 보며 정호가 기분 좋게 웃었다. 그러나 그 부지런을 떨었는데도 세 그루밖에 심지 못했다. 해가 완전히 떨어지기 전에 내려가야 했기 때문이었다. 인희는 어느새 흙투성이가 된 얼굴로 이를 갈았다.

"두 그루만 더 심으면 되는데."

"그러지 말고 이리 와서 봐요. 여기 이 나무들 좀 더 크면 근사하겠죠? 담 대신이에요. 여기에 담을 쌓으면, 풍경을 해칠 것 같았거든요."

정호의 설명에서 느껴지는 수상한 뉘앙스를 미처 읽어내지 못한 채, 인희는 그 의견에 동의한다는 듯 작게 고개를 주억거렸다.

그러다 아쉬운 듯 한숨을 푹 내쉬었다.

"여기, 네가 좋아하던 곳인데."

"나만? 작가님도 좋아하는 곳이잖아요."

"응. 그렇지. 그래서 말인데, 여기 얼마 정도 하려나."

"음, 글쎄요."

"기다려. 드라마 열심히 써서 내가 꼭 여기, 너한테 줄 테니까."

인희가 달래듯 정호의 등을 쓸어내렸다. 흙이 묻은 손이란 것을 깨닫고 아차 하는 표정을 짓는 그녀를 보며 그가 참았던 웃음을 일시에 터뜨렸다.

"왜 웃어?"

"주인이 절대 안 팔려고 할 텐데?"

"아는 사람이야?"

"네. 이 집, 애인한테 선물받은 거래요."

그래? 눈에 띄게 시무룩해진 음색으로 인희가 되물었다. 서운한 건 저면서, 애꿎은 정호를 토닥거리고는 몸을 돌렸다. 그만 내려가자. 기운 없이 중얼거리며 출구를 찾는 인희의 손이 정호에게 잡혔다. 날카로운 금속이 꼬질꼬질해진 손바닥을 눌렀다. 정호의 손이 떨어져 나가자 인희가 어리둥절한 표정으로 그에게 넘겨받은 열쇠를 들어 올렸다.

"뭐야?"

"안 팔 거죠?"

"어?"

저문 해가 노랗게 내려앉은 얼굴에 곧 놀라움이 느릿하게 번졌다.

"아직 미완성이에요. 아시다시피 나무도 덜 심었고, 인테리어도 하나도 안 되어 있어요. 집주인 될 사람 성격이 워낙 급해야지."

한껏 느물거린 남자가 팔을 활짝 벌려 그녀를 재촉했다. 칭찬이라도 바라는 듯 기대감 어린 표정을 한 그에게 한달음에 달려가 안겼다. 눈가가 빠르게 젖어 들었다. 울음기를 지우느라 더욱 짓궂고 퉁명스러운 목소리로 고맙다는 말을 대신해 맹세했다.

"안 팔아. 어떻게 팔아. 대대손손 가보로 물려줄 거야."

"대대손손?"

그가 키득거리며 숨 막히게 그녀를 끌어안았다.

"그거 우리 애들이죠. 나랑, 작가님이랑."

"왜? 싫어? 생각할 시간 필요해?"

"아뇨. 나는 이미 그 생각, 오래전에 끝냈거든요."

몸을 떼고 내려다보는 까만 눈이 반들반들 잘 깎인 조약돌 같다.

"아, 이 여자 마음 바뀌기 전에 여기서 만들어 버릴까 봐."

"뭘?"

"우리 첫째."

히죽 웃는 남자의 몸을 찰싹 때리고 황급히 뒤돌아섰다. 날이 갈수록 점점 이런 부끄러운 얘길 표정 하나 변하지 않고 속닥대는 남자를 어떻게 감당해야 할지 모르겠다. 안전거리 유지해! 엄하게 소리치고 비탈길을 빠르게 내려갔다. 휘청휘청, 금방이라도 꺾일 것 같은 인희의 발목을 주시하던 정호가 기어코 다가와 손을 잡았다. 뿌리치는 대신 남자의 손가락 사이사이 여자의 것이 얽혔다.

"같이 가요."

어느 때.

또 어느 곳이든.

연인으로 함께 맞는 첫 번째 봄. 초저녁 보랏빛 공기에 섞인 어지러운 꽃내음이 유난히 달게 느껴지는 까닭은, 이 봄에 네가 있기 때문이리라. 같은 보폭의 크고 작은 두 개의 발자국이 나란히 이어졌다. 그 위로 분분히 흩날리는 봄꽃이, 무수한 약속들이 내려앉았다.

Epilogue

"시사회?"

뻐근하게 뭉친 어깨를 허공에 돌리면서 인희가 되물었다. 귀뿌리에 하늘색 페인트를 길게 묻힌 정호가 고개를 끄덕이며 그녀를 보았다. '올 거죠?' 소리 없는 기대가 담긴 눈이 반짝반짝 했다.

페인트 붓을 내려놓고 비닐이 아무렇게나 깔린 바닥을 지나 정호에게 다가간 그녀가 소매로 정호의 얼굴을 벅벅 닦았다.

"이거 안 지워지는데?"

"침 묻혀서 닦아 봐요."

"그런다고 지워질까?"

인희가 영 미심쩍어 하며 고개를 갸우뚱 기울였다. 시도나 해보자 싶어 혀를 내밀어 손가락을 가져다 대려는 순간 그가 허리를 굽혔다. 뭉근한 열기가 인희의 혀를 삼켰다. 놀라서 눈도 감지 못

하는 여자를 보며 그가 피식 웃었다. 입안 얼마 남지 않은 빈 공간에 그의 웃음이 스몄다. 짧지만 깊게, 진하게. 인희의 속살을 맛본 그가 느릿하게 입술을 뗐다.

"대답 망설인 벌."

바로 초점이 돌아오지 않아 눈을 연달아 깜빡인 인희가 미간을 좁혔다.

"안 망설였는데."

"온다고 얘기 안 했잖아요."

"당연한 거라 패스한 거거든?"

그녀가 거드름을 피우며 남자의 턱을 매만졌다. 정호는 주인의 손길에 기분이 좋아진 강아지처럼 나른한 미소를 지었다.

"내가 안 가면 누가 가? 내 자리 제일 좋은 자리 맞지? 아니기만 해 봐라."

"당연히 제일 좋은 자리죠."

페인트로 엉망이 된 손이라 차마 인희의 얼굴을 만지지 못하고 입술로 더듬었다.

"내 옆자리."

더러워질 것을 감안해 일부러 골라 입힌 폐기처분 직전의 옷도 어찌나 멋들어지게 소화하는지. 인희가 새삼 떨리는 마음을 가라앉히느라 분투 중인 것을 그는 꿈에도 모를 것이다. 어쨌든, 그녀는 누구와는 다르게 느끼는 바를 시시각각 드러내는 타입은 아니니까.

"아이구, 주연배우 옆자리씩이나. 이거 너무 부담스러운데요?"

인희가 키득거리며 몸을 돌렸다. 잠깐 쉬었으니 다시 몸을 부지런히 움직여야 할 때였다.

나무를 심으러 온 그날부터 인희와 정호는 이틀에 한 번꼴로 이곳에 들르고 있다. 처음 왔을 때 지붕과 벽체의 완성 단계에 있던 주택의 내부 인테리어는 인희의 강력한 주장으로 두 사람의 손을 직접 거쳐 탄생하고 있는 중이었다. 집안 곳곳에 그들의 수다가, 애정이 함께 녹아들었다.

사실 아주 약간의 부작용이 있기는 하다. 진행 상황이 매우 더디다는 것. 노동에 할애하는 시간보다 옥신각신 장난을 치며 노는 시간이 월등히 많았던 탓이다. 전문가의 힘을 빌었다면 벌써 완공에 입주까지 마치고도 남았을 기간이었다.

"시사회에 신혜라 오겠지?"

아직 딱히 용도를 정하지 못한 방에 열심히 페인트칠을 하면서 인희가 지나가는 투로 물었다. 아무리 발뒤꿈치를 들어도 그녀의 키로는 채 닿지 않는 곳에 붓을 쓱싹쓱싹 문대던 정호의 입가가 씰룩거린다.

"아마도 그렇겠죠."

"그치? 안치훈 씨랑 같은 소속사라고 했으니까……."

게다가 스캔들 이후 피해자 코스프레를 하며 동정표를 사는 데 열을 올리는 중이니 이런 좋은 기회를 놓칠 리가 없다. 곰곰이 생각에 잠긴 인희의 얼굴을 정호가 힐끗 내려다보았다.

"노파심에 하는 말인데, 머리채 잡고 그런 건 안 돼요."

얘가 지금 무슨 소릴 하는 거야.

발끈해서 올려다본 시야에 웃음을 참느라 제멋대로 우그러진 얼굴이 보였다. 그제야 인희는 자신이 놀림당하는 중이었다는 사실을 깨닫는다. 승부욕이 자글자글 끓어올랐다.

"당연히 안 되지. 예쁘고 애교도 많은 분인데. 얼굴에 흠집이라도 나 봐. 누구 마음이 얼마나 아프겠어?"

전에 말 한마디 잘못한 거 가지고 흡사 사골을 우리듯 놀려 먹었다. 처음 몇 번은 이러한 인희의 도발에 진지하게 겁을 먹고 싹싹 빌었던 적도 있지만 이제는 정호도 나름의 노하우라는 것이 생긴 터다.

"그럼요. 말만 들어도 가슴이 찢어지네."

"어쭈. 이것 봐라."

"이렇게 예쁜 얼굴에 상처 나면 나 눈 뒤집혀요."

정호가 두 손으로 인희의 양 볼을 감쌌다. 인희가 고개를 홱 빼며 반항했다.

"저기요, 박정호 씨. 제가 말한 예쁘고 애교도 많은 사람은요……."

"작가님이죠."

"아니, 내가 아니……."

"나한테 예쁘고 애교도 많은 여잔 작가님밖에 없는데. 또 누구 있어요?"

신혜라의 '신' 자도 허락하지 않겠다는 듯 말을 툭툭 잘라먹는 남자를 밉지 않게 노려보았다. 그녀의 눈길을 받은 그가 갑자기 키들거리기 시작했다. 수상한 불안을 감지한 인희가 미간을 좁혔다. 옆구리를 짚으며 긴 눈을 반달처럼 우아하게 접은 채 그가 좀처럼 참아지지 않는 웃음과 함께 간신히 말을 이었다.

"정도껏 예뻐야 하는데, 얼굴을 파랗게 칠해 놔도 예쁘니까 내가 이렇게 정신을 못 차리죠."

"……야! 너!"

뒤늦게 그의 두 손이 뺨을 감싸고 떨어져 나간 것을 떠올렸다. 기겁한 인희가 당장 손거울을 들어 제 얼굴을 비췄다.

'저거 지워 지겠지?' 정호의 얼굴을 보며 내내 고민했던 사항이 이제 남 일이 아니게 되었다. 거울을 보며 울상을 짓는 그녀의 어깨에 그가 척 하니 팔을 걸쳤다.

"맘에 들어. 지우지 말까 봐요. 누가 봐도 커플 같잖아요. 그죠."

뾰족하게 세운 팔꿈치가 남자의 단단한 복부를 망설임 없이 가격했다.

"이게 덤 앤 더머지. 커플은 무슨."

쿨럭거리며 엄살을 떤 정호가 바닥에 드러누웠다. 눈 하나 깜짝하지 않는 인희의 손을 손쉽게 낚아채 잡아당기자 그녀가 '어어' 하는 신음과 함께 그의 몸 위로 쓰러졌다. 정호는 버둥거리는 인희의 허리에 팔을 둘러 깍지를 껴서 그녀를 생포했다. 거기서 끝내면 박정호가 아니다. 고개를 들어 은근 슬쩍 여자의 목덜미에 입술을 물고 여린 살을 흡입하는 그의 목적은 아주 간단명료했다. 인희는 못 이기는 척 눈을 감았다.

봄이 절정을 지나자마자 적응할 새도 없이 여름이 찾아왔다. '초' 여름이란 말을 갖다 붙이기에는 너무나 후덥지근한 날씨다. 더위에 취약한 인희에겐 이런 날에 노트북을 옆에 끼고 냉방이 잘 되는 카페에 앉아 더운 음료를 시키는 것이 유일한 낙이었다. 어제도 그랬고, 그제도 그랬듯이, 오늘도 그런 보통의 하루를 보내고 싶었다. 카메라가 득실거리는 곳은 정말이지 질색이다.

그런 그녀가 지금 그 카메라에 찍히기 위해 어느 때보다도 신중히 옷장을 뒤지고 있다. 풍문엔 기자들끼리 내기를 한다는 말도 있었다. 과연 시사회에 박정호의 연인이 등장할 것인지 아닌지.

사실 제가 그 자리에 참석해도 되는 건지 인희는 확신이 없었다. 이제 겨우 잠잠해졌는데 괜한 긁어 부스럼을 만드는 격이 아닐까. 그냥 거절할 걸 그랬나, 몇 번이나 후회했는지 모른다.

하지만 그런 눈을 하고 보는데 어떻게 싫다고 해?

들어 주는 이도 없는데 홀로 투덜거렸다. 그녀가 염려하는 기색을 내비칠 때마다 덩달아 의기소침해지는 그를 생각하면 몸을 사리는 것은 감히 생각조차 할 수 없다. 중요한 기로에 서 있는 정호에게 도움은 못 될지언정 쓸데없는 걱정거리를 안겨서는 안 될 일이다.

열애 보노가 나긴 후 개봉 여부가 아슬아슬했던 영화가 드디어 스크린에 걸린다. 자의 반 타의 반으로 당분간 모든 활동을 접기로 했던 그도 영화 홍보 행사에는 빠짐없이 참석하기로 되어 있었다. 아침 일찍 집을 나선 정호를 떠올리는 인희의 얼굴이 금세 어두워졌다. 밖에서 무슨 험한 소리를 듣지는 않을지. 옷걸이를 휙 휙 넘기는 손길이 거칠었다. 가능한 눈에 띄지 않으며 얌전해 보이는 것을 고르기 위해 온 신경을 집중하는 때 가장 구석에 걸린 연한 피치 컬러의 원피스가 대열을 뚫고 비죽 튀어나왔다.

"나한테 이런 옷이 있었나?"

원피스 자체를 즐겨 입지 않는 데다가 이런 색의 옷은 결단코 구매한 기억이 없다. 의아함에 구석구석 옷을 살피다 발견한 것은 라벨이 있어야 할 자리에 대신 붙어 있는 메모지였다.

[혹시 고민 중이라면 이거 입기. 기다리고 있을게요. 도착해서 전화해요.]

출석일수도 간신히 채웠다는 남자가 평생 서체공부만 한 것처럼 글씨 한번 단정했다. 이러니 그의 친필엽서 따위가 은밀한 곳에서 그렇게 고가에 거래되곤 했을까? 인희는 고개를 갸웃거리면서도 메모를 다이어리 사이에 소중히 끼워 넣었다. 그러곤 드디어 긴긴 고민에 마침표를 찍었다. 그녀에게 간택당한 원피스 밑단이 무릎 언저리를 부드럽게 스쳤다.

"하여간, 취향하고는."

이렇게 화사한 옷은 결단코 입어 본 적이 없다. 심플한 것을 넘어 심심한 디자인의 의류만 빡빡하게 채워진 옷장을 뒤로하고 인희는 거울을 보며 어색하게 머리를 한데 모아 묶었다. 가방을 챙겨 들고 나서는 발걸음이 한결 경쾌했다.

인산인해. 과연 저 인파를 어떻게 뚫고 지나갈 것인가.

입간판 뒤에 거의 숨듯이 몸을 가린 채 인희는 기자와 팬들, 영화 관계자가 어지럽게 뭉텅이로 섞여 있는 입구를 향해 흘끗 시선을 던졌다. 한쪽에 마련된 포토월에서 플래시가 연달아 번쩍거렸다. 도착하면 연락하라던 정호에게 짤막한 문자 하나를 보내 놓고 이리저리 기웃거리는데 별안간 장내가 술렁이기 시작했다. 무슨 일인가 싶어 고개를 배꼼 내미니 꽤 낯이 익은 얼굴 하나가 눈에 띄었다.

지하주차장에서 봤을 때와 달리 연한 화장에 수수하다 못해 우중충한 옷을 입고 등장한 이는 신혜라였다. 모두의 이목이 제게 쏠린 때를 놓치지 않고 신혜라가 처량하게 웃어 보였다.

"치훈 오빠 초대로 왔어요. 기대 많이 하고 있습니다. 영화 대박 나세요. 파이팅!"

부처 납셨네.

인희는 한껏 이죽대고선 고개를 홱 돌려 버렸다. 전에 정호와의 인터뷰를 볼 때부터, 아니 방송가에 신혜라가 정호의 광팬이라는 소문이 돌 때부터 저 여자가 마음에 안 들었다.

"서 작가님?"

누군가 어깨를 톡톡 두드렸다. 아직 뾰로통한 기색이 남은 얼굴로 돌아보니 세현이었다. 찌는 듯한 날씨에도 얇은 레이스 장갑을 낀 그녀가 계면쩍은 얼굴로 인희를 보며 고개를 까딱였다.

"여기서 뵙게 될 줄은 몰랐어요."

"아, 그게. 정호가 부탁해서 오긴 했는데……."

세현의 말을 '어떻게 여기 올 생각을 다 했느냐.'로 곡해한 인희가 난처하게 중얼거렸다. 세현이 서둘러 손을 내저었다.

"아니에요, 잘 오셨어요. 그렇잖아도 상의할 게 있어서 언제 한

번 찾아뵈려고 했는데, 잘 되었네요. 아직 여유가 좀 있는데, 요 옆 카페에서 차 한 잔 하시죠?"

손에 쥔 휴대전화가 찌르르 진동했다. 굳이 확인하지 않아도 정호일 것이다. 인희는 멈출 줄 모르고 몸을 떨어대는 것을 핸드백 안에 쑤셔 넣고 세현을 따라 걸음을 옮겼다.

"그때 이후로 처음 뵙죠?"

음료를 들고 자리를 찾아 앉자마자 세현이 말을 꺼냈다. 시사회의 영향 때문인지 유난히 정신없이 북적이는 카페 내부를 휘 둘러보던 인희가 고개를 끄덕였다. 듣기론 줄지어 터진 소송과 위약금 문제 때문에 소속사 전 직원이 휴일도 반납하고 정신없이 지낸다고 들었는데 세현의 표정이 생각만큼 나쁘지 않아 의아했다.

"정호가 얘길 잘 안 하려고 들어서 상황을 정확히 몰라요. 기사로밖에 접할 곳이 없었거든요. 먼저 연락을 드릴까도 했는데 오히려 실례가 될까 봐…… 죄송해요. 다 핑계 같죠."

"사과하실 필요 없어요. 마음고생 심하셨을 텐데, 이해합니다. 몇 가지 골치 아픈 문제가 있긴 한데, 차차 해결해야죠. 소송이란 게 하루 이틀 끌어서 될 일도 아니고. 음, 그보다 제가 따로 작가님 시간 뺏은 건…… 그러니까, 어려운 부탁을 드려야 할 것 같아서."

세현이 눈치를 살피듯 뜸을 들이며 커피를 머금었다. 긴장으로 뻣뻣하게 어깨가 굳었다.

"태언 오빠 사인, 세상에 제대로 알렸으면 좋겠어요."

세현을 따라 무슨 맛인지도 모르고 식도로 흘려보내던 음료가 컥 목에 막혔다. 인희가 마른기침을 하며 손등으로 입가를 눌렀다. 예상한 반응이었는지 세현이 심상한 태도로 묵묵히 그녀에게 휴지를 건넸다.

"힘드시면, 태언 오빠 부모님껜 제가 가서 양해를 구할게요. 기사도, 아무래도 작가님이 나서서 인터뷰하시는 것보단 저희 쪽에서 적당한 언론사 찾아 자연스럽게 내보내는 쪽이 반감이 덜할 거고요. 작가님은 그냥 동의만 해 주시면 됩니다. 그 후의 일은 제가 다 알아서 할게요."

"그렇게…… 그렇게 간단한 문제가 아니에요. 어머님이 절대 허락하지 않으실 거예요. 아버님이 어떻게 지내는지 못 들으셨어요?"

"알아요. 하지만 저는 아버님, 어머님보단 정호가 우선이에요. 다시 일으켜 세워야겠어요. 그러자면 대중이 작가님께 갖는 적대감을 불식시키는 게 필수적이고요."

머리가 지끈거렸다. 세현의 바람처럼 기사 하나로 일이 척척 풀린다면 다행이지만, 기실 사람의 마음을 예측하는 것만큼 위험한 일도 없는 법이다.

"최 대표님은요?"

"네?"

"사실 심장마비가 아니라 자살이었다. 그 한 문장으로 기사를 만들 수는 없어요. 사람들은 '왜'라는 물음을 가질 거예요. 왜 속였는지, 왜 태언 씨가 자살을 선택했는지. 그 호기심을 그저 돈벌이 수단으로 여기는 기자들은 끝까지 파고들 거고요."

"어설프게 둘러댈 생각 없어요. 제가 말한 '제대로 알리자'는 건, 제 얘기까지 기사에 전부 포함시키겠단 뜻이에요."

"글쎄요. 그렇게 좋은 생각 같진 않은데……."

인희가 비관적인 입장을 견지하자 세현은 이해할 수 없다는 얼굴을 했다. 인희가 차분한 어조로 서두를 꺼냈다.

"그 사람 유서에 최 대표님 얘기는 없었어요. 아마도, 최 대표님을 딸처럼 여기는 두 분 마음을 해치고 싶지 않아서였을 거예요."

"알아요, 하지만……."

인희는 그런 것쯤 아무래도 상관없다는 듯 반박하는 세현의 말을 서둘러 잘랐다.

"최 대표님 뜻대로 되지 않을 수도 있어요."

찻잔을 매만지는 손끝에 한기가 서렸다. 표면에 맺힌 차가운 습기가 정신을 또렷하게 깨웠다.

"최 대표님을 동정하고 이해하면서도, 한편으론 원망스럽고 불편해요. 그래, 그럴 만했겠다. 아니, 꼭 그런 말까지 해야 했을까. 두 가지 마음이 양립한다고요. 남들도 마찬가지일 거예요. 최악의 경우도 생각해야 돼요. 일부라고 하더라도, 심할 경우엔 일각에서 우회적 살인이었다는 말이 나올 수도 있어요. 그럼 대표님 아래 있는 정호에게 오히려 해가 될지도 모르는데, 이렇게까지 위험한 모험을 꼭 해야 하나요?"

세현이 입술을 깨물었다. 굳게 다문 턱이 불룩거렸다. 싸늘하게 돌아선 대중의 마음을 돌리기 위한 가장 효과적인 방법이라고 굳게 믿고 있었다. 인희의 말을 인정하고 나면 더는 남은 패가 없었다. 그 희망을 쉬이 놓지 못하고 세현이 재차 사정했다.

"그래도 시도해 볼 만하다고 생각해요. 중요한 건 제가 아니라 작가님이에요. 부탁드릴게요. 다시 한 번 잘 생각해 봐 줘요."

인희는 터져 나오려는 한숨을 간신히 막고서 세현을 응시했다. 정호를 위해서라는 본의를 알기 때문에 강경하게 거절키 어려웠다.

인희가 머뭇거리며 대답을 망설이던 찰나였다. 드르륵, 의자 다리가 바닥과 마찰하는 소음 사이로 익숙한 음성이 귓가로 내려앉았다.

"생각할 필요 없어요."

두 여자가 경악에 가까운 표정으로 돌아본 곳엔 잔뜩 날카로운 기색의 정호가 태연하게 앉아 있었다. 선글라스로 매력적인 눈매를 가리긴 했지만 역시 박정호인 걸 못 알아볼 정도는 아니었다. 주변이 순식간에 술렁이기 시작하는 걸 보면.

"너 여기서 뭐하는 거야. 얼른 안 들어가?"

"그러는 당신은, 달랑 문자 하나 보내 놓고 여기서 뭐 하는데? 나 불안하게 하는 데 취미 있어요?"

그러고 보니 호흡이 고르지 못하다. 또 찾아다니게 만든 모양이구나, 인희는 뒤늦게 자책했다. 오늘 같은 날은 어지간히 바빠서 자신에게까지 신경 쓰지 못할 거라고 생각한 것이 실수였다. 아차, 하며 혀를 빼무는 인희에게 머물러 있던 정호의 시선이 뒤늦게 세현을 향했다.

"우선 서 작가님께 양해 구하고 너한테도 얘기하려고 했는데. 뭐, 다 들은 김에……."

"하지 마세요. 제가 싫어요."

"정호야."

"누군가 희생하고, 누군가 다치고. 그렇게 해서 얻는 호의에는 관심 없어요."

한 번 아니다 싶은 것엔 절대 타협이란 없는 정호의 고집이 쇠 심줄보다 질기다는 걸 익히 아는 세현이 피곤한 듯 미간에 주름을 잡았다. 정호와 부딪히면 결코 이기지 못할 것임을 알기 때문에 인희를 먼저 공략하려던 계획이 전부 허사가 됐다.

"겨우 두 달 지났어요. 너무 조급해하지 마세요."

"그렇다고 이렇게 가만히 있으면 사태가 해결돼? 뭐라도 해 야……."

"생각이 없어서 아무것도 안 하고 있는 게 아니라는 거 잘 아시 잖아요. 우선 오늘 시사회 반응 먼저 확인하세요. 이번 영화 시나 리오 들어왔을 때, 누구보다 대표님께서 가장 확신하셨던 거 기억 하시죠? 분명 성공할 거라고 그러셨던 거요."

끄응. 세현이 앓는 소리를 내며 등받이에 몸을 깊이 묻었다. 날 이 갈수록 언변이 느는 남자를 감당하기 힘든 것은 비단 연인인 인희뿐만이 아닌 것이다.

"제가 못 미더우시면, 대표님 스스로를 믿으세요."

"후. 그래. 우선 네 말대로 좀 기다려 보자."

정호가 다행이라는 듯 웃으며 옆자리의 인희를 바라보았다. 테이블 아래로 단단히 얽혀 있는 손에 힘이 들어갔다. 인희는 웃어야 할지 울어야 할지 모르겠는 애매한 눈을 축 늘어뜨렸다. 그의 손이 그녀의 눈가를 쓰다듬었다. 웃으라는 뜻인 줄 알아서 입꼬리를 끌어올리니 그가 당장 입이라도 맞출 것처럼 얼굴을 가까이해 왔다. 깜짝 놀라 몸을 피하며 입술을 가렸다.

"그거 아닌데."

"어, 어?"

그가 피식 웃으며 손을 뒤로 뻗었다. 그가 머리를 느릿하게 잡아당기는가 싶더니 하나로 묶어 놓은 머리카락이 부채처럼 펼쳐졌다. 오로지 단정해 보이기 위해 발악한 것을 간파당한 것 같아 두 뺨이 달아올랐다.

"뭘 해도 예쁜 거 아는데, 오늘은 풀어요. 어깨가 생각보다 많이 보이네. 딴놈들 다 쳐다보게."

순간 어디선가 셔터음이 터졌다. 잊고 있던 주변의 눈들이 불시에 시야를 채웠다. 다행히 기자는 아니었다. '다행히'라는 말을 붙여도 될지는 모르겠지만.

"우선 자리 옮기는 게 좋겠다."

세현이 먼저 일어섰다. 어디선가 수열이 달려와 길을 안내했다. 정호는 사방에 아무도 없는 것처럼. 마치, 두 사람만의 주택이 있는 그 숲 한가운데 들어와 있는 것처럼. 그렇게 다정히 손을 잡아 이끌었다.

뒤늦게 두 사람의 존재를 깨닫고 포토월 쪽에서 우르르 몰려오는 기자들의 발걸음 소리가 요란했다. 흘끗 돌아본 곳엔 한창 인터뷰 중에 기자를 빼앗긴 신혜라가 분한 듯 이쪽을 노려보고 있었다.

근 두 달 만에 처음 공식석상에 모습을 드러낸 정호에 대한 세간의 관심은 뜨거웠다. 물론 그 열기를 부추기는 데에는 인희가 함께 찍힌 두 사람의 다정한 사진 몇 장도 한몫 단단히 했음이다. 인터넷이라는 무형의 공간에서 그들을 비난하는 목소리가 다시 볼륨을 높였다. 스크롤을 내리는 인희의 앞을 연방 기웃거리던 정호가 물었다.

"걱정돼요?"

"당연하지. 넌 걱정 안 돼?"

"난 괜찮은데요."

"거짓말."

"진짜예요. 아무렇지도 않아요. 그러니까, 당신 걱정이면 하고, 내 걱정이면 하지 말아요."

그가 손끝으로 쪼글쪼글 주름을 잡은 인희의 콧등을 톡톡 두드렸다. 드디어 모니터에서 시선을 뗀 인희가 고개를 들어 올렸다.

"우리 연애가 누군가한테 사과할 일은 아니에요. 그렇죠?"

테이블을 사이에 두고 선 그가 노트북을 제 쪽으로 돌렸다.

"고로, 내가 얌전히 지냈던 건 자숙 같은 게 아니고요."

그의 손가락이 터치패드 위를 분주히 오갔다.

"작가님이 다칠까 봐, 는 핑계고."

정호가 다시 노트북을 인희 쪽으로 돌렸다.

"쉬고 싶었어요. 서인희랑 하루 종일 찰싹 달라붙어 있는 생활이 질릴 때까지."

모니터에 뜬 숫자가 무엇을 가리키는지 깨달은 인희가 놀라 입을 벌렸다. 개봉한 지 일주일도 지나지 않은 영화의 누적 관객 수가 이미 삼백만에 가까웠다.

"아직 질리려면 멀었는데 말이죠."

탁. 노트북이 반으로 접혔다. 테이블을 짚고 정호의 몸이 반쯤 넘어왔다. 그가 곱게 접힌 눈으로 얼굴 구석구석을 애무하듯 바라보았다. 오랫동안 눈을 마주치는 행위가 어째서 이렇게 부끄러운지. 인희는 입안의 여린 살을 잘근잘근 깨물며 애써 태연하게 정호의 눈길을 받아냈다.

"나 영화 같은 데서 본 거 같아. 책상 넘어오고 이런 거."

"보통은 여자가 이러죠. 유혹하려고."

"나한테 언감생심 그런 거 바라지 마. 절대 사양이야."

행여나 정호가 엉뚱한 걸 시킬까 봐 미리 선을 그었다. 그가 억눌렀던 웃음을 일시에 터뜨리며 작정한 듯 테이블 위로 무릎을 댔다. 튼튼해 보이는 책상 다리는 걱정이 없었지만 요동치는 심장이 문제였나.

"유혹을 왜 해요."

순식간에 테이블을 가로지른 그가 바닥 대신 인희의 의자 위에 발을 디뎠다. 바퀴 달린 의자가 그가 걸터앉은 책상 쪽으로 확 당겨갔다.

"그런 거 안 해도 이미 내가 다 당신 건데."

"너…… 이런 말 자꾸 배워 오지 말랬지."

"왜요? 너무 설레서 곤란해요?"

그가 키득거리며 상체를 구부렸다. 귓가로 옮겨 간 그의 입술이 귓불을 물고 지분거렸다. 인희의 손이 저도 모르게 정호의 허벅지를 쥐었다. 그가 한숨 같은 신음을 흩뿌렸다. 목덜미를 감싸고 있던 손이 느릿하게 아래로 길을 더듬는 동안 인희는 눈을 감고 그가 주는 나른한 감각을 즐겼다. 민소매 상의의 어깨 끈이 팔뚝을 따라 흐르고 속옷을 입지 않은 맨가슴이 반쯤 드러났다. 야트막한 언덕에 그가 혀를 대고 짓궂게 중얼거렸다.

"진짜 맛있는데. 안 먹어 봐서 모르죠?"

이게 진짜.

뜨겁게 달아오른 얼굴로 인희가 가슴에 파묻혀 있는 정호의 두 뺨을 쥐어 일으켰다. 소년처럼 무구한 얼굴에 유독 입술만 새빨갛다. 젖은 다리 사이가 아릿했지만 그녀는 습관처럼 그녀의 몸을 만지려는 정호의 손을 단호히 막아 냈다. 너도 당해 봐, 하는 얄팍한 인내심으로 정호의 중심에 손을 댔다. 긴장감 때문인지 입안이 바짝 말랐다. 그러나 벨트를 풀고 지퍼를 내리는 손은 거침이 없었다.

단단하게 뭉친 그의 몸이 얇은 속옷 아래에서 그 위용을 과시하듯 꺼떡댔다. 여전히 테이블에 엉덩이를 걸친 채인 정호를 슬쩍 올려다보았다. 그는 반쯤은 흥미롭단 표정으로, 그리고 나머지 반쯤은 당장 제 여자를 엎어 놓고 그 안을 헤집고 싶다는 욕망이 가득한 얼굴로 그녀를 주시하고 있었다.

인희는 움츠러드는 손가락을 펴고 보란 듯 정호의 속옷을 끌어내렸다. 거웃 사이 검붉은 살덩이가 기다렸다는 듯 시야를 어지럽혔다. 그녀의 몸을 제집처럼 수도 없이 들락거렸던 물건임에도 낯설기만 했다. 언제나의 그 촉감을 확인하듯이 인희가 천천히 기둥을 쓸어내렸다. 애무를 하는 쪽도, 흥분하는 쪽도 저인 것만 같다. 이대로 신음이라도 흘렸다간 민망하겠다 싶어 조금 성급히 그의 몸 끝에 입술을 댔다. 짭짤한 맛. 그의 체향이 훅 끼쳤다. 몽롱해지는 정신을 붙잡고 간신히 웃었다.

"……진짜 맛있는데. 안 먹어 봐서 모르겠네?"

참기 힘들다는 듯, 핏빛 입술을 깨무는 새하얀 치아는 선정적이란 말로도 표현하기 모자랐다. 남성과 소년의 경계, 그 절묘한 아름다움이 짙게 밴 얼굴이 그녀를 흡사 물어뜯기라도 할 듯 집요하게 노려보았다. 오싹 소름이 돋았다. 정호에게 팔이 붙들리나 싶더니 다음 순간 테이블에 등이 닿았다.

"실수한 거예요."

인희의 헐렁한 반바지와 그 아래 자그마한 속옷이 손쉽게 그녀의 몸에서 떨어져 나갔다.

"유혹, 그런 거 안 해도 된다니까."

이미 축축해진 다리 사이를 목격한 그가 만족스럽다는 듯 입꼬리를 말아 올렸다. 여린 꽃잎을 잡아당겨 헤치며 정호가 인희의 턱 끝을 물었다. 인희가 허리를 비틀며 정호의 등을 끌어안았다.

"들어와…… 그만 놀리고."

"싫어요. 당신 노력에 성의는 보여야지."

성의? 무슨 성의?

꺄악.

그녀답지 않은 새된 비명이 햇살이 가득 들어찬 공간을 휘저었다. 남자의 검은 머리카락이 아랫배를 스치고, 그보다 더 비밀스러운 곳을 간지럽혔다. 허벅지를 오므리려는 시도는 번번이 정호의 완력에 의해 좌절되었다.

손가락보다 뜨겁고 부드러운 입술이 비부 위를 거닐었다. 조가비처럼 다물린 살을 가르는 뾰족한 혀는 몹시도 집요하고 탐욕스러웠다. 혀끝이 앞뒤로 움직이자 인희가 진저리를 치며 다리를 버둥거렸다. 그가 키득거린다. 은밀한 부위에 번지는 그 숨소리에 또 한 번 등줄기를 따라 발작과도 같은 충격이 전신에 퍼졌다. 힘없이 벌어진 꽃잎 사이 자그마한 돌기를 빨아들이자 작살을 맞은 물고기처럼 여자의 몸이 높이 튕겨 올랐다.

"……그만해, 제발."

인희가 울먹이며 애원했다. 그제야 정호가 고개를 들어 올렸다. 달아오른 귓바퀴는 순박했지만 이내 그녀의 속살을 파고드는 그의 거친 몸짓은 오히려 처절함에 가까웠다.

검은 테이블 위로 흰 얼룩이 점점이 남는다. 그것이 차갑게 식어 마침내 굳어질 때까지도 정호는 제 욕심을 다 채우지 못해 발악했다.

어쭙잖게 도발 같은 거, 하지 말걸.

남자에게 끊임없이 삼켜지는 여자가 뒤늦게 후회했다. 해가 지려면 아직 한참이나 남은 시각. 정호의 품에서 인희의 하늘은 언제나 별이 박힌 감미로운 밤이다.

'서 작가, 결혼 안 해?'

문득 떠오른 목소리에 술술 써 내려가던 대본이 턱 막혔다.

젠장.

저도 모르게 나온 소리에 더 이상 작업은 글렀다 싶었다. 그도 그럴 것이 오늘만 이런 비슷한 뉘앙스의 말을 3번이나 들었다. 한 실장이 선발, 그리고 봉석주 감독이 마무리 투수였다. 인희는 그들이 던진 볼을 받아치지 못하고 장렬하게 아웃. 씁쓸히 퇴장해야 했다.

서른다섯이 뭐 대수인가.

인희의 생각은 그렇지만 남들은 그게 아닌 모양이었다. 스캔들이 터지고 그 난리법석 중에도 벌써 일 년째 열애를 이어 가고 있는 그들이 언제쯤 식을 올릴 것인가 하는 화두는 기삿거리가 없는 기자들에 의해 심심찮게 기사화되곤 했다. 재미있는 건 1년 전과는 사뭇 달라진 대중의 반응이다. 어쩐지 다들 그녀를 동정하는 쪽으로 태도를 바꿨다. 중국 시장을 넘어 최근 헐리웃에서까지 러브콜을 받은 박성호가 조만간 결혼 대신 결별을 택할 것이다 벌써 단정 짓고 있는 모양이었다.

[보고 싶어요.]

[왜 답장이 없어요?]

[보고 싶어 죽겠어.]

[죽겠어. 죽겠어. 죽겠다고요.]

[상사병으로 죽으면 그건 뭐라고 해야 돼요?]

[질식사라고 해야겠다. 정말 숨을 못 쉬겠거든요.]

과연, 그런 날이 올 것인지.

[엄살 부리지 마, 박정호.]

[드디어 답장 왔다. 한번 볼래요? 엄살인지, 아닌지.]

방전되어 꺼진 휴대전화에 전원이 들어오자마자 성가실 만큼 많은 개수의 메시지가 한꺼번에 도착했다. 다 읽어 보는 것도 벅찬 문자를 정독하고 답장을 보내자마자 기다렸다는 듯 작은 기계가 진동했다. 연애를 하고 있는지, 스토킹을 당하고 있는지 가끔은 헷갈릴 정도. 그래서 사실 남들이 뭐라고 하건 결혼이란 테두리가 없어서 불안하다거나 조급하진 않았다. 다만 듣기 좋은 꽃노래도 한두 번이라는데, 자꾸 그녀의 인생에 길잡이를 자청하는 오지랖이 귀찮을 뿐.

이럴 줄 알았으면 그냥 그때 오케이해 버리는 건데.

한숨을 푹 내쉬었다. 몇 달 전 정호의 청혼을 바쁘다는 이유로 미뤘을 때에는 미처 이런 상황을 예상하지 못했었다. 타이밍 한번 최악이었다. 하필 새 드라마 촬영을 앞두고 일에 찌들어 사흘에 한 번 머리를 감는 것도 벅찬 시기에 프러포즈가 웬 말인가. 게을러터진 집주인에 의해 마침내 그 숲 속의 전원주택이 완성되던 날, 그 안을 온통 꽃과 풍선으로 장식해 놓고 커다란 돌이 박힌 반지를 내미는 정호에게 인희는 딱 잘라 그랬다.

'우리 좀 신선하게 가자. 프러포즈, 내가 할게. 눈물 한 바가지

쏠을 준비 해 놓고 딱 기다려. 완전 끝내주는 청혼을 해 줄 테니까.'

내가 왜 그랬지.

머리를 쥐어뜯으며 절규했다. 눈물 쏙 뺄 정도로 끝내주는 청혼이라니, 그런 계획 따위가 있을 리가 있나.

한낮의 카페에 권태롭게 앉아 여유를 즐기던 사람들이 홀로 모노드라마를 찍는 그녀를 흥미롭게 바라보았다. 종국에는 테이블에 엎어져 버리는 여자의 앞에 누군가 허락도 없이 엉덩이를 붙였다. 인희가 인기척을 느끼고 빼꼼 눈을 들어 올렸다.

"너…… 너어!"

상대가 그녀의 손을 끌어다 제 얼굴에 갖다 댔다.

"봐봐. 열나잖아요. 엄살 아냐. 상사병이라니까, 진짜."

정호였다. 그리고 그녀의 기억이 맞다면 지금 홍콩에 있어야 할 남자였다. 선글라스를 벗어 아무렇게나 던져 놓은 그가 '으음' 하는 알 수 없는 감탄사와 함께 그녀의 손에 마구잡이로 얼굴을 문댔다.

"여기서 뭐해?"

"약 바르는 중이에요. 나으라고."

"아니, 왜 여기에 있냐고."

"답장이 없어서 날아왔죠. 내 애인 예쁜 손가락이 혹시 부러지진 않았나 걱정이 돼서."

"웃기지 마. 나 고작 두 시간 핸드폰 못 봤어. 거기서 여기까지 비행시간만……."

"그냥 넘어가요, 좀. 보고 싶어서 땡땡이치고 왔다는 말이 그렇게 듣고 싶어요?"

못 살아.

이마를 짚으며 뒤로 넘어갔다. 푹신한 소파 등받이가 아니었으면 그대로 바닥에 뒤통수를 찧어도 할 말 없을 만큼 기막힌 상황이다. 여태 이런 상황은 국내 한정이었다. 그러니까, 넓게 잡아 제주도까지. 이젠 하다하다…….

"안경 썼네."

"그렇지. 혼날 것 같으니까 말 돌리셔야지."

"그거 알아요? 작가님 안경 쓰면 엄청 섹시한 거."

"너 점점 매가 누적되고 있다."

"안경만 씌워 놓고 다 벗기는 상상을 여러 번……."

"박정호 너! 조, 조용히 안 해?"

인희가 서둘러 정호의 입을 틀어막았다. 슬슬 핸드폰을 꺼내 들기 시작하는 주변 상황을 깨닫고 그녀가 분주히 노트북을 정리했다. 떨어져 있는 며칠 동안 밥도 제대로 못 먹었다는 남자의 손에 이끌려 근처의 국밥 집에 들어섰다. 순대국, 설렁탕. 이런 종류의 음식이라면 사족을 못 쓰는 인희였다.

"우욱."

그러나 가게 입구를 통과하자마자 토기가 밀려들었다. 요새 줄곧 속이 더부룩하고 불편했지만 이렇게 신물이 올라올 정도로 위가 뒤틀리는 느낌은 처음이었다. 정호가 사색이 되어 그녀를 돌아보았다. 얼굴만 보면 누가 아픈지 구별하지 못할 정도였다.

"왜 그래요? 속이 안 좋아요?"

"어, 조금. 왜 이러지? 저번에 체한 이후로 내내 소화가 잘 안되네."

"그걸 왜 이제 말해요! 병원 가요. 아까 들어오다 봤는데 여기 4층에 내과 있어요."

"병원 갈 정도는 아니야."

"업고 갈까요, 메고 갈까요?"

"가, 간다고. 내 발로, 걸어서."

인희가 투덜거리며 앞장섰다. 다리가 부러진 것도 아닌데 옆구리에 손을 넣고 과하게 부축하는 정호 때문에 걷는 게 힘들 정도였다. 승강기를 타고 올라 내과에 도착하자 간호사와 진료를 기다리던 환자들 사이에 한바탕 소란이 일었다. 나중에 혼자 올 걸, 고개를 내젓는 인희의 얼굴에서 정호가 눈을 떼지 못했다. 그런 남자에게 감히 펜과 종이를 들이밀 생각도 못 하는 어린 간호사들을 배려해 인희는 부득불 혼자 진료를 보겠다며 대기실에 정호를 남겨 두었다.

그리고 정확히 7분 후. 인희는 얼이 빠진 표정으로 진료실을 나왔다. 좌불안석, 내내 앉았다 일어섰다를 반복하던 정호가 쪼르르 그녀의 곁으로 다가갔다.

"왜요? 어디가 많이 안 좋대요?"

"아니. 그게……."

정호의 걱정스러운 얼굴 뒤로 머릿속에서 이명이 울렸다.

'우선 산부인과에서 진찰을 받아 보시는 게 좋겠어요.'

증상을 얘기하는 인희에게 별안간 임신 가능성에 대해 캐묻던 여의사가 인자하게 웃으며 그녀를 쫓아냈다. 잠시 멍하게 서 있던 인희의 걸음이 빨라졌다. 1층까지 순식간에 도달해 약국을 찾아 들어갔다.

"저, 임신 테스트하는 기계요."

목소리가 달달 떨려 나왔다. 인희의 짐을 챙기느라 뒤늦게 달려온 정호가 대체 어디가 얼마나 아픈 거냐며 당장 울음을 터뜨릴 것 같은 표정을 지었다. 그런 남자의 팔짱을 끼고 약국을 빠져나왔다.

"차에 먼저 가 있어."

"무슨 일인데. 진짜 왜 이래요, 불안하게."

"불안해할 일은 아니야. 아무튼, 오늘이 바로 그 날인지도 모르겠어."

"그 날? 무슨 날요?"

내가 너한테 청혼하는 날.

속말을 삼키고 히죽 웃은 인희가 화장실로 향했다. 뒤따르는 발걸음 소리가 들렸다. 차에 먼저 가 있으라니까. 하여튼 지지리도 말 안 듣는 남자다.

좁은 칸에 들어가 설명서를 읽고 또 읽었다. 기대인지, 걱정인지. 결과를 기다리는 심장이 100미터 전력질주를 마친 것처럼 바빴다.

선명한 두 줄.

오한에 시달리듯 온몸이 떨렸다. 세상에. 맙소사. 온갖 느낌표를 뱉어 내는 와중에 누군가 노크라고 하기에는 상당히 불손한 간격으로 거칠게 문을 두드렸다.

"대체 무슨 일이에요. 많이 아파요? 나와 봐요, 좀. 네?"

참을성이라곤 눈곱만큼도 없다니까.

서둘러 문을 열고 나섰다. 임신을 알리는 자그마한 막대기는 등 뒤로 감추고.

"여기 여자 화장실이거든?"

"당신이 몇 분을 이 안에 있었는지 알아요? 이 정도 참은 것도 용해."

"어이구, 그러시구나."

"장난하지 마요. 의사 선생님이 뭐라고 하셨는데 이래."

엉덩이를 토닥이려는 인희의 손을 정호가 낚아챘다. 이번엔 정말로 화가 난 듯 딱딱하게 굳은 목소리였다.

"말하기 싫으면 됐어요. 내가 직접 가서 듣죠, 뭐."

여자의 손을 냉정히 내려놓은 남자가 뒤돌아섰다. 훤칠한 뒷모습을 잠시 홀린 듯이 보다가 헐레벌떡 달려가 놓칠세라 허리를 끌어안았다.

"왔어."

"오긴 뭐가 와요. 빨리 놔요, 이거."

"왔다구. 우리 집, 연두색 방. 그 방 주인 말이야."

그녀의 팔에서 벗어나기 위해 몸을 비틀던 그가 숨을 죽인 채 얼어붙었다.

채광이 훌륭해서 언젠가 첫째가 태어나면 주기로 한 2층 오른

쪽 방. 남자아이일지, 여자아이일지 몰라 그저 새싹을 닮은 색을 칠해 놓은 방. 인희가 말하는 게 바로 그 방이라는 걸 인지한 정호가 비틀거리며 뒤를 돌아보았다. 현기증을 참는 사람처럼 눈을 빠르게 깜빡이는 그의 앞에 인희가 작은 기계를 내밀었다.

"입덧이었나 봐. 진작 알아챘어야 하는데, 내가 둔해서."

"……."

"우리 이제 그거 하자."

어느새 눈동자 아래를 축축히 적신 남자가 입술을 깨물며 그녀를 보았다.

"결혼."

정호가 유리구슬처럼 커다란 눈물을 방울째 후드득 떨어뜨렸다. 얼룩지는 뺨을 닦을 생각도 하지 못하고 크게 고개를 끄덕이는 그의 눈가를 손등으로 훔쳤다. 그러나 머지않아 그 품에 당겨 안겨 아무것도 할 수가 없다. 쿵쿵, 천둥 같은 그의 심장 소리를 엿듣는 것 말고는.

"이런…… 이런 법이 어딨어요. 이렇게 갑자기. 이렇게, 이렇게……."

"이렇게, 끝내주는 청혼이 어디 있냐고?"

울다가 웃다가.

어찌할 바를 모르던 정호가 인희의 엉덩이 아래로 팔을 둘렀다. 그렇게 들어 올려져 그를 내려다보게 되었다. 허공에 다리를 대롱대롱 흔들며 정호의 얼굴을 더듬었다. 여전히 눈물이 묻어 나온다.

"얼마나 마음 졸였는지 알아요? 내내 얼마나 기다렸는데. 언제쯤 말해 줄까, 하루에도 수십 번……."

울먹이는 목소리는 거기까지였다. 인희가 예고도 없이 입술을 부딪쳤기 때문이었다.

촉.

촉.

말랑거리는 살갗이 가볍게 접촉하고 떨어지길 여러 번. 분한 듯한 남자의 모습에 인희는 웃음을 터뜨렸고.

"눈물 쏟을 준비 하라더니…… 진짜 울리네, 이 여자가."

정호는 언제나 자신을 아무렇지도 않게 휘두르는 여자가 원망스럽다. 그래서, 지금 할 말은 하나다.

"그래도 사랑해요."

그리고.

그러므로.

그러나.

그렇기 때문에.

그 어떤 접속사를 이어도.

"사랑해요."

당신에게 할 말은, 결국 이 말뿐임을.

"사랑해요."

—The end

After
Goodbye
애프터
굿바이

초판 1쇄 찍음 2016년 5월 23일
초판 1쇄 펴냄 2016년 5월 27일

지은이 | 이다림
펴낸이 | 정 필
펴낸곳 | (주)뿔미디어

기획 · 편집 | 안리라

출판등록 | 2002년 9월 11일 (제1081-1-132호)
주소 | 경기도 부천시 원미구 소향로 17, 303(두성프라자)
전화 | (032)651-6513 / 팩스 | (032)651-6094
E-mail | dahyangs@naver.com
블로그 | http://blog.naver.com/dahyangs
홈페이지 | http://bbulmedia.com

값 9,000원

ISBN 979-11-315-7109-5 03810